长虹贯日

千秋女帝武则天

远 人 著

四川文艺出版社

图书在版编目（CIP）数据

长虹贯日：千秋女帝武则天／远人著. --成都：
四川文艺出版社，2025.3. --ISBN 978-7-5411-7172-7

Ⅰ. I247.5

中国国家版本馆 CIP 数据核字第 2025 VK7023 号

CHANGHONG GUANRI：QIANQIU NÜDI WUZETIAN

长虹贯日：千秋女帝武则天

远人 著

出 品 人　冯　静
编辑统筹　宋　玥
责任编辑　张亮亮
内文设计　史小燕
封面设计　叶　茂
责任校对　蓝　海
责任印制　桑　蓉

出版发行　四川文艺出版社（成都市锦江区三色路 238 号）
网　　址　www.scwys.com
电　　话　028-86361802（发行部）　　028-86361781（编辑部）

排　　版　四川胜翔数码印务设计有限公司
印　　刷　成都紫星印务有限公司
成品尺寸　168mm×238mm　　　开　本　16 开
印　　张　22　　　　　　　　字　数　350 千
版　　次　2025 年 3 月第一版　印　次　2025 年 3 月第一次印刷
书　　号　ISBN 978-7-5411-7172-7
定　　价　78.00 元

目录

第一部 昭仪

第一章　终南霹雳

1

大唐贞观二十三年（649 年）五月二十四日，从巳时开始，黑沉沉的乌云便笼罩在距京师长安数十里外的终南山上。

这座以"九州之险"和"天下之阻"名扬海内的连绵群山"脉起昆仑，尾衔嵩岳，钟灵毓秀，宏丽瑰奇"，不仅是大唐帝国的中央腹地和长安南的天然屏障，还是当今皇室以道教始祖老子为祖祭的一方圣地。两年前，当今天子李世民又将山上的太和废宫修建为"笼山为苑"的翠微宫，以为避暑之地，并在此处理朝政。太子所住的别宫安喜殿与李世民的寝宫含风殿东西相对。

此时乌云如蛟龙翻滚，越来越低地压过起伏连绵的翠微宫殿顶。

午时未到，已像是黑夜来临。

几道长长的闪电划过之后，乌云中霹雳陡然炸响，声势骇人。翠微宫内的禁军武士俱各叉腰持戟，如雕像般站立，对耳旁的风云雷电恍若不闻。

时年二十一岁的太子李治从安喜殿内急步而出。

刚刚跨过门槛，又一声霹雳恰恰在殿顶炸响，李治原本已脸色苍白，此刻竟被霹雳震得浑身一抖，惊骇之色显露无遗。

昏暗中只见十名侍卫簇拥一官员策马而来。

李治自然识得，当先身着紫色官袍之人乃父皇李世民最为倚重的股肱之臣，也是在自己东宫任过太子太师的国舅长孙无忌。早在隋末大乱年间，高祖李渊于太原起兵后，长孙无忌便辅佐李世民东征西讨，廓清宇内。六年前，李世民见当年一并取天下的功臣日渐凋零，心生悲凉，下旨修建凌烟阁。在挂入阁内的二十四位开国元勋画像中，长孙无忌位列首位，足见李世民对其器重无二。

此刻见自己素来敬畏的国舅前来安喜殿，李治赶紧走下台阶。

长孙无忌等人已旋风般策马而至。

到得阶前，长孙无忌翻身下马，对李治拱手说道："陛下病情加重，殿下可速往见。"

李治脸上仍是惊慌之色，说道："我正要去见父皇。"

旁边军士早牵来李治的马匹。李治第一次抬腿，脚尖竟没踏进马镫，险些跌倒。长孙无忌在旁一扶，说道："殿下勿惊。"被长孙无忌一扶，李治第二次踏镫，终于翻身上马，再接过军士递来的马鞭，急声说道："我们快去。"

长孙无忌等人也各自上马，掉过马头，口中低喝，往李世民的寝宫含风殿而去。

众人刚刚策马，天空又是一声霹雳，豆大的雨点终于倾泻而下。

2

骤雨甚急，几人催马虽不过片刻，到含风殿时，已浑身湿透。

李治下得马来，抢步上阶，门内一老年宦官正持拂尘外望，见到李治，上前弯腰，轻声说道："殿下切勿高声，陛下刚刚入睡。"

李治等人立时缓下脚步，朝殿内走去。

含风殿高深肃穆，盘龙柱根根挺立，黄色帷幕四处垂挂，长明灯上上下下遍布。

快步到李世民龙床之前，见当年叱咤风云的天子已病入膏肓，双眼紧闭，呼吸声低沉而微弱，唯唇上胡须仍异常坚硬，朝两边翘起。李世民面如金纸的病容令人难以想象，版图如此巨大的帝国就在他的一双铁腕下运转，赢来贞观二十三年的国泰民安和八方宾服。

在李世民床边，有一名穿五品翟衣的才人和侍女正在给李世民仔细披好绣有金龙飞舞的赭黄被褥。

见李治几人过来，正将床帐拉起的才人眼神哀怨，随即又低下头来，将床帐放好，再轻移脚步，拿来几个蒲团。

李治见到才人时，眼神也闪过一丝异样，随即避开，也不说话，双膝在蒲团上跪倒，凝视父皇。

才人与侍女对几人微微弯腰，然后转身出去。

走得十来步，那才人忍不住回过头来，眼眶盈泪，朝李治看去。后者跪在床前，没有回头去看。她举袖抹抹眼眶，慢步往殿内走去。

李治凝视父皇，喉头一动，似想喊声"父皇"，终还是没有喊出声来。

一片寂静中，他们身后又传来一阵轻微脚步声。刚才在宫门相迎的那个宦官走到李治身边，低头附耳说道："殿下……"

李治抬头，诧声道："王公公何事？"

王公公低声道："请殿下随老奴移步。"

长孙无忌见是一直侍候李世民的王公公让李治动身，眉头微动，没有说话。他看着李治起身，随王公公前往含风殿深处。他知自己虽是李世民姻亲和心腹，终究是臣，比不得他们父子血脉，李世民便是有给太子的单独密诏也正常不过，当下仍是不语，只抬头凝视双眼紧闭的李世民，一时心潮起伏。他想着自己的一生便是交给这位君王，种种南征北战和治国安民的往事一幕幕涌将上来；想到自己虽年过半百，仍是精力旺盛，比自己尚年轻几岁的李世民却到了弥留之际。此刻殿外骤雨愈急，宛如千军万马奔腾。在长孙无忌听来，雨声更像催促生命与岁月的急促鼓点，一股从心底涌上的悲伤难以抑制，双眼变得模糊起来。

3

李治随王公公走至含风殿深处，虽知在此处说话，已惊扰不到父皇，还是低声说道："王公公有何事？"

王公公扭头朝李世民龙床方向看过一眼，才将目光转到李治身上："武才人嘱咐老奴，殿下全身皆湿，恐染风寒，特请殿下前往更衣。"

李治听到"武才人"三字，嘴唇一咬，低声说道："武才人现在何处？"

王公公伸手指指殿内一间偏室，说道："便在此间。今圣上龙体有恙，老奴也恐殿下身子染疾。"说罢，拂尘一摆，示意李治进去，自己明显是要在此等候。

李治将目光停在王公公身上，后者已垂下头去，不接李治目光。

犹豫片刻，李治走到偏室门前，伸手一推，门应声而开。

房内武才人见是李治站在门外，脸色猝然惊喜，赶紧让李治进来。

李治甫一入门，武才人反手掩上门，一头扑进李治怀里，泪下如泉，看着李治说道："殿下！殿下！"

李治颇为惊慌，低声道："你好大胆，如何这时要我过来见你？"

武才人似没听见，只抬头凝视李治，泪眼蒙眬地说道："殿下……"

李治颇为紧张，问道："王公公知道我们之事？"

武才人点头说道："殿下放心，媚娘把陛下的赏赐都给了王公公。王公公不会说的。"

李治不由将武媚娘在怀里紧紧一抱，说道："父皇病重，我不能在你这里久待。我得去看父皇了。"

武媚娘"嗯"了一声，说道："媚娘见殿下浑身湿透，赶紧换一件衣服吧。"

李治摇摇头，说道："媚娘这里，如何能有我的衣服？我先出去了。"

武媚娘擦擦泪，哀声说道："殿下，媚娘好怕。殿下不会……不会忘记媚娘吧？"

李治看着武媚娘布满泪水的脸庞，又是心疼，又是恐惧，慢慢点头，说道："我怎么会忘记你？我……我走了，父皇怕是要醒来了。"

武媚娘刚刚擦去的眼泪又流了下来，说道："我再抱抱殿下。"她紧紧将李治搂抱一下，说道，"殿下答应我了，不会忘记媚娘，你答应我了。"

李治伸手抚摸武媚娘脸庞，凝视她道："我答应你，不会忘记。"

武媚娘将手放在李治抚摸自己脸颊的手上，泪珠滚动，说道："殿下很快就要登基，请殿下以天子的名义发誓，不会忘记媚娘！"

李治吓了一跳。没错，此刻他是太子，但他没想过父皇会驾崩，更没想过自己将要坐上君临天下的龙椅。在整个翠微宫内，也从来没有谁将他看成即将登基的皇帝。现在皇帝还活着，只是重病了，李世民刚半百出头，正值壮年；再者，染疾乃正常之事，经药石调养，自然能康复，所以李治还不敢想象那一幕。此刻陡闻"天子"二字被武媚娘搁到自己头上，顿时脸色苍白，骇然看着后者。

武媚娘眼神绝望，泪水涌出眼眶。

李治心内猝然一抖，武媚娘绝望的眼神唤起他心中的怜惜。他第一次听见自己的声音竟如此空洞："我…… 我以天子的名义……发誓……"

武媚娘一直凝视李治，闻言脸色未展，反更显哀愁，缓缓摇头，说道："我知道，你会忘记我的，我、我……"

李治不知如何回答，只得问道："你觉得父皇今日……"

武媚娘摇头说道："媚娘不知道。殿下也看见了，陛下病得确实很重。"

这时外面的王公公将门轻轻一敲，说道："殿下可已更衣？"

李治闻声，心一狠，将武媚娘推开，说道："我去看父皇了。"

武媚娘看着房门轻轻关上，只觉一阵失魂落魄，缓步走到窗前，推窗看着外面黑沉沉的天宇，此刻骤雨不息，惊雷闪电时不时迸发，自己内心也风开云裂，不知何时才能恢复成往日常态。她一边眼泪不停，一边嘴里喃喃说道："殿下，你刚才说了，不会忘记媚娘。你不会忘记媚娘的。"

又是一个惊雷炸响，武媚娘似是未闻，反而忽然收住眼泪，继续自语道："若是他真的忘记了我，我也…… 我也……"后面的话她没有说完，只慢慢将放上窗棂的双手握紧成拳，那双收泪后的眼睛也陡然闪过一丝决然的神色。

4

李治匆匆回到李世民龙庆之前。

此刻李世民正自睁眼，似因刚才那个霹雳而醒。

他眼光转过，见床前跪着浑身湿透的李治和长孙无忌，手臂费力地动了动。一旁的王公公赶紧弯腰说道："陛下，太子殿下和长孙大人侍候多时了。"

李世民挣扎一下，喉头一动，终于说出话来："如此惊雷，乃天要召朕而去啊。"他手臂艰难抬起，续道，"太子……"

李治忙跪行几步，到床沿将父皇手掌握住，悲声道："父皇，儿臣在。"

王公公俯身于李世民耳边，轻声说道："太子殿下心忧陛下，连头发也白了数根。"

李世民缓缓侧头，凝视李治，哑声说道："太子孝爱如此，朕死无憾了！"

李治心乱至极，眼泪流下，喊道："父皇保重龙体！"

李世民侧过头，将目光看向长孙无忌，将手掌从李治手中脱出，手指朝长孙无忌点了点。

长孙无忌悲不自胜，只叫出一声"陛下"，再也控制不住泪水。

李世民将手慢慢抬起，触到长孙无忌面颊。长孙无忌只觉那根往日无比坚硬的手指此刻弱如枯叶。他想将李世民手掌握住，终是不敢，只叩头哭道："陛下保重龙体！"

李世民从喉咙里叹出一口气，闭上眼睛，手指再动一动。

王公公久侍李世民，知其心意，便对长孙无忌说道："长孙大人先且出殿，这里有太子殿下和老奴照应。"

长孙无忌看着李世民，见后者未再睁眼，重重叩头道："臣告退。"

王公公抬眼看着长孙无忌，忽然说道："长孙大人浑身湿透，还是换件衣服为好，免得着了凉。"

长孙无忌叹息一声，说道："王公公提醒得是。"他看向李治，补充一句，"殿下也万勿风寒，我先去安喜殿给殿下取衣。"说罢起身，往殿外走去。

含风殿又寂静下来。

李治将目光移到王公公身上。

王公公迎着李治的目光，不动声色地说道："老奴去叫武才人过来侍候陛下。"

李治心内一惊，生恐王公公会泄露什么，顿觉背上一股冷汗流下。

李治是李世民第九子，其母长孙皇后乃长孙无忌的妹妹。长孙皇后为李世民生有三子，长子李承乾，李世民登基时被册立为太子，次子李泰，堪称李世民最爱之子，受封魏王，三子便是晋王李治。后因太子李承乾企图聚兵逼宫被废，李世民不忍杀子，将犯下谋逆大罪的李承乾贬为庶人，流放黔州，因受宠而渐生谋嫡之心的魏王李泰也同时被降为东莱郡王，徙居均州郧乡。在李世民眼里："泰立，承乾、晋王皆不存；晋王立，泰与承乾可无恙也。"长孙无忌也支持李世民想法。于是，李治于贞观十七年被册立为太子。上月李世民来翠微宫避暑，李治以太子身份相随，不意在父皇身侧之时，对武媚娘一见倾心。当李世民染疾卧床之后，李治和武媚娘趁着一人熬药、一人端药的机会，竟发生了亲密的关系。李治虽有李世民为其亲选的晋王妃王氏，却难抵武媚娘的罕见风姿，为之神魂颠倒。这几日，李世民所染赤痢愈重，李治终究为父皇身体忧心，没再寻机与武媚娘相会。此刻听王公公要唤武媚娘过来侍候，内心大乱，他万没料到武媚娘会将两人关系告知王公公。若是父皇康愈，王公公泄露出来，等着自己的，便是插翅难逃的死罪了。

想到这里，李治浑身发抖，耳旁忽地传来一声"太子如何没有更衣"时，脸色猝白，抬头见李世民双眼睁开，正凝视自己。

李治赶紧问道："父皇可是好些了？"

李世民未答，李治听见脚步声过来，侧头望去，只见王公公和武媚娘一前一后过来。武媚娘手中端着一碗汤药。李治更是慌乱，额上汗珠一颗颗渗出。幸好他浑身湿透，无人觉察他额上是汗。

5

骤雨连下两日未停。

五月二十六日，申时方至，长孙无忌在含风殿前站立，神色颇为忧急，时不时抬眼去看蜿蜒而上的山道。

终南山原本地形险阻，崎岖难行。自翠微宫落成，阶梯千级，弯弯曲曲。

大雨不停，四处阶梯上，隔十梯站一持戟禁军武士。站在殿前望去，只见遍山绣有"唐"字的黄色旗帜错落有致，在雨中时飘时落，一派壮观中又尽显悲凉。长孙无忌自然无心观赏雨景，当他终于看见数个穿官服之人登阶而上时，眉头一松，冒雨走出。

率先登阶而上的是一位五十上下的紫袍官员。他一见长孙无忌站在上面，紧步上前，双手一拱，直接忧虑问道："长孙大人，陛下病情如何？"

长孙无忌脸色仍是沉重，回礼道："陛下召褚大人前来，料是吩咐大事了。"

被唤作"褚大人"的乃当朝中书令褚遂良。原本留守京师，数日前接长孙无忌之信，得知李世民病危，刚欲动身，圣旨又至，召其速来翠微宫，心知大事不妙，赶紧前来。

褚遂良随长孙无忌步入含风殿，王公公迎上说道："陛下正等候两位大人。"

李治在李世民床前，见褚遂良和长孙无忌过来，起身相迎。

褚遂良见李世民面如金纸，气若游丝，赶紧跪下请安。

李世民凝视床头诸人，叹息一声，声音虚弱地对长孙无忌和褚遂良说道："两位爱卿俱朕股肱忠烈之臣，昔汉武寄霍光，昭烈……托诸葛，朕今也……欲将后事托于二位……"说到这里，李世民喘口气续道，"太子仁孝，卿等尽知，朕命卿等尽诚……辅佐太子，使大唐社稷永存。"

长孙无忌和褚遂良跪在地上，同时哭道："陛下壮年，如何能舍弃宗室？万请陛下保重龙体，臣等当尽心勠力，永护大唐！"

李世民微微闭眼，旋又睁开，看向李治，虚弱说道："朕知你性情优柔，治国之道，乃决心与毅力……有无忌和遂良辅佐，治儿……勿忧天下！"

李治大哭道："父皇……"却是无以往下续言。

李世民目光转向褚遂良，艰难说道："诏卿过来，有一言托付。长孙大人乃社稷忠臣，朕有天下，多赖其力，朕死之后……卿切记……勿令小人离间。此乃……此乃朕命！"说罢，李世民又叹息一声，手指颤抖着再次伸出，握住李治右手，眼望褚遂良，续道，"朕佳儿佳妇，今已付卿。卿草朕遗诏，命太子……枢前即位。"

话犹未落，只听殿外又传来轰隆隆几声炸雷，一阵狂风，竟将远处殿门吹开，与后壁碰得咣咣直响。

6

眼见纵横天下的父皇驾崩，李治扑到李世民身上大哭。

此时含风殿内，只有李治、长孙无忌、褚遂良、王公公及武媚娘和侍女。

众人都跪在李世民龙床前，口喊"陛下"，号啕不已。

长孙无忌和褚遂良分别跪于李治身后。

李治悲不自胜，蓦然扭过身，一把抱住长孙无忌颈脖，哀痛欲绝。

长孙无忌抹去眼泪，对李治低声说道："先帝以宗庙社稷托付殿下，殿下不可效法匹夫，只知哭泣。今天下众事纷繁，如何以安内外，乃首要之事。"

李治哭道："一切由元舅做主！"

长孙无忌叹息一声，扭头对身后的王公公说道："请王公公和武才人暂避。"

话音刚落，长孙无忌猛觉一道目光看向自己，凝神一看，见是跪于王公公身后的武媚娘正抬头凝视自己，眼中充满难以言说的意味，心内一怔，武媚娘已垂下头去。

王公公站起身来，命武媚娘带侍女和自己一起退出。

李治犹自心中大乱，令他倾慕和畏惧的父皇已是一具尸体，只觉心内空空荡荡，无论如何也接受不了。此刻见王公公和武媚娘等人起身离殿，更是慌乱，声音发抖地说道："元舅、褚大人，我……我们接下来该如何去做？"

长孙无忌抬头看看龙床，说道："陛下方崩，当在太极殿发表，然后宣读遗诏，殿下方可正式即位。依臣之见，若此刻发丧，恐引京师震荡，今日殿下宜速回京，臣等扶柩，随后便至。"

李治吃了一惊，说道："元舅之意，我此刻便动身回京？"

长孙无忌脸色严峻，点头道："京师无主，若有人乘机作乱，便是血流成河，不可耽搁！"

李治心头更乱，平素见父皇威仪，无人不惧，只觉自己无论如何也达不到那般境界。此刻听长孙无忌之言，知其不无道理。京师诸王甚多，任何一人抢先称帝，自己不仅被动，便是人头落地也不稀奇。

褚遂良抬头说道："长孙大人说得不错，殿下此时便走，臣等扶柩回京。"

李治转头再看龙床，又不禁哀声痛哭。

长孙无忌忽然站起，双手用力一拱，厉声说道："殿下只知哭泣吗？大唐社稷，难道是陛下生前哭来的？速速起身，带同此处飞骑劲兵及一众旧将，即刻回京，此处事宜，有臣与褚大人料理！"

李治惊慌站起，看看长孙无忌，又看看褚遂良，终于擦泪说道："那我就先行回京了。"说罢，李治再看眼驾崩的父皇，转身往殿外走去。

到殿门之时，武媚娘带着侍女在门口等候。

李治看见武媚娘，不知该说些什么，此时千头万绪，却如一团乱麻。

武媚娘凝视李治，眼内泪水充盈，难有一言。她与侍女一左一右，拉开殿门。

李治嘴唇一咬，跨将出去，外面的风雨犹自呼啸连绵。

他身后殿门的关闭声虽小，在李治听来却不逊一声霹雳。他似乎陡然明白，这道门槛一跨，便是大唐江山的更新换代，是自己太子生涯的结束，是父皇永生永世的不可再见，是自己肩头将扛起父皇生前无日不提的"社稷"二字。

一种难以担负的虚弱感使李治控制不住，浑身颤抖。

7

当夜，含风殿内寂静得可怕。

长孙无忌当然知道，如果此时将李世民驾崩的消息告知天下，在长安的其他皇子难说谁会起不臣之心，只有秘不发丧，天下才仍是李世民的天下。当李治赶回长安，京城便将在太子之手。自然，李世民的其他诸子未必敢如长孙无忌忧心的那样谋反夺位，但他久经宦海，知道一切不可不防。

看着李治率驻扎终南山的数千铁骑前往长安，长孙无忌才终于松口气。

这些日子实在太累，如今天子驾崩，太子前往京都，长孙无忌担心李世民已崩的消息传出，自己便如往日般回到自己寝室，褚遂良也一并前往。他们二人不能在含风殿过夜，这里有王公公、武媚娘和她的侍女。一切都得如往常一样，才能让消息密不透风。他自然知道，居在殿内的王公公和那两个女人没胆子敢泄露一丝口风。

含风殿的长明灯始终未熄，光影摇曳间，一个人影被灯光投至李世民龙床之上。

人影渐渐走近，是武媚娘无声无息地走过来。

在李世民龙床前站定之后，武媚娘久久凝视那张犹如沉睡的脸。

此时，武媚娘眼中无泪，只有一种时而悲伤、时而凌厉的眼神。只听她缓缓说道："陛下，您终于去了，可您知不知道，媚娘十四岁便进宫侍候您，您给过我欢欣，给过我宠爱，也给过我多年无情的冷落。您今日驾崩了，撒手而去了，可知我会如何？"

一个冷冰冰的声音像是回答："武才人真不知自己会是如何吗？"

这句话在阴森森的殿内突如其来，武媚娘顿时惊得有魂不附体之感，只见从帷幕后走出王公公，一脸漠然地看着自己。

"王公公，"武媚娘手抚胸口，按住惊吓到极点的心跳，问道，"你怎么在这里？"

王公公将拂尘一摆，说道："武才人不也在这里吗？老奴如何可以不在？"

他一边说，一边缓步走到李世民龙床前，看着李世民面容，悲戚地说道："老奴侍候了陛下一辈子，今日陛下宾天，老奴心里实在难受啊。"他双膝一跪，低头发出抽泣声。

武媚娘在王公公身边跪下，哀声说道："王公公，陛下宾天，我会如何？"

王公公侧过头说道："武才人当真不知？"

武媚娘急道："我真的不知，不会、不会……让我殉葬吧？"

"殉葬？"王公公的声音忽又变得冰冷，"武才人还没那个资格。"

武媚娘松一口气，急声问道："那会如何？"

王公公又将目光转向李世民，缓缓说道："陛下遗诏，武才人入感业寺落发为尼。"

"什么？！"武媚娘双眼睁圆了，痛苦地摇头，说道，"为什么要我落发？我……我不要去做尼姑。"

王公公站起来，说道："陛下遗诏，谁敢不遵？武才人且去准备准备，明日你就得下山了。"说罢,王公公拂尘又是一摆,往殿内缓步走去。

武媚娘看着王公公背影消失,又扭头看着李世民僵硬的脸庞,从喉咙里发出一个绝望的"不"字,泪水顺着脸颊流下来。

第二章　劫数难逃

1

一夜未眠的武媚娘看着窗外天色一点点亮起来。

雨停日出，她起身走到窗前，见外面终南山起伏连绵。雨洗数日，四处青翠欲滴，天边涌起一堆堆上红下黑的云层，似乎只一个瞬间，太阳从云层里出来，将满山遍谷映得斑斓无比，远处一道飞瀑如素练悬空，近处群鸟啁啾，却看不到鸟在何处。

武媚娘呆呆地望着群山，无论此刻景色如何秀美，也无法激起她的丝毫喜悦。昨晚王公公的话整夜响在耳际。她自然知道，李世民的遗诏无人敢拒，难道自己真的就得前往感业寺为尼了？这一头乌黑的长发就得一把把被剪掉了？难道自己以后的生活就得在冷冰冰的庵庙围墙中度过了？不！这不是她想要的生活，甚至从来就没想过。她十四岁入宫当才人，十余年来，宫内的明争暗斗从来没让她感到过畏惧。甚至，她喜欢争斗，哪怕她的争斗至今一败涂地——否则，怎么会在十余年后的今日仍是一个才人？她隐隐知道，李治是由衷喜爱自己的，刚刚宾天的先帝除了心里装着去世十三载的长孙皇后外，后宫的所有嫔妃都不过是他单纯的发泄对象。武媚娘渴望过李世民的宠爱，但她知道，李世民对任何一个嫔妃都不可能再如对长孙皇后那样，充满真情和眷恋。

长孙皇后是什么样的人呢？武媚娘读过她留下的三十卷《女则》，那里面写的就是长孙皇后能够母仪天下和抓住天子之心的全部秘诀。她一心一意地辅佐丈夫，时时提醒丈夫，时时给丈夫以谏言，但那不是自己也可以做到的吗？如果自己在皇后之位，也可以做到长孙皇后所做到的一切，只是李世民不给她机会，也不给任何一个嫔妃机会。好像在李世民心里，除了长孙皇后，世上就没有第二个像长孙皇后那样出类拔萃的女性。

但是错了！武媚娘深深知道，如果她能得到李世民宠爱之余的信任，信任之余的推心置腹，她同样可以像长孙皇后那样母仪天下，竭尽全力地辅佐他，有条不紊地处理后宫的一切事宜。怎么那位连天下都能夺取的先帝竟会看不到自己的渴望和能力？如今李世民驾崩，也许在另一个世界，他会和他念念不忘的皇后相逢，再也不分开，可此时此刻的自己却没有在另外的世界。她活生生地站在这里，她被她的先帝抛弃了。死人抛弃了活人，活人却还得被死去的人控制。武媚娘只感内心如撕裂般阵痛。

是的，太子。因为李世民卧病在床，她和太子竟然有了肌肤之亲。这是不是犯罪？武媚娘摇摇头。这不是罪，自己是活生生的人，先帝多少年没宠幸过自己了。在先帝眼里，自己不过和其他嫔妃一样，不会有，也不允许有自己的欲望，但太子知道自己的全部身心。武媚娘十分肯定太子对自己的爱慕，可这个一人之下万人之上的太子又能做些什么呢？连自己暗暗喜欢的女人也不能保全。在太子眼里，他们是什么关系？一个和父亲的才人有亲密关系的太子会真的延续对自己的情感吗？是的，太子回去了，他跨过自己为他打开的殿门时，没有道别的话，甚至没有回头看她一眼，难道自己真能指望太子吗？但若不指望太子，自己还能指望谁？回到长安后，太子不就是登基当皇帝的那个人吗？什么是皇帝？君临天下，为所欲为，说的每句话都是不容违抗的圣旨。不错，"溥天之下，莫非王土；率土之滨，莫非王臣"。但皇帝用身体拥有最多的，不就是数不胜数的后宫嫔妃吗？当了皇帝的太子还会记得自己吗？还会需要自己吗？他会不会和他父皇一样，心里也只有一个皇后？太子有王妃。当太子做了皇帝，王妃就一定是皇后。有了皇后的皇帝，如何还记得父皇生前宠幸过的一个才人？

真的注定了，她的后半生只能是一个尼姑，身守青灯黄卷，耳听暮鼓晨钟。

这就是谁也无法抗拒的命运——不，武媚娘将双手紧紧握住，似乎想将命运在手掌中捏得粉碎。

外面忽然有人敲门，王公公的声音响了起来："武才人，要动身了。"

2

武媚娘猝然一惊，慢慢转身。

她将房间四处再看一遍。这里不是皇宫，却也是皇家避暑之地，每间房高大宽敞，金碧辉煌，与皇宫无异。她从小习惯了锦衣玉食，似乎觉得生活会这样一直持续下去，但此刻她陡然明白，自己习惯的生活将在今天结束，等着自己的，是无从预料、也无从想象的出家人生活。尼姑、寺庙、佛像，那会是怎样的日子？

坐以待毙吗？

一种流泪的冲动又凶猛地涌上。但哭有什么用？这几天不是已经哭够了吗？哭给自己带来了什么？解决了自己的难题吗？一个也没有。所以，哭是最无用的方式。武媚娘感觉泪水从眼眶中缩了回去。但无论藏得多深，泪水迟早会在预料不到的时刻涌出来——那么自己呢？去了感业寺后，会有离开之日吗？

一种反抗的渴望使武媚娘冷静下来，上前打开房门。

开门之后，她就知道自己什么也不能反抗。

王公公站在外面，如平常一样面无表情，尖着嗓子说道："武才人，收拾好了吗？"

武媚娘漠然答道："王公公，我没什么要收拾的。"

王公公微感意外，但那丝惊讶的神色没有在脸上停留，连一闪而逝也说不上。

他将手中的白色孝帽递给武媚娘，说道："这是武才人的孝帽，戴上随老奴出去。"

武媚娘神情木然地接过孝帽，戴在头上，抬腿跨过门槛。

此刻，殿内已多了不少曾被李世民卧床时赶出殿的随行宦官和嫔妃宫女，他们的哭声充满大殿。

武媚娘看着眼前的一切，感觉自己没有眼泪可流。

王公公迅速划分人群，该回长安掖庭宫的嫔妃宫女是哪些，该去感业寺的是哪些。

武媚娘神情呆滞地走向将去往感业寺的队列。还未走出几步，一股天旋地转的感觉猝然涌将上来，她再也站立不稳，往地上倒去。

没有任何人扶她。

3

再睁眼时，武媚娘发现自己身在一辆两匹驴子拉动的车上。

已在终南山下了。

一条看似无穷尽的官道弯曲向前。她的身前身后，都是慢吞吞走动的驴车。车队两边，铺开树木葱茏的原野。时方五月，原野上的野花竞相开放，五颜六色，花前无数蝴蝶飞落。一切委实不可思议，武媚娘记得上月初从长安随驾前往终南山时，同样是这片原野，同样是这些野花，同样是一望无际的长空，那时她的心情极为愉快。在皇宫待得太久了，真的太想出宫看看，呼吸一下新鲜空气。那时队伍很长，四千禁军铁骑，无尽的旗帜飘飞。以往在宫里，只觉得皇帝和宫室的威仪，当看见全身披挂的军骑首尾相连，将领扣鞶按剑，军士长戈指天，马蹄声似乎永远不息时，心中不觉涌起大唐果然气势磅礴之感。只不过，她毕竟是女人，还是侍候皇帝的才人，心思不会停留在那些铠甲鲜亮的铁骑身上，她的目光时不时凝视车外的原野和花草。当巍峨壮丽的终南山在眼前出现之时，她能肯定，这是自己十余年来最心旷神怡的时刻。

出行的结果却是此刻醒着面对的噩梦。

旁边再没有浩荡铁骑，更没有四海臣服的天子。此时此刻，前后只有数十辆驴车，每辆车上都缠上白布，每辆车上的女人都和自己一模一样，穿着为皇帝守孝的白色孝衣，两边虽还有数十军骑，却不像上个月那样威风八面，无人不垂头丧气。他们的马车上缠着白布，头盔上缠着白布，甚至连手中长矛上的红缨也换成了一条长长的白布。

他们骑行在车队旁边，仿佛王押送一群囚徒。

没错，此时此刻的她们就是"囚徒"，每一辆车都被这些"囚徒"们的哭声淹没。

武媚娘知道，这些曾被先帝宠幸过的妃子或宫女既是为死去的皇帝痛哭，也是为自己将去感业寺度尽余生的命运哀号。无论她们在皇宫曾有怎样的封号和地位，宫女也好，才人也好，婕妤也好，甚至四妃九嫔也好，只要被先帝宠幸过而未能诞下皇子、公主的，感业寺的庙门就将为她们冷冰冰地敞开，然后永远关闭。在那里，她们曾经的一切将烟消云散，只剩下普通尼姑的身份。

一群飞鸟从天空掠过，转眼就不知它们去了哪里。此时此刻，她太希望自己是那群飞鸟中的一只了。

恍惚间，陡听得一阵惊呼和万喝！

武媚娘浑身一震，知道身后出了状况。她赶紧手攀车辕，朝后面看去。

只见车旁几骑催马而出，听得他们厉声大喊："回来！再跑就射箭了！"

武媚娘感觉一颗心提到了嗓子眼，透过窗口看得分明，她身后的一辆驴车上，不知是谁竟然跳下车去。武媚娘只看见一个白衣女人的背影。一股惊骇充满胸腔。她明白了，一定是哪位妃子或宫女想逃，她和自己一样，也和所有那些哭喊中的女人一样，不愿意将自己活生生地埋在一座寺庙中。但她能跑到哪里去？一个在宫中生活的人，对宫外的一切都是陌生的，是需要人安排的。一个无处可去的人如何会想到跳车逃跑？

无数念头纷至沓来，武媚娘看见有五匹马追赶了过去。

他们没有追赶多远，齐齐拉弓，对准那个不肯停步而叫声凄厉的女人射去。

武媚娘将手捂住嘴唇，她看得清楚，好几支箭射中了她，红色从她背后涌现，她的尖叫声陡然消失了，然后她倒在地上，像一块白色的石头再也不动。

领队的将军厉声喝道："先帝遗旨，敢半路逃匿者，格杀勿论！走！"

所有的哭声停了下来，片刻之后，更大的哭声传遍原野。

唯独没哭的是武媚娘。她的驴车重新朝前动了起来，她始终扭着头，看着那具白色的尸身渐渐被原野吞没。没有人去埋葬她。那些无边无际的野花就是她的棺椁。武媚娘将头转向前面。是的，前面的路比死还令人感到恐怖。她猛然想清楚了，那个妃子或宫女未必真的想逃，她要么已是精神崩溃，要么就是想干脆受死，免得遭受无尽头的痛苦与折磨。

瞬间，一个令人不寒而栗的念头涌上心头。她刚才听得清楚，那些军士敢射杀曾经的嫔妃或宫女，是因为奉了"先帝遗旨"。无怪他们明明可以将她追回也懒得去追。难道先帝对这些曾与他同榻而眠的女人没有一丝情感，竟然在临终前留下这道圣旨？武媚娘猝然明白了，在一个帝王眼里，她们的生命根本不算生命。她模模糊糊想起自己十二年前辞别寡居的母亲杨氏入宫时，奇怪母亲为什么哭泣："女儿今番是去侍奉圣明天子，岂知不是福气？母亲怎么哭哭啼啼地作这些儿女之态？"现在她想起母亲带哭腔的回答中有"伴君如伴虎"之言。母亲说得没错，君王便是虎。虎是会突然吃人的。在宫中十二年，她不是没见过有人被天子判处斩刑。这一次太不相同了。皇帝死了，还留下杀人的圣旨。

皇帝都这样可怕吗？

那个起誓不会忘记自己的太子马上就要成为皇帝了，他也会这样可怕吗？他若是忘记自己，便是杀了自己！武媚娘感觉一股寒意升在胸腔，又一个模模糊糊的念头升起——如果……自己能成为皇帝的话……

车轮忽然绊到一块石头，车身一摇，武媚娘猝不及防，身子晃动，额头撞在车窗之上。

她伸手摸摸额头，再看手指，上面全是鲜血。

4

驴车转向长安的西北方向，武媚娘抬眼望着自己熟悉的恢宏建筑一幢幢移过，再次感到眼角湿润。她身前身后的驴车上传来更为惨烈的嫔妃和宫女们的哭声。她们人人都想要再入皇宫，但皇宫已经不属于她们了。

其实岂止皇宫，整座长安城也不再属于她们。武媚娘抑制住眼泪，她知道没有人会同情她们，皇宫里那些层层叠叠的宫门不会再为她们打开任何一扇。她无数次对宫里的岁月感到厌倦，尤其在被李世民冷落之后，也不记得自己是否想过要离开皇宫。当然，住进皇宫的女人没有谁活着离开过，哪怕被寂寞和臆想逼疯的女人，也有掖庭宫的单独宫室将她们集中关闭。甚至，武媚娘还不知道她们死后会不会离开皇宫。她见过死去的嫔妃和宫女，她们的尸体不过被几个宦官用白布裹住，不知抬到哪里。她没去问过谁，也不想知道那块坟地到底在什么地方。

现在，她唯一知道的是，天子所在的皇宫从来不是由自己决定进出的，她们的命运在踏进皇宫那天开始，就被天子掌握。现在天子死了，依然掌握她们的命运。

武媚娘在泫然欲泣中忽然喃喃一句："娘！娘！"

人总在绝境中才易想起自己的至亲之人。武媚娘恍惚记起自己远在利州（今四川广元）的家来。在那幢都督府内，有父亲武士彟、母亲杨氏，两位兄长武元庆和武元爽。她的童年的确无比快乐，后来父亲死了，两位兄长对她和母亲变得极其凶狠和颐指气使；再后来，两位兄长去了并州，父亲的坟也在并州，只有自己和母亲在利州相濡以沫。没有兄长在侧，她和母亲找回了曾经的快乐。没想到，十四岁那年，先帝将自己召入宫中，他宠幸了自己，然后呢？又突然将自己冷落。在无数无尽头的长夜，她整夜想着母亲。母亲对自己的一切无从知晓，正如她对母亲的现在也一无所知。但母亲是疼爱自己的，也许是世上唯一疼爱自己的人，如果她知道自己此刻将落发为尼，会不会心碎？如今，她不会再有幸福了，母亲也永远见不到了。

想到此处，武媚娘的眼眶中有泪水滴下，她又迅速抬袖擦去。

耳旁的那些哭声忽然引起她内心中的一丝愤怒。她知道她们为什么哭，也知道她们忍不住要哭，但她不想哭。哭是意志的崩溃，是对命运的屈从。武媚娘感觉自己内心涌上一种从未有过的意志。尽管她隐隐知道，无论自己的意志多么强烈，也和那些哭泣一样，解决不了任何问题。

她现在愤怒，是想紧紧抓住一丝意志。

她又想起一件往事。

几年之前，吐蕃向李世民进贡一批良驹，一匹叫狮子骢的烈马始终未能被驯服。在马背上取得江山的李世民极爱烈马。他问手下谁能驯服，在一旁的武媚娘自荐说道："臣妾能驯服它。"她还记得李世民眼里不相信的眼神。那么多习武出身的侍卫都不能驯服，一个弱不禁风的女人凭什么驯服它？武媚娘对李世民说道："臣妾只请皇上赐三物便可：一铁鞭、二铁锤、三匕首。先鞭打，若不服，就用铁锤砸，若还不服，就用匕首捅进它的脖子，杀了它！"她的办法说完，旁边的人无不目瞪口呆，连早已万事不惊的李世民也感到一丝意外。武媚娘记得，李世民猝然横过来的眼神冷如寒冰。她不知道天子在作何想，也不知道自己是不是说错了，但她的确是这么想的，也就这么直接说了出来。她现在觉得，李世民冰冷的眼光中有一丝赞许。没人想到的办法在她嘴里一字字吐出，李世民不可能不赞许。

她此刻想起这件事，是隐约觉得，她的命运就是那匹烈马，但她手上既没有铁鞭，也没有铁锤，更没有匕首，她要如何驯服自己的命运？

驴车停下了，听见有人在大喝："都快点下车！感业寺到了！"

武媚娘从回忆中惊醒，抬头见一堵长长的红色围墙在眼前展开，两株枝繁叶茂的高树如同护卫，守着两扇缓开的正门，高悬门楣的匾额上，黑底黄字的"感业寺"三字如同李世民望向她请命驯马后的眼神，正冰冷无情地俯视每一个被赶下驴车的女人。

5

当夜，更敲三鼓，明月高悬。

房间的窗格子上，月光照射进来。

房间极为简陋，只一张桌子、一张矮床，床上面被褥铺开，散发一股自己从未闻到过的气味。薄如蝉翼的月光冷冰冰地照进房间，被窗格分成一栏一栏，犹如牢狱之门。桌上的蜡烛那蚕豆大小的火焰正有气无力地跳动。

武媚娘缩在床角，靠着同样冰冷的墙壁。

从她记事以来，还从未在如此寒碜的房间待过。

她双眼仿佛一动不动地凝视蜡烛，但实际上什么也没凝视。此刻，她身上穿的不再是离开终南山时的四品才人孝服，而是一件洗得褪色的缁衣，衣上同样有股隐隐的陌生气味。不知道这件缁衣在衣柜里存放了多久。她一点也不知道自己是不是憎恨这件缁衣，她竭力想让自己冷静下来。和其他人相比，她已经是冷静得令人吃惊了。当她们进入寺内，在大殿佛像前面对感业寺的住持慧圆师太时，那位闭目捻珠、大约六十岁上下的师太，睁眼后的第一句话是喝令面前曾经的嫔妃和宫女停住哭声。她扫视了众人一眼，当她的目光与武媚娘相对时，停留了一瞬间，武媚娘是唯一没哭的一个，然后慧圆师太双眼重新闭上，站立在她两旁的尼姑们开始厉喝，所有的嫔妃和宫女都在疯狂中继续哭喊。

慧圆师太再次睁眼，冷冰冰地说道："从今日起，你们不再是皇上的嫔妃，也不是宫中的宫女，在本寺出家，便是与大慈大悲的我佛结缘，用心修炼，将终成善果。有谁不听老尼法令的，二十杖侍候！"话一说完，她朝两边的尼姑微扬下颌示意，左手手中的佛珠捻得更快，右手竖在胸前，补充一句，"阿弥陀佛，去！"她左右各走出一名尼姑，将哭得最厉害的那名妃子按倒在地，各拿出一条木杖，狠狠朝她腰间、臀上打去。

其余女人在疯狂哭喊中静止了片刻。受刑者的惨叫使她们又更为惊骇地哭起来。

那两名打人的尼姑轮番下杖。打一下，数一下，整整二十杖过去，受打的妃子浑身血污，一声不吭。武媚娘忽然走过去，蹲下身，对那妃子说道："姐姐，你醒醒、醒醒！"

慧圆师太双眼一睁，说道："阿弥陀佛，你是谁？"

武媚娘抬头说道："我是武才人。"

"武才人？"师太嘴角上扬，冷冷地说道，"本庵没有才人和嫔妃。给她落发！"

武媚娘不答，抬头看着慧圆师太，浑身微微颤抖。

她看见又有两名尼姑过来，一人手托剃刀，一人手托木盆。一阵晕眩感升起，她耳边的所有声音都消失了，眼前的事物也模糊起来。她感觉走来的两人分别站在左右，师太起身走来，在自己面前站定。她恍惚看见师太按住自己肩膀，她不觉跪了下去，接着看见的，是师太从旁边的尼姑手中接过那把剃刀，然后，她感觉刀子从自己头顶剃过，她看见自己的头发一绺绺掉下，头上凉丝丝的，这是从未体会过的感觉，光如一个不真实的梦围绕着自己。武媚娘双眼睁大，什么也看不清，她不知道自己眼眶里究竟涌出些什么，怎么也看不清眼前的一切。时间好像很长，又好像没过多久，她耳边再次响起慧圆师太冷冰冰的声音："今已落发，便四大皆空。四空者，乃道空、天空、地空、人空。本尼赐你法名明空。明乃日月之合，日空、月空，才能谓天空……"

武媚娘在床角慢慢抬头，窗外明月悬挂，在漆黑无尽的天宇中闪耀。日月乃临空之物，自身如何会空？她摸摸缁衣，又抬头去摸头部，那里已经没有一根头发。武媚娘似乎还不肯相信，抬起手腕，狠狠咬一口下去。她看见一圈血痕在手腕中加深，血丝渗出皮肤。她确信了，自己不是在梦里，一切如此真实。她看看房间，明月之下，世间仿佛只剩下自己孤零零一人。

但这里不会只有自己。外面哭声始终未停，还时不时传来惨叫声。武媚娘知道，是慧圆师太在命人继续杖打不肯落发的嫔妃和宫女。

无边的黑夜带来无边的恐惧。她嘴里忽然喃喃一声："太子……"

能将她救出这座寺庙的只有当今至高无上的太子了。她在一阵阵内心绞痛中模糊想起李治。他真会记得自己吗？会让自己从这座牢狱似的寺庙中离开吗？她绝望地想，他是以天子名义发过誓的啊！

她终于下床了，走到窗前，抬头看着空中新月。一阵风吹来，从未感受过的凉意在她头皮上滑过。她知道，此刻的自己只有一个选择，既是不得已的选择，也是唯一的选择，那就是忍耐下去，一直忍到自己期待的，也许永远不会出现的一天到来。

6

无论怎样挣扎，嫔妃和宫女们都在慧圆师太的杖打下全部屈服了。

武媚娘看得清楚，慧圆师太的杖击不可或缺。在这座寺庙，师太是首屈一指的发号施令者，对于不听话的，就必须用最有效、最迅捷甚至最残忍的方式对付。尤其曾在皇宫当过嫔妃的人，习惯了养尊处优和颐指气使，如今到这里了，她们就必须明白，以往的一切已经结束，如果不想接受甚或反抗，等着的便是无情的杖打。

国有国法，寺有寺规。没有人可以违抗，这是让她们尽快面对现实的最好方式。

从入寺第二天开始，没有人再称武媚娘为"武才人"，她现在只能拥有唯一的法名"明空"。所有人都必须为先帝祈求冥福。雄伟的大殿外面，香烟缭绕；佛像高耸的主殿上，慧圆师太端坐佛像之前。当木鱼的敲击声响起，所有人就开始和她一起诵经。

严令下来了，所有刚落发的人必须在三天内背诵出《地藏经》全文。

能给李世民做嫔妃的，都有过人之处，尤其在文才上，所以，用三天时间背出一部经文并非难事，难就难在她们心思不在。从天堂到地狱，没有人能在一夜间接受。三天之后，一场杖打又开始了，这一次，受刑人数比落发时更多。慧圆师太知道得十分清楚，这些来自宫廷的女人哪怕在后宫时势不两立，此刻却在共同的悲惨命运中成了一个整体。慧圆师太冷冷地拆开她们，她的办法是让背不出经文的人互相杖打。

武媚娘没有参与，过目不忘的天赋使她成为第一个背诵出全部经文的新人。她冷冷看着那些互杖的女人，绝望使她们变得冷酷。武媚娘敲着木鱼，对身边凄厉的惨叫充耳不闻。即便有人被杖晕拖走，她也只垂目面对殿内那尊佛像，将木鱼敲得节奏如常。

慧圆师太抑制不住惊奇的神色看着她。她看得明白，武媚娘是一个与众不同的女人。但在她的寺庙中，没有人能与众不同，所有人必须一模一样。

很快，收拾武媚娘的机会来了。

六月一日一早，全寺的数百名尼姑都集中在大殿念经。未念得一个时辰，从东南方向隐隐传来不息的鼓声和乐声，紧接着是排山倒海的奔跑声和狂呼声："天子登基了！天子登基了！"这五个字在寺庙外引起一阵无比杂乱的呼喊声。寺内太静，所有人都听见"吾皇万岁万万岁"的声音不绝于耳地传来。

武媚娘正敲着木鱼，听到从外面传进的声音时，手指陡然一停，敲木鱼的小木槌从手上掉落。"陛下……"她不自觉地喃喃出声，然后猛然抬头，脸色苍白无比。

所有人都听见木槌落地的声音，诵经声不觉停下，每个人都向武媚娘看过来。正闭目诵经的慧圆师太双眼倏睁，厉声喝道："明空……"

她还没有说完，武媚娘已大叫一声"陛下"，转身朝殿外狂奔而去。

"抓住她！"慧圆师太站起身来，厉声喝道。

武媚娘刚刚奔下大殿阶梯，外面站着的几个尼姑已闻声而动，一左一右，将武媚娘拦住。

武媚娘几近疯狂，拼命挣脱，脚下却不知绊着了什么，猝然摔在地上。

然后，她感觉自己的肩膀被死死按住，耳边传来无数纷乱的脚步声。

紧接着，慧圆师太的声音在身边冷冷响起："阿弥陀佛，拉下去，重杖二十！"

"陛下！陛下！"武媚娘疯狂挣扎，却哪里挣扎得出？四个尼姑将她拖到空地，用力按住。她的腰间和臀上，感觉到木杖凶狠地打下来。

她耳边有人在数："一、二、三、四……"

进寺庙以来，武媚娘感觉自己竭尽全力守护的那点意志终于崩溃，一阵撕心裂肺的号啕从她喉咙里迸发出来。

所有人都听见，在武媚娘被打得皮开肉绽而晕倒之前，嘴里还在叫着"陛下"二字。

7

此时的李治正头戴十二旒冕冠，身着龙袍，接受群臣跪贺。

当一片"吾皇万岁万万岁"的声音在太极宫的宫前殿后响起之时，李治有种不真实的感觉。从此刻开始，自己便是大唐天子了吗？自三岁受封晋王，一直到长大成年，他从未想过有朝一日会身登大宝。在很多年里，他一直以为，长皇兄李承乾将是继父皇之后的第三位大唐天子，不料长皇兄被废，他又以为四皇兄李泰将成为太子，没料李泰也被放逐，太子名号落到自己头上。不过，即便身为太子，他也没想过父皇会有驾崩之日。在他眼里，父皇乃君临天下和掌控一切的神武之人，大唐天下，将永远在父皇手里。

如今父皇驾崩，自己成了社稷之主。

自己有父皇那样的力量吗？他能守住这万里江山吗？他自然知道，在父皇和长孙无忌眼里，他是守成之主。从父皇无数次的打量中，他又能够发现，父皇立自己为太子之后，不无悔意，因为自己太不像父皇了。父皇南征北战，甚至在驾崩前四年，还亲统六军，远征高丽。

父皇之武，自己望尘莫及，武之外的治国之道，自己更是不可企及。当李治眼望密密有序的朝中文武大臣对自己三叩九拜之时，心中强烈的感觉是，他们都是父皇留给自己的臣子，此刻他们虽在叩拜，但真的会像听从父皇那样听从自己的旨意吗？他记得去年正月，父皇将亲笔御书的《帝范》十二篇赐给自己。他当即跪接，威严无比的父皇一篇篇指给自己看，它们是《君体》《建亲》《求贤》《审官》《纳谏》《去谗》《诫盈》《崇俭》《赏罚》《务农》《阅武》《崇文》。父皇的沉稳之声言犹在耳，"修身治国，备在其中"，但奇怪的是，父皇又清清楚楚地告诉自己："汝当更求古之哲王为师，如朕，不足法也。夫取法于上，仅得其中；取法于中，不免为下……"难道被万民颂扬的父皇还会"不足法"吗？李治不敢相信，在他眼里，只有父皇这样的人，才能牢牢把控江山。

当群臣在他说出"众卿平身"后谢恩站起，李治将他们一个个看过去，脑中又想起一个月前，父皇病势加重之后，一日屏退王公公等左右，握他手说道："英国公李勣乃凌烟阁二十四功臣之一，威信布于海内，但你对他并无恩惠，恐怕他不会真正心服于你。朕今将他贬至叠州，待朕死后，你亲将其升为仆射，他必效忠于你，若他徘徊顾望，立即斩首！"

这是李治听来最感惊心动魄的话。他从没想过杀人，但父皇的话让他陡然看到在朝廷中不可不面对的危机和杀机，尤其看到父皇深不可测的驭人之术。

今日李勣尚在叠州，过几天将他召回朝廷吧，再授其仆射之位。不知他会不会真的如父皇所说的那样效忠自己。

李治的目光又转向长孙无忌和褚遂良。他们是父皇的托孤之臣，长孙无忌还是自己的亲舅舅，有他们在，诚如父皇所言，"勿忧天下"。此刻见二人执笏而立，脸色肃穆而坚毅，如同从群臣之巅建构起的坚实屏障，李治感到了一点点踏实。

面对起身后的群臣，李治第一次在皇帝御座前挺胸直腰，缓缓坐下。

冥冥中像是听到有人在叫"陛下"，他有点奇怪，想循声去望，但他知道，此刻的自己只能目视前方，像父皇那样威严而坐，那喊声在耳边一掠即过。群臣肃立，也许，并没有人叫他吧。此时此刻，李治不可能记得西北向不远的感业寺内，还有一个叫武媚娘的女人。在他脑中闪过的念头是，自己真能坐稳这把龙椅吗？会不会有比他更有才能、更有野心的人觊觎这一至高无上的宝座和大唐的锦绣江山？

第三章　峰回路转

1

花开花谢，武媚娘在感业寺转眼便是一年了。

一年来，所有曾经的嫔妃和宫女都安静了下来，她们不得不接受被迫为尼的命运。在占地三百亩的感业寺内，她们能去的地方不多，慧圆师太掌管寺内一切，没有人不服从她的安排。她们的生活一成不变，逐渐成为一潭死水，从每天的早课到晚课，永远不停地抄经、念经、背经，为先帝祈福，也为当今天子祈福，另外还得自己为衣食动手。无论她们曾是宫中几品，在寺内也无人侍候，挑水、种菜、缝补，都是她们的生活。逐渐修身养性，逐渐脱胎换骨。

佛理的神妙之处，就是让人勘破凡尘与生死。

武媚娘在经过那次杖罚、养过伤后，也安静了下来。她的安静还是有点不同，感业寺内的所有尼姑，没有哪个成为武媚娘的说话对象，似乎没有任何人被她看在眼内，只有一部部佛经在她眼里和手上经过。此外她该挑水就挑水，该种菜就种菜。因为那次李治登基时的举止有些奇怪，慧圆师太观察着武媚娘，除了她身上那股与生俱来的凛然气质之外，已和其他人再无不同。

转眼将到永徽元年五月二十六日，那是先帝驾崩一周年的忌日，感业寺很早就开始准备这场盛大的法事。来自宫内的人都还记得，当年每逢高祖忌日，先帝要么来感业寺举行隆重的祭祀，要么会请法师去宫里，不论宫内还是宫外，场面都极为浩大。不知在先帝的周年忌日，当今天子会如何安排？自然，所有仪式不会改变。对她们来说，宫廷和先帝，都是遥远的记忆了。

五月二十六日终于来了，所有人从卯时到申时，在一刻不歇的诵经中度过。

申时过后，武媚娘被慧圆师太命去距大殿两里外的水井中汲水。

武媚娘依命前去井中打水。井不深，在晃动的水面上，武媚娘看见自己的倒影。容颜未改，只是青丝杳无。她不禁回想自己在宫内的岁月，哪怕不再得宠，依然是衣食丰足的五品才人。此刻看着自己光头缁衣的倒影，悲从中来。她摇起水桶，倒影凌乱得再也看不清了。将水桶提出后，她不自觉抬头看看皇宫所在的东南方向。今日天子嫔妃如云，怎么可能还记得自己？她嘴角一动，狠狠嘲笑了自己一声。

"明空！"忽然一声大叫传来。

武媚娘转头一看，有点吃惊，竟是慧圆师太带着两个尼姑，脚步匆忙地朝自己走来。

还是第一次，慧圆师太的步履显得有些慌乱。

武媚娘赶紧将水桶放下，迎上几步。

慧圆已走至武媚娘身前，右手竖在胸前，说道："明空，速去客堂，有贵客要见你。"

武媚娘颇为诧异，首先是慧圆的神色居然有一丝讨好自己的笑意，这是一年来从未有过的神色；其次是自己在寺内一年，从未有任何人来见过自己，今日会是谁来？从慧圆师太的神色来看，来人只怕有些来头。

慧圆师太对身边的两个尼姑脸色一板，说道："还不帮明空把水挑到厨房去？"

那两个尼姑赶紧应命抬桶。

再转向武媚娘时，慧圆师太脸色又转柔和："明空，随老尼去客堂。"

武媚娘回声"是，师太"，便跟在慧圆师太身后走去。

走到客堂之前，只见一辆四匹白马为先的车辆停在客堂门三丈之外，两条锦帛组成的步帐从车内一直延伸到客堂大门，平时人来人往的客堂周围一片寂静，无一人影，显是慧圆师太已下严令，不许人走近观看。从车辆和拉开的锦帛步帐来看，来人身份非凡，车辆旁站立四名神色冷漠、身着锦衣华服的侍从。对曾在宫中生活十余年的武媚娘来说，一眼便可看出，侍从如此高贵，只可能来自宫中。

一阵突如其来的忐忑从武媚娘心头掠过。

慧圆师太低低说道："阿弥陀佛，明空，你独自进去。"

车旁侍从并不多言，将步帐拉开一个入口。武媚娘不再思索，抬步进入锦帐之中，往客堂内走去。

大门敞开的客堂内站立一位身穿黑色衣袍、腰围珍珠玉带的青年，他正背对房门，细看墙上悬挂的一幅诵经图。

武媚娘感觉自己心跳得十分厉害，一种说不出的预感充斥心房。

她走到门边，不敢进去，站在门槛外双手合十，垂首说道："感业寺明空，来见施主。"

那青年闻声转身。

刹那间，武媚娘呆呆如在梦中，已有一年未流的眼泪顺着脸颊淌了下来。

她再也站立不住，双膝跪将下去，嘴里喊出一声："陛下！"

2

来人果然是当今天子李治。

见武媚娘跪下，李治疾步过来，说道："媚娘，快快起来，让朕看看。"

武媚娘的泪水无法抑制。

李治简直不敢相信，眼前的武媚娘竟然罩件宽长缁衣，头上无一根头发。尽管他知道武媚娘已入寺为尼，但记忆总让他觉得武媚娘仍应是钿钗禮衣，发髻高绾，风姿绰约，如今她却连宫中最卑微的宫女也比不上，不觉怜惜之情大起。

扶她起来之后，李治立刻将武媚娘抱入怀中。

武媚娘靠在李治胸口，眼睛闭上，泪水始终不停，嘴里喃喃说道："陛下，我不是在做梦吧？陛下还记得媚娘，我以为……我以为陛下已忘记我了。"

李治柔肠大动，眼角竟也湿润起来，在武媚娘耳边低声说道："不是做梦，媚娘不是做梦。朕怎么会忘记你呢？朕一直就没有忘记。"

武媚娘抬头看着李治，泣声说道："陛下没忘记媚娘，怎么一年没有来见媚娘？"她忽见李治眼中有泪，赶紧抬手去擦，说道，"陛下是天子，如何能流泪？"

李治伸手抚摸武媚娘脸颊，说道："媚娘，你真是受苦了。"

武媚娘被这句话触动心事，再次埋头于李治胸口，失声痛哭起来。

李治将武媚娘抱紧，泪水也忍不住流下来。

武媚娘哭了一会，又抬头看着李治说道："陛下今日如何会来感业寺？"

李治抬手擦泪，说道："今日是父皇忌日，朕在宫中祭祀已毕，特借行香之名，来此看媚娘。"

武媚娘不敢相信，连泪水也停了，摇头说道："不，陛下不是特意来看媚娘的。"

李治低声道："朕确乃想见你才来。"

武媚娘继续摇头，说道："真想见我，陛下如何一年都未来过？"

李治闻言，不由松开怀抱，长叹一声，说道："自朕登基以来，每日事情繁多。今日若非父皇忌日，也找不到理由，朕……朕真的不像父皇，什么事也做不好，朕……朕也真的不像是个皇帝。"

武媚娘眉头微蹙，说道："陛下仁慈，该是最好的皇帝，如何说自己不像皇帝？"

李治沉思摇头，又叹息一声，说道："想父皇生前，尽管和大臣们时有争议，终究还是父皇说了算，如今朝中，朕说什么都不算，朕能算是皇帝吗？"

武媚娘奇怪地问道："陛下乃天子，在朝中如何是陛下说了不算？那谁说了算？"

李治摇摇头，然后又将武媚娘抱在怀中，嘴往武媚娘唇上吻去，低声说道："别说那些了，朕非常想媚娘。"

武媚娘和李治嘴唇甫接，一个念头在武媚娘心中陡起，她感觉李治嘴唇火热，猝然推开李治，再一次泪眼婆娑，低声说道："陛下不可。"

李治此时神魂已倒，双臂再次紧紧抱住武媚娘，含糊说道："为何不可？"

武媚娘举袖拭泪，说道："媚娘此生，最大心愿便是侍奉陛下，使陛下成千古明君。如今媚娘乃出家之人，岂能亵渎佛祖？再者，今日乃先帝忌日，陛下心里若真有媚娘，可先让媚娘还俗。"

李治一怔，点头说道："好，朕即刻下旨，先让媚娘蓄发。"

武媚娘心跳不已，尽力控制自己，说道："那媚娘今日随陛下回宫？"

李治闻言，脸色微微苍白。他松开放在武媚娘肩上的双手，眉头微皱，说道："今日恐还不可，媚娘毕竟是父皇才人，朕得好好想个法子。"

武媚娘伸出手抚摸李治脸庞，低声说道："只要陛下有法子，媚娘便在此等候陛下。只是有一事，媚娘不明，望陛下告知。"

李治苦笑说道："媚娘是欲知朕的后宫……"

"不是陛下后宫，"武媚娘打断李治，续道，"陛下方说，朝中陛下不能做主，难道是长孙大人做主？"

李治脸色惊讶，说道："媚娘如何知晓？"

武媚娘摇摇头说道："先帝宾天之日，在含风殿独独留下长孙大人和褚大人，媚娘便想，这两位大人当是先帝授命的托孤之臣了，自然权力不小，长孙大人是当朝元舅，陛下年轻，便事事都听长孙大人的了。"

李治眼中微微发亮，又随即黯淡，点头说道："媚娘真是锐利，今日朝中果然如此，长孙元舅替朕决定一切。"

武媚娘低声说道："臣强主弱，陛下不可做汉献帝啊。"

李治闻言，不禁双眼睁圆，不敢相信地看着武媚娘。

武媚娘勉力一笑，说道："陛下瞪眼，媚娘很怕。媚娘也是多想了，长孙大人对陛下忠心耿耿，有如此之臣，该是陛下之福。"

李治却是皱眉，片刻说道："不错，元舅与褚大人同心辅政，一年来百姓安居乐业，朕心甚慰。朕还记得登基不久，洛阳有个叫李弘泰的人竟然诬告长孙元舅谋反，被朕当即下旨立斩！若说其他人谋反，朕倒要查个清楚，唯独长孙元舅，岂会有谋反之心？"

武媚娘"嗯"了一声，说道："长孙大人忠心，乃陛下福气。"

"不过，"李治眉头未展，叹口气说道，"朕也颇烦元舅，朝中之事，他说便说了，如何还来管朕的后宫之事？"

武媚娘双目微垂，没有询问 只是说道："陛下千万别因心烦伤了身子。"说罢，武媚娘又抬眼凝视李治，微微闭眼，轻声说道，"太久太久没看见陛下了。"

3

李治回到宫时，酉时已过。

刚入永安宫寝殿，便有门外宦官进来通报，萧淑妃带两岁的皇子李素节前来觐见。

李治今日颇感疲惫，犹豫一下，还是命萧淑妃和皇子进殿。

片刻后，四名宫女拥着长袖漆鬟、容颜如画的萧淑妃和两岁的皇子李素节进来。

萧淑妃仪态万方地朝李治敛衽行礼，李素节则张开两只小小胳膊，跌跌撞撞地朝李治走来，口齿清楚地喊着"父皇"。

李治登基之后，于永徽元年正月立太子妃王氏为皇后，良娣萧氏则立为淑妃。淑妃虽在皇后之下，但王皇后始终无出，性格也不为李治所喜。萧淑妃则为李治诞有一子两女，李素节被李治封为雍王，长女封为义阳公主，次女封为高安公主。李素节虽是李治的第四子，李治对其喜爱程度远超前面三子。长子李忠虽已七岁，生母却只是当年东宫的普通宫女，得不到李治喜爱。萧淑妃乃南朝兰陵士族萧氏之胄，齐梁皇室后裔，出身高贵，姿色迷人，如今更母凭子贵，宠冠后宫。

李治见到儿子，心头颇喜，伸手将儿子抱起，微笑道："皇儿再叫一声父皇。"

李素节双手伸开，抓住李治两只耳朵，嘴里又喊出一声"父皇"。

萧淑妃笑道："陛下刚才去哪里了？节儿今日把'父皇'二字叫个不停，看他是太喜爱父皇了，片刻不见，就想得厉害。"

李治闻言，脸上微笑，但手指逗弄儿子。

萧淑妃见李治充满对儿子的怜爱之色，像是不经意地说道："陛下如此喜爱节儿，不如将节儿册立为太子。"

李治手指在儿子下颌停住了，转头看着萧淑妃，脸色微沉。

萧淑妃显出愁容，说道："陛下早立太子，才可早让朝廷大臣安心。"

李治脸上显出不耐烦之色，说道："朕岂不想立节儿为太子？可长孙元舅他们……"

萧淑妃不由恼怒，说道："又是长孙元舅！臣妾真的不明白，这大唐江山究竟是陛下的还是长孙元舅的？"

李治心烦意乱，说道："淑妃不要说了！"

萧淑妃停了片刻，终还是柔声说道："陛下，天要黑了，要不先把节儿送回，臣妾侍候陛下更衣？"

李治凝视萧淑妃一眼，摇头说道："今日是父皇忌日，朕想多思父皇之业，不需侍寝了，淑妃带节儿一起回去吧。"

萧淑妃无夜不承皇恩，今日听李治不需侍寝，微微一愣，脸色娇媚地说道："陛下是想让皇后侍寝？"

李治眉头一皱："朕说得清楚，今日乃父皇忌日，朕不需任何人侍寝。"

萧淑妃见李治脸色不悦，赶紧敛衽说道："妾身知道，妾身告退。"说罢，从李治怀中接过李素节，那四名随她进来的宫女也跟在她身后退出。

李治看着萧淑妃和李素节背影，不觉一叹。

走至案前，案上还整齐放着李世民亲手交给他的十二篇《帝范》。李治将最上面的《君体》拿到手上翻了翻，心里颇是不定，忽朝殿门喊一声："王伏胜！"

话音一落，殿外走进一老年宦官，正是曾在终南山含风殿侍候李世民的王公公。他走至李治面前，躬身说道："老奴在。"

李治看着王伏胜，缓缓说道："先帝给朕留下《帝范》，先皇后给后宫留下《女则》，此事王公公可知？"

王伏胜虽觉李治问得古怪，还是躬身说道："老奴知晓此事。"他抬头看眼李治，续道，"先帝与先皇后留下亲笔御书，俱社稷之福，朝廷内外，无人不知。"

李治来回走得几步，在王伏胜面前停下，说道："朕勤读《帝范》，后宫则当遍览《女则》，难道先皇后之书，后宫尚缺？"

王伏胜吃了一惊，双膝一跪，叩头说道："陛下明鉴，先皇后所书，后宫从未有缺。"

李治颇感不耐，说道："起来吧。"

王伏胜谢恩起身，偷眼看看李治，然后说道："陛下是想用先皇后之书，考试后宫？"

李治良久不答，眼望前方，忽轻声一叹，喃喃道："不能将先皇后之言以身垂范，纵是倒背如流，又有何用？"

王伏胜侍候过两位天子，自是察言观色，料想李治定是不满后宫嫔妃，说不定适才萧淑妃言辞未能令天子喜悦，当下说道："依老奴所见，陛下后宫，尊卑有序，今皇后母仪天下，后宫诸事，都处置得当……"

李治冷冷打断道："处置得当？你没看见皇后是如何对淑妃的吗？"

王伏胜没因李治口气冰冷而慌张，倒是不慌不忙地答道："陛下明鉴，皇后一直无子，自会羡慕淑妃有雍王殿下和两位公主。这羡慕过了分，自会希望多得陛下之宠，也是皇后的人之常情。"

李治缓缓点头，来回又走几步，叹气说道："可惜朕无先皇后那样的后宫之人。先皇后在日，非止后宫安宁，便是朝中之事，也对父皇多有辅助。"说罢仰起头，喃喃说道，"这后宫、这后宫，若得一人如先皇后那样，朕会安心许多啊。"

王伏胜虽两朝事君，如今称得上是李治心腹，也不敢去接李治此言，只是说道："先皇后深明大义，百年难遇，能为陛下之母，也是陛下之福呀。"

李治叹息一声，说道："你出去吧。"

待王伏胜出殿，李治走到窗前，抬头见外面明月升空，久久凝视，不自觉轻声念叨："媚娘……"没再说下去。

4

将前来通风报信的小宦官高延福赏赐命退之后，王皇后不由惊喜。

此时在皇后宫室的还有皇后之母魏国夫人柳氏和柳氏之兄中书侍郎柳奭。

柳氏原本为关中豪族，势力庞大，柳奭在贞观年间便是中书舍人，今日以皇后舅父之尊，被李治擢升为中书侍郎。

魏国夫人一见女儿神色，不觉问道："难得见女儿如此高兴，是有何喜事？"

王皇后脸现笑容，说道："适才高公公来报，今夜陛下没让萧淑妃侍寝。"

魏国夫人"哦"了一声，起身说道："这可是少见之事，难道萧淑妃获罪陛下了？"

柳奭今日入宫，参与太宗祭祀，事毕后来见魏国夫人，此时正与魏国夫人谈及王皇后与萧淑妃之事，见王皇后脸色兴奋，鼻孔里发出"哼"的一声，不紧不慢地说道："一夜未要侍寝，也不值得皇后如此高兴吧？还有明晚呢？后晚呢？难道陛下会从今日开始，冷落萧淑妃不成？"

王皇后闻言，顿时又眉头竖立，捏着拳头说道："舅父说得有理，萧淑妃狐媚惑主，本宫真恨不得将她马上处斩！"

柳奭站起来，走到王皇后身前，说道："陛下日日宠爱淑妃，皇后还是别去想怎么处斩他人，该想着如何保住皇后这个宝座才是。"

王皇后吃了一惊，说道："舅父是说本宫会保不住皇后之位？"

柳奭脸色深沉地说道："若能生下皇子，自能保住皇后之位。"

王皇后嘴唇一咬，恨恨说道："陛下一年都未来过本宫寝殿，如何生下皇子？"她抬头看着柳奭，有点焦急地说道，"依舅父之见，本宫若生不下皇子，陛下难道会让萧淑妃坐上皇后之位？"

柳奭摇摇头，沉思说道："当今陛下乃仁慈之君，皇后乃先帝所选，陛下若要废后，绝非易事，况且，朝中的长孙大人也不会同意陛下有废后之举。"

魏国夫人本已焦急，此时插言说道："可皇后若始终无出，萧淑妃又日益受宠，还是令人担心啊。"

王皇后听母亲也如此说话，心内不觉大急，眼望柳奭说道："母亲说得不错，皇后之位，即便眼下还能保持，等李素节长大了，就怕是长孙大人也保不住啊。"

柳奭来回走了几步，忽然嘴角一笑，停步说道："我倒是有一个法子。"

此言一出，魏国夫人和王皇后不约而同地问道："什么法子？"

柳奭将魏国夫人和王皇后分别看了一眼，慢慢说道："如今萧淑妃便是仗着有皇子，皇后虽然无出，可也不等于不会有子。"

王皇后诧异道："舅父此言何意？"

魏国夫人也站了起来，说道："是啊，陛下对皇后不理不睬，如何能有子？"

柳奭低声一笑，说道："萧淑妃之子，并非陛下唯一之子。如今陈王李忠已经七岁，聪明伶俐，虽非嫡子，却也是庶长子。其生母刘氏不过一宫女，陛下对陈王颇为冷淡，若皇后将陈王收为养子，岂不是大大抬高陈王地位，也使皇后名下有子？"

王皇后脸色一沉，说道："陈王生母乃宫女，如何能为本宫养子？"

魏国夫人倒是有茅塞顿开之感，脸色一喜，对柳奭说道："对啊，若是女儿收陈王殿下为养子，论众皇子长幼，乃陈王为先，若论出处，乃皇后所养，陈王本也聪明乖巧，确是可行！"她转向王皇后说道，"女儿啊，你收养陈王，便可让陛下以长幼之序，立陈三为太子，陈王必怀感恩之心，到那时，萧淑妃又如何动得了你稳如泰山的皇后之位？"

王皇后听母亲一说，低头想了想，说道："女儿就依母亲和舅父之意，收陈王为养子。"

柳奭抚须一笑，说道："此事宜早不宜迟，先收陈王为养子。可立太子之事，急也急不来，半年之内，必得让陈王在诸皇子中出类拔萃，我再择机拜访长孙大人。依我之见，长孙大人十有八九会支持陈王入主东宫。只要长孙大人奏请陛下，陈王的太子之位，便是我们囊中之物了！到时皇后与太子联手，会打不垮一个淑妃吗？"

说罢，柳奭仰头一笑，魏国夫人和王皇后也尽显喜色。

5

王皇后果然依柳奭之言，收李忠为养子，加意栽培。李忠虽值龆年，却极是聪明，在王皇后身边勤读诗书。柳奭也时不时前来探访，一日心思一动，奏请李治，请来四品少监上官仪辅授。上官仪于贞观年间中进士后被授为弘文馆直学士，累迁至秘书郎。太宗的者多诏谕都出自上官仪之手，文名极盛。

一年下来，王皇后等人见李忠勤奋好学，一日千里，大为喜悦。

永徽二年五月二十六日，李治率群臣再次在宫中祭祀李世民。

仪式散后，柳奭踏入长孙无忌府邸。

长孙无忌让柳奭落座之后，摇头叹道："柳大人今日也看见了，适才奏请陛下立陈王入主东宫，不意被驳回，本官确感意外。"

柳奭也摇摇头，皱眉说道："自陛下登基，朝中诸事，无不遵大人所言，今日拒大人所奏，莫非陛下属意雍王素节？"

长孙无忌微微叹道："陛下未明言，很难揣度，不过，眼见诸皇子一天天长大，若不早立太子，将伏朝中之患啊。"

柳奭试探说道："陛下喜爱雍王，人人皆知，不知长孙大人……"

"万万不可！"长孙无忌站起身来，斩钉截铁地打断道，"雍王乃淑妃之子，若被立为太子，淑妃下一步便是想为皇后。当今皇后乃先帝亲选，从无失德，淑妃若觊觎皇后之位，必惹后宫纷争，对朝廷不利，对社稷不利，亦对万民不利。本官只要还有一口气在，便决不允后宫有争，引江山震荡。"

柳奭跟着站起，对长孙无忌拱手说道："长孙大人时时以社稷为先，下官钦服不已，只是……如今皇后无出，收陈王殿下为子，也是对社稷的一片苦心。陛下今日不依从大人，下官还是忧心后宫出乱。"

长孙无忌皱眉沉思。他原以为，自己奏请立陈王为太子，对自己素来言听计从的李治必会首肯，不料李治第一次有了反驳之见，以一句"此事不急，容朕多思数日"打发过去。长孙无忌极感意外，还是不得不以一声"遵旨"作答。李治既已开言，也不容他继续坚持己见。长孙无忌已事三代君王，深知皇帝之言才一锤定音，无论自己如何把控朝政，朝廷之尊仍在一言九鼎的皇帝身上。

此刻听柳奭之言，长孙无忌踌躇片刻，沉声说道："当年妲己媚商纣，褒姒惑幽王，前事不忘，方为后事之师。若淑妃欲乱后宫，本官岂能坐视？"

柳奭走上几步，仍是拱手说道："长孙大人有何对策？"

长孙无忌凝目看看柳奭，说道："柳大人先请回府，此事本官自会再与圣上相商。"

柳奭要的也是长孙无忌最后这句话，当下拱手告辞，自去与魏国夫人报讯。

6

长孙无忌虽希望李治立李忠为太子，却也并非听了柳奭屡次登门之言，他看得极为清楚，李治目前的四位皇子，除李素节是淑妃所生之外，其他三位皇子李忠、李孝和李上金俱为宫女所生，比不得李素节出身尊贵，但若立李素节为太子，萧淑妃母凭子贵，后宫乃早发生废后之事。这是长孙无忌最无法容忍的后宫之争，是以柳奭数次求见自己，谈及欲立陈王入主东宫一事，倒颇合长孙无忌之意。

如今王皇后已将李忠收为养子，册立李忠为太子不仅名正言顺，还能免去后宫祸乱和朝廷众臣议论。若假以时日，王皇后诞下皇子，以嫡长子更换庶长子为太子也自然而然，后宫仍稳　朝中也无人非议。

过得三日，长孙无忌见李治以已忘记此事，思虑片刻，未在朝中再提立太子一事，而是在散朝之后单独去永安宫觐见李治。

李治性格柔弱，登基之后，将朝中一应大小之事都交与长孙无忌和褚遂良处理，二人受李世民托孤之重，忠心耿耿，李治不知不觉，对二人日益倚重。

身为顾命大臣，长孙无忌前往永安宫自无阻碍。他刚刚进宫，迎面遇见王伏胜和几个宦官。王伏胜赶紧上前鞠躬请安。

长孙无忌拱手说道："王公公，本官欲见陛下，烦请公公通报。"

王伏胜还未回答，长孙无忌便听见身后"哎唷"一声，道："长孙大人如何到永安宫来了？怎么，想再请陛下立陈王为太子吗？"

长孙无忌转身一看，见是萧淑妃牵李素节走来。当下迎上几步，手一拱，正色说道："早立太子，早安天下人心，此乃国家大事，本官素来只为社稷，淑妃料来也是国事为先之人。"

萧淑妃冷冷一笑，说道："妮一个早立太子，早安天下人心，难道本宫就心无社稷？"

长孙无忌声音沉稳地说道："淑妃心存社稷，乃陛下之福。"

萧淑妃阴恻恻地笑道："长孙大人看看本宫的雍王，师从徐齐聃大人，如今诵诗逾百，不知陈王殿下能背得出多少？"

长孙无忌肃容道："雍王殿下敏捷好学，本官极为欣赏。"说罢，又向雍王一礼。

与半年前相比，雍王李素节委实长高不少，他毕竟尚幼，见长孙无忌脸色僵硬，心里有点畏惧，还是说道："长孙大人做过父皇的太子太师，学问一定很大。"

长孙无忌见雍王口齿清晰，惹人喜爱，不觉微笑，说道："殿下有徐大人为师，一定进展颇快。"

萧淑妃目光冷冷横过长孙无忌，径自对王伏胜说道："王公公，本宫和殿下过来，是来觐见陛下，王公公可先去通报。"

王伏胜躬腰说道："启禀淑妃、殿下，陛下出宫去了。"

萧淑妃脸色讶然，说道："刚刚散朝，陛下就出宫了？王公公如何没有随驾侍候？"

王伏胜仍是躬身说道："陛下说老奴年高，让小公公高延福相陪了。"

萧淑妃脸色沮丧，说道："可知陛下去了哪里？"

王伏胜垂首说道："回娘娘，陛下去感业寺进香了。"

此言一出，不仅萧淑妃，连长孙无忌也面露惊诧。萧淑妃的声音不觉提高道："怎么陛下又去进香？这半年多来，陛下去感业寺多少次了？"

长孙无忌没有说话，他心中所想，也正是萧淑妃之言。

7

黄昏笼罩着感业寺后院的菜园。

李治与武媚娘在此携手散步，然后在田埂上坐下。

自去年太宗忌日后，慧圆师太接到王伏胜传来令武媚娘重新蓄发的皇帝口谕，心中惊吓异常，哪里还敢怠慢武媚娘。李治每次前来上香，从未在寺内公开过自己身份，慧圆师太料知前来的是当今天子，却无论如何不敢上前自作聪明。只是每次李治过来，慧圆师太便命所有尼姑都入殿诵经，好让李治和武媚娘随意相处。

李治贵为天子，却觉在感业寺菜园才真正得到自己想要的。

他凝望黄昏良久，侧头对坐在身边的武媚娘说道："朕的后花园虽美，哪里及得上此处菜园！"

武媚娘凝视李治一眼，说道："陛下来看媚娘，媚娘感激不尽。"

李治微笑道："是朕对媚娘充满感激，只有在这寺内，朕才感觉活着的愉悦。"

武媚娘幽幽叹息："陛下据有海内，如何会觉此处才愉悦？"

李治将武媚娘的手握住，柔声说道："朕虽是天子，可在朝中也好，后宫也罢，总觉哪里都不是由朕做主，就连立个太子，也不是朕想立谁就立谁。"

武媚娘惊讶地看了李治一眼，说道："陛下想立太子，也须长孙大人同意？"

李治叹口气说道："不是要经他同意，而是他想要朕立陈王为太子。"

武媚娘微笑一下："自古立长不立幼，长孙大人说得也没错。"

李治眉头皱了一皱："朕喜欢的是四子素节，忠儿虽长，其母只是宫女，若是忠儿入主东宫，恐惹天下人笑话。"

武媚娘脸上微笑，说道："那倒不一定，陛下太子立得越早，天下才越是心安。只是陛下想立四皇子，是不是四皇子特别聪明？"

李治早已在不知不觉中，感觉和任何人说话都不如和武媚娘说话时感到轻松惬意，当下微笑道："素节聪明好学，实是令朕喜爱。"

武媚娘不答，将头枕在李治肩上，轻声说道："媚娘若能日日坐在陛下身边，便是一生之喜了。"

她见李治没有回答，将头抬起，凝视李治侧脸，柔声说道："我知道这是奢望，能有陛下时时来看媚娘，已经很知足了。"

李治缓缓摇头，叹道："你兑朕算什么皇帝？连下个圣旨召你回宫的勇气也没有，生怕皇后她们会对你不利，还担心长孙元舅来刁难朕。"

武媚娘沉默片刻，说道："其实媚娘不太明白，陛下为什么那么害怕长孙大人？"

李治继续摇摇头，叹道："朕也奇怪。说起来，当年若不是长孙元舅劝谏父皇，别说当皇帝，便是朕当年白太子之位也被父皇换成三皇兄了。后来父皇宾天，将朕托孤给长孙元舅和褚大人，说真的，从那天开始，朕就总在看见元舅时有点害怕。媚娘，你说朕是不是不该当这个皇帝？"

武媚娘脸上微笑，说道："不是陛下怕长孙大人，是陛下对长孙大人有感激之情，其实陛下是皇帝，爱怎么做就怎么做，谁敢去违抗陛下的旨意？"

李治转过头，凝视武媚娘，柔声说道："朕的最大之愿，不是立谁为太子，而是想接媚娘回宫。朕左思右想，总觉朝中大臣都会谏阻，朕只要想起在朝中不能自己做主，就心烦意乱，想不出个好法子。"

武媚娘再次把头枕到李治肩上，喃喃说道："陛下时时记得媚娘，媚娘就已经……"她尚未说完，只觉内心一阵呕吐的欲望直冲咽喉，忍不住"哇"的一声，却没吐出什么。

李治不觉一愣，将武媚娘伸臂揽住，急声说道："媚娘，你怎么啦？"

"我、我……"武媚娘脸色苍白，陡然扶着李治肩头站起，身子一扭，对着田里的几兜白菜吐起来。

李治手忙脚乱，跟着站起，扶着武媚娘说道："媚娘怎么了？"

武媚娘抬袖擦去嘴边秽物，看着李治，哀声说道："我、我不想告诉陛下，我、我……"

李治陡然惊醒："媚娘，你有朕的骨肉了？"

武媚娘看着李治，微微点了点头。

第四章　重整旗鼓

1

一声"陛下驾到"使王皇后又惊又喜。她赶紧放下手中刚刚端起的一只蒸梨，起身往外迎去。

刚到门口，李治已跨门而入。

王皇后敛衽行礼，脸上忍不住微笑，说道："不知陛下前来，妾身迎驾迟了。"

李治手一挥，对跟在王皇后身后的几个侍女说道："你们都出去。"

那几个侍女赶紧出门。王皇后喜不自胜，李治已太久没来她的宫室，怎么也料不到李治今日会至。此刻见他叫侍女们出去，显是要与自己独处，不觉更是高兴。

李治坐下之后，王皇后满脸笑容，说道："陛下今日怎么得闲来看妾身？"她见李治欲言又止，似是心烦，又补充道，"妾身刚刚命人蒸好一些西域之梨，陛下尝尝？"说罢伸手拿碗盛起一只蒸梨，双手端了递给李治。

李治脸上愁云未散，手一抬，说道："罢了，朕今日没有胃口。"

王皇后察言观色地说道："看陛下神色，似有不快之事，可否告知妾身？"

她脸色焦急，内心却是暗喜。对王皇后来说，李治朝中有长孙无忌等元老辅佐，自非为朝事心忧，能让他感到烦恼的，应是萧淑妃母子了。此刻见李治心神不宁，必是萧淑妃惹出了什么事端。

　　李治思索片刻，抬头凝视王皇后说道："皇后可还记得侍候父皇的那个武才人？"

　　"武才人？"王皇后一愣。她身为太子妃时，多在东宫，与武媚娘即便见过也无印象，遂说道，"臣妾……不太记得。"随后又诧声说道，"父皇的才人，要么在感业寺出家为尼，要么在掖庭宫，陛下怎么说起武才人来了？"

　　几个月来，李治一直不知如何是好。武媚娘怀有身孕，自不能将她再置于寺内，但要接进宫来，颇惧长孙无忌等人非议，更不能不面对的问题是，武媚娘毕竟是先帝才人，将她接进宫来，有违父皇遗旨尚在其次，如今皇后及四妃都定，武媚娘入宫该如何安置？这些年来，自己独宠萧淑妃，已惹得皇后和其他妃子不快。自己虽不喜皇后，但她毕竟是后宫之主，欲使武媚娘入宫，皇后如何看待确是问题核心。向来无主见的李治想来想去，既然不敢告知长孙无忌，皇后却是无论如何不能隐瞒，终于决定告知皇后。

　　李治见问，又叹息一声，起身说道："武才人奉父皇遗旨，在感业寺出家，如今……如今……"他一连说了两次"如今"，还是不知如何说下去。

　　王皇后先是一愣，见李治神情慌乱，心里隐隐约约升起一丝奇特的预感，但实在不敢细想。先帝的才人既入寺落发，自是已被宠幸所致，难道今天的皇帝竟然放着三宫六院的如云佳丽，宁愿去和一个尼姑偷情？王皇后虽不敢相信，看着李治心烦意乱的神色，能肯定李治和这个武才人关系非同一般。她念头刚起，又随即否定，如果李治与武才人有染，他无论如何不会告诉自己。既然李治想和自己说武才人之事，倒不妨听听他们之间究竟是何关系，当下微笑道："陛下和武才人是不是以前就很熟悉？"

　　李治背着手，来回走了几步，终于牙一咬，突然站住，隔桌看着王皇后说道："如今武才人腹中，已经有了朕的骨肉！"

　　这句话一说，王皇后如闻霹雳，身子一晃，伸手按住桌案。

　　李治见皇后神色，心内倒是涌起一丝不忍。他心知对皇后冷落得委实过分，但自己内心不喜，实在是无法勉强半分。此刻见她脸色苍白，如要流泪，忙上前一步，说道："皇后……"

王皇后按住桌子，定定心神后，抬头凝视李治，刚刚苍白的脸色恢复了过来。

她看着李治，在怒火攻心的嫉妒中，一个念头忽从脑中闪过，不由背过身去，暗中琢磨片刻，然后再转身凝视李治，眼光已转柔和，慢慢说道："她既有陛下骨肉，妾身以为，当即刻把武才人接进宫来才是。"

李治一听，大是感激，几步绕桌过来，双手将王皇后的手握住，说道："难得皇后如此深明大义。"

王皇后脸上微笑，说道："妾身是陛下之妻，自然要为陛下着想。若一时不好安排，不如将武才人先安置在妾身身边。"

李治原以为王皇后会如对萧叔妃一般，立时说上无数嫉恨挑拨之言，她若还告知长孙无忌，更将不可收拾。李治知自己是由长孙无忌推选出来，他又是顾命之臣，严厉无比，一旦武媚娘怀孕之事泄露，为了保住国君"孝心弥笃"的形象，长孙无忌一定会毫不犹象地除掉武媚娘和她腹中的孩子。此刻见皇后无丝毫嫉恨，还建议先将武媚娘安置在她自己身边，不觉狂喜，将王皇后拥在怀里，喜声说道："你真是朕的好皇后！"

王皇后在李治怀中，眼中闪过一丝狠辣神色。

2

三天之后，一顶轿子在王皇后宫前停下。

一些侍女早在等候，见轿子过来，都走上前来。

没有哪个侍女不好奇武媚娘到底长什么样子。这些跟在王皇后身边的侍女无不是从东宫而来，没人在太宗主前见过武媚娘。她们此时均知，这个先帝才人如今竟在感业寺被皇帝宠幸而孕，甚是惊讶，自然想看看让皇帝着迷的尼姑究竟是怎么一个模样。

轿帘掀开，武媚娘弯腰而出。

那些侍女一见武媚娘，顿觉眼前一亮，武媚娘头发虽没长出多少，衣服也简单，却是俏脸如莲，秋波流转，没有任何脂粉涂抹，竟令人一眼看去怦然心动。

有两名侍女分左右过来相扶。

武媚娘微笑道："不敢劳烦妹妹，我自己进去。"

在两名侍女眼里，武媚娘虽是尼姑，终究是先帝才人，更是当今天子宠幸过的女人，听她称自己为"妹妹"，毫无盛气凌人的架子，顿感武媚娘极为亲近，还是伸手扶住武媚娘胳膊，说道："奴婢们奉皇后懿旨，来侍候武才人。"

武媚娘听见"武才人"三字，微微一怔，继而抬眼，左右望去。两年的感业寺尼姑生涯，寺内诸人，都以"明空"称之，自己也渐渐习惯了这一法号。曾经的后宫生活和才人称谓，都遥远如梦，此刻耳边陡闻"武才人"三字，恍如离去的一切重来。她缓缓看过这里的殿室宫门。这是皇后的后宫，也是她待过十二年的后宫。此刻扫眼看去，所有的殿室都没有改变，甚至这些侍女的衣饰也没有改变。一个念头涌上，自己永远不可再离开这里。当下不再说话，脸上微笑，将双臂自然放在两名侍女手上，抬步走上台阶。

二侍女将武媚娘送进皇后宫室的一间内殿。

见殿内的一切仍是自己曾无比熟悉的布置，武媚娘逐渐沉静。她将肩上挎的包裹放在桌上，侧头对那两名侍女说道："两位妹妹叫什么名字？"

一名侍女走上说道："回禀武才人，奴婢叫秋莲，她叫冬菊。皇后有旨，武才人在此处的生活，由奴婢们伺候。"

武媚娘微笑一下，说道："今天一来，就见到两位妹妹，真是有缘。我这里有圣上的一些赏赐，分与两位妹妹。"说罢，武媚娘将包裹解开，从中拿出两锭黄金，递给秋莲和冬菊。

二人不觉惊吓，连连摇手，说道："奴婢不敢。"

武媚娘笑道："有什么敢不敢的，收下吧。"

她虽微笑说话，却自有一股无可抗拒的气势。秋莲和冬菊互相望望，终于收下道谢。她们侍候王皇后几年，哪里被赏赐过这么一大锭黄金？不由惊喜交集。

武媚娘仍是笑道："我有点累了，想歇会，两位妹妹先出去吧。"

看着她们退出后，武媚娘脸上的笑容消逝了，她看着房中衣架上撑开一套才人宫服，慢慢走过去，伸手摸摸衣服，嘴角浮起一丝冷笑，沉声说道："休想我再做才人！"

3

当日未见王皇后，李治也没有过来。武媚娘的情绪时而激荡时而冷静。她现在感觉疑惑的是，王皇后怎么会派人去感业寺接自己回后宫？她现在怀有李治骨血，对皇后来说，颇感不快才属自然，事实却是皇后不仅无恶感，还将自己接进后宫。固然，她有可能是承李治旨意，但久在宫中，武媚娘知道得清楚，如果王皇后对自己有孕而生嫉恨，她只要用一句先帝遗旨就可让李治不敢轻举妄动。如今既已进宫，则是皇后赞同无疑。

皇后为什么会赞同？

翌日，秋莲和冬菊旦早过来，给武媚娘化妆和更衣。

她二人得了武媚娘赏赐，自然加倍仔细。

铜镜中的武媚娘越发妩媚，秋莲和冬菊都看得呆了，不由说道："武才人真美！"

武媚娘微微一笑，说道："那可美不过皇后啊。"

秋莲笑一声，说道："以奴婢来看，淑妃可美不过武才人。"

武媚娘心中一动，说道："我听陛下说过，淑妃所生的雍王殿下很聪明。"

冬菊答道："雍王殿下才三岁，能背的诗赋就差不多有一百首了。"

武媚娘脸上始终带笑，说道："那陛下一定很喜欢雍王殿下了。"

这次是秋莲来答："可不是，所以皇后才认了陈王殿下为子。"

武媚娘眉头一动，诧声说道："皇后没有亲子吗？如何要认陈王为子？陈王殿下的母后是谁？"

秋莲和冬菊互相看看。

武媚娘转过身说道："我刚刚回宫，很多事还不知道，还望两位妹妹告知，免得我见皇后时说错了话，岂不是连累两位妹妹？"

冬菊闻言，对秋莲说道："姐姐去把门关上，别让人听到了。"

秋莲依言去关门。

冬菊还是压低声音说道："皇后就是因为没有亲子，才收养陈王的，如果陛下立陈王为太子，咱们皇后才不会被萧淑妃欺负啊。"

武媚娘奇怪道："怎么淑妃能欺负皇后？"

冬菊说道："淑妃就是仗着自己有雍王殿下，才拼命欺负皇后。奴婢们屡次听皇后被淑妃欺负得哭啊哭，而且……"她见秋莲走过来，还是朝殿门看了一眼，才继续低声说道，"奴婢还听说，陛下想立雍王殿下为太子，要是真的这样，皇后岂不糟糕？"

武媚娘看看铜镜里的自己，然后站起，慢慢说道："你们给我的眉毛描得真好，可惜我的头发太短了一点。"

秋莲说道："武才人不要担心，宫里有伶人假发，可以先戴上。"

武媚娘又微笑一下："不用了，陛下喜欢看我现在的样子。对了，陛下什么时候来你们知道吗？"

冬菊说道："这个奴婢就不知道了，不过，皇后今天会召见武才人。"

武媚娘微微点头，说道："不知为什么，我还真有点怕见到皇后。"

秋莲说道："武才人不用怕皇后，不好侍候的是……"她忽然觉得自己说得有些僭越，伸手捂住了嘴巴。

武媚娘拉住秋莲另一只手，说道："好妹妹，你得告诉我，不然我很怕有些地方做得不好。皇后把我从感业寺接进宫来，我无论如何要报答皇后的大恩大德，若是因我不知情而触犯了皇后，岂不是因小失大？"

秋莲还是不敢说，冬菊上前一步说道："武才人要注意的是魏国夫人，她是皇后的母亲，对我们做奴婢的，从来就没好脸色。"

武媚娘微笑起来，说道："我记住了，你们真是我的好妹妹。"

4

当天下午，王皇后召见武媚娘。

武媚娘给秋莲和冬菊各赏一锭黄金，已经得到了自己想要的答案。王皇后接其入宫，绝非简单听命于李治圣旨，而是想自己手中有支能挑落萧淑妃的锋利长矛。武媚娘有点诧异王皇后的想法，在她看来，这是一个极其幼稚的想法，她也得出结论，王皇后尚不是心机深沉的女人。身为皇后，与地位不如自己的淑妃争宠倒也罢了，想到的办法居然是将一个先帝的才人接进宫来对付淑妃。

武媚娘立刻知道，属于自己的时机来了。

她现在要做的，是如何把握这一时机。

接到王皇后召见的命令之后，武媚娘已拿定了主意。

王皇后的性格和魏国夫人的深浅，几句话就让武媚娘知道得清清楚楚。

令武媚娘意外的是，在皇后和魏国夫人眼里，武媚娘似乎是刚刚入宫之人。她们对武媚娘的恭敬非常满意，另外对武媚娘也颇为好奇。

魏国夫人十分冷傲地说道："若不是皇后向陛下屡次求情，你这辈子就是在感业寺终老了。如今到了宫里，事事都得听皇后旨意，你明白吗？"

武媚娘垂手弯腰，说道："媚娘永远感激皇后，也感激魏国夫人的教诲。"

魏国夫人将武媚娘上上下下细看，走到武媚娘身前，伸手抚摸她微隆的肚腹，仍是声音冷淡地说道："因为皇后，才有你的今天，也会有你孩子将来的一切。老身的话，你一辈子都要记住。"

武媚娘伸手抚摸自己肚腹，说道："媚娘永远记得皇后的大恩大德。"

魏国夫人冷眼看看武媚娘，转头对王皇后说道："皇后有什么要交代武才人的吗？"

王皇后一直凝视武媚娘，暗想陛下喜欢她什么呢？容貌是美丽，可后宫的嫔妃哪个不美？看她的样子，也不像萧淑妃那样狐媚，不知她是不是萧淑妃的对手？听到母亲发问，便端颜说道："得陛下宠幸，是你的福分，可是，武才人可听过萧淑妃和雍王殿下？"

武媚娘微微抬头，说道："媚娘听陛下说起过淑妃。"

"听陛下说过？"王皇后脸色不由一冷，说道，"萧淑妃狐媚惑主，你可得让陛下多保重龙体。"她冷冷一笑，补充道，"武才人可别像萧淑妃一样才好。"

武媚娘始终恭敬："皇后娘娘的话，媚娘记住了。"

王皇后似乎感到满意，挥手道："你先下去吧。"

看着秋莲和冬菊搀扶武媚娘出去，王皇后对魏国夫人说道："母亲觉得武媚娘能击败萧淑妃吗？"

魏国夫人想了想，说道："看她还算谦卑恭顺，一副楚楚可怜的样子，和萧淑妃完全不同。现在陛下喜欢她这个样子，就不会再喜欢萧淑妃那个样子了。"

王皇后心内一喜，说道："那看来接她入宫，是没错的了。"

魏国夫人动了动眉头："错是不会错，不过，眼下最重要的，还是让你舅父多去长孙大人府邸，无论如何，一定得先让忠儿入主东宫，这才是最重要的事。"

5

事情的发展似乎正如王皇后所设想的那样。

因为武媚娘住在自己宫殿，李治来得甚勤，萧淑妃不知不觉被冷落下去。当武媚娘从感业寺进入皇后宫室的消息传到萧淑妃耳朵里时，萧淑妃再也控制不住，一日算准时间，径直来到李治的永安宫寝殿。

李治久不召淑妃，已是内心有愧，此刻见她气势汹汹，不告而入，微感慌乱；与此同时，一股对自己极为不满的感受也涌到心头。无论如何，自己是皇帝，如何被几个妃子弄得心慌意乱？他不由想要发作一次才好。

萧淑妃没让李治有发作的机会，一见李治，立刻跪下，说道："陛下还记不记得答应过妾身何事？"

李治被这突然一问弄得不知所措，忙问："朕答应过淑妃何事？"

萧淑妃咬牙说道："陛下答应过妾身，立素节为太子，君无戏言，难道忘了？"

李治一听，不觉头脑发涨。今日在朝上，长孙无忌又一次奏请立陈王为太子，李治好不容易才出言拒绝。在他内心，所想的是立素节为太子，只是长孙无忌屡次奏请立陈王入主东宫，李治感到自己对长孙无忌与日俱增的惧意，没想到此刻萧淑妃又全无怜惜之情，对自己施加压力，不觉陡然大怒，厉声喝道："淑妃！你可知为了素节，朕与长孙元舅他们敷衍过多少次？你、你居然用朕说过的话来要挟朕！"

萧淑妃这些日子积压的恼怒原本不少，仗着自己的得宠地位，整日盘算如何对付王皇后和武媚娘，此刻见对自己素来温柔的李治凶眉怒目，哪里还控制得住？也不等李治命她"平身"，霍地站起，说道："陛下对妾身这么凶干什么？难道陛下忘了对妾身的诺言，也忘了陛下与妾身的往日恩情？"

李治一怒之后，已顿感后悔，与萧淑妃的往日恩爱不觉涌上心头，长叹一声，声音也低了下来："淑妃，朕对节儿之爱，远超其他诸子，这点你岂会不知？朕何尝不想尽快立节儿为太子，可你也知道，如今朝廷，长孙元舅和褚大人他们都在尽心辅佐，朕要治理国家，如何离得开这些老臣？长孙元舅屡次催促，要朕立陈王为太子，朕找尽千百种理由拒绝，不就是为了让节儿能入主东宫？你对朕发什么脾气？"

萧淑妃闻言更怒，说道："妾身知道，陛下根本就没把妾身和节儿放在心上，妾身一直信任陛下，可却落得一个要听长孙大人的，陛下还是不是皇上？妾身知道，陛下是想立陈王为太子对不对？"

李治再次来火，厉声喝道：'你跪下！朕还没要你起来！"

萧淑妃还是第一次见李治震怒到如此地步，赶紧再次跪下，眼泪随之流出，哀声道："妾身知道，长孙大人和皇后勾结，一门心思要陛下立陈王为太子，如果陛下立了陈王，臣妾怎么见人？如何还有活路？"

李治看着萧淑妃悲哭，心烦意乱到极点。他无法明白，自己为了萧淑妃母子，已经被大臣们连日逼迫。有长孙无忌和褚遂良领头，更兼立长不立幼的理由充足，群臣皆附。怎么萧淑妃就不能理解自己，反而在此哭哭啼啼？一股深切到极点的疲惫感涌上来，他抬头对萧淑妃说道："你出去吧，有朕在，你怎么会没有活路？让朕安静片刻。"

萧淑妃跪行几步，到李治脚旁，拉住后者袍角，像是发疯一样地说道："陛下，你赶紧立素节吧！立素节吧！妾身对陛下只有这一个愿望。陛下！我们夫妻多年，陛下就不顾夫妻之情，也不顾父子之情吗？"

李治被萧淑妃这几句话弄得烦恼至极，他想再说自己内心想的就是立素节为太子，才与朝中大臣们敷衍，但看着萧淑妃发疯似的脸庞，疲倦到再也不想解释，只说道："朕知道，淑妃松手回去吧。"

萧淑妃在疯狂中蓦然喊道："妾身知道，陛下是被武媚娘那个尼姑迷住了。

皇后把一个尼姑引进后宫，陛下就什么都听皇后的了，是不是这样？是不是这样？"

李治不觉狂怒，再也忍不住，抬起腿来，对萧淑妃当胸踢去，第三次厉声喝道："你给朕滚出去！"

萧淑妃被踢倒在地，又翻身死死拉住李治袍角，哭喊道："我要杀了那个尼姑！"

李治眼睛一瞪，一把将萧淑妃头发提起，后者头上的钿钗掉落一地。李治怒不可遏地喝道："大胆！敢在朕面前说要杀人？你再不滚出去，朕今天就杀了你！"他抬起头，对门外大喊一声，"王伏胜！"

王伏胜急匆匆走进，对眼前的一切如若未见，躬腰道："老奴在。"

李治指着萧淑妃，胸口起伏，喝道："把淑妃拉出去！三个月不准出淑妃宫！"

6

王皇后也没去想李治寝宫之事如何被武媚娘得知，她从后者那里听到萧淑妃三个月不准离开淑妃宫的消息后，喜上眉梢，重重赏赐了武媚娘几盒首饰，然后赶紧告诉魏国夫人和柳奭。二人一听，也不觉惊喜。

柳奭在朝中，亲见长孙无忌和褚遂良奏请李治立陈王为太子被拒之事。他自然知道，李治拒绝长孙无忌奏请是为了让李素节入主东宫，如今萧淑妃得罪李治，王皇后的优势顿时大增，尤其李忠在上官仪等人的授学之下，进步极快。王皇后无子，也不知不觉将李忠视为亲出，在旁人眼里，颇有母慈子孝之感。

这日长孙无忌散朝回府，心中大是不安。连柳奭都看出李治想立李素节为太子，长孙无忌又如何看不出来？正心烦意乱间，下人来报，中书侍郎柳奭来府。

近一年来，柳奭多次造访长孙无忌的太尉府，已是熟客，也不觉间成为长孙无忌心腹。

宾主落座之后，柳奭双手一拱，说道："长孙大人，陛下久不立太子，下官实是担心朝中有变啊。"

长孙无忌叹息一声，说道："柳大人也见到了，本官与褚大人屡次奏请，陛下推三阻四，我们做臣子的，实是束手无策。"

柳奭摇摇头，说道："长孙大人乃先帝托孤之臣，尚且不能，下官就更是无能为力了。"

长孙无忌抬头看着柳奭，像是忽然想起了什么事似的，缓缓说道："我听闻先帝才人武媚娘进了皇后宫中？"

柳奭似是无奈，双手一摊，说道："武才人已怀有陛下骨肉，皇后将她接进宫中，是为陛下分忧，此事未及告知长孙大人……"他没说完，看长孙无忌反应。

长孙无忌暗暗一惊，想起当年太宗病逝之日，武媚娘看向自己的奇特目光，皱眉说道："武才人怀有陛下骨肉？她入感业寺为尼了，还能引得陛下宠幸，绝非等闲之人啊。"

柳奭颇感意外，说道："武才人对皇后谦卑恭顺……"

"谦卑恭顺？"长孙无忌打断说道，"皇后为了争宠，出此下策，引武才人进宫，柳大人就不怕后宫起波澜？"

柳奭见长孙无忌说得慎重，宅声道："应该不会吧？以下官来看，武才人对皇后不仅恭顺，还事事为皇后着想。"

长孙无忌冷笑一声，说道："柳大人可别掉以轻心才是！"

柳奭倒是轻松说道："长孙大人勿虑。今日下官登门，是想告知大人，陛下散朝回宫之后，淑妃前往觐见，结果被陛下诏令三个月不许离开淑妃宫。以下官来看，这正是我们加紧奏请陛下立东宫的良机。"

长孙无忌闻言更惊："今日散朝不久，柳大人如何得知淑妃被陛下惩处一事？"

柳奭微愣，然后答道："是武才人告知皇后的。"

"武才人？"长孙无忌双眼圆睁，说道，"陛下刚刚惩处淑妃，她如何就立刻得知？连皇后还不知，她怎么知道了？这武才人回宫才几日，就如此神通广大？"

柳奭闻言，也猛然醒悟，喃喃道："对啊，她如何会比皇后先知？"

长孙无忌沉思片刻，说道："柳大人还是嘱咐皇后，小心武才人。淑妃被惩，对立东宫是好事，可本官心中有预感，让武才人进宫，绝非一件好事！"

柳奭吃惊地看着长孙无忌。

长孙无忌双眉紧皱，续道："老夫得奏请陛下，尽快将武才人驱逐出宫！"

7

翌日，长孙无忌果然在朝中呈上奏折。

李治深恐长孙无忌又是请求自己立陈王为太子一事，委实不愿在群臣面前再议此事，没有在朝中阅奏。

回永安宫后，李治将长孙无忌奏折打开。一见之下，不由气恼。长孙无忌奏折所言，竟是请李治将武媚娘送还感业寺，理由是武媚娘乃先帝才人，必须奉先帝遗旨行事。李治大怒之下，心想你与皇后绞尽脑汁，一心想让李忠入主东宫，倒也算是在为朝廷着想，如今上奏要朕驱逐武媚娘，岂不是连朕的家事也要管。他按捺不住，将奏折狠狠摔在地上。

在一旁服侍的王伏胜极少见李治发怒，数日前对萧淑妃怒发冲冠已是罕见，如今将大臣的奏折摔到地上，还是第一次看见，即便是先帝，抑制不住怒火时也未见有此举动。他赶紧挪步，弯腰将奏折拾起，双手递给李治，说道："陛下息怒，如今天下太平，臣子上奏，也无非是为陛下着想。"

李治极为恼怒，霍地站起，将王伏胜手上奏折接过，又用力扔在案上说道："你知长孙元舅奏请什么吗？他居然要朕将媚娘送还感业寺，不是岂有此理吗？"

王伏胜一听长孙无忌奏请是与武媚娘有关，凑近一步，对李治说道："长孙大人特意上折，是觉此事重大，陛下也无须着恼。"

李治双手一张，对着殿顶喊道："朕乃天子，朕喜欢谁，用得着做臣子的来管吗？"

王伏胜跟在李治身后，弯腰说道："陛下，依老奴来看，长孙大人也不是要管陛下后宫之事。陛下登基四载，海内清平，长孙大人也算得上鞠躬尽瘁，老奴便是在深宫，也听到不少长孙大人为朝廷尽心竭力之事。"

李治看了王伏胜片刻，怒火稍减，说道："朕且问你，武媚娘要送还感业寺吗？"

王伏胜惊得跪下，说道："陛下之事，老奴如何敢言？"他见李治脸上怒色不是因己而发，终于大起胆子说道，"武才人自然要留在宫中。只是，陛下也无须对长孙大人生气。"

李治冷冷一哼，说道："你起来吧。你说长孙大人为国鞠躬尽瘁，朕也不是没看在眼里，他的奏折已经送上，朕该如何回复？"

王伏胜站起，仍是弯腰过来，低声说道："依老奴之见，陛下此事不依长孙大人，其他事可退后一步，如此君臣可两全其美。"

李治抚须沉思起来。王伏胜兑得的确没错，将武媚娘送还感业寺一事，可以不依长孙无忌之言，但自己必须在另外的事上退后一步，"如此君臣可两全其美"。李治反复想着王伏胜之言，暗想什么事可以让自己退后一步。

这一年多来，长孙无忌最大心愿便是立陈王为太子。

在这件事上退后一步？立陈王为太子，交换武媚娘留下？

李治咬牙在案上一捶，颇恼自己身为天子，竟不敢面对长孙无忌等臣子的眼光。

李治此时实在无心再看奏折，传旨前往皇后宫室。

王皇后见李治前来，自是大喜。李治与她敷衍几句，问道："如何没见媚娘？"

王皇后说道："媚娘快生产了，这几日身体不适，在床上休息。"

李治点头说道："朕去看看。"他一起身，补充道，"皇后就不必陪朕了。"

见李治进来，武媚娘挣扎欲起，李治赶紧在她床沿坐下，伸手按住武媚娘肩头说道："媚娘不必起来，朕来瞧瞧你。"他转头对秋莲、冬菊说道，"你们也出去。"

两名侍女出去后，李治将武媚娘的手握住，凝视她道："媚娘好好在此休养，等你生下皇子，朕便命你离开此处。"

武媚娘微笑说道："陛下要媚娘去哪里？不会是回感业寺吧？"

李治一听"感业寺"三字，眉头一皱，摇头说道："朕如何会让媚娘再入感业寺。"

武媚娘见李治神情有异，眉头一动，说道："陛下数日没来，是不是朝中有事？”

李治只觉事事都可告知武媚娘，当下说道：“朕心甚乱，长孙大人连连上奏，群臣尽皆附议，欲朕立陈王为太子。”

武媚娘凝视李治，说道：“陛下，依媚娘来看，立陈王为太子，有何不可？”

李治吃了一惊：“媚娘也觉得陈王可立？”

武媚娘脸露微笑，说道：“媚娘在这里，时时见到陈王，陈王殿下年纪虽小，却礼节无亏，学问精进，很有陛下当年之风。再说，陈王现为皇后养子，也便是皇后之子，能算得上陛下嫡长子了。自古立长不立幼，媚娘觉得，立陈王殿下为太子，乃江山永固之途。”

李治看着武媚娘，连自己都觉诧异，怎么心里会涌上一股惊喜交集的感觉。武媚娘的话并不新颖，长孙无忌甚至比她说得更好，但在李治眼里，李素节是自己最爱的儿子，如何不想将太子之位给他，待自己百年之后，李素节便可登基为帝，但长孙无忌等大臣的一致反对使他极为恼怒，自己对他们欲立陈王的建议更是能拖则拖。没想到武媚娘三言两语，竟使他涌上陈王确实可立之感。这半年来，自己到皇后宫室甚多，见陈王次数不少，李忠的恭敬和文采确实让他感到欣慰，只是总觉得李素节更得自己喜爱，此刻忽然觉得，陈王李忠也大有令人喜爱之处，他缓缓点头，像是自言自语地说道：“皇后将你接进宫来，是帮了朕，朕也得让皇后知道朕的感激之情。长孙大人奏请朕送媚娘回感业寺，朕偏偏不允。王伏胜说得好，君臣各退一步，两全其美。朕立陈王为太子，也可让长孙大人再无话可说。”

武媚娘只是微笑，说道：“陛下有了圣裁，媚娘也高兴，时间不早了，陛下还是早些回宫安歇才是。”

待李治出去之后，武媚娘摸着肚腹，缓缓说道：“孩子，你若是男孩，为娘一定要将你扶为太子！”她抬起头，眼中闪现一缕凶光，一字字低声说道，“长孙无忌！你竟然想让我重回感业寺，那我就和你斗一斗，看看谁强谁弱！”

第五章　脱胎换骨

1

远离长安的巴蜀盆地中，奔流浩荡的嘉陵江东岸，利州城巍然矗立，城北四十里外的朝天关群峰险峻，悬崖壁立，崖上一条栈道，是陕西、甘肃的入川之路。尤其肇始于西周的剑门山上，矗有川北第一要隘之称的剑门关，后世李白浩叹"蜀道难，难于上青天"便是指此处。在隋末唐初之际，蜀地以险峰激流为屏障，竟免于烽火。与饱经兵燹的中原相比，利州堪为富裕之地，也是通往京师长安的陆路要冲。

永徽三年四月下旬，正值花红柳绿，春意甚浓时节。这日午时刚过，十几骑快马从利州城东奔出，沿嘉陵江岸狂奔。

领头的两人锦衣绣袍，胯下马匹一黑一白，二人乃已过世的原利州都督、后封应国公的武士彟之子。乘黑马的年长，叫武元庆；乘白马的唤武元爽。十余名随从紧跟其后。

奔出十多里，终于见到前面缓缓而行的马队。马队中央是一顶披红挂彩的轿子。

武元庆和武元爽见追上马队，一边奋力抽鞭，一边大喊："二娘！二娘！"

前面的马队闻声停下，轿子也安落地上。

武氏兄弟追到马队之中，翻身落马，抢步到轿前，在碎石间双膝跪倒，叩头说道："二娘如何去得如此着急？"

轿内一冷冷的女声说道："老身乃杨氏，不是你们二娘。"

武元庆站起身来，走到轿门处躬身说道："二娘别取笑孩儿了。孩儿和元爽听闻二娘要入长安，赶紧从并州赶回，想给二娘饯行，实无他意。"

武元爽也跟着兄长过来，说道："孩儿们日夜赶路，好不容易才到利州，二娘怎么不等等孩儿，如此快就动身了？"

轿内杨氏仍声音冷冷地说道："若不是你们兄弟两个，老身怎么会独自离开并州，离开我丈夫的坟墓？"

武氏兄弟互相看看，脸上均显尴尬之色。

武元庆勉力一笑，说道："让二娘回利州，实因孩儿见二娘颇思旧地，若非如此，孩儿们怎舍得二娘离开并州？"

杨氏闻言，声音更怒："住嘴！自你们父亲过世，你们几个哪一天把我当二娘了！如今听闻老身要去京师了，就眼巴巴赶来。你们想些什么我知道得一清二楚，饯行？老身受不起。你们回去吧，别让你们父亲的坟墓没人扫。起轿！"

武氏兄弟还想说什么，轿子已起。马队首领是宫内小公公高延福。他在旁听得这几句，已知大概，手中拂尘一摆，尖着嗓音说道："二位公子，早知今日，何必当初哪！应国夫人路途不短，耽误了时辰，陛下怪罪下来，可没人担当得起。我们走！"

马队继续往长安方向行去，武氏兄弟面面相觑，终还是垂头丧气地翻身上马，看着杨氏的轿子远去，脸色懊恼不已。

2

路上走了十日，杨氏进入长安。她没有想到，一路对其奉承不已的小公公高延福直接将自己带进了皇后宫室，颇觉紧张。

王皇后和魏国夫人出来接见，她们上上下下打量衣着质朴、脸无胭脂的杨氏。二人都不觉惊异，年龄不过四十出头的杨氏显得无比衰老和谦恭，无论如何不像诰命夫人的样子。

魏国夫人不冷不热地说道："老身听武才人说过，应国夫人是前朝观王杨雄的侄女？"

杨氏恭身站立，轻声答道："是的。媚娘在皇后和夫人的宫中，实在是太感谢了。"

魏国夫人冷笑一声，拿腔捏词地说道："皇后费尽心力，把你女儿接进宫中，如今她怀孕待产，皇后又特地将你接来，你们母女可别忘了皇后的再造之恩哪。"

杨氏谦恭说道："媚娘父亲过世得早，蒙先帝之恩入宫。原以为，我女儿将在感业寺度过下半生了。皇后的恩德，真是没齿难忘。"

王皇后站起来，在杨氏身边转了一圈，然后说道："武才人在等你，你先去吧。"随即命人将杨氏带往武媚娘房间。

武媚娘见到母亲进来，先喜后惊，说道："娘，你、你怎么这么瘦了？"

杨氏看着女儿，忍不住流泪，说道："为娘以为这辈子再也见不到女儿了。自从知道女儿进了感业寺，娘不知哭了多少个夜晚。"

武媚娘靠在床头，摇头说道："娘不要伤心了，女儿现在不是挺好吗？以后娘就在女儿身边，娘放心，女儿现在有一些想法，除了娘，找不到人说。女儿求了皇后两次，她总算答应接娘进宫了。"

杨氏左右一看，房内无人。秋莲和冬菊在杨氏进来后就被武媚娘支出房间了。

杨氏擦擦泪，说道："看来皇后对女儿不错。"

武媚娘轻轻哼一声，说道："她只是把女儿当一柄杀人的剑，有什么不错的！女儿现在所想，便是要登上皇后之位！"

杨氏吓一跳，赶紧又看眼房门，低声说道："女儿，这也说得？"

武媚娘手抚肚腹，说道："在旁人眼里，皇宫里锦衣玉食，应有尽有，可女儿在这宫中十多年，见得最多的，除了尔虞我诈的诡计，就是带血落地的人头。你不在最高的地方，就永远得低下头来。女儿低头了十多年，再也不想低头了！等生下孩子，我就得一步一步，走到皇后的位置！"

杨氏吃惊不小，低声道："噤声，这若让人听见了，岂不是砍头大罪？"

武媚娘嘴角一笑，说道："这宫里的上上下下，都差不多是女儿的人。皇后母女在宫中多年，居然不知道事事都是下人知道得最多。女儿的所有赏赐全是分给下人。在陛下永安宫的高公公以前给皇后通风报信，得到的赏赐是一两银子，女儿给他的是五两。身为皇后，出手如此吝啬，她还能得到什么宫中之讯？如今这些宫女和宦官们会把所有事情告诉女儿，再说，陛下如今最宠的就是女儿。有陛下在手，女儿迟早会有大权！"

杨氏张大了嘴巴，半晌没合拢。

武媚娘离开她时，还是一个十四岁的天真少女，十余年不见，女儿竟有如此深沉的心机和手腕，杨氏忽然发现，自己不是为照顾女儿而来，而是为女儿多一个心腹而来。她起身在床前走了几步，又坐到床沿，像下了个决心似的说道："女儿，有件事你一直不知道，娘今天告诉你。"

武媚娘诧声道："什么事？"

杨氏抬起头，凝思片刻，才慢声说道："那是你两岁之时。你爹还在利州任都督。娘一辈子也忘不了那一天，当时蜀中有个很有名的大相士叫袁天罡，他奉旨前往长安面圣，路过利州时，你爹把他请到府里，让他给家里每个人看相。他先看了你两位哥哥，说元庆和元爽可官至刺史。你爹想和他开个玩笑，将你穿上男装，看他名头那么响，是不是辨得出你是女身。娘抱你出来后，袁天罡看了半晌，说这位小公子神采不凡，很难看出命相。然后他要娘将你放到地下走一走。娘听了他的，就将你放下来，他仔细看了片刻，然后他说的话让娘和你爹震惊不已。"

武媚娘听母亲说得惊心动魄，忙问道："袁天罡说什么了？"

杨氏的眼神仍沉浸在回忆中，喃喃自语般地说下去："他说得很慢，是一个字一个字说的，他脸上的惊讶神色，娘到今天还记得。他说这孩子龙睛凤颈，日角龙颜，是伏羲之相，只可惜是个男孩，若是女孩，将来必可君临天下。"

杨氏说完这句，像是从回忆里脱身出来，凝神看着武媚娘，说道："当时娘和你爹都吓坏了。君临天下，这不是当皇帝吗？这话要是传出，我们武家岂不是惹上灭九族的大罪？"

武媚娘惊奇不已，手触眼眶，不自觉地摸到颌下和颈部，像要看看自己是不是真的"龙睛凤颈",一边喃喃说道:"君临天下?"

杨氏微笑一下,说道:"自古以来,哪有女人能当皇帝的。为娘想啊,袁天罡所说的君临天下,也就是做皇后了。母仪天下,不也是君临天下?"

武媚娘缓缓点头,没有回答,像是某种想法将她拉入了沉思深处。

3

两个多月后,七月初二那日,已升中书令的柳奭在散朝后又来宫中见王皇后和魏国夫人。

他一进门,就抑制不住大笑。王皇后和魏国夫人也喜气洋洋。

柳奭落座便道:"总算我们没有白熬时日,陛下今日将忠儿立为太子,如今朝中,有长孙大人把控。东宫有了太子,真乃功德圆满啊!"

王皇后和魏国夫人喜笑颜开。王皇后起身说道:"本宫今日才算出了口恶气!把萧淑妃整治了下去。哼!雍王,他再怎么聪明,再怎么得陛下喜爱,又如何能得太子之位?舅父这一年多来,苦心孤诣,真是厥功甚伟。"

柳奭哈哈笑道:"今日陛下颁旨,以左仆射于志宁兼太子少师,右仆射张行成兼太子少傅,侍中高季辅兼太子少保,侍中宇文节兼太子詹事。有他们为东宫官员,辅助太子,忠儿地位牢不可拔,长孙大人对忠儿也赞赏有加。萧淑妃恐怕是今日唯一在哭的人了。哈哈!"

魏国夫人得意笑道:"皇后把武昭仪召进宫来,实是一着妙棋。"

柳奭听到"武昭仪"三字,脸上笑容渐敛,皱起眉头说道:"武才人前月生下五皇子李弘,陛下将她封为昭仪,这两个月里,她对皇后可还一直恭顺?"

王皇后不明其意,说道:"她被封为昭仪之后,就往昭仪宫居住了。这两个月来……"她想了想,续道,"对本宫未见失礼之处。舅父问这话何意?"

柳奭沉吟片刻,抚须说道:"有一事我一直没说。数月前,我去长孙大人府邸。长孙大人说要奏请陛下,将武昭仪逐回感业寺。我当时觉得,长孙大人是不是有点小题大做,是以没有说起。以我在朝中这些年来看,长孙大人的话,从不会无故而说。今日忠儿被册封为太子,确是高兴,可我忽然想起长孙大人当日之言，心里有点不安。"

王皇后和魏国夫人互相看一眼。王皇后说道："舅父多虑了，武昭仪刚刚生子，来本宫这里问安少了一些，也不是什么大事。本宫把武昭仪视为心腹，长孙大人不知后宫情形，真是想得多了。"

柳奭举手微摇，一连说了两个"不"字后续道："此事不能大意。想长孙大人今日何等权力！他奏请陛下之事，从无落空，便是立忠儿为太子一事，虽经拖延，却也让我们如愿以偿，唯独在驱逐武昭仪出宫这件事上，长孙大人竟然失手……"他站起身来，踱步补充道，"难道武昭仪果如长孙大人之言，绝非等闲之辈？"

王皇后和魏国夫人互望一眼，两人眼中再无喜悦。

柳奭的声音在房间冷冰冰地响起："若是赶走一狼，却引进一虎，那可大大不妙！"

王皇后坐不住了，霍地站起，冷冷说道："昭仪不过二品，难道她真的想和本宫来斗？"

柳奭声音冷酷地说下去："淑妃乃是一品，不是被她斗下去了吗？"

王皇后一震。

柳奭捻须沉思片刻，声音缓和下来："今日忠儿被册封太子，嫔妃们都来道贺了？武昭仪没有缺席吧？"

魏国夫人跟着站起身来，脸现惊异地说道："对啊！后宫四妃九嫔，唯独武昭仪未前来道贺。"

王皇后来回走得几步，然后又坐下去，右手在桌上握成一个拳头，咬牙说道："太子乃本宫之子，今日入主东宫，乃天下喜事。武昭仪身为九嫔之首，竟敢不来道贺，难道她真的忘恩负义，有狼子野心？"她手在桌上一捶，"这三日乃陛下颁旨的大庆喜日，本宫就等她三日，她若不来，本宫亲自去她的昭仪宫看看！"

4

三日转眼即过，武媚娘一直没来王皇后这里道贺。

就连萧淑妃也忍气吞声地来过一次，然后匆匆回转。

柳奭虽说得慎重，王皇后毕竟因李忠被册为太子，三日里始终喜气盈盈，几乎忘记了武昭仪没来之事。待大庆三日结束之后，王皇后才发现武昭仪果真没有出现过，好像李忠被册立为太子之事，她始终不知道似的。

王皇后勃然大怒，心想若非本宫，你这辈子就在感业寺当尼姑了，将你接进宫来，居然不思回报，继而想起武媚娘受封昭仪之日，自己以皇后之尊，亲自到她面前祝贺，当她提出要秋莲和冬菊去昭仪宫时，自己也一口答应。如今她连立太子这么大的事也装聋作哑，是可忍孰不可忍！

恚怒之下，王皇后第二天带上八名侍女，前往昭仪宫。

穿过回廊、假山和石桥，王皇后率众走到昭仪宫前，见高延福站在宫门之外。王皇后微愣，高延福原本是李治永安宫的小公公，认王伏胜为干爹。以前永安宫有什么事，都是高延福前来报信，如今高延福竟在武媚娘这里当差了，王皇后不觉惊异。

高延福看见王皇后一行过来，迎上躬身说道："奴才不知皇后驾到，皇后恕罪。"

王皇后怒火填胸，冷冷道："恕罪？高公公高升，可不是犯了什么罪吧？武昭仪怎么没有出来？"

她话音一落，就见杨氏已经走出，后者躬腰说道："皇后驾到，迎驾晚了。"

王皇后一见杨氏，顿又想起武媚娘当初两次恳求自己，接杨氏进宫照顾，自己一手安排高延福前往利州接人之事，心中更为恼怒，说道："本宫来看看小皇子，武昭仪没在吗？"

杨氏声音很轻地说道："回禀娘娘，昭仪病在床上已经好几日了，我们都忧心得很。还请皇后宽恕昭仪未迎之罪。"

王皇后眉头一竖，说道："这么说，你们是要挡驾，不让本宫进去了？"

杨氏似是焦急，说道："后宫之中，谁敢挡皇后大驾？只是昭仪病情很重，皇后既要看小皇子，待我抱他出来。"说罢，杨氏转身欲走。

高延福在旁急声说道："哎呀使不得！夫人请看，今日风大，若抱小皇子出来，染上风疾，陛下不把奴才砍头才怪！"

王皇后听二人如唱双簧，心中大怒，厉声喝道："本宫亲自进去！"说罢脚步一移，往宫内便走。

杨氏赶紧拦住，说道："皇后千万别进，昭仪病势颇重，若传给皇后，万死难赎。"

王皇后大怒，提高声音喝道："让开！"

便在此时，她身后传来李治严厉的声音："皇后在干什么？"

王皇后回头一看，见李治带着王伏胜及一些宫女，脸色不悦地过来，急忙收步，转身对李治说道："陛下，本宫想来看看小皇子，他们不让本宫进去。"

李治走到王皇后身旁站住，双眉微竖，说道："小皇子出生已两月，朕料皇后也来看过了。忠儿刚刚受封为太子，你乃太子母后，既然有时间，为何不去东宫督促？"

王皇后脸色苍白，说道："太子去东宫不过三日……"

李治怒色涌现，喝道："三日便不需督促了吗？先皇后所书的《女则》，皇后还是多看看为好！"他见皇后不答，继续说道，"太子既立，便是事关国运，你身为皇后，在这里吵吵闹闹，是母仪天下的样子吗？成何体统！"

"陛下……"王皇后满腹委屈。

"还不快去！"李治素来不喜皇后，脸色再次一沉。

王皇后恨恨地看了杨氏和高延福一眼，转身带着侍女离开。

杨氏和高延福赶紧上前，迎李治入内。

王伏胜走在最后，扭头看了王皇后等人的背影一眼，嘴唇一抿，对回头看向自己的高延福使个眼色。高延福当即慢下脚步，等李治和杨氏进去之后，回身对王伏胜弯腰叫了声"干爹"。王伏胜对内丢个眼风，再看看高延福。高延福俯身对王伏胜咬了个耳朵。王伏胜微微点头，眉头皱得更紧。

5

李治径直来到武媚娘床前,后者脸色苍白地躺在床上,额上缠着一块毛巾。

在床边坐下之后,李治柔声问道:"昭仪今日感觉如何?还不需朕传太医吗?"

武媚娘声音虚弱地说道:"谢陛下挂怀,臣妾比昨天好多了,一点小疾,还不需要太医来看,刚刚喝了娘给臣妾熬的汤药。"

李治缓缓点头,这时杨氏已抱小皇子李弘过来。

李治起身看着孩子,脸露喜色,伸手碰碰李弘脸颊,轻声说道:"小皇子睡着了,可别让弘儿也染疾啊。"

杨氏微笑道:"有陛下隆恩,小皇子一定会长命百岁的。"

李治"唔"了一声,说道:'昭仪比昨日好转不少,朕稍感安心,昭仪且安心养好身子,朕明日再来看望。"

站在一旁的王伏胜看看高延福,看看杨氏,看看在床前侍候的秋莲和冬菊,声色不动。见李治要回宫,立刻上前,跟在李治身后走出。

杨氏将小皇子李弘交给高延福,命他和秋莲冬菊等人都退出。

武媚娘将额上毛巾扔开,坐了起来。

杨氏轻声说道:"女儿装病,可是欺君之罪啊。"

武媚娘脸上浮起一丝冷笑,说道:"娘是想知道我为什么要装病吧?如今李忠被立为太子,四妃九嫔都往祝贺,女儿就是想看看,在陛下心里,究竟是太子重要,还是我这个昭仪重要。"她停一停,"陛下每日亲来,女儿这病,就后天好起来吧。若是久了,给萧淑妃乘虚而入,可就得不偿失了。"

杨氏还是颇为担心,说道:'娘左思右想,太子方立,女儿怎么样也得去皇后那里祝贺一番,你现在每一步都让娘提心吊胆,可千万别出纰漏才是。"

武媚娘不觉又是一笑,说道:"太子不过十岁,还早得很。"

杨氏仍是担心说道:"可太子过一天就年长一天,总有羽翼丰满之日。"

武媚娘冷冷说道:"高祖立的太子是李建成,被先帝在玄武门杀了,先帝立的第一个太子是李承乾，到贞观十六年就废了。皇后居然以为李忠当了太子就可高枕无忧，真是傻得不可思议！"她"哼"一声，续道，"只要陛下活着，我发誓弘儿迟早会是太子，李忠生母不过是一宫女，陛下素来不喜李忠，如今在长孙无忌等群臣的挤压之下，才被迫立下他来，娘以为他的太子之位会真的稳固吗？"

杨氏在女儿身旁两月有余，虽知女儿颇富胆量，总觉不妥，迟疑一下说道："他们一个是皇后，一个是太子，朝中还有长孙太尉等大臣们护佑，女儿啊，那长孙太尉是连陛下也不无忌惮的托孤之臣，我们这样、这样……"

武媚娘冷冷一笑，说道："在皇后宫中住了半年，女儿早看得清楚，皇后和魏国夫人以为有了东宫，便会稳如泰山，她们却没想，今天的大唐天下，能一言而定的只有陛下，女儿有陛下，才真正稳如泰山！至于朝廷……"武媚娘皱起眉头，沉思片刻，缓缓说道，"眼下朝廷是长孙太尉把控，可这臣子强了，天子如何会喜？当年魏明帝曹叡不也托孤司马懿？结果却是连江山都落入司马氏之手。"

杨氏吓一跳，急忙道："女儿千万别跟陛下说这些旧事。"

武媚娘看了杨氏一眼，继续说下去："前事不忘后事之师，陛下若想不到，我这个做昭仪的岂可不去提醒？陛下性格太弱，身边若是无人，谁敢保证长孙太尉不会生出异心？当然了，女儿这时还没法和长孙太尉对抗，"她抬头，四面看看自己宫室，把话说完，"我要先看看他有什么驾驭朝廷的手段，知己知彼，才有胜算。"

6

王皇后回到自己宫室之后，怒不可遏，对魏国夫人说道："没想到这个尼姑果是忘恩负义之人！仗着陛下撑腰，竟连我这个皇后也敢挡在门外。女儿真是追悔莫及！"

魏国夫人也是极为恼怒，咬牙切齿地说道："刚刚当上昭仪，就不把皇后看在眼里，哪里还有规矩？这陛下怎么如此糊涂！把一个先帝的才人宠成这样。"

王皇后越听越气，伸手拿起桌上一只玉壶，狠狠往地上摔去。

"仓啷"一响，玉壶被摔得四分五裂。

魏国夫人站起说道："女儿先不要生气，我们还是好好想个法子，怎么把她惩罚一下！"

王皇后咬着牙，恨恨道："如今陛下事事袒护这个尼姑，若不如此，本宫非命人打她一百杖不可！"

魏国夫人摇摇头，说道："陛下袒护她，就动不了她，至少现今动不了。"

王皇后终于气得哭起来，说道："女儿真是命苦！以前是萧淑妃，好不容易让陛下冷落她了，又来个武昭仪。女儿、女儿……"说着泪水直流。

魏国夫人眼珠一转，说道："女儿，为娘倒是有个法子。"

王皇后顿时止哭，说道："什么法子？娘快说。"

魏国夫人恨声说道："女儿刚说到萧淑妃，为娘觉得，女儿不如和萧淑妃联手，把武昭仪的威风给打下去！"

"和萧淑妃联手？"王皇后一征，说道，"在东宫之时，女儿就和萧淑妃不和，待女儿当了皇后，淑妃与本宫更是水火不容，女儿如何能与萧淑妃联手？"

魏国夫人手抚王皇后肩膀，说道："这也是没办法的办法了。为娘看，淑妃只是恃宠而骄，这个昭仪却是心机深沉，你们若不联手，迟早会吃她的大亏！女儿想想，你和淑妃在东宫便是一司侍候陛下的姐妹，再有什么不和，也只能怪你肚子不争气，生不出一个皇子。现在总算忠儿做了太子，淑妃想立素节为太子的愿望落空，加上陛下日渐冷落，为娘料她正在悲苦当中，她对武昭仪的恨，可一点不比你少，你们若还像以前一样斗来斗去，只会便宜了那个武昭仪。"

魏国夫人的话，王皇后真还从未想过。为了打败萧淑妃，自己将武媚娘母女先后接进宫来，不料却是作茧自缚，让李治离自己越来越远。现在萧淑妃失宠了，结果却未能让李治的心思转移到自己身上来。今天去昭仪宫，被李治怒斥一番，足见武媚娘在李治心中的位置何等重要。王皇后记忆里从无李治什么时候对自己有过偏袒。一股怒气不由再次涌上，咬牙说道："娘说得不错，现在除了淑妃，这后宫中也找不到能和女儿联手对付那尼姑的人了！"

话虽这样说，一想起自己以皇后之尊，要去素来视为眼中钉的萧淑妃宫室，就觉得移不动脚步。魏国夫人左劝右劝，终于把王皇后勉强说得点了点头。

又过一天，王皇后终于说服自己，将委屈、愤怒、伤感、不甘等种种感受强行吞咽了下去，带上几个侍女前往淑妃宫。

到得宫前，站在宫外的小宦官见好几个宫女拥着皇后过来，猛吃一惊，急忙上前叩头，说道："奴才即刻禀告淑妃。"

王皇后眉头一挑，说道："不用了，本宫自己进去。"

她走到宫门之前，便听到里面传来一阵哭声。在哭声停止的间隙，萧淑妃疯狂的声音传了出来："武媚娘，本宫一定要杀了你！杀了你！杀了你！"一连三遍"杀了你"，能听出萧淑妃心底的怨恨之深。王皇后再站片刻，萧淑妃没说话了，只有哭声传出。王皇后心内五味杂陈，萧淑妃的哭声使她想起自己曾经也是如此，在一个个长夜独自饮泣，不论心里对萧淑妃有过何种怨恨，却还不曾有要杀了萧淑妃的冲动。但这种因失宠而寂寞的可怕滋味，自己实在是尝得太多。如果以前她听到萧淑妃的哭声，该是多么幸灾乐祸！此刻却在心里涌上一丝同病相怜的情愫。

没错，面对共同敌人，没有不联手的理由。

王皇后对旁边的宫女示意一下。

两名宫女上前，将淑妃宫大门推开，同时喊道："皇后驾到！"

里面的哭声陡然停了。

7

在王皇后去萧淑妃宫中时，长孙无忌也与柳奭、上官仪等人到了东宫。

太子少师于志宁、少傅张行成、少保高季辅、詹事宇文节等人闻得太尉到来，一齐出宫，将长孙无忌等人迎至内殿。

年仅十岁的太子李忠在殿内恭候。

长孙无忌落座之后，问了李忠一些问题，见李忠应答如流，年纪虽小，已有一股沉稳之气，颇是喜爱，隐隐觉得李忠大有父风，又不乏今日贬黜到均州的濮王李泰当年的聪慧，心内暗赞，并着实勉励了几句。

上官仪曾辅授李忠，李忠对上官仪不自觉流露出亲密，后者见太子不忘本，很是喜悦。

李忠对眼前这些老臣恭敬说道："诸位大人，已到于先生规定的练习书法时间，小王先行告退了，还请诸位大人自便。"

看着李忠出去，长孙无忌等人都微笑点头。

年过六旬的于志宁对长孙无忌拱手说道："长孙大人今日亲临，对太子乃是激励啊。"

长孙无忌手抚长须，望着于志宁等人说道："本官与诸位大人一起历经三朝，尤其和于大人，当年俱为秦王府学士。于大人曾教导先太子承乾，直言进谏，忠言逆耳，如今又入东宫督导，本官想起一些往事，放心不下，这东宫不可不来啊。"

张行成说道："长孙大人为国鞠躬尽瘁，令人钦仰。我等经历三朝，年华尽去，须发苍苍，只盼能将太子多方教导，不负陛下之托，也不负长孙大人之情。"

长孙无忌举手微摇，说道："太子的学问与眼光，岂止关乎圣上？实乃大唐社稷绵延之重，本官在这里，先谢过几位大人了。"说罢站起，对四人拱手。于志宁等太子府官员和柳奭、上官仪起身还礼。

几人数十年同朝，自然谈兴大起，谈到李忠时，俱觉太子乃可塑之才。

说话间门外忽然一声"圣旨到"传来，几人急忙起身。

传旨人是王伏胜。

李忠也闻讯过来接旨。

李治的旨意是太子刚入东宫，侍候的宦官宫女不少，特赏赐两千匹绢帛，几位太子府老臣也各有封赏。

众人谢恩之后，长孙无忌见到王伏胜丢给自己的眼色有异，遂起身相送。

王伏胜在内殿前往府门的空阔地上走得甚缓，声音也放得很低："前日皇后去见武昭仪，被挡了驾……"

长孙无忌微微一愣，边走边问："昭仪挡驾皇后？是何缘由？"

王伏胜说道："武昭仪说她染疾在身。"

长孙无忌"哦"了一声，说道："既是有疾在身，也是为皇后所想。"他一说完，就知事情若果真如此，王伏胜不会刻意告知，当下凝目注视王伏胜，说道，"还有何事？"

王伏胜脚步徐缓，低声说道："以老奴所见，武昭仪未必染疾。"

长孙无忌吃了一惊："如何见得？"

王伏胜说道："武昭仪始终不肯让太医诊断，说只喝应国夫人煎的汤药。"

长孙无忌眉头一皱，慢慢说道："数月前，陛下拒我奏请，留她下来。如今已生下五皇子，被封为昭仪，若是循规蹈矩倒也罢了，如今见其行事，实是诡异非常。"

王伏胜声音有点哀伤："如今后宫上下，无处不是武昭仪耳目，老奴也被迫接受过她的一些赏银。"说罢摇摇头。

长孙无忌吃惊不小，眉头紧皱，脚下忽然一停，说道："王公公可即刻往昭仪宫，只说探视病情，本官这就去见陛下，传太医前往。染疾是真是假，把脉即知。她若是装病，便是欺君之罪，无处可逃了！"

王伏胜答道："老奴这就去！"

第六章　一箭双雕

1

　　见武媚娘疾病痊愈，李治龙颜大悦，自此每晚留宿昭仪宫。在李治眼里，唯有武媚娘可与母后长孙皇后媲美，朝中诸事便都与武媚娘说之。武媚娘答复的一句一言，无不令李治感觉有一可靠臂助。李治和武媚娘在一起的时日越久，越觉武媚娘令人钦佩。他虽立李忠为太子，却不等于心思会转移到王皇后身上。甚至，他对王皇后颇为不满。在他心里，觉长孙无忌频频奏请立李忠为太子之事，是受王皇后撺掇，说明皇后颇有心机，竟与朝廷大臣私下联手。武媚娘只注重李忠的长幼身份和他本身孝顺等长处，这恰恰说明武媚娘无半分心机，只为自己着想。对于有心机的皇后，李治避之唯恐不及。

　　近些时日，他见王皇后居然和萧淑妃走得亲近，更是恼怒。事情若发生在立太子之前，李治自会觉得皇后和淑妃亲如姐妹乃后宫乐事，而她们此刻勾结，分明便是欲使自己疏远昭仪，心中反感至极。他不欲和皇后、淑妃等人争辩。每次王皇后和萧淑妃在他面前说起武媚娘不是之时，李治便觉内心极为厌倦，那次对萧淑妃发火之后，暗思萧淑妃也不过是想自己立李素节为太子，情有可原，颇有悔意，何况在武媚娘进宫之前，自己与萧淑妃何等恩爱，便不欲再对二人怒斥，只以每日至昭仪宫的行为告诉她们，今日自己最宠信的只有武昭仪。王皇后与萧淑妃异常气恼，却无可奈何。

立太子半年多后，永徽四年一月下旬的某个冬日，大雪纷飞，李治如往常一样前来昭仪宫。

武媚娘见李治神色颇悲，便问道："陛下龙体是否安康？"

李治长叹一声，落座后竟没控制住眼泪："朕今日方在朝中得讯，四皇兄于上月薨于均州了。"他抬袖擦泪，悲声续道，"四皇兄自贞观十七年被贬，再未回过长安。父皇临终诏命，不许四皇兄参与大殓。朕登基之后，虽给四皇兄设置王府，配置官吏，便是车服馔膳，也特加优异，可朕总觉当年太子之位，该是四皇兄继承。朕与长皇兄、四皇兄一母所生，时时想来，不觉伤感，今日得知噩耗，实是食难下咽。"说罢，刚刚擦干的眼泪又流了下来。

武媚娘用自己衣袖给李治擦泪，说道："陛下爱惜手足之情，可也不要伤了身子。臣妾当年在宫中，也见过濮王殿下，文韬武略，出类拔萃，可先帝终究选陛下为太子，足见先帝眼里，陛下之才，有胜过濮王之处，更何况，陛下登基数载，四海清平，陛下如何会觉得自己不如濮王？在妾身眼里，陛下迟早会成千古明君。"

李治叹息一声，将武媚娘双手握住，凝视她说道："朕有媚娘就够，不想去当什么千古明君，朕只愿与媚娘生生世世为夫妻。"

武媚娘微笑一下，柔声说道："陛下是男儿，更是天子，当有雄心壮志！媚娘得陛下宠爱，已是感激不尽，媚娘的报恩之法，便是盼如长孙先皇后一般，让陛下时时振作，以天下为重、百姓为重，留万世之名。"

李治闻言，心中大动，将武媚娘揽入怀中，随后又站起身来，摇头叹道："老天把媚娘给朕，实是对朕厚待。朕觉不如媚娘处尚多，何况四皇兄？便是三皇兄，朕也觉颇多不如。"

武媚娘跟着站起，走到李治身后说道："妾身记得陛下的三皇兄是吴王李恪，不知吴王殿下现在何处？"

李治答道："朕登基后，封三皇兄为司空、安州都督。"他摇摇头，续道，"记得朕刚为太子不久，父皇觉朕懦弱，难守社稷。三皇兄英武果断，最像父皇，是以父皇思来想去，想改立三皇兄。当父皇问及长孙元舅之时，元舅以朕乃守成之主，且太子不宜多换，才让父皇改立太子的念头作罢。其实朕想，当年若改立了三皇兄，实是更好！朕真是不想当什么皇帝，为了这个帝位，长皇兄薨于黔州，四皇兄薨于均州，他二人虽不是处死，却都因帝位积郁而终，当年参与长皇兄政事的赵节、杜荷、侯君集等大臣皆被处死，朕实是不愿再见鲜血。"

武媚娘闻言，声音变得悲怆而严厉："陛下此言差矣！若是吴王登基，臣妾岂不是在感业寺终生？如何还能与陛下于此刻相对？"

李治闻言，转身过来，双手轻抱武媚娘："说得不错，朕当天子的唯一好处，便是今生有了媚娘。"

武媚娘眉头微皱，沉思说道："吴王未能成为太子，乃是因长孙大人谏言所致，想那吴王，定将长孙大人憎恨入骨了。"

李治不加掩饰地说道："长孙元舅位凌烟阁功臣之首，朝中大臣，无不敬服，若说憎恨元舅的，恐怕只有三皇兄了。"说罢长叹一声，皱眉说道，"朕想起这些事便身心俱疲。好在三皇兄人在安州，再有怨恨，不能见到元舅，也算是幸事。若他二人在朝相左，朕真是不知如何处置。"

武媚娘缓缓点头，说道："也盼濮王殿下之事早些过去，陛下无须太过伤感了。"

李治"唔"了一声，坐下身来，仍是叹息，忽又抬头，看着武媚娘说道："今日还有一事，也令朕心烦不已。"

武媚娘一怔，说道："还有何事？"

李治握着拳头在桌上连连捶打，显是心烦意乱，沉默片刻，二人都听到外面寒风呼啸得厉害，料大雪也下得更紧。

2

秋莲、冬菊进殿点起全部宫灯和蜡烛，殿内明如白昼。

李治挥手命她们出去，口谕不许任何人进来。

李治凝视武媚娘说道："媚娘还记不记得高阳公主？"

武媚娘说道："妾身记得。高阳公主是先帝第十七位公主，也是最受宠爱的公主。贞观年间下嫁梁国公房玄龄大人的二公子房遗爱，后来高阳公主和……"她忽然说不下去。

李治握住武媚娘的手，说道："媚娘，此处只有你我，无须避讳。没错，高阳公主瞧不起丈夫，与辩机和尚私通，事发后，父皇下旨将辩机腰斩，不许公主入宫。"

武媚娘缓缓点头，自知李治忽然说起这桩往事必有用意。当年此事在长安无人不知，尤其辩机被腰斩于市，堪为大唐数十年未用过的酷刑，足见李世民当时震怒达于顶点。高阳公主是李世民二十一个公主中至为宠爱的掌上明珠，将其下嫁给房玄龄次子房遗爱，实因房玄龄乃太宗治国的股肱之臣。将最爱之女嫁入房家，既是器重，也是笼络。此外，太宗还命异母弟荆王李元景将女嫁给房玄龄三子房遗则。不料高阳公主对房遗爱只以主人之姿相待，房遗爱畏妻如虎，能有个驸马头衔已大为满足，即便高阳公主与辩机私通事泄，也不敢对金枝玉叶的妻子有任何脸色。

高阳公主却因辩机被斩，对父皇李世民极为怨恨，性情更是大变，始终不许丈夫房遗爱碰触自己，自己却宁愿和智勖、惠弘等和尚及道士私通。当房玄龄病逝之后，高阳公主又撺掇房遗爱从兄长房遗直手中谋夺房玄龄财产，更令李世民勃然大怒的是，房玄龄爵位当由长子房遗直继承，高阳公主偏偏想让丈夫承袭，被李世民一番怒斥，对高阳公主的宠爱由此一落千丈。待李治即位之后，高阳公主再次指使丈夫与兄长相讼，李治为避免麻烦，索性将房家兄弟遣出长安，房遗直为隰州刺史，房遗爱为房州刺史。

李治见武媚娘不说话，又问一句："媚娘可还记得武安郡公薛万彻？"

武媚娘一边听李治说起旧事，一边心内沉思。她目前对后宫信息了如指掌，朝中信息却须得从李治嘴里得知，当下点头说道："薛将军乃当年先太子建成麾下猛将，玄武门之变时，想攻打秦王府、挽回败局，见建成太子人头后，逃往终南山，先帝见其勇武，下诏免罪，还将妹妹丹阳公主嫁给他，成了皇亲国戚。妾身记得先帝曾言'当今名将，唯李勣、江夏王道宗、万彻而已'，贞观二十二年，薛将军还随先帝远征高丽，军功不少。"

李治点点头，说道："媚娘对朝中之事颇多了解。"

武媚娘得李治称赞，脸上不笑，反涌上戚容，说道："陛下徙薛将军为宁州刺史，如何说起他来？"

李治眉头紧皱，说道："元丑之后，他们都留在长安。"

武媚娘"哦"了一声："房刺史和薛将军都是驸马，自是难得在一起。"

李治眉头不松，声音沉缓地说道："今日朕得密函，房遗爱、薛万彻和巴陵公主驸马柴令武三人勾结，意图谋反！"

武媚娘吃了一惊："三个驸马都尉如何谋反？李唐江山稳固，天下何人会服驸马？"她抬起头，念头闪过，急声说道，"难道还有皇族之人参与？"

李治缓缓点头，叹道："真不知这皇帝有什么好做的？没坐上去的人，绞尽脑汁想坐上去，坐上去的人，又有许多人想反抗，难道皇家总是要与鲜血为伴？"

见李治意气消沉，武媚娘霍地站起，双眼精光毕露，提高了声音说道："皇家有何人参与？"

3

李治万没料武媚娘竟有如此凌厉眼色，手上一慌，险些将刚刚握在手中的玉杯掉落地上，说道："密函说是朕的叔父荆王元景参与其中。可朕与叔父素来交好，朕登基后，将叔父进位司徒，加封一千五百户，他为何要反朕？朕……实在不信。"

武媚娘慢步走到桌子对面，抬眼看着李治说道："陛下，谋反乃灭族之罪！房遗爱和薛万彻、柴令武自不敢觊觎天子之位，可他三人若是将荆王扶上帝位，便是有拥君之功，从此一人之下万人之上。臣妾料想，房遗爱没那个胆子，可高阳公主一直怨恨先帝。妾身听陛下说过，在先帝大殓之日，高阳公主脸无戚容，可见对先帝怨毒颇深。陛下乃先帝所立，高阳公主反不了先帝，却有胆量反陛下。若高阳公主撺掇房遗爱谋反，房遗爱还真会听从公主之言。高阳公主怨极先帝，朝廷越乱，才越合心意。"

李治听得心慌意乱，又实在不愿相信，艰难问道："那薛万彻呢？朕将他赦罪封官，他如何要反朕？"

武媚娘冷冷一笑，说道："先帝在时，薛万彻就自恃功高，屡有怨言，以致先帝将其免官流放，陛下虽将其赦还，可他对先帝的怨恨，半点不少于高阳公主。薛万彻有反心非止一日，武将出身之人，无不想军权在握，他若扶荆王登上帝位，料想荆王便会以军权为赏。更何况，因为丹阳公主，荆王也是薛万彻内兄，有此关系，薛万彻对谁效忠才会有利，岂不一目了然？所以谋反之事，宁可信其有，不可信其无。以妾身来看，陛下决不可等闲视之！"

李治极宠武媚娘，原因之一，便是武媚娘能在自己的懦弱性格之中，注入一股暂时的勇气，此刻听她一番话语，既觉惊讶，又觉畏惧。他未能意识到的是，此刻的畏惧之情，更多是因武媚娘而起。他慌乱说道："依媚娘之意，必须彻查此事？可……可他们都是皇亲国戚，朕、朕如何能下旨拿他们？"

武媚娘摇摇头，叹道："陛下太心软了。"她绕回桌子，走到李治面前，后者仍在惊慌中坐着未起。武媚娘伸手按住李治肩膀，看着他的眼睛说道，"朝廷之争，素来便是刀光剑影。且不说玄武门之事，便是陛下长兄承乾，当年他做了什么？先欲暗杀魏王不成，然后想起兵逼宫，坐上皇位。先帝对魏王的钟爱远超诸子，为什么还贬黜他？不就是承乾方废，他与太子位只一步之遥时，对先帝说自己百年之后，要杀子传位给陛下？"

李治闻言，脸露痛苦之色。

武媚娘走近一步，双眼圆睁地说下去："陛下看清楚一点，围绕帝位的哪件事不是含血而来，溅血而止？如今房遗爱、薛万彻、柴令武欲拥立荆王，先不论真假，至少有人奏上密函，那就管不得真假，若陛下连查处都不愿，一旦谋反是真，是不是要等荆王之刀架于脖上，陛下才肯相信？"

天气虽寒，李治额头却沁出冷汗。

武媚娘松开按在李治肩膀上的双手，直起身来，缓缓走得几步，说道："此事宜早不宜迟，陛下可连夜颁旨，命长孙大人查个清楚，没有谋反则罢，若真有谋反，陛下万勿心慈手软。"她又俯下身，直视着李治补充道，"这是陛下的江山，任何人休想染指！"

4

一连几天，李治没再来昭仪宫。

武媚娘倒是不急，她太了解李治。李治没来的唯一原因，必是房遗爱等人之事。从她遍布后宫的耳目口中得知，永安宫这几夜烛光燃至天明。

经数日深思，武媚娘极为肯定，房遗爱等人谋反乃货真价实之举。她的理由十分简单，荆王李元景原是高祖李渊第六子，作为李世民异母兄弟，自是不敢在李世民生前有何不轨之举，如今侄儿李治为帝，其性格之懦，无人不知。长孙无忌等大臣虽强，但在荆王那里，岂能容忍李氏帝王被强臣压制？连武媚娘也觉得长孙无忌不会始终对李治忠心耿耿，何况李氏皇族之人？对李元景来说，一旦有机会，必定有将长孙无忌驱逐其至斩首的打算。作为李治目前的庇护之臣，长孙无忌若是垮台，剩下的必是李治退位。一顶现成的皇冠就有机会落到头上，谁不会伸手抢夺？

更何况，支持李元景的是两朝驸马和两朝公主殿下，原本势力不小。房遗爱虽说难成气候，但其父房玄龄是凌烟阁二十四功臣之一，门生故吏遍布天下，看起来只是房遗爱被高阳公主控制，真实情况却是房玄龄的门生故吏同样被高阳公主控制，作为连襟，柴令武自会以房遗爱马首是瞻。另外，武媚娘细思薛万彻之时，更觉谋反一事昭然若揭，薛万彻出身李建成府邸，骁勇非常，一旦打出前太子旗号，归附者也难以十数。是以围绕荆王李元景的势力之庞大，委实不可小觑。

李治越是不来昭仪宫，越证明事情十分危急。

让武媚娘略感安心的是，长孙无忌实在太强，一旦发现谋反，反击手段必雷厉风行。她不太放心的是，李治懦弱而重情，仅仅因为李泰亡故，居然在自己面前下泪，着实令武媚娘内心涌上一丝鄙夷之感。自然，她知道自己的未来不可能离开李治，无论鄙夷感是强是弱，半分不敢流露，还得柔声安慰。

能够肯定，若非铁证如山，李治决不会相信叔父李元景有谋反之意。

武媚娘建议将此事交由长孙无忌处理，也是想看看长孙无忌和李元景在硬碰硬的交手中，究竟谁能占据胜场。无论谁赢谁败，胜者亦将元气大伤，这点对自己只有好处。

可惜出不了后宫，否则武媚娘还真想亲自去会会李元景。

雪一天比一天大，武媚娘每日在宫殿外散步，让自己越发冷静。

除沉思李元景谋反之事外，武媚娘还不时想到王皇后和萧淑妃。如今被李治冷落的二人居然携起手来，这点让武媚娘不免感到好笑。难道她们联手就能置自己于死地吗？武媚娘微笑出声。她们不太值得自己去想了。

雪地上，高延福忽然走来。

武媚娘站住了。高延福一路小跑，来到武媚娘身前，弯腰说道："武昭仪，奴才适才听闻一事，高阳公主说房遗直大人对她有无礼之举。"

房遗直乃房遗爱兄长，承袭房玄龄梁国公爵位。兄弟因高阳公主从中挑拨，已是不和。武媚娘自是不相信房遗直会对弟媳高阳公主失礼，若说房遗直憎恨高阳公主倒是毫不新鲜。

武媚娘微微一笑，正待说不须理睬，脑中念头陡然一闪，仰头一笑，心想："李元景啊李元景，你若想谋反，如何会找上房遗爱和高阳公主这等庸才！高阳公主能成何事？败事有余而已，你今日可栽在这位公主之手了！"

她对高延福附耳嘱咐几句，高延福说道："奴才即刻就去。"

看着高延福小跑离开后，武媚娘伸手接过一片雪花，看着雪花在手中融化成水，嘴角不禁泛起一丝冷笑。

5

翌日下午，武媚娘仍是在殿外散步，秋莲和冬菊各拿扫帚扫雪。

眼见一阵风来，秋莲不禁对武媚娘说道："昭仪，外面风寒，还是回殿内吧。"

武媚娘微微摇头，说道："本宫要等陛下。"

这句话一说，不仅秋莲，冬菊也是一愣。二人都停下扫雪，冬菊说："陛下好几日没来了，今日会来吗？"

武媚娘不答，只微微点头，然后在矮丛上捧起大堆雪花，捏成一个雪球，猛力扔出去。

她看着雪球落下，嘴里忽然"哎呀"一声，只见雪球正巧落在刚刚转过殿角的李治头上。

只听李治恼道："是谁要袭击朕吗？"

跟在李治身后的王伏胜和宫女们不觉脸色煞白。

武媚娘哈哈大笑，赶紧迎上去，敛衽说道："陛下勿恼，是妾身扔的。"

李治见武媚娘在风雪中娇媚无比，怒气转眼变成满面笑容，说道："媚娘啊，怎么还像个孩子？"

武媚娘脆声笑道："陛下多日不来，妾身也实在无聊。"

李治哈哈一笑，与武媚娘携手步入昭仪宫。

落座之后，李治开门见山地说道："昨日媚娘遣高延福来永安宫，告知房遗直对高阳公主失礼之事，朕即刻着人问讯房遗直。"

武媚娘微笑道："房遗直大人说什么了？"

李治怒声说道："房遗直说他弟弟房遗爱果然和柴令武、薛万彻等人秘密谋反！"

武媚娘皱眉说道："房遗直是房遗爱兄长，他这么告发胞弟……"

李治叹息一声，说道："他们兄弟不和，尽人皆知。房遗直说他担心房遗爱最后会连累整个房氏一家，是以全都说了出来。"

武媚娘说道："看来果如臣妾所料。"

李治伸手将武媚娘左手握住，说道："朕有媚娘，真如有得力军师。"

武媚娘微笑一下，说道："不知荆王是否牵涉其中？"

一缕痛色从李治脸上掠过，他缓缓点头，说道："叔父竟然说，做梦时梦见自己手抓日月，如此犯上企图，真是不顾叔侄之情啊。"

武媚娘眉头一皱，说道："就凭荆王一个梦？"

李治很是烦恼，说道："朕不想扩大了，叔父梦便梦了，竟还说出来，便是有谋反之意。"

武媚娘说道："陛下现在是如何处置他们的？"

李治说道："朕甚是心灰，已下旨将房遗爱、薛万彻、柴令武三人下狱，朕的叔父和两位公主，暂且监在各自府邸。就此作罢了。"

武媚娘嘴角动一动："陛下真是仁慈之君。"

李治眉头一锁，道："难道朕要背负杀叔弑姐的名声吗？"

武媚娘一笑，将右手盖在李治握住自己左手的手背上，柔声说道："朝中之事，当由陛下处置，只是媚娘觉得，谋反乃不可轻恕之罪，若他们谋反成功，会饶了陛下和妾身吗？陛下心慈，是天下人之福，可也不能失了分寸。"

"可……"李治脸有难色，说道，"他们只有谋反之心，尚无谋反之实，朕实是不想滥杀无辜。媚娘要朕做千古明君，明君如何能随意杀人？媚娘也知道，朕长皇兄也想过逼宫父皇，毕竟没有动手，父皇不也饶了长皇兄？"

武媚娘不觉失笑，说道："先帝饶恕了太子，可对其他人呢？纵是位列凌烟阁二十四功臣，侯君集不也被先帝处死？"

李治脸色一白，讷讷说道："房遗爱三人，俱乃皇亲，朕……实在不能下手。"

武媚娘继续笑道："陛下不想杀人，可他们毕竟犯下谋反之罪，也不能只是下狱就了结。"

李治道："那朕要如何？"

武媚娘眉头微蹙，说道："陛下至少也该问出个水落石出，不能只下狱和监禁就罢！万一他们是被房遗直构陷，那岂不是坏了陛下名声？"她停了停，续道，"房遗直既然说他弟弟谋反，陛下也该依永徽二年所定的《永徽律疏》，三司会审房遗爱。"

李治缓缓点头。

6

第二天，李治即命长孙无忌审问房遗爱。对长孙无忌来说，将三位驸马下狱，本来即刻欲审，不料李治只做关押，长孙无忌颇觉诧异，如今得旨，当即会同中书令柳奭和门下两省及大理寺将房遗爱过堂。

在狱中已吓得魂不附体的房遗爱见神色威严的长孙无忌等人坐于堂上，浑身抖得厉害，赶紧双膝跪地。

长孙无忌将惊堂木一拍，喝道："房遗爱，你可知罪？"

房遗爱声音颤抖："长孙大人，我知罪、我知罪。"

长孙无忌双眉竖立，声音缓和下来，说道："本官与你先父房大人一殿称臣，还是看着你们几个兄弟长大，如今你做出如此事来，岂不令你父在天之灵也感痛心？"

房遗爱连连叩头，哭道："小人悔不当初。"

长孙无忌又说道："谋反乃灭族之罪，你身为朝廷命官，岂会不知？此次主谋乃荆王李元景吗？还有没有其他人？"

"是、是，"房遗爱急忙回答，"便是荆王李元景。"

长孙无忌冷冷一哼，说道："荆王有多大能耐，敢去谋反？恐怕荆王背后，还有他人吧？"

房遗爱方自一愣，听得长孙无忌厉声喝道："还有谁？说！"

房遗爱抬头见长孙无忌目光似有深意，陡然灵光闪过，暗中盘算片刻，说道："不敢隐瞒大人，高阳公主还去拜访过吴王李恪。"

长孙无忌霍地站起，并起右手的食指和中指，指着房遗爱说道："吴王李恪？他才是真正主谋吗？"

坐在长孙无忌身边的柳奭也不觉惊讶，他看看长孙无忌，还是没有说话。他虽是此次主审之一，但长孙无忌在，自然由长孙无忌审问。

房遗爱赶紧叩头说道："大人明鉴，小人素来惧内，实是为公主所逼，她说吴王李恪参与其中，荆王李元景也是受李恪所使。"

长孙无忌和柳奭交换一下目光，然后继续看着房遗爱说道："能说出真正主谋，乃可赎罪之事，你且说说李恪有何谋划？"

房遗爱眼珠乱转，期期艾艾地说道："这个、这个……小人实是不知，公主该当知情。"

柳奭侧身对长孙无忌说道："是否要传高阳公主上堂？"

长孙无忌一直凝视房遗爱，鼻孔里忽然"哼"出一声，对柳奭侧头说道："不必再传公主，有他的供状足矣。"说罢，长孙无忌让房遗爱在供状上签字画押，宣布退堂。

几人带上房遗爱供状前往面圣。

柳奭路上有点慌张地说道："长孙大人，既然是公主说吴王为主谋，如何不传公主？"

长孙无忌侧头瞪视柳奭一眼，似是忍住什么后，淡淡说道："公主金枝玉叶，连陛下也不愿将其下狱，我们若将公主带上堂来，陛下会高兴吗？"

柳奭虽对长孙无忌之言颇感诧异，还是拱手说道："是、是，还是大人想得周全。"

李治一听事情居然牵涉到自己三皇兄李恪，大惊道："朕、朕实不相信三皇兄会谋反。"

长孙无忌冷冷说道："房遗爱供状在此，如何能假？"他看一眼李治，拱手说道，"与臣一同审理的还有中书令和门下两省，众位大人亲眼所见，臣等并未刑讯，只是审问，房遗爱供认不讳，陛下万不可有宋襄之仁，当下旨抓捕吴王！"

李治哀声说道："吴王是朕皇兄，他如何会谋反？"

长孙无忌神色冰冷地说道："陛下当还记得，当年先帝立陛下为太子之后，原本有意将太子之位换作吴王；如今陛下为天子，吴王不忿，想抢夺天子之位也是意料之中。陛下仁慈，他人却是凶险！"

李治眼内流露出绝望之色。

长孙无忌继续说道："还请陛下下旨，即刻拿吴王伏法！"

李治看看长孙无忌，又看看柳奭和其他大臣，终于勉力说道："那……依爱卿之言。"他又忽地抬头，说道，"不必下狱，就让吴王在府中……"

长孙无忌弯腰拱手，说道："臣明白陛下之意，臣即刻奉旨而行！"

李治看着长孙无忌案头拟旨，眼中流泪，说道："且慢，荆王乃朕叔父，吴王乃朕皇兄，还是，免他们一死可好？"

长孙无忌眉头一皱，微微侧头，示意一下旁边的兵部尚书崔敦礼。

崔敦礼会意，当即上前一步，对李治拱手说道："陛下宽仁慈厚，臣等无不感念，可谋反乃大逆之罪！如陛下怜悯骨肉，赦谋逆之首，会给国家留下无穷祸患，如今三司定狱，国家《永徽律疏》，岂可因私而废！臣以为，当据律疏而为！"

长孙无忌闻言，微微点头，眼睛却是直视李治。

7

昭仪宫前的路被大雪覆盖一次，清扫一次；清扫一次，又覆盖一次。

高延福急匆匆来武媚娘面前报信。

"武昭仪，"高延福一见武媚娘，即刻弯腰说道，"奴才奉昭仪旨意，出宫去了西市刑场，亲见房遗爱、薛万彻、柴令武三位驸马伏诛。薛万彻临死前居然还喊：'薛某大好男儿，留下为国效死力岂不更好？'嘿嘿，娘娘请看，这些人死到临头，还指望能留下一命，岂非妄想？"

武媚娘脸上一笑，说道："其他人是如何处置的？陛下难道真饶了那些王爷公主一命？"

高延福谄笑道："有长孙大人把控，他们谁还跑得了！荆王、吴王、巴陵公主、高阳公主都于府中被赐死。奴才还听说，吴王自尽之前，大骂长孙大人，说什么'长孙……大人窃弄威权，构害良善，宗社有灵，当灭族不久'！嘿，自己谋反，居然怪到长孙大人头上来了！"

武媚娘眉头微微一𫘝，问道："还有什么？"

高延福仍是弯腰答道："还有太子詹事宇文节、江夏王李道宗、左骁卫大将军驸马都尉执失思力都曾与房遗爱私下有往，一并流放桂州；吴王母弟蜀王李愔贬为庶人；房遗直贬为春州铜陵尉；薛万彻的弟弟薛万备流放交州。还有，就连房玄龄大人在太庙的配飨也给罢免了。"

武媚娘脸上冷笑，说道："本宫知道了，下去领赏吧。"

高延福谢恩走后，武媚娘回到宫内坐下，思索起来。

片刻后杨氏进来，见女儿一动不动，上前来问道："女儿在想什么？陛下还没来吗？"

武媚娘恍然一惊，抬头看着杨氏，缓缓摇头，说道："陛下今天不会来女儿这里。"

杨氏从未见女儿有如此神色，颇为担心，说道："陛下今日不来，明日也必会来此，女儿无须挂念。"

武媚娘站起身来，对母亲说道："女儿不是想陛下，是在想长孙大人。"

杨氏不觉一愣，说道："长孙大人？"

武媚娘锁紧的眉头渐开，对母亲说道："长孙大人真乃狠辣，这一箭双雕之计，连陛下也瞒过了。"

杨氏猛然一惊，看看室内无人，才低声说道："女儿如何有此一说？"

武媚娘双眼闪过一缕寒光，说道："李元景有谋反之意不假，可此事与吴王没半点关系，长孙大人竟然乘此机会，假陛下之手将吴王也赐死。"

杨氏这些时日已听武媚娘说过李元景、房遗爱等人之事，当下说道："房遗爱不是说吴王参与了吗？"

武媚娘冷冷一笑，说道："凭房遗爱一面之词，如何能算？女儿刚才想起前太子李承乾谋反之事，当时李承乾派出的刺客纥干承基不仅背叛了李承乾，还密告太子阴谋造反，不仅躲过死刑，还得了平棘县公的爵位。房遗爱定是想依样画葫芦，知道长孙大人和吴王有怨，便供说吴王参与，想博得长孙大人欢心，他唯一没想到的是，长孙大人自然不会放过置吴王于死地的良机。"

杨氏仍是犹豫："房遗爱所言，也不一定就是虚言啊。"

武媚娘微微一笑，说道："吴王若真要谋反，必有谋划、王令、将领、军旅，这缺一不可的四样一样皆无，如何会是谋反之人？江夏王李道宗，不过勤于学问，颇得陛下礼遇，只怕长孙大人早就将他视为眼中之钉，他便是与房遗爱有些往来，也乃正常之事，长孙大人借谋反之名，将自己瞧不入眼的尽皆拔除，尤其将吴王逼死，女儿还真佩服他的手段！"

杨氏说道："这么一看，朝中大臣，都是长孙大人的心腹了。"

武媚娘点点头，慢慢说道："娘还记得陛下立东宫之后，女儿装病数日，长孙大人居然撺掇陛下派来太医一事？幸好那日陛下未来，女儿才将太医骂出；若当时让太医把脉，女儿的欺君之罪便上长孙大人的奏折了。如今长孙大人将朝廷清理得干干净净，下一步就是冲女儿来了。"

杨氏不觉大惊，说道："女儿啊，这、这、这如何是好？"

武媚娘声音冰冷地说道："在女儿和长孙大人之间，只有一个人能活下去！"

杨氏极为紧张："女儿要给吴王和江夏王申冤？"

武媚娘又是一声冷笑，慢声说道："一个死了，一个流放了，申冤那些闲事，若是一管，便是与长孙大人面对面了，时机不熟，不可操之过急。"她停片刻，续道，"这皇后的位置，女儿不是还没得到吗？"

第七章　激流暗涌

1

第二年即永徽五年，当年正月未再如去年般天降大雪，春来甚早，后宫一片花团锦簇。

一日申时刚过，高延福从昭仪宫一路小跑，前往永安宫。

刚过丹阳门，劈面遇见王伏胜。高延福赶紧停步躬身，叫了声："干爹！"

王伏胜眉头微皱，尖声说道："难得高公公还记得我这个干爹呀，你在昭仪宫得武昭仪宠信，这可是要一步登天哪！"

高延福"嘻嘻"一笑，说道："不管怎样，您可始终是延福的干爹呀。"

王伏胜从鼻孔里"哼"出一声，说道："什么事急成这个样子？路可是一步步走出来的，不是跑出来的，跑得快了，容易摔着哪。"

高延福谄笑说道："好教干爹高兴，小奴特来告知，昭仪给陛下添了个公主，这天大的喜事，干爹可去告匀陛下，陛下不知会有多高兴哪。"

王伏胜虽对高延福越来越觉不满，此刻一听，真还喜形于色，说道："那可真乃大喜之事，可别说干爹要你的功劳，一起去见陛下吧。"

高延福躬身说道："小奴就听干爹的。"

李治听得王伏胜和高延福告知武媚娘诞下公主喜讯，果然笑逐颜开，重赏高延福和王伏胜，奏折也不看了，传旨起驾昭仪宫。

武媚娘躺在床上，见李治进来，虚弱一笑，说道："陛下，臣妾不能起身了。"

李治哈哈大笑，在武媚娘床沿坐下，伸手轻按武媚娘肩膀，说道："昭仪刚刚产女，千万不要起身，先且好好休养。朕的公主在哪？"说罢左右去看。

在一旁的冬菊赶紧出去，片刻后，应国夫人杨氏抱婴儿进来，满脸喜容地说道："恭喜陛下！贺喜陛下！这是刚刚出生的小公主。"

李治大喜，走得近前，见应国夫人手中的襁褓裹得甚紧，公主脸上肌肤柔嫩，双眼如漆，刚刚一睁，又即刻闭上，竟不似其他婴儿那样啼哭。李治更是高兴，伸手在婴儿脸颊上一触，喜道："朕已有五位皇子，如今又有了一位公主，朕要大赏昭仪宫！来人哪！"最后三字不觉如往日般响亮，杨氏手中的婴儿被惊得哇哇大哭。

李治忙低声道："朕惊吓了公主，快快抱出。"

杨氏赶紧屈膝，抱着公主退了出去。

王伏胜应声而来。

虽然小公主已抱出殿内，李治仍是小声说道："速赏昭仪宫白银五千两，绢帛一千匹，小公主在此，任何人不得前来惊吓了！"王伏胜接旨而出。李治仍在狂喜之状，在武媚娘床前走来走去，哈哈笑道，"朕的第一位公主，这是朕的第一位公主啊！哈哈！哈哈！"

武媚娘微笑道："看陛下高兴的样子，妾身也真是喜悦。臣妾与陛下有了弘儿，现在又有了公主，真觉此生再无他求。"

李治哈哈笑道："如何能就此无求？朕与媚娘，还得再生几个皇子和公主！"

他也不等武媚娘回答，又对侍候一旁的秋莲和冬菊说道："给公主的宫室可已备好？奶娘召过来没有？"

秋莲冬菊还未回答，武媚娘已笑道："陛下真是喜过头了，一个月前，陛下就已安排了奶娘和侍女在昭仪宫听候吩咐，公主的宫室就在殿内，都已准备好了。"

李治闻言，又是哈哈一笑，说道："朕可是高兴得把什么都忘记了！哈哈，朕终于也有公主了！哈哈！终于有公主了！"

武媚娘笑道："看陛下的样子，喜欢公主可比喜欢皇子多很多啊。"

李治笑道："朕一直就希望能早日有个公主，要那么多皇子作甚？"他脸色不由阴郁下来，皱眉道，"要他们长大后你争我夺吗？"见武媚娘凝视自己，随即又走到床沿坐下，将武媚娘手握住，展颜说道，"朕要让我们的公主成为历朝所有公主中最受宠爱的公主！她不仅是朕的第一个公主，更是媚娘为朕所生的公主，如何能不成为天下最宝贵的公主？"

2

李治对小公主的宠爱实是远超每一位皇子，甚至包括与武媚娘所生的五皇子李弘。李治隔三岔五便赏赐昭仪宫，武媚娘心内暗喜，她倒不是仅因李治对公主宠爱，而是手头赏赐品越多，她分赏后宫宦官宫女的银钱便源源不断。得到好处的下人无不奉承武媚娘。尤其人人皆知，武媚娘虽只是昭仪，身份不及四妃，更不及皇后，但在皇帝心中，武昭仪的地位实是无人可比，王皇后与萧淑妃联手，只不过是共同在李治面前数落武媚娘的种种不是，甚至在下人面前也毫无遮拦。武媚娘恰恰反其道而行之，从不在李治和任何一个宦官宫女面前去说皇后和淑妃的不是，甚至，武媚娘还总说起王皇后接自己回宫的大恩大德。李治从不关注的宦官宫女们都不觉对皇后和淑妃充满幸灾乐祸的鄙夷，尽管他们不敢流露，却少不了在背后有自己的比较和说辞。李治更是觉得，皇后和淑妃因嫉妒而变得极其阴险，连看也不想再看她们一眼。

一个月来，武媚娘身体恢复得极快。其宫后有片梅树林。时入二月，梅花开得正旺，化雪之后，空气非常清新，武媚娘每日都抽暇在梅树间散步。小公主自然还不能离开宫室，由杨氏、奶娘以及李治特意增加的宫女们精心照料，李治也每天在散朝后前来昭仪宫看望和逗弄公主。

此时后宫中最感嫉妒的便是王皇后了。虽然李忠被立为太子，但王皇后日渐发觉这一胜利带来的依然是空虚。武媚娘没在李忠被立为太子之日前来道贺，她身为皇后，却不能不去昭仪宫给武媚娘道贺。

似是为了报复，王皇后在一个月内坚决不去看望小公主，魏国夫人想起武媚娘也是痛恨不已，母女在宫中日日相商，得出的结论仍是不得不往昭仪宫看望。

王皇后左思右想，决定独自前往。她不带侍女，实是感觉自己屈尊昭仪宫乃丢脸之事，同时觉得，能单独与武媚娘说说话也更为方便。后宫虽广，毕竟只是后宫，二人许久不见，王皇后也未尝不想和武媚娘虚情假意一番。

她至昭仪宫时，时间还早，李治尚在坐朝。

高延福和冬菊陡然见皇后亲来，赶紧上前跪安。

"起来吧，"王皇后心情实在复杂，既想摆出皇后威严，又觉得这里是李治每日前来之地，自己不知不觉，早发现后宫所有宦官宫女对自己能回避就回避。她看着冬菊，想起她原来是自己宫室侍女，给了武媚娘之后，她和秋莲对武媚娘的忠心，远超曾经对自己的忠诚，不觉眉头微竖，咬牙抑制住怒火，慢慢说道，"武昭仪呢？"

高延福弯腰回答："昭仪让秋莲侍候着，在后面梅林散步，奴才这就去禀报。"说罢抬步欲走。

王皇后觉得不见武媚娘也好，刻意用一种冰冰冰的声音说道："不用了，本宫只是看看小公主。"

冬菊垂首说道："小公主在内殿，奴婢带皇后殿下过去。"

王皇后跨进门槛，里面的杨氏和宫女们齐齐吃惊，赶紧跪倒。

外面的高延福动作迅速地往梅林那边跑去。

王皇后看着跪在面前的杨氏等人，内心怒火顿起，心想你们现在给本宫跪下请安，谁知道平时你们是怎么嘲笑本宫的，便冷冰冰地说道："都起来吧！"径直往里走。

走到小公主内殿之时，王皇后见冬菊跟在身后，心中更怒，陡然站住，侧头说道："本宫独自进去就行了。"耳边听冬菊说声"遵皇后殿下懿旨"后，抬腿跨进内殿。

殿内金碧辉煌，十分宽阔，也十分安静，一股檀香味浅浅弥漫，令人心神安定。

王皇后环视殿内，一种说不出的嫉妒涌上心头。她不觉摸摸肚腹，伤心自己始终未能怀孕，眼看前面有张镶金嵌玉的小床，薄纱笼罩，知是小公主的床了。

王皇后走至床前，低头去看，小公主正自酣睡。王皇后凝视婴儿，心内忽涌柔情，她从未做过母亲，母性却天然存在。眼前的小公主脸颊丰满，双眼紧闭，每一声呼吸都像来自另一个安静至极的世界，尤其两只小手拳头微握，胳膊弯举在小小的肩头两侧，嘴唇不经意间蠕动一下。

王皇后又惊异又怜爱，情不自禁，伸手过去，在小公主脸上触摸，心里只想：你若是本宫的女儿该多好！本宫会多疼你！

不知不觉，王皇后眼角流下一滴眼泪，赶紧抬袖拭去。

3

散朝之后，李治一如既往，带着王伏胜等人前来昭仪宫。

武媚娘带着秋莲、冬菊迎出宫来。

李治见杨氏不在，诧声问了句："应国夫人呢？"

武媚娘说道："娘有点不舒服，在歇着。"

李治"唔"了一声，问道："需不需要传太医？"

武媚娘笑道："谢陛下恩典，娘说只是有点头疼，无妨的，歇息一下就好了。"

李治等人跨进宫殿。刚一落坐，李治就对秋莲说道："赶紧把朕的公主抱来。"

武媚娘微笑道："看陛下着急的样子，小公主还没醒，妾身与陛下一起去看看。"

李治点头起身，和武媚娘一起前往小公主内殿。

二人到得床前，武媚娘掀开被褥，见小公主仍是双眼紧闭，不觉笑道："小公主快起来了啊，你父皇来了。"

小公主没半分动静，武媚娘和李治互相看看。

武媚娘脸色陡然发白，伸手在小公主鼻端一试，竟感觉不到小公主半分鼻息。

"陛下！"武媚娘脸色苍白，眼泪顿时流下，喊道，"小公主、小公主……"

李治也大惊失色，将小公主一把抱起，小公主在李治臂弯软软下垂，竟是死了。

李治心头大乱，双眼圆睁，狂声喝道："公主！公主！"

跟在他们身后进来的秋莲、冬菊和其他一些宫女惊骇至极，顿时跪倒一地。

李治转过身，忍不住眼泪下垂，看着秋莲冬菊等人喝道："谁？谁干的！"

秋莲哀声抬头，说道："陛下，不关奴婢之事。"

李治哀痛不已，哭着喝道："不关你们之事？连小公主也照顾不好，朕要扒你们的皮！最后见到小公主的是谁？说！"

冬菊抬起泪眼，抽抽噎噎地说道："最后、最后见到公主的是皇后，她刚来看过小公主，再无他人。"

"皇后？"李治抬起头，厉声喝道，"皇后什么时候来的？你们没有和她一起进来吗？"

冬菊脸色苍白，双泪直流，说道："皇后不让奴婢进来，她说想独自看看小公主，奴婢、奴婢就在外面等着，皇后没过多久就出来，回宫去了。"

李治凝视怀中的小公主一眼，抬头怒喝一声："皇后！你竟敢杀死朕的女儿！"

"陛下要给妾身做主啊。"武媚娘哭喊着，站立不稳，晕倒在地上。

秋莲、冬菊惊喊着"昭仪娘娘！昭仪娘娘！"起身快步过来，扶起武媚娘。

又悲又恨的李治和放声哀哭的武媚娘回到外殿。整个昭仪宫已哭声一片。

李治声音发抖地喝道："皇后、皇后，你竟如此狠毒！朕要废了你！"

4

公主暴卒，朝廷内外震惊。

李治当时怒喝皇后杀死公主，随后王伏胜也奉旨面询皇后。王皇后虽是惊骇，却还是说自己只是去看了小公主，无论如何没有杀人。李治心头恨极，苦于没有证据，自己能做的便是再也不见王皇后一面。李治下旨除了魏国夫人，不许任何人去见皇后。身在后宫中心，王皇后已形如幽禁。

李治悲伤于小公主之事，罢朝十日。他不欲在群臣前再露悲伤，其间给小公主悄悄下葬。

长孙无忌等人也吃惊不小。长孙无忌隐隐觉得，公主之死，暗含某个极大的阴谋，他在府内沉思数日，前往永安宫想要面圣，却被王伏胜冷冰冰地挡回，理由是皇帝悲伤过度，不见任何人。

理所当然的是，李治说出是皇后杀公主之言也传到他耳中。长孙无忌无论如何不信，他找不到皇后要杀公主的理由。如果王皇后嫉妒武媚娘，她可以在情绪激烈时以后宫之尊，狠狠给武媚娘教训，若说她会动手杀死公主，实在难以置信。

公主死了却是事实，长孙无忌听得清楚，公主死亡之日，早上奶娘还喂了奶，极为健康的婴儿突然暴毙，必然有一个凶手。

凶手是谁？

长孙无忌感到自己碰触到一个无法透视的谜团。

柳奭也极为惊慌，他是皇后舅父，如今也是长孙无忌心腹。王皇后乃关中门阀高姓，长孙无忌乃关陇集团之首，对长孙无忌来说，除掉吴王这一心腹大患，可以说朝廷已掌握在关陇集团手中。柳奭能成为长孙无忌心腹，不仅因他是中书令，还因他是其二者之间的纽带人物。柳奭毕竟不同于长孙无忌，听到消息后，极为担心王皇后被废。

长孙无忌倒是镇定，对柳奭说道："柳大人无须惊慌，以本官来看，皇后绝非凶手，废黜皇后，乃天下大事，陛下手无实据，便做不到轻易废后。"他皱眉沉思，续道，"只是公主突薨，皇后被陛下日加冷落，武昭仪日益得宠。武昭仪、武昭仪……"长孙无忌一边说一边缓缓摇头，"本官当初对她真是未加留心，总觉这后宫风波暗涌，不可预料。"

柳奭六神无主，说道："皇后形如幽禁，连下官也不能前往看望，下官真是担心，怕后宫之事，波及朝廷。"

长孙无忌手抚花白长须，缓缓而坚决地说道："朝廷有本官在，出不了什么事！陛下极宠公主，伤心也是自然，但终究会过去。柳大人暂且回府，本官要仔细想想。"

　　柳奭告辞后，长孙无忌背手在房内踱步。柳奭的担心何尝不是他的担心？事情发生在后宫，唯一背负嫌疑的又是皇后。他无论如何插手不到后宫，但事情透出的诡异实在令人难以得出答案。长孙无忌时而端坐，时而踱步，竟沉思至酉时，其宠姬赵氏来过数次，想叫长孙无忌前往用膳，却不敢进来打扰，又自转回。长孙无忌总觉抓不住任何头绪，按捺不住，伸手狠狠拍向桌面，咬牙说道："究竟是谁杀了公主？"

　　他抬起头，脸色陡然苍白，嘴里喃喃说道："武昭仪，你一定知道！"

　　就在这时，外面忽然走进一个家丁。

　　那人脚步匆忙，脸有异色，进来说话的声音也有些颤抖。

　　只听他说道："大人，陛下驾临府邸了！"

　　长孙无忌猝然一惊，抬头见窗外日欲西沉，他脸色更为苍白，不相信地说道："陛下到这里来了？"

　　家丁说道："陛下已入府门，还有，昭仪也一同来了。"

5

　　长孙无忌疾步赶到府内正堂。

　　果然是李治和武媚娘及王伏胜等随从在内。

　　经过小公主之死的悲伤，李治瘦了不少，武媚娘也像是强打起精神。

　　长孙无忌双手一拱，刚刚欲跪，李治已然开口："元舅不必多礼，朕罢朝十日，如此多日未见元舅，心中颇为想念，今日和昭仪特来看看元舅。"

　　长孙无忌虽感诧异，还是命人摆上宴席，恭请李治和武媚娘入座，同时命自己的宠姬赵氏和三个儿子出来面圣。

　　李治端起酒杯，说道："元舅劳苦功高，一举将吴王、荆王的谋反之事审问得水落石出，朕实是感激，特载金宝缯锦十车，赐予元舅。"

　　长孙无忌惊讶起身，说道："区区微劳，何敢蒙陛下与昭仪亲临？臣惶恐。"

　　李治微笑道："元舅开国之臣，父皇临终将朕托付元舅，朕时时都念元舅功劳，何来惶恐？元舅请坐，朕敬元舅一杯。"

长孙无忌嘴上诺诺，心下疑云大起，不知李治和武媚娘屈尊臣府，究竟是何用意。

李治的目光又转向长孙无忌的三个儿子长孙津、长孙泽和长孙润。长孙无忌先后生有十二子，长子长孙冲乃太宗驸马，时任秘书监。眼下在长孙无忌府邸的是最小的三兄弟，俱赵氏所生。

李治问了问长孙津三兄弟一些话，他们均对答如流，不觉赞道："果然是虎父无犬子啊，"他转过头对长孙无忌说道，"元舅三子，俱见识不凡，朕今日皆封他们为朝散大夫如何？"

长孙无忌闻言更奇，赵氏却是眉开眼笑。当下长孙无忌起身离席，赵氏和长孙津等三子也跟在其父身后，三人跪下谢恩。

李治说道："朝廷用人，不拘一格，想当年元舅与父皇，相交于布衣，如今乃国之栋梁，三位子辈均少年才俊，都须为国效力，不要负朕所望啊。"

长孙津叩头后起身，拱手说道："微臣一定不负陛下！"

李治终于哈哈一笑，命几人重新入座，然后对长孙无忌说道："朕见元舅十二子个个才气逼人，着实令人心羡。朕至今尚只有五子，还不及元舅一半啊。"

长孙无忌暗暗心惊，只觉这比喻不伦不类，搞不清李治葫芦里究竟卖什么药，当下也只肃颜答道："今四海清平，这些孩子们赖陛下青眼，老臣愧不敢当，当尽忠竭力。"

李治端杯喝口酒，说道："皇后与朕，夫妻十载，竟是始终无出。"他抬眼看长孙无忌一眼，见后者神情端凝，便又接下去说道，"元舅方说，大唐四海清平，天下人俱盼皇后有子，却是始终无望，元舅觉得皇后还能在其位吗？"

长孙无忌心中陡然雪亮，原来李治与武媚娘屈尊而来，大加赏赐，又给三子封官，竟是希望自己支持废后。若皇后被废，登上皇后之位的自是此刻伴驾而来的武昭仪了。他猛觉一直未说一言的武媚娘盯视自己，长孙无忌不敢回视，只对李治拱手说道："皇后母仪天下，温顺贤淑，从未失德，与陛下少年夫妻，情深义重，今日无出，可待他日。"不待李治回答，他又转话题道，"今日之酒，乃先帝所赐，陛下觉得如何？"

武媚娘听长孙无忌之言，心下大怒，脸上却是微笑，代替李治答道："长孙大人府中之酒，醇厚无比，依本宫来看，比宫中御酒更为佳妙。"

长孙无忌对武媚娘拱手说道："此酒乃先帝于贞观三年所赐，时日久了，自然醇厚，这便如夫妻之道，相濡以沫日久，肺腑俱知，方可举案齐眉。"他又打个哈哈，"昭仪觉此酒佳妙，可多饮几盅，臣这里尚余数坛，不如借花献佛，明日命人送往昭仪宫。"

武媚娘抑住怒气，微笑道："此酒乃先帝所赐，本宫如何敢拿？"

李治见长孙无忌竟不顺旨，心内又怒又躁，但面对长孙无忌罕有笑意的肃容之脸，又不敢强行下旨，勉强再喝片刻，终于起身，和武媚娘回宫。长孙无忌率家人送至府门，看着李治和武媚娘上轿，拱手相送。

待李治一行人转弯看不见了，长孙无忌才慢慢回身，见赵氏脸上喜悦，不觉摇头，叹出声来，犹豫片刻后，对面前四人说道："这十车赏赐，明日送还宫中。"

赵氏及三子惊诧莫名。

6

得知长孙无忌将十车赏赐送还宫中，武媚娘咬牙说道："长孙无忌真是敬酒不吃，想吃罚酒吗？"话虽这么说，如何让长孙无忌吃到罚酒，她却是一筹莫展。从她和李治前往太尉府试探来看，长孙无忌必会挟朝廷之力，阻止李治废后。

"可惜，"武媚娘沉思说道，"本宫还没有哪个大臣支持。"

但朝廷潜流已在涌动，毕竟事情接二连三发生，不可能不引群臣瞩目。

在李治和武媚娘屈尊太尉府次日，卫尉卿许敬宗也前往长孙无忌府邸。

长孙无忌见许敬宗登门，倒也不觉意外。许敬宗比长孙无忌还年长两岁，二人曾同列秦王府十八学士，交情虽是不深，毕竟数十年往来。

许敬宗被迎进府后，坐下第一句话便是恭维长孙无忌三子俱被封为朝散大夫，足见当今天子何等器重长孙一门。

长孙无忌摇摇头，不无忧虑地答道："陛下昨日前来，不是为封本官三子啊。"

许敬宗奇怪道："那陛下缘何而来？"

长孙无忌双眉微皱："陛下意欲废后。"

许敬宗"哦"了一声，说道："陛下欲废后？长孙大人以为如何？"

长孙无忌愤然站起，说道："皇后从无失德，如何能说废就废？"

许敬宗眉头一动，慢吞吞地说道："可武昭仪的公主乃皇后所杀……"

长孙无忌脸色陡沉，厉声说道："许大人何出此言？说皇后杀公主，不过是陛下一时之言，若实有其事，陛下岂会轻饶皇后？昨日陛下来此，都未说皇后乃凶手，许大人如何下此断言？"

许敬宗见长孙无忌发怒，讪笑一声，说道："下官也是道听途说了。不过，陛下想要废后，大人何不顺着陛下？皇后无出，昭仪有子，陛下之意，也无非想立昭仪为后。这数十年来，下官与大人历经三朝，圣上之旨，我们做臣子的如何可去反驳？"

长孙无忌闻言大怒，提高声说道："许大人，你我历经三朝，岂是只为陛下一人尽忠？这天下百姓，万里江山，俱是我们在朝为官的尽忠本分！废后是何等重要之事，此时废后，太子何安？轻则宫中溅血，重则社稷倾危，许大人难道不记先帝在日，是如何纳谏听言？"他不待许敬宗回答，双手一拱，说道，"此话再也休提，本官不留许大人了。"抬头对门外补一句，"来人，送许大人！"

许敬宗眉头一皱，起身说道："下官和大人自秦王府便追随先帝，亲如手足，今番不过良言相劝，大人岂不闻此一时彼一时？"

外面家丁已然进来。

长孙无忌怒火难抑，说道："送许大人。"

许敬宗拱手说道："如此，下官告辞了。"

他还未走，赵氏却走了进来。

令人惊讶的是，跟在她身后的还有武媚娘之母应国夫人。

赵氏适才听闻应国夫人前来，忙不迭亲自出迎，将她带至府邸正堂，正听到长孙无忌逐客。赵氏赶紧笑道："大人平白无故发什么脾气？许大人且坐，应国夫人特来拜访。"她一时不知该先对许敬宗表示欢迎，还是先禀报应国夫人登门之事，索性一句话说完两件事。

长孙无忌见应国夫人登门，强抑恼怒，拱手说道："不知应国夫人前来，本官失迎了。"

应国夫人也听到刚才长孙无忌与许敬宗争吵，便说道："长孙大人切勿着恼，老身今日前来，也是受昭仪所托……"

长孙无忌难以忍受，打断道："本官对后宫之事，从无介入之心。应国夫人乃后宫之人，屈尊本府，多有不便，还请回转。"他抬头对赵氏说道，"送应国夫人回宫。"

应国夫人不觉怏怏，看看长孙无忌，又看看许敬宗，再看看赵氏，尴尬地说道："长孙大人国事繁忙，老身今日不便，改日再来。"

长孙无忌冷冷道："不必了！"说罢，竟是转过身去，不再看房内诸人。

许敬宗哈哈一笑，说道："下官难得与应国夫人一见，不如下官代长孙大人送送应国夫人。"说罢，在长孙无忌身后拱手，"下官告辞了。"

赵氏见长孙无忌正在怒上，不敢多言，赶紧亲送许敬宗和应国夫人一起离开太尉府。

许敬宗跨出大门，对赵氏拱手告辞，然后将应国夫人送至轿上。

轿子却半天未走，许敬宗站在轿外，不知和应国夫人说些什么。二人谈了颇长一段时间，才各自离去。

长孙无忌接门外守卫报后，眉头皱得更紧。

7

王皇后也终于听闻李治和武媚娘屈尊前往长孙无忌府邸之事，极为惊慌。她如今能商量的人只剩魏国夫人柳氏了。自形如幽禁后，魏国夫人日日相陪。二人虽知长孙无忌坚持不肯废后，但长孙无忌在李治面前，终究是臣，臣子如何会是君主对手？每每想到此处，王皇后心中便涌上绝望之感。

魏国夫人左思右想了数日，咬牙对王皇后说道："如今我们没有任何办法击败武媚娘，只有用厌胜之术了！"

王皇后吓一跳："厌胜之术？这要是被陛下发觉，那还了得？"

魏国夫人冷笑道："到了今天，女儿还怕陛下发觉？武媚娘不死，我们母女永无出头之日。陛下始终觉得是女儿害了小公主，虽无证据，可女儿也难以自明。如今陛下不许我们母女出宫，娘去找萧淑妃，嘱她请来道士。只需做得隐秘，陛下又从何处知悉？"

王皇后咬唇半晌，终于点了点头。

魏国夫人所说的"厌胜之术"，无非是以道士作法，将桐木制成人形，由道士写上被咒者名字，然后在桐木人的头部、胸部、足部插上长针，每日施以诅咒，被咒者便会在不久后身亡。

萧淑妃听了魏国夫人的方法后，极为赞同。她当即派出自己宫内宦官，秘密请来道士，然后做好桐木人，将"武媚"二字写于桐木人身上，再插上长针，由道士施咒作法。

厌胜之术刚刚做得三日，高延福突带数十名宦官直接进入王皇后宫室。

王皇后厉声喝道："你好大胆！竟敢闯入本宫宫室！"

高延福尖着嗓音说道："奴才奉陛下口谕，来皇后宫中查厌胜之术！给我搜！"

王皇后和魏国夫人一听高延福是奉旨而来，顿时大惊失色。

宦官们四处展开搜查，高延福对王皇后说道："皇后殿下，可别怪奴才多嘴，这厌胜之术可是宫中大忌，殿下请来的道士已被陛下抓起来了，殿下还是想想怎么跟陛下交代为好。"

王皇后和魏国夫人脸色煞白，二人声音空洞地只说："本宫如何会使这些巫术？是谁诬陷本宫？"

高延福冷笑不答。

过得片刻，一个宦官手执桐木人过来，说道："高公公，证物已在皇后娘娘床下找到。"

高延福伸手接过，见桐木人身上的名字和长针俱在，站起身来，晃晃桐木人，阴阳怪气地说道："皇后殿下，物证在此，休得抵赖，奴才奉旨行事，可不是要和殿下过不去，殿下可得恕小奴冒犯之罪哪。"

王皇后目瞪口呆，魏国夫人疯狂扑上去，想抢过桐木人，一边大喊："一定是有人陷害皇后！高公公不要相信！"

高延福手一缩，"哎唷"一声："是不是陷害，可不是小奴说了算。我们走！"

李治在昭仪宫见高延福等人果然从皇后宫中搜出桐木人，怒不可遏，喝道："皇后实是可恨！先杀朕公主，又咒朕昭仪，岂能容她！来人！"

他身旁的王伏胜弯腰说道："老奴在。"

李治喝道："将皇后打入冷宫！"

王伏胜迟疑一下，还是躬身说道："老奴接旨。"

此刻，一旁哭泣不已的武媚娘说道："陛下给妾身做主，参与此事的，还有萧淑妃。妾身就是从淑妃宫的公公那里才得知此事。"

李治更是恼怒，又喝道："王伏胜，将萧淑妃和王皇后一起打入冷宫！将魏国夫人赶出宫外！永不许入宫！"

王伏胜接旨欲走，李治按捺不住，又怒声说道："朕亲往传旨！"

武媚娘抬袖擦泪道："陛下，妾身是皇后接进宫来，不论她对妾身如何，总是有恩，陛下无须对皇后太过严厉。"

李治叹道："若朕的后宫，人人都如昭仪，岂会如此多事？"说罢，和王伏胜等人大步往王皇后宫室而去。

武媚娘见李治走远，脸上冷冷一笑，转身对应国夫人杨氏说道："皇后和淑妃怎么会蠢成这个样子！这后宫之中，无处不是女儿耳目，竟想得出如此下策！"

应国夫人不吭声，抬眼看看武媚娘，转身走入宫内。

武媚娘看着母亲背影，忽觉诧异。此刻她才发觉，自小公主死后，应国夫人始终怏怏不乐，当即也跟在母亲身后走去。

应国夫人慢步走到小公主生前的内殿。

殿内檀香缭绕。以前小公主的床已经搬走，增加了一个案桌，上设一香炉，炉前摆有各种水果和点心，小公主生前衣物也搁在上面，权当祭奠之物。

武媚娘见母亲走到香炉前站住，忍不住上前说道："娘，公主已薨谢半年多了，也不要再如此伤感。"

应国夫人浑身颤抖，徐徐转身，凝视武媚娘，轻声说道："这皇后终于被你扳倒了，早知如此，你又何必亲手杀死自己的女儿？"

武媚娘脸色大变，脚下一退，尖声道："娘在说什么？"

应国夫人眼泪流下，声音发抖地说道："那天娘亲眼看见，皇后走后，是你最后到这宫室的。为了扳倒皇后，女儿你、你……"应国夫人掉过头，在香炉前跪将下去，痛哭起来。

第八章　否极泰来

1

永徽六年七月的一个晚上，刚刚年过不惑的弘文馆学士、中书舍人李义府叩响了许敬宗外甥、同为中书舍人王德俭的府门。

将李义府迎进落座之后，王德俭说道："李大人此时前来，不知有何要事？"

李义府叹息一声，说道："我也不知因何事获罪于长孙太尉，今日听得风声，我将左迁壁州任司马。想起一离京师，便难得与王大人相聚，特来辞行。"声音不无感伤。

王德俭倒是一愣，诧声说道："今日朝上，尚未闻此事，不知李大人从何处得知？"

李义府愁眉苦脸地回答："中书省已经起草敕令，我从中书省得知。"

王德俭与李义府同为中书舍人，交情颇厚，闻言眉头一皱，说道："长孙太尉实在是未把我们这些命官看在眼里，想迁谁就迁谁，便是我舅父，位列九卿，还曾与他同为秦王府十八学士，也受其贬损，实是可恨！"

二人对长孙无忌俱感不忿，不觉谈得投机。

一番话后，王德俭忽然脸色一开，说道："李大人若是不想离京，我倒是有一锦囊相授。"

李义府颇为意外，说道："朝中重臣，都依附长孙大人，还有何计，能使长孙太尉的命令可以更改？"

王德俭手抚胡须，说道："如今中书省刚刚起草李大人调令，还需送达门下省，再经陛下御笔，方可生效。"

李义府失望说道："长孙太尉的话，陛下无有不从，更不会多问。"

王德俭脸上浮笑，说道："李大人不会不知，如今陛下最迫切之事，便是欲立武昭仪为后，此事一直为长孙太尉阻挠，我舅父想劝说太尉，却被直接逐客，真是不留半分情面。若李大人上书陛下，建议立昭仪为后，陛下自然心喜，如何还会把大人贬出京师？李大人转祸为福，说不定还会指日高升哪，哈哈！"

李义府顿时大喜，说道："若非王大人提醒，我几乎忘记这后宫之事。"随即他脸色又变得阴郁，说道，"若朝中上奏，长孙太尉必知，如何能避开太尉？"

王德俭哈哈一笑，说道："李大人天意所佑，明晚正是我宫中直宿，李大人可代王某前往宫中，到时将奏文呈上，如此一来，长孙太尉又如何得知？"

李义府惊喜交集，起身对王德俭躬身说道："若非王大人指点，我一出京师，便如贬往荣州的柳奭柳大人一样，不可回转，王大人之恩，容当后报！"说罢深深弯下腰去。

2

翌日晚上，李义府果然代替王德俭直宿。眼见时辰渐晚，正自焦急，忽见高延福带几名宦官巡夜而来。李义府疾步上前，对高延福拱手说道："高公公，下官李义府拜见。"

高延福年纪虽小，却素来机灵，即便对自己只见过一次的官员也过目不忘。当即"哎唷"一声，说道："李大人乃朝廷命官，如何给奴才行礼，不敢当呀。"

李义府从怀中取出一锭大银，往高延福手中一塞，诌笑说道："高公公乃昭仪面前红人，下官一直仰慕得紧啊。"高延福掂掂银两，一边说"李大人何必如此客气"，一边将银两纳入怀中。

李义府又将奏文递给高延福，说道："此文乃大急之事，还请高公公今晚呈与陛下。"

高延福右手接过奏文，在左手上掸了掸，说道："李大人有奏文，乃是公事，小奴即刻送去。"

李义府拱手喜道："有劳高公公了。"

李治此时正与武媚娘谈及朝中高官均为长孙无忌门生故吏，一筹莫展，忽见高延福送来李义府奏文，微觉诧异，李治打开一看，脸色惊喜，起身说道："朕原以为朝中俱乃长孙元舅所控，不意还有其他臣子懂朕之心啊。"

武媚娘道："看陛下如此高兴，不知是何喜事？"

李治将李义府奏文递给武媚娘，说道："媚娘自己看看。"

武媚娘接过奏文，一见之下，竟是李义府奏请李治，废除王皇后，改立武昭仪为后，不觉大喜。

李治当即传旨高延福，命李义府入宫见驾。

李义府急匆匆前来，叩头面圣。

李治为太子之时，李义府在东宫任过太子舍人。当李治登基之后，多依靠长孙无忌和褚遂良等顾命大臣，对原来东宫府旧属不自觉颇有疏远。此刻见李义府率先请立武昭仪，顿觉曾经的东宫府人才懂自己心意，不觉喜形于色，又听得李义府将左迁壁州，当即说道："李卿大才，又方盛年，如何能迁小地？且先留旧职，再行封赏。"当即赏赐珠宝一斗，李义府大喜谢恩，躬身说道："臣观朝野，非只长孙大人一脉，尚有卫尉卿许敬宗、御史大夫崔义玄、中书舍人王德俭、大理正侯善业、御史中丞袁公瑜几位大人都与臣相近，愿为陛下和昭仪效犬马之劳。"

李义府退出之后，武媚娘蹙额说道："李义府大人是陛下东宫时的舍人，长孙大人如何要将他贬出朝廷，是不是……"

李治微笑道："媚娘想多了，元舅为朕治理江山，如何用人，均是妥当。李义府料是有些小事出了纰漏，元舅处事公正，不过李义府今日有功，朕将他留下，也就罢了。"

武媚娘微笑点头："一切但凭陛下做主。"

第二日，长孙无忌不无惊异地发现，原本该往壁州的李义府非但未走，还被当廷擢为中书侍郎，为正四品下。长孙无忌脸上不动声色，心下却是暗惊，知道原本铁板一块的朝廷正在出现惊心动魄的裂缝。不过，既有人暗中施以打击，自己决不能坐视，当即出班奏请，将平定吴王、荆王有功之人崔敦礼代柳奭为中书令，为正三品，恰好为李义府顶头上司。

李治准奏，崔敦礼叩头谢恩。李义府在旁微微冷笑。

散朝之后，李义府再次前往王德俭府邸。

"若非王大人锦囊妙计，李某今日便在壁州之途了，如何还拜得了中书侍郎？"李义府哈哈大笑，续道。"陛下昨夜赏赐珠宝一斗，武昭仪也连夜遣高公公多有劳勉，此乃王大人妙计，特来拜谢。"说罢，李义府从怀中掏出李治赏赐珠宝的一半，送与王德俭。

王德俭脸上微笑："今日李大人得拜侍郎，可见我们谋略无误，长孙太尉压制我等已久，今日起，我等当与我舅父、崔义玄、侯善业、袁公瑜几位大人联手。哼！一朝天子一朝臣，长孙太尉在先帝一朝便权倾朝野，到了今日，也该是我等上升之机了。"

李义府说道："王大人说得不错，上月陛下想封昭仪为宸妃，被韩瑗、来济两位大人谏阻，若我等将昭仪奏请为皇后，还怕什么长孙太尉？至于韩瑗、来济，便是泥菩萨过江，自身难保了。"

王德俭阴恻恻地一笑："不如乘李大人官升侍郎，请崔义玄、侯善业、袁公瑜几位大人共商大计如何？"

李义府起身说道："我正有此意，王大人舅父许敬宗大人也得赏脸才行啊。"

"那是自然。"王德俭一边说，一边将李义府分给他的珠宝捏起一颗，凑到眼前，又拉开点距离，仔仔细细地看来看去。

3

时入九月，已是凉秋。李治虽得李义府等人奏请立武媚娘为后，却还是心知肚明，李义府等人比不得长孙无忌一班老臣。长孙无忌侍奉三朝，树大根深，眼下朝中二品以上大员无不出自长孙门下，自己欲立武媚娘为后，非得长孙无忌等人点头不可。

李治思来想去，决定召长孙无忌等人再议，一日散朝之后，王伏胜传来李治口谕，命长孙无忌、李勣、于志宁、褚遂良入内殿见驾。

长孙无忌等人拱手接旨，李勣却上前对王伏胜说道："王公公，下官身体不适，还请公公代为告罪。"长孙无忌不觉皱眉，见李勣脸色着实苍白，便替王伏胜答道："陛下宣我等入殿，无非中宫之事，李大人有疾，老夫和褚大人几人前往便是。"

看着李勣离开，褚遂良叹息说道："今日陛下召见，除中宫更无他事。依本官来看，陛下心意已决，若反其意，恐有性命之忧。"

长孙无忌微微点头："若陛下一意立昭仪为后，老夫拼却老命也决不赞成。"
他再看王伏胜脸色，见后者脸色颇沉，颇有沮丧之意。

褚遂良未管王伏胜脸色，只凝视长孙无忌说道："太尉乃元舅，于司空乃功臣，今日元舅与司空不可有失。本官起于草茅，无汗马之功，致位至此，实乃先帝厚恩，且受先帝托孤之重，今日不如让本官以死相争，若不如此，何以见先帝于地下！"

长孙无忌缓缓道："我等只为社稷，见机行事便可。"当下王伏胜引路，长孙无忌与褚遂良、于志宁几人同时步往内殿。

李治端坐殿内，手持卷册。其身侧两根盘龙柱之间，挂一珍珠秀帘。

见长孙无忌三人进来，李治也未起身，待三人在殿阶下行过礼后，才抬眼看着长孙无忌说道："朕召三位前来，只为一事。"

长孙无忌三人同时拱手："臣谨聆陛下圣谕。"

李治眉头微锁，将手中书搁于御案之上，说道："今皇后行厌胜之术，祸乱后宫，尚且无出，今武昭仪有子，朕欲立昭仪为后，三位以为如何？"

褚遂良上前一步，拱手说道："皇后乃名门之后，更乃先帝为陛下所娶。先帝临崩之时，执陛下之手，对臣说道：'朕佳儿佳妇，今以付卿。'此言陛下亲闻，言犹在耳。皇后未闻有过，岂可轻废？臣不敢曲从，更不敢逆先帝之命。"

李治大怒，起身喝道："皇后于后宫行厌胜之术，岂是无过？"

褚遂良仍是拱手："厌胜之术，未必如表面所见。废后事大，还请陛下三思。"

李治伸手将刚刚搁在案上的一卷卷拿起，说道："此乃昭仪亲笔的《内训》一卷。朕之母后，书《女则》三十卷，辅佐父皇，母仪天下，今昭仪为后宫书《内训》，堪比母后，如何不能立为皇后？"

褚遂良的声音始终不紧不慢："既有先皇后《女则》，又何须昭仪《内训》？陛下若执意废后，臣伏请陛下，可从天下令族中选取。皇后当母仪天下，自身如何能亏？昭仪出身寒微，事过先帝，若立昭仪为后，岂能塞住天下人之口？万代之后，世人将如何看待陛下？"

李治怒不可遏，并起食指和中指，指着褚遂良喝道："你、你、你……"

褚遂良沉声说道："今臣忤逆陛下，罪该万死！"说罢，褚遂良将手中玉笏往殿阶上一扔，跪下叩头道，"此玉笏归还陛下，臣恳乞陛下，放臣归田！"当即用力叩头，三叩之后，叩头处竟是一摊鲜血。

李治怒发欲狂，喝道："来人！将褚遂良赶出去！"

旁边王伏胜弯腰道："老奴遵旨。"

王伏胜声音刚落，猛听得李治身旁的秀帘之后，武媚娘的声音冷冰冰地传出："如此忤逆之臣，该当斩首！"

长孙无忌在旁，见形势危急，立刻拱手对李治说道："褚大人乃先朝顾命之臣，纵是有罪，也不可加刑。"

于志宁眼见褚遂良被数名侍卫提起架出，又耳闻武媚娘竟然在场，不觉双腿发颤，一句话也不敢说。

4

长孙无忌回府之后，忧心大起。

此时群臣尽知内殿发生之事，侍中、太子宾客韩瑗和中书令、检校吏部尚书来济连同于志宁、崔敦礼等人一齐来太尉府商议。众人皆知李治已下废后决心，在众人眼里，王皇后不是不能废，而是废后之后，登上皇后宝座的决不能是武昭仪。褚遂良说得不错，武媚娘出身寒微，更是先帝才人，如何能在事过父子二人之后，登上皇后之位？

数月前，王皇后厌胜之术刚刚事发，李治想顺势提升武媚娘。时后宫之位，皇后为尊，其下是贵妃、淑妃、德妃、贤妃。因四妃俱已有人，李治想特置"宸妃"称号，列四妃之上，以便扫清武媚娘登皇后位的制度障碍。当时韩瑗与来济同时进谏，以无先例为由，使得李治不得不收起立武媚娘为宸妃之念。

李治自然知道，韩瑗和来济久随长孙无忌，与其说是二人谏言，不如说是长孙无忌进谏，极为气恼，却又无可奈何。

与长孙无忌、褚遂良等人在内殿不欢而散后，翌日，韩瑗前来见圣，进谏王皇后乃先帝所选，废后非社稷之福。李治闻言恚怒，也不回答，冷冷地命韩瑗退出。第二日，韩瑗再次进谏，直接称不能立武昭仪为后，李治再难抑制，命人将韩瑗赶出。第三日，韩瑗和来济锲而不舍，一同上疏。李治强抑怒火，还是将二人奏章打开。

只见韩瑗奏章写道："匹夫匹妇，犹相选择，况天子乎！皇后母仪万国，善恶由之，故嫫母辅佐黄帝，妲己倾覆殷王，《诗》云：'赫赫宗周，褒姒灭之。'每览前古，常兴叹息，不谓今日尘黩圣代。作而不法，后嗣何观！愿陛下详之，无为后人所笑……"

李治越看越怒，尚未读完，便愤然将韩瑗奏章扔于地上。

王伏胜赶紧弯腰拾起韩瑗奏章，放回案头。

李治冷冷看了王伏胜一眼。

王伏胜弯腰说道："陛下，臣子上奏，无非国事。来济大人的奏章，陛下还是看看？"

李治伸手成拳，在案上狠狠一捶，咬牙道："给朕拿走！"他怒发半晌，抬头见王伏胜还是恭敬垂头。他倒是一直视王伏胜为心腹，当下忍了忍怒火，说道："把来济的奏章读给朕听！"

王伏胜赶紧打开，一字字读道："王者立后，上法乾坤，必择礼教名家，幽闲令淑，副四海之望，称神祇之意。是故周文造舟以迎太姒，而兴《关雎》之化，百姓蒙祚；孝成纵欲，以婢为后，使皇统为绝，社稷倾沦。有周之隆既如彼，大汉之祸又如此，唯陛下详察！"

李治听完后实在无法忍耐，走上前来，从王伏胜手中夺过奏章，双手将其撕得粉碎，愤然一扔，厉声说道："朕只是想立一皇后，他们怎么如此多的谏言！'必择礼教名家'？昭仪之父乃应国公，他们不知道吗？竟敢说朕'以婢为后'，会'皇统为绝，社稷倾沦'。韩瑗、来济，倚仗一点先朝之功，就对朕指手画脚，不怕朕把他们全部撵出长安吗？"

李治越说越怒，转过身来，将御案上的奏章伸臂一扫，所有堆叠的文牍奏折全部被扫到地上。

王伏胜赶紧跪伏于地，连说"陛下息怒"，将奏章一件件拾起。

这时武媚娘从外而入，声音不温不火地说道："谁又惹得陛下生气了？"

5

见武媚娘进来，王伏胜弯腰退出。

李治已然起身，走上前来，仍是怒声说道："看看这些奏折，朕真是气炸了肺！"

"哦？"武媚娘倒是不紧不慢，仪态万方地走到案前，将王伏胜刚刚收拾好的奏章随手打开。放在最上的，正是韩瑗的上疏。

武媚娘一个字一个字地念完："……使臣有以益国，俎醢之戮，臣之分也！昔吴王不用子胥之言而麋鹿游于姑苏。臣恐海内失望，荆棘生于阙廷，宗庙不血食，期有日矣！"念完后，武媚娘抬眼看着李治，说道，"韩大人忠心为国，陛下如何反倒气恼？"

李治一愣，说道："媚娘难道没见他句句都不欲朕立媚娘为后吗？"

武媚娘微微一笑："臣妾看是看得清楚，不过韩大人他们如此，都是为朝廷社稷着想，并非针对妾身。若换个如妾身这般出身之人，他们也会说同样之言。是以针不针对妾身，倒是小事一桩，难得陛下朝中，有这等'恐海内失望，荆棘生于阙廷'的忠心之人，妾身倒想恭贺陛下才是。"

李治叹息一声，伸手将武媚娘双手握住，说道："媚娘此言，真似朕母后生前。可惜朝中无一人了解媚娘。"

武媚娘微笑在脸上掠过，说道："陛下了解妾身，妾身已心满意足。人生在世，岂能做到人人懂你？妾身说过，要辅佐陛下成千古明君。这区区委屈，真是算不得什么。"

李治大为感动，说道："就怕朕当不了千古明君，连立媚娘为后也如此艰难。"

武媚娘又是一笑："记得陛下说过，英国公李勣被先帝无故贬黜叠州，便是想陛下将其召回，使其效忠陛下，不知此事，英国公说过些什么。"

李治皱眉说道："那日朕命元舅、褚遂良、于志宁和李勣四人入内殿见朕，李勣称疾未入。"

武媚娘始终微笑："这不恰恰是英国公效忠陛下之举？陛下请想，长孙大人和褚大人自然反对立臣妾为后，英国公若也反对，必会一同前来，壮太尉声势。他当日称疾，便是不欲在长孙大人面前说出自己想法。以臣妾来看，陛下不如召英国公和许敬宗大人一同前来，听听他二人是如何说法。"

李治闻言，不觉恍然大悟："媚娘所言甚是，朕明日便召他二人入内殿相询。"

6

翌日，李治散朝之后，王伏胜传出口谕，召英国公李勣和礼部尚书许敬宗前往内殿见驾。

跟随王伏胜入殿的李勣和许敬宗齐齐朝端坐于御案后的李治躬身行礼。

李治仔细看着殿阶下站立的二人。

眼前的李勣和许敬宗二人与长孙无忌一般，都是不折不扣的三朝元老。二人在隋末大乱年间，俱为瓦岗寨李密部下，后在高祖武德二年同时归唐。不同的是，李勣乃武将，归唐后随李世民平窦建德、败王世充、破刘黑闼，以赫赫战功列凌烟阁二十四功臣之一；许敬宗乃是文官，被当时的李世民招为秦王府学士。今日二人均年过花甲，李治不由暗忖，他们与长孙无忌年岁相当，交往数十年，难道此刻真会逆长孙无忌之意？

李治终于慢慢开口："朕欲立武昭仪为后，长孙元舅和褚遂良大人固执以为不可。他二人乃顾命大臣，事情果然便当遵元舅之言吗？"

李勣拱手弯腰，微微一笑，说道："此乃陛下家事，何必去问外人？"

说这句话时，李勣的声音不高不低，却如晴天霹雳，震得李治耳中嗡嗡作响。他不觉站起身来，说道："英国公言之有理，朕的家事也要去问臣子，那朕还如何引领江山？想那平民百姓的家事，也是自己做主。国公所言，委实令朕茅塞顿开！"他脸上竟因喜悦而泛起一层红晕，然后将目光转向许敬宗，"许卿之意如何？"

许敬宗也是微微一笑，拱手说道："便是田间耕作的农人，多收了十斛麦子，尚有另娶之想，何况天子不过立一个皇后，实不必去听旁人妄议。"

李治走下殿阶，在二人身前站立，声音抑制不住欣喜："若不是二卿之言，朕险些被长孙元舅和褚大人他们左右了。二卿之言甚是有理，你们先且退出去吧，朕之心意，难得有二卿深知！"

看着李勣和许敬宗退出，李治如释重负，哈哈一笑，转头对王伏胜说道："若非他们之言，朕还不知苦恼到何时。如此简单之事，朕也想得太烦琐了。"

王伏胜脸上却无喜悦，只躬身说道："陛下喜悦，老奴也喜悦。"

李治看了一眼王伏胜，笑意消失，说道："朕见你可没什么喜悦之情啊。"

王伏胜赶紧弯腰，说道："老奴只知侍候陛下。"

李治冷冷"哼"一声，还是被喜悦控制，说道："即刻摆驾昭仪宫。"

王伏胜弯腰说道："老奴遵旨。"

李治迈步便走，跟在他身后的王伏胜脸色颇愁，微微摇头。

第二日，朝中俱知，三朝老臣、英国公李勣和礼部尚书许敬宗与一人之下万人之上的长孙无忌对立，赞同李治立武昭仪为后，不觉震动。李治上朝之后，脸挟寒霜，颁下圣旨，将褚遂良贬为潭州都督，即刻离京赴任。长孙无忌站于班中，只动了动嘴唇，终还是没有出列说话。李勣、许敬宗、李义府、王德俭、崔义玄、侯善业、袁公瑜等人互相看看，均是脸有喜色，又随即敛容肃立。

褚遂良脸色忧戚，出班谢恩。

7

又过几日，已入十月，长安隐隐将冬。

这日李治在朝中方坐，便对身旁的王伏胜说道："传朕旨！"

王伏胜答"是"，将手中圣旨打开，尖着嗓子说道："陛下有旨！王皇后、萧淑妃谋行鸩毒，废为庶人，母及兄弟，流岭南，钦此！"

群臣跪地接旨后，大殿一时鸦雀无声，无人不觉空气中弥漫一股不安与恐惧之感。大唐开国以来，尚是第一次出现废后之事。

压抑气氛中只见许敬宗出班，高声奏道："陛下，王皇后已废，其母流放岭南，可其父王仁祐生前所特进的司空之职还在，王氏一族的逆乱余孽犹受其荫庇，臣请陛下，除削王仁祐司空之名。"

李治端坐龙椅，不紧不慢地说道："准奏！即日起，除削王仁祐司空之名。封英国公李勣为司空。"

长孙无忌脸色苍白，嘴唇微微发抖。李勣跪下谢恩。

第二日，刚刚升为司空的李勣手执玉笏，出班奏道："陛下，后宫不可一日无后，臣手中有百官之表，奏请陛下册立皇后。"

李治微微点头，说道："朕诏书已立，王伏胜，宣旨！"

王伏胜再次打开手中圣旨，念道："武氏门著勋庸，地华缨黻，往以才行选入后庭，誉重椒闱，德光兰掖。朕昔在储贰，特荷先慈，常得侍从，弗离朝夕，宫壶之内，恒自饬躬，嫔嫱之间，未尝迕目，圣情鉴悉，每垂赏叹，遂以武氏赐朕，事同政君，可立为皇后。"

王伏胜圣旨念完，李勣率先出列，跪下说道："臣等接旨！"

左右群臣也一齐出列，跪下说道："臣等接旨！"

长孙无忌立于群臣之前，却是最后一个挪步，跪于阶下，将玉笏挡住脸面，止不住浑身发颤。

李治似是没见到长孙无忌窘态，手按御桌，说道："朕今立皇后，当大赦天下！"

群臣叩头间，又是一片"吾皇万岁"之声响起。

李治命群臣平身归位之后，缓缓将手中一折扬起，说道："此乃武皇后今日上表，称朕欲立皇后为宸妃之时，侍中韩瑗、中书令来济与朕当面于朝廷相争，实是一片为国之心，皇后此表，乃乞朕褒赏二卿。"

韩瑗和来济闻言，心下惊惧。二人同时出列，韩瑗执玉笏说道："臣谢过陛下和皇后，只是，如今臣年事已高，还伏乞陛下免去臣职，容归田以度晚岁。"

来济也道："臣也伏请陛下，容臣归田。"

李治声色不动，淡淡开言："二卿乃朝之重臣，岂可在此时归田？今皇后乞朕褒赏二卿，难道要拒绝不成？"

韩瑗和来济同时说道："臣不敢。"

李治端坐不动，继续说道："来呀，赐韩瑗、来济各五百金，绢二百匹，褒奖二卿为国之心！"

王伏胜一声"是"后，韩瑗和来济只得叩头谢恩。

李治又说道："下月一日乃言，拟于肃义门举行皇后登位大典，百官朝见。众卿若无他事，今日退朝！"

说罢，李治眼光扫了扫长孙无忌，见后者只微微弯腰。李治在一片"恭送陛下"声中不动声色，起身进入内殿。

武媚娘在内殿御案后端坐，正将群臣奏折一个个看过去。

见李治进来，武媚娘放下奏折，微笑起身，敛衽说道："妾身恭迎圣上。"

李治哈哈一笑，上前握住武媚娘双手说道："朕今日颁下圣旨，将于下月一日在肃义门册封皇后。媚娘这些日子，可是受委屈了。"

武媚娘脸上微笑，说道："妾身何尝受过委屈，都是陛下在替妾身受过。"

李治长吁一口气，说道："这几日在朝上，朕还真有点担心长孙元舅会当廷反对。若是如此，恐还出现另外情形。"

武媚娘笑容敛去，声音冷冷说道："陛下乃天子，如何总惧长孙大人？"

李治脸上发热，松开武媚娘双手，说道："元舅三朝老臣，掌朝太尉，又是父皇的顾命之臣。朕……还真是有点怕他。"

武媚娘冷冷一笑，说道："自褚遂良为潭州都督之时，妾身便知，长孙大人不可再阻挠陛下了。"

听着武媚娘如寒冰样的声音，李治心内不觉微微一颤，说道："不说此事了，下月便是媚娘的封后大典，诸事都得准备，且让后宫全力以赴，皇后一日未立，朕一日不安啊。"

武媚娘脸上重新微笑，敛衽谢恩。

十一月一日，长安城一片沸腾。

在三百宫女列队环侍下，武媚娘一步步登上肃义门的绯色门楼。

只见武媚娘身穿的皇后礼服绉绸为襟，朱袖绲边，直拖到地的长袍上绣着十二只五色雉尾，外青内朱的腰带上镶着珍珠和黄金扣，身前垂放的两条饰带上朱下绿，发髻高绾，满头金钗烘托着发顶上十二种花饰图案的白玉璎珞和翡翠，黄金串联的耳环下各挂一枚蓝色宝石。

上台阶转过身后，武媚娘眼中所见，是阶下宽阔之地，百官分文武、按官职肃立，台阶上和玉白栏杆之前，无数武士叉腰持戟站立，不计其数的大唐黄色旗帜迎风飞舞。

一阵乐器吹响声中，李勣手捧皇后玺绶，缓步登阶，走至武媚娘身前跪下，将玺绶举过头顶，高声说道："恭请皇后接玺。"

武媚娘凝视李勣，伸手接过，胭脂涂抹的脸上不动声色，双眼显得无比深沉。

满朝文武及四夷酋长无一缺席，武媚娘端庄无比地将玺绶缓缓举起，数百文武大臣俱在长长阶梯下跪拜，山呼海啸般齐喊："皇后千岁千千岁！"李治与武媚娘二人并肩站立，迎接跪拜。

武媚娘等群臣呼声一停，右手抬起，自胸前从左至右地伸开，又宽又长的五色衣袖迎风吹摆，嘴里威严喊出："众卿平身。"

第二部　天后

第一章　有恃无恐

1

将武媚娘立为皇后，是李治最大之愿。如今心愿得偿，李治反觉一种隐隐难言的空虚。

当封后大典结束后，李治委实兴奋了好些时日，将后宫至高无上的皇后之位给予自己最宠爱的女人，难道不是一个天子应做之事吗？过程令他心力交瘁，尤其长孙无忌等重臣的阻挠，李治从未想过能取得令太尉也低头的完胜。对李治来说，自己登基以来的一应朝事，无不出自长孙无忌。在李治眼里，长孙无忌既是元舅，也是对朝事一锤定音之人。尤其在吴王、荆王谋反的事情上，李治内心并不觉得三皇兄李恪有造反之嫌，更何况事件疑点不少，但在最终决定吴王与荆王的性命关头，自己即便在群臣前流泪，二王还是落得个赐死结局。

李治不想赐死二王，但长孙无忌要他们死，他们就不可能活下来。

也就在提笔写下命二王自尽的诏令时，李治心头泛起的感受是，今日大唐，自己不过空有皇帝名号，他很难像父皇那样，事事由自己裁决。他一直渴望能如父皇，在群臣间有自己的威严和决断的权力。现在他做到了吗？立武媚娘为后，其实是他与长孙无忌之间的一次较量。他终于取胜了，结果却是始料不及的空虚袭上心头。

对李治而言，这是奇怪的感觉。他隐隐记得，这感觉曾在父皇驾崩时出现过一次。那次是他觉得难以扛负治理天下的重责。现在呢？坐于宣政殿的李治放下手中奏折，抬头看着窗外渐停的大雪，沉思起来。

没错，他现在赢了和长孙无忌的这一回合，但发现自己又在体会当年那种觉得难以治理天下的感受。他违逆长孙无忌之意，强立昭仪为后，必然会使长孙无忌有撒手不管朝政的理由和举动。

自武媚娘封后大典的第二日开始，长孙无忌就以修史为名，再未上朝。

万一长孙无忌就此撒手，天下该靠谁治理？

李治想起自己登基这数年，虽然江山稳固，却时不时有一些意外之事。永徽元年四月和六月，晋州两次地震；十一月，雍州、绛州、同州等九州出现旱灾和蝗灾，齐州和定州出现水灾。永徽二年十月，晋州再次地震；十一月，白水蛮入侵麻州。永徽三年六月，恒州大雨，滹沱河泛滥，五千余户遭溺。永徽六年五月，西突厥沙钵罗可汗阿史那贺鲁与朝廷对抗；九月，也就是褚遂良被贬后数日，洛州水涨，连天津桥也被冲毁……所有这些天灾人祸，李治闻奏时心惊胆战，但到长孙无忌那里，都被游刃有余地举手抹平——天灾被善后，兵祸被消弭。长孙无忌的处理方式既声色不动，又举重若轻，李治甚至觉得，有长孙无忌在朝，自己实可高枕无忧。

现在因为武媚娘，他和元舅之间出现了裂缝。

一天天过去，李治觉得，这条裂缝令人毛骨悚然。

父皇将江山交给自己，若无长孙元舅扶持，他能独自面对那些无法预料的灾祸吗？

如果长孙元舅彻底撒手朝政，他能依靠谁？同为顾命大臣的褚遂良已被自己贬出长安，难道接下来去依靠李勣、许敬宗、李义府、王德俭？自十二月开始，许敬宗每日在武德殿西门待诏，其忠心可嘉，能力却是远不如长孙元舅。李治缓缓摇头，一股莫名的懊恼从心底涌起，成为他心里弥漫开来的空虚。

一个多月来，他很想单独再去太尉府看看元舅，但又明白，若果真如此，自己作为天子的颜面不存尚在其次，最重要的是武媚娘将如何来看？李勣、许敬宗等人还会像支持武媚娘为后那样地效忠自己吗？

如今武媚娘身为皇后，却与王皇后完全不同。王皇后的所有精力，都用在与萧淑妃的争宠之上，武媚娘无须和任何人争宠，意外的是，她只对自己堆在宣政殿的大臣奏章兴趣强烈。尽管她尚为昭仪之时，对奏章和朝事就不乏激情。在那时的李治眼里，武媚娘不过是想看看有哪位大臣在攻击自己。他现在觉得，自己当初的感觉完全是个错误，武媚娘对朝事的兴趣远远超过他这位皇帝。若不是数日前武媚娘染疾卧床，此刻如何会是他独自在宣政殿批阅奏折？

李治觉得，让武媚娘同看奏折极为不妥。一直以来，他宠爱武媚娘的最大原因是觉得她堪与母后长孙皇后相比，但母后从不干政，退一步说，即便她想看奏折，父皇也决不会允许。现在自己却做不到不让武媚娘去阅奏折，因为此刻能帮他出主意的只有身边的武皇后了。

是的，皇后，李治心里忽然一动，一缕无端的疼痛涌起，他坐不住了，起身步出宫殿，对殿外的王伏胜说道："随朕走走。"

王伏胜应一声，跟在李治身后。

此刻大雪已停，一些宦官宫女正将宫内扫出一条干净的路来。

2

宣政殿前是宣政门。李治走得甚慢，出宣政门后，又直接绕到后面的紫宸殿，再从紫宸门穿至蓬莱殿。王伏胜本以为李治是想至武媚娘卧床的永安宫，却见李治又从西面的清晖阁走到北面的太液池。

王伏胜见李治心事重重，不觉说道："陛下龙体要紧，老奴还请陛下且回宫内，以免风寒。"

李治"唔"一声，脚下仍未转至往永安宫的方向，倒像忽然下了某个决心似的，越走越快。王伏胜不敢再言，紧跟在李治身后。

眼见李治一路走过延英殿、思政殿，又从银台门向北，走明义殿、承欢殿、还周殿、三清殿、大福殿，去往宫垣掖门。

掖门之外，便是宫中最荒凉的深处了。

王伏胜越来越心惊，一丝预感涌上，紧跟在李治身后，大气也不敢出。

果然，李治在冷宫前站住了。

冷宫自然是宫内最偏僻之处，也是人最少之处。宫门前原该有的两个守门宦官此刻竟然不在。

李治侧过头，对王伏胜示意一下。王伏胜即刻上前，举手敲门。

里面传来一宦官的声音，"谁啊？还没到送饭时辰。"

王伏胜尖声说道："陛下驾临，还不快迎？"

里面顿时一阵慌乱的脚步声，须臾间，冷宫大门打开，两个惊慌失措的宦官见果是皇帝亲临，惊得赶紧跪下叩头，口称"奴才该死"。

李治冷冷看了他们一眼，迈步而入。

王伏胜低声对那两个宦官说："赶紧起来，陛下想看看王皇后和淑妃。"

那两个宦官慌忙起身，跟在李治身后。

李治从未来过冷宫，此刻抬眼看去，见宫内四处凋零，尤其积雪未化，几棵高树片叶无存，四处鸦雀无声，凄凉无比，不由得嘴唇微微发抖。

一个宦官看看王伏胜，得到后者眼神示意后，鼓起勇气对李治说道："陛、陛下，请随奴才过来。"李治也不说话，只跟着这名宦官迈步。

几人走到一幢紧闭的石头房前，墙上却是无门，只开一窍洞，寒风从洞口吹入，房内的寒冷可想而知。李治眼色惊讶，颤声问道："如何无门入内？"

那宦官弯腰答道："回禀陛下，此间只这窍洞可用于通食。"

李治闻言，不觉眼中欲泪，走至窍洞之前，对内说道："皇后、淑妃可在？"

房内之人果然便是王皇后和萧淑妃。

二人早听得外面有说话之声，听到李治声音，简直不敢相信。

王皇后立刻扑到窍洞处，哭道："陛下！陛下！"

李治不觉泪下，喊道："皇后……"

只听王皇后在里面哀声哭道："妾得罪宫婢，早已不是皇后，陛下如何还用'皇后'之称？"说罢一阵大哭。

紧接着，萧淑妃的声音也在里面哭着响起："陛下若念昔日情分，盼使妾二人能重见天日。"

李治泪珠滚滚，只是喊道："淑妃！淑妃！"

萧淑妃放声大哭，边哭边说："妾不敢再称淑妃，只求陛下让妾能离开此屋，妾二人愿在冷宫不出，乞陛下将这里赐名回心院，妾就感恩不尽了。"

李治抬袖擦泪，说道："你们放心，朕即有处置。"

王皇后的声音又哭着传出："妾感陛下隆恩。此处不是陛下该来之处，还请陛下回转。妾今日能闻陛下之言，死也甘心了！"

李治眼泪再次流下，说道："朕先回去，不日即下旨，将此院更名回心院。"

几人大哭不已。王伏胜在旁，忍不住举袖抹泪。

李治和王伏胜慢慢回转。李治失魂落魄，走一步停一步，快至承欢殿时，抬头看看积雪覆盖的殿顶，忽回头看着王伏胜，喃喃说道："王皇后与朕乃结发夫妻，淑妃与朕自东宫时便恩爱有加，如何今日变成这样？朕是不是做错了什么？"

王伏胜惊吓而跪，连连叩头，说道："陛下保重龙体！请速速回宫！"

3

回到宫内的李治心伤不已，看着卧床的武媚娘，后者虽是病容，一眼看过来的神色却凌厉无比，似是看透自己刚才行为。李治心内微惧，终是不敢下旨将王皇后和萧淑妃所在的冷宫改名回心院，更不敢下旨将她二人放出天日不见的石屋。

翌日晨，李治前往上朝。

武媚娘小疾原本已渐愈，等李治出去之后，立刻翻身起来，喝令高延福带上十名宦官和十名宫女前往冷宫。

到得宫前，守门的两个宦官赶紧跪迎皇后。

武媚娘冷冷说道："昨日之事，你们速告高公公，本宫特来赏赐！"说罢，头部微微一动，高延福即刻上前，将手中两锭大银分别赏赐两名宦官。二人大喜谢恩。

武媚娘带着宦官宫女们人进入冷宫，端颜站立，喝道："将陛下昨日见的两个贱婢给本宫带出来！"

随着应声，守冷宫的两名宦官赶紧前往石屋。石屋并非无门，而是门在屋后，李治昨日未见。

转眼间，那两名宦官将王皇后和萧淑妃带到武媚娘面前，喝令二人跪下。

武媚娘将身穿土布衣服的王皇后和萧淑妃上上下下打量好几眼，才恶狠狠地说道："你们好大的胆子！竟敢蛊惑陛下，要将此处改名回心院？这宫里的规矩，看来你们一无所知哪，本宫特来教训教训你们！"

王皇后看着武媚娘，心中滋味难以言说，只轻声说道："昭仪承恩，今日只求一死！"

一旁高延福厉声喝道："大胆！如今此乃是皇后！竟敢擅称皇后为昭仪？"

武媚娘冷冷说道："来人，将罪人王氏、萧氏，各重杖一百！"

高延福对身旁的宦官们头一摆，将武媚娘的话重复一遍。

几名宦官上前，直接将王皇后和萧淑妃摁在地上，另四名宦官挥起大棒，一下下朝王皇后和萧淑妃腰间臀部打去。

王皇后何曾受过如此酷刑，惨叫不已。

萧淑妃大棒打在身上，竟是咬牙硬挺，手指武媚娘，厉声喊道："姓武的贱婢！妖猾至此！我发誓来生为猫，你必为鼠，我生生扼你咽喉！"

武媚娘大怒，手指萧淑妃，厉声喝道："狠狠地打！"

打人宦官加大力气，堪堪一百棒打完，王皇后与萧淑妃浑身是血，哪里还动得了分毫？二人卧伏的雪地上一片殷红。王皇后和萧淑妃全身浸在自己流出的血中。

跟随武媚娘前来的十名宫女都吓得浑身发抖，几名胆小的宦官也脸色煞白，却是谁也不敢说话。

武媚娘走上几步，在萧淑妃身前站立，冷冷对哀声伏地的萧淑妃说道："这么快就想来生？本宫就成全你们！来呀！砍去这两个贱婢的手脚！"

她声音一落，早有人抢步而出，用砍刀将王皇后和萧淑妃的四肢连筋带骨活生生地砍下。

在王皇后和萧淑妃不绝的惨叫声中，武媚娘目光凶狠，对高延福说道："给本宫取两缸酒来！"

高延福再次传令，顷刻间便有七八人分别抬进两只巨大酒缸，缸内酒水荡漾。

武媚娘厉声喝道："将这两个贱婢浸入酒缸！"

几名宦官应声将手足皆无的王皇后和萧淑妃各浸入一个酒缸。王皇后和萧淑妃的呻吟声尚未止息，冷洌已然入喉。高延福亲自上前，将二人头部狠狠按入酒中，然后将盖板盖上，再自作主张地喝令搬来两块大石，压在酒缸盖上。

武媚娘见事已做完，这才冷哼一声，起身说道："这后宫之中，还有谁敢违逆本宫懿旨，这两个贱婢就是下场！"又对那两名守卫宦官说道，"你们收拾收拾。"

那两名宦官早被惊得魂不附体，二人虽得赏银，却不知将昨日李治前来之事偷报高延福是错是对。

待武媚娘一行走后，二人赶紧将雪地打扫干净，将两只酒缸抬至石屋之旁。

雪又下了起来，过得片刻，地上尚存的血迹被大雪缓缓覆盖。树枝上飞来几只乌鸦，似是嗅到一些气味，发现地上什么也没有之后，又哇哇地叫上数声，振翅飞去。

那两名宦官将大门关上，瑟瑟发抖地站在宫前，连互相看一眼的勇气也没有。冷宫仍旧凄凉，刚才的事就像没发生过一样。

4

当夜，王伏胜等李治和武媚娘就寝之后，也动身前往冷宫。王伏胜想得不多，只是亲见王皇后和萧淑妃所处石屋寒冷，想给二人送几件厚衣御寒。不料到冷宫后，守门宦官一是不敢在内侍总管面前隐瞒，二是对王皇后和萧淑妃之死已吓得魂不附体，见王伏胜前来，便将武媚娘如何处死王皇后和萧淑妃的过程全部说了出来。

王伏胜闻言痛哭不已，几步抢到王皇后和萧淑妃浸亡的酒缸前跪下，哀声哭道："是老奴害了二位啊！"跪在他身后跪着的那两名宦官互相一望，不明其意，心想明明是武皇后下令棒打、砍肢，然后浸酒缸取二人性命，如何会是你王公公害了王皇后和萧淑妃？

他们却是不知，当年李世民在翠微宫重病之际，李治与武媚娘互相有了情事，王伏胜是当时的唯一知情人。他那时已知李世民来日无多，李治即为新帝，无论从哪个角度来看，王伏胜都不敢告知李世民或长孙无忌。若是上告，李世民震怒之下，必然加重病情，倘怒发而临时废换太子，社稷必乱。若长孙无忌得知，必将武媚娘秘密枭首。他隐瞒不告，是知道李世民驾崩之后，尚未生子的武才人必入感业寺。长孙无忌知与不知，无甚差别。不料自己的想当然被现实击垮，武媚娘竟从感业寺再次入宫，导致今天的后宫惨事。

王伏胜侍候过两代帝王，朝廷与后宫的残酷争斗无不熟知，尤其武媚娘再次入宫后，他旁观者清，看出武媚娘手腕如铁，心狠手辣，颇望长孙无忌能将其压制下去，事实却是亲见武媚娘一步步登上皇后宝座，曾为后宫之尊的王皇后与萧淑妃竟死得如此悲惨。

王伏胜跪伏缸前，痛哭良久之后方起身离开。

翌日散朝之后，王伏胜随李治回宣政殿途中，心想事情不可隐瞒，也无法隐瞒，便一五一十将昨日武媚娘行事低声禀告李治。李治虽宠武媚娘，却毕竟如他自己所说，与王皇后终究是结发夫妻，萧淑妃在东宫时便为良娣。三人共同生活十余载，一路随李治从晋王到太子，从太子到皇帝，甘苦与共。李治原本重情，去看王皇后和萧淑妃，便是忆起昔日，不料自己此举竟让王皇后和萧淑妃死得如此惨烈，心中大悲大震。

他无法抑制，愤然走进宣政殿。

武媚娘正坐于御案之后，细阅案上堆叠的奏折。

见李治满脸怒色地进来，武媚娘将手中奏折放下，起身说道："看陛下脸色，是不是朝中有大事？"

李治走到武媚娘面前，浑身哆嗦，抬起颤抖不已的右手，指着她说道："皇后啊皇后，你怎么下得了如此狠心！"

武媚娘凝视李治，眼神寒冷，冷冷说道："陛下是说王氏和萧氏？"

李治眼中如要喷血，说道："你知道你做的是什么事吗？"

武媚娘挺胸直背，沉声说道："臣妾当然知道！而且，臣妾还要告诉陛下，本宫已给后宫颁下懿旨，王氏之姓，改为蟒姓，萧氏之姓，改为枭姓。此乃后宫之事，臣妾就没有告知陛下，自己做主了。"

李治一听，怒不可遏，喝道："皇后，你真是心肠歹毒！"

"歹毒？"武媚娘仰起头，哈哈一笑，说道，"妾身何处歹毒？难道陛下忘了，她二人对妾身行厌胜之术，不是想要妾身之命吗？陛下的诏书也写得清楚，她们不仅行厌胜之术，还想以鸩毒取妾身性命。"

李治一怔，声音也降低了，说道："朕已将她们打入冷宫，你也成为朕的皇后，如何还要赶尽杀绝？"

武媚娘闻言，又哈哈一笑，说道："陛下怪在妾身身上？如何不说是陛下要了她们的性命？"

李治再次发怒，喝道："杀人的难道是朕吗？"

"没错！"武媚娘脸挟寒霜，冷笑道，"若陛下不去亲看她们，妾身也就忘了她们，她二人要陛下将冷宫赐名回心院？陛下是果真想回心转意吗？还是她们想继续和本宫争风吃醋，再乱后宫？"

武媚娘这句话坚决无比，李治不禁语塞，他嘴唇动了动，缓缓摇头，痛声说道："皇后如此冷酷，真是令朕大失所望。"

武媚娘哈哈一笑，说道："大失所望？陛下难道想把妾身也废了不成？"

李治见武媚娘全无昔日柔情，声音与脸色陌生得令自己不敢相信，一股怒气涌上，厉声喝道："你以为朕不敢废你？朕、朕马上宣诏，废了你这个皇后！"

5

在殿外侍立的王伏胜听到里面传出李治和武媚娘的争吵声，紧张得颤抖。自他进宫以来，从未听见哪位皇后或嫔妃敢与皇帝如此争吵。

废后？如果李治当真在立下武媚娘不足两月后又要废除，岂是国祚之祥？王伏胜心内猛跳。昨夜他懊悔当初没将他们的乱伦之事告知长孙无忌，让武媚娘万劫不复，但知事到今日，若再次废后，引起的朝廷震荡会是何等激烈。

他想要进去，却是不敢。即便进去了，自己又能说些什么？

武媚娘的一阵不歇狂笑忽然传出，似乎听李治说了一个天大的笑话。那笑声像是持续了很久，又猝然一停。殿内的寂静如刑场上刽子手举刀将要落下的那个时刻，紧张得可怕。

武媚娘向李治走近一步，声音忽然平和下来："陛下要废了妾身，尽管废！不过，在陛下颁旨之前，妾身倒想知道，今日阿史那贺鲁吞并朝廷册封的颉苾达度可汗之地，将我朝礼臣也逐出碎叶城，陛下将以何人平叛？"

　　李治闻言，只觉一股冷水浇头，心内一震，说道："阿史那贺鲁又在犯乱？"

　　武媚娘冷冷说道："陛下上朝，妾身便在此处替陛下审阅奏折。这封边关急报，陛下还没来得及看吧？"

　　说罢，武媚娘走向御案，将上面一封奏折拿起，走过来递与李治。

　　李治伸手接过，还是看着武媚娘，眼神无比凄楚。

　　武媚娘却是微微一笑，说道："妾身得陛下恩宠，心中所想，只是如何回报。"

　　李治哀声说道："皇后的回报就是杀死朕的妻子？"

　　武媚娘脸色又顿时一沉，说道："陛下念念不忘旧情，想将蟒氏与枭氏放出冷宫，可知会有什么样的后果？"

　　李治脸色转为惊讶，讷讷道："什么后果？"

　　武媚娘微微冷笑，说道："若陛下回心转意，后宫岂有宁日？若后宫纷乱，陛下又如何能潜心应付天下之事？"

　　李治惊讶更甚。

　　武媚娘继续说下去："妾身说过无数遍，今生之愿，便是辅助陛下成千古明君，可陛下性情柔弱，儿女情长，试问哪个皇帝如陛下这般瞻前顾后？妾身杀了蟒氏与枭氏，真是妾身和她们有刻骨之仇吗？不过区区争宠，何来夺命之仇？哪怕她们使出各种手段，想要妾身性命，妾身也已偃旗作罢。可她们到了冷宫还意图兴风作浪，要妾身如何能忍！"

　　李治不知如何回答。

　　武媚娘凝视李治，微微摇头，决绝地说道："只有后宫平静，陛下才能对江山社稷全力以赴。陛下不记得先皇后宫之状吗？陛下母后在日，后宫有序，当母后薨逝之后，先帝再也未立皇后，便是不欲后宫兴起一丝风浪。可陛下所想，却是从冷宫中放出她们，难道陛下要妾身的精力耗在你争我夺的争宠之上吗？妾身宁死不愿！"

　　李治不禁哑然，脸上的怒意渐渐消失。

武媚娘的声音也柔和下来:"陛下不要怨恨妾身下手毒辣,这皇宫之中,哪一处不危机四伏?妾身若是如陛下般心软,会有多少嫔妃来抢这皇后之位?妾身若失去后位,如何来辅助陛下?妾身也是万不得已,不狠下心来,如何做得到后宫众心如一?"

李治无以作答,慢慢挪步,走向御案之后。

武媚娘转过身来,看着李治在案后落座,走上前说道:"陛下欲废妾身,妾身无话可说,可这阿史那贺鲁侵边作乱,陛下可有应策?"

李治抬起头,眼中欲泪,却不知究竟为何想要哭泣。他将手中奏折打开,沉默半晌,艰难开言道:"以皇后之意,该当如何?"

武媚娘声音坚定地说道:"如今长孙大人卧病修史,恐怕问他也难有万全之策。"

李治看着武媚娘:"半年之前,阿史那贺鲁之乱乃卢国公程知节平定,今番再命卢国公出征如何?"

武媚娘沉思片刻,摇头道:"卢国公三朝元老,年岁已高,若再命他出征,胜乃好事,万一失败,卢国公一世英名不存,这也罢了,可我大唐往后,何以震慑八方?依妾身来看,阿史那贺鲁敢再兴兵,必是已有应对卢国公之策,妾身以为,不宜再命卢国公出征。"

李治虽慌边境之乱,闻武媚娘之言,不觉又暗自佩服,当下说道:"皇后觉得何人可往?"

武媚娘眉头微锁:"妾身斟酌良久,陛下可命右屯卫将军苏定方率部出征。"

"苏定方?"李治喃喃一句。

"不错,"武媚娘声音冷静地说道,"臣妾已查知,贞观四年,苏将军便破袭东突厥颉利可汗,阴山之战,更是大显神威,使颉利可汗之地,尽归大唐;半年之前,也是苏将军马渡辽水,击败高丽。此次出征,苏将军如为统领,必获全胜!"

李治不由站起身来,走到武媚娘身前,伸手将武媚娘双手握住,说道:"皇后如此为朕分忧,朕真是惭愧。好!就依皇后所言,朕即命苏定方统军出征!"

武媚娘叹息一声,往李治怀中倒去,柔声说道:"陛下不废媚娘了?"

李治手臂抱紧,下颌擦着武媚娘额头,低声道:"这么好的皇后,朕如何能废？"

在殿外的王伏胜始终听着里面对话。一阵风来，吹得他衣襟乱摆。王伏胜站立得犹如雕塑，只眉头动一动，无人能看出他在想些什么。

6

第二日上朝，李治果然颁下圣旨，命苏定方统大军，征伐阿史那贺鲁。

王伏胜宣读完后，坐在龙椅上的李治感觉有些心中无底。他虽不会告知群臣，任命苏定方是武媚娘的主意，却知殿内这些文武经风历雨，绝大多数是父皇留下的老臣，也意味着他们仍以未上朝廷的长孙无忌马首是瞻。所以在李治看来，长孙无忌虽称病修史，不等于他在朝廷的势力会削弱多少，即使朝中有不少支持武媚娘的大臣，他们仍无法和长孙无忌的势力抗衡。是以圣旨颁下之后，李治无端觉得会有人反对这道原本出自武媚娘的旨意。

一切却是如常，苏定方出班接旨，从群臣的神色与轻议声来看，似乎都觉得派遣苏定方出征极为相宜。

李治感觉殿内气氛颇和，缓声说道："苏将军百胜之将，此次出征，朕当亲送，众卿还有何事上奏？"

只见许敬宗迈步出列，手执玉笏说道："微臣有言，禀奏陛下。"

李治"唔"了一声，说道："礼部尚书且言。"

许敬宗恭敬说道："陛下已再立皇后，实乃正胤降神，今朝中如何还能反植枝干、倒袭裳衣？因事关国祚，微臣甘冒犯上之罪，也不敢不言。"

李治端坐说道："礼部尚书忠心为国，朕先恕你无罪，朝中大臣，若觉直言便是逆朕，岂不是说朕不分善恶？卿觉本朝何事是反植枝干、倒袭裳衣？"

许敬宗仍捧笏垂首："东宫太子，乃国家之本，如今本犹未正，万国无所系心。阿史那贺鲁敢抗我朝，岂不是也因朝廷本犹未正之故？现东宫太子，乃宫女所生，出身不正，被蟒氏收为养子，而今养母废亡，岂可再据东宫？今武皇后之子，乃是嫡子，入主东宫，理所当然。臣听闻太子知有嫡子，心自不安。如此便是身在东宫，又心神惑乱，如何当得起太子之责？此实非宗庙之福，愿陛下察之。"

众臣一听，许敬宗上奏竟是要李治废除太子，无不惊骇。李忠自入东宫以来，宽厚仁孝，满朝均知，且勤于学问，从未有把柄授人，于志宁等辅佐之臣也对其称赞有加。

群臣如何看不出来，许敬宗依附武皇后得势，竟将十余岁的太子也视为下一步的进身之阶，众臣间爆发一阵议论。

侍中韩瑷再也忍耐不住，出班说道："许大人此言差矣！今东宫太子未闻有过，许大人也说得不错，太子乃国之根本，岂可轻废？"

中书令来济也出班奏道："今太子无过，陛下三思。"

李治待群臣议论停息，才慢慢说道："太子的确不可轻废，"众臣屏息间听得李治把话说完，"可太子已上奏，自请让出东宫，此事无须朝议。"

李治这句话如霹雳般在群臣间轰响，韩瑷、来济等人万没料李忠已自请让出东宫，他们即便想保住李忠之位也是不可能了。

许敬宗嘴角露出一丝冷笑，躬身说道："既然太子让出东宫，臣奏请陛下，可封五皇子入主东宫。"

李勣、李义府、王德俭、崔义玄、侯善业、袁公瑜等大臣也出班跪下，同时奏道："臣请陛下，封五皇子为东宫之主！"

李治站起身来，右手一挥，说道："朕准奏！"

三字一落，李治抬步便往后殿走去。王伏胜赶紧大喊一声："退朝！"

7

李治到后殿之后，王伏胜跟随而入。李治抬头思索，转身看着王伏胜，缓缓说道："忠儿仁孝，自请让宫，朕实是不忍啊。"

王伏胜见李治神色悲伤，终于大起胆子，弯腰说道："太子让位，老奴觉得甚可。"

李治抬头说道："如何来说？"

王伏胜眼眶涌起湿润，伏地说道："老奴先请陛下恕罪。"

李治心中颇乱，说道："恕你无罪，起来说吧。"

王伏胜起身后看看殿外，料此刻无人进入，低声说道："太子母后已亡，再也无靠，让出东宫，乃是自救之法。"

李治手扶额头，喃喃说道："难道皇后还会要忠儿性命？"

王伏胜吓一跳，说道："老奴未说此言，老奴……只是觉得，若太子殿下远离长安，或能……无恙。"

李治直直盯视王伏胜。王伏胜再次跪倒，流泪说道："太子殿下不论出身如何，终是陛下亲生骨肉。他如今能依靠的，只有陛下啊。"

李治闻言，默然片刻，叹道："朕知你忠心，太子的事，朕自有分寸。你起来吧。"

王伏胜刚刚起身，殿外传来一声"皇后驾到"。李治和王伏胜赶紧擦泪。

武媚娘走进内殿，看着李治，开门见山地说道："妾身闻许敬宗大人上奏，谏封弘儿为太子，太子事关国运，陛下须得选好东宫官员才是。"

李治微微点头，说道："朕已想过，可命燕国公于志宁兼太子太傅，侍中韩瑗、中书令来济、礼部尚书许敬宗并为太子宾客。皇后觉得如何？"

武媚娘眉头微皱，说道："韩瑗？来济？此二人素与臣妾作对，陛下命他二人进入东宫，还真是想吴越同舟哪。"

李治听武媚娘语含讥讽，心情复杂，缓缓说道："韩瑗和来济俱当朝重臣，就不必再行更换了吧。"

武媚娘听李治语气复杂中有强硬，脸上微微一笑，说道："陛下做主便是，弘儿尚幼，妾身指望他熟读经书，以成大业。"

李治见武媚娘未继续反对，松一口气，说道："弘儿聪慧，不会辜负朕与皇后。"

武媚娘扫视一眼王伏胜，见后者恭敬站立，又将眼光看向李治，说道："陛下今日可命苏定方出征？"

李治说道："朕已下旨，苏将军即日将率部出征。"

武媚娘脸现沉思之色，缓缓说道："妾身久思此事，昨日宫墙内外有耳，担心泄露，是以未曾把话说完。"

李治愣道："皇后不是举荐苏定方出征？"

武媚娘脸上微笑，说道："出军御敌，得兵不厌诈。今日陛下降旨，天下皆知，便是阿史那贺鲁，也一定会得知苏将军统军之讯。"

李治闻言不解，说道："皇后之意是……"

武媚娘慢慢走上几步，说道："苏将军出征，可为前军总管，主帅之人，还得是卢国公程知节！"

她话音一落，不仅李治，连王伏胜也吃了一惊。

武媚娘昨天的话还在李治、王伏胜耳中一句句回响。

只见武媚娘微笑道："今番出征，当出其不意，攻其不备。阿史那贺鲁听闻是苏将军率部，必研习苏将军战法，陛下却忽再以程国公为帅，必可令阿史那贺鲁措手不及。只是程国公挂帅之事，陛下可再缓几日。"

李治诧道："昨日皇后尚言，担心程国公失败……"

武媚娘微微一笑："程国公若败，自是老臣折名，如今陛下朝中，该当有新臣替换，如此才会尽忠陛下。苏定方为前军总管，以其勇猛，败也不会败在苏将军之手！"

李治脸露沉思，来回走得几步，停下说道："皇后真朕之臂膀也！就这么办！"

武媚娘微笑答道："妾身为陛下，无怨无悔。"

李治不由得叹息一声。

武媚娘又说道："陛下封弘儿为太子之事，可在一月六日颁诏。该日乃大吉之日，也没有几天了。这几日里，妾身还得好好训导训导弘儿。"

李治说道："全凭皇后操劳。"

一月六日，李治果然正式下诏，废去李忠太子之位，贬为梁王，任梁州刺史，即刻出京赴任。封年方五岁的代王李弘为太子，大赦天下，改元为显庆。

受封太子之后，李弘前来母亲宫室。

武媚娘端坐凤椅，对李弘说道："弘儿今日为太子，可得好好用功。"

头顶九旒冕冠、足蹬朱履的李弘跪于武媚娘身前，脆生生说道："孩儿一定不负母后之望。"他又很奇怪地补道，"不晓得长皇兄为什么要让位给孩儿？孩儿很喜欢长皇兄的。"

武媚娘闻声一怒，手在椅腕上一拍，厉声说道："大胆！为娘千辛万苦，让你登上太子之位，你居然说喜欢长皇兄?"

李弘终是年幼，不知到底发生了什么，此刻见母亲发怒，声音也立时颤抖起来:"孩儿……"

武媚娘收起怒容，语转柔和，说道:"弘儿还小，什么事都不懂得，以后你就明白了。秋莲，你带太子出去吧，他长皇兄的事，一句话不得再提!"

秋莲说声"遵娘娘懿旨"后，带着脸色又迷惑又惧怕的李弘走出殿门。

武媚娘刚刚坐下，高延福又从外面不报而入。

"皇后殿下，"高延福进来便弯腰谄笑，"奴才刚从梁王那里过来。"

武媚娘"哦"了一声，说道:"梁王好歹也做过太子，这朝中有些什么人去送他了?"

高延福"嘿嘿"一笑，说道:"梁王被废了太子之位，他原来的东宫府就人去楼空，连那些做奴才的也没人敢近梁王之身，朝中大臣，无一人前往送行。奴才亲眼所见，太子府只有右庶子李安仁一人和梁王辞行。"

武媚娘冷冷一笑:"右庶子李安仁?"

高延福弯腰凑近说道:"奴才可是看得清楚，他二人在府门前抱头痛哭哪!奴才真是奇怪，李安仁大人哭得那么厉害，委实令人不解哪。"

武媚娘脸色肃然，说道:"树倒猢狲散，李忠手下的那些官员如今只求自保，着实令本宫鄙夷。在这个时候，李安仁还敢独自去送废太子，此等忠心，本宫倒是敬佩!"

高延福眼珠一转，赶紧说道:"娘娘说得没错，那李安仁一直就是忠心之臣，奴才心里也是极为佩服的。"

武媚娘垂头看他一眼，冷冷道:"你下去吧。有件事可得记住，在本宫面前，说几句真话，比说几句奉承之言，会好上许多。"

高延福赶紧说道:"是、是，奴才一定记住皇后殿下教诲。"说罢躬身退步而出。

第二章 步步为营

1

当年五月的一天，李治正在上朝，殿外走进一宦官，跪下说道："禀陛下，长孙大人在殿外求见。"此言一出，群臣中有惊有喜。自武媚娘为后以来，长孙无忌再未上朝，今日忽然前来，无数大臣心感振奋。如今朝中无人不知，只要顺从武皇后，升官便易，眼下朝廷直臣虽有不少，却也渐渐不似长孙无忌在朝之时，有进谏之言响起。

李治也是大喜，毕竟长孙无忌是自己无比倚重的元舅，当即说道："快快宣进。"

片刻后，长孙无忌缓步过来，李治和群臣一见，无不心酸，仅一年未见，长孙无忌憔悴许多，也苍老许多。他脸色肃然，依然有令人震慑的威严。

李治见长孙无忌欲跪，即刻说道："元舅免礼。"

长孙无忌还是跪下施礼后才站起，躬身说道："老臣久未上朝，府中养病修史，今已监修完梁、陈、齐、周、隋史志三十卷，特来敬献陛下。"

李治龙颜大悦，说道："好！好！元舅病中犹自为国，朕心甚慰。元舅身子可好？"

131

长孙无忌脸容疲倦，说道："老臣疾病难愈，仍请陛下，允臣府中休养。"

李治当即准奏。长孙无忌谢恩之后，眼望群臣，说道："朝中之事，有赖诸位大人。本官在此先谢过诸位。"说罢，再向李治躬身，径直出殿。群臣无不惊讶，见长孙无忌身心俱疲，竟是无意朝事了，但李治殿中端坐，谁也不敢出来与长孙无忌说上几句，眼睁睁看着长孙无忌缓步而出。

数日后，礼部尚书李义府向李治禀奏，称自己撰完《东殿新书》二百卷。

朝廷撰史，自是大事，无论多少大臣对李义府心中不屑，还是觉得李义府此举令人赞佩。

李治今日不似前些日闻长孙无忌监修完《五代史志》时惊喜流露，极为冷静地说道："李卿劳苦功高，朕当亲笔制序！"

在李义府的谢恩声中，群臣不觉骇然，以太尉兼元舅之尊的长孙无忌在献书之后，李治只称赞数言，而对所献之书，李治竟亲笔为李义府制序。众臣自知，李治此举，当是皇后之意，岂不是武皇后与长孙无忌之争，该当水落石出了？

得李治御笔为己书制序，李义府得意非凡，日渐恃宠用事，飞扬跋扈。

八月的一天，侍御史王义方突然上奏，请李治将李义府罢官入狱。

李治惊讶道："中书侍郎所犯何事？"

王义方所说之事，群臣早知，八月初时，大理寺关押一女犯淳于氏，李义府闻得淳于氏貌美，便指使大理寺丞毕正义释放，以便自己将其纳为小妾。大理卿段宝玄觉事情可疑，便上奏朝廷。李治接奏之后，不得不命给事中刘仁轨提审淳于氏。李义府深恐事泄，逼迫毕正义于狱中自缢，来了个死无对证。

此刻王义方见李治显是不欲降罪李义府，当即说道："在天子脚下，李大人擅杀六品寺丞，反推说毕大人乃是自尽。依臣之见，即便毕大人果是自缢，也是畏李大人之威。如此下去，生杀之权，便不在陛下之手，此事决不可长，请陛下详察！"

李义府怒而出班，说道："王大人说本官逼毕大人自尽，可有证据？若无实据，便是在陛下面前，诬陷朝廷大臣，该当何罪？"

王义方鄙夷地看了一眼李义府，说道："可让刘仁轨大人当廷作证，看看他审问结果如何？本官身为御史，若视奸臣不纠，何以言忠？"

李义府气急败坏，喝道："你敢在朝中诬陷本官为奸臣？"

王义方冷笑道："李大人为人如何，朝中尽知。"

李治眼见二人争执，心内如何不知王义方奏言属实，当下说道："二卿不必再争，中书侍郎权且退下。此事朕已查知，证据不足，就此作罢！"

王义方怒形于色，却也只能愤然不声。

翌日，李治上朝之后，神情漠然，只命王伏胜宣旨。

王伏胜应声后，打开手中圣旨，清了清嗓子，开始宣读起来。

圣旨清清楚楚，所说王义方昨日毁辱大臣，言辞不逊，贬为莱州司户，即刻出京。

王伏胜念完圣旨，群臣俱惊，就连李勣、许敬宗也觉意外。他们虽知李义府奏请立后有功，还是料不到武媚娘会将其袒护到如此地步。在李勣眼里，依靠献媚升官的李义府委实令人厌恶，自己压根儿瞧不起。只是武媚娘当上皇后以后，行事时而令他觉得正义，时而又觉迷惑。李勣和所有人一样，明白李治立后以来的圣旨，无不出自武媚娘之意，此时却想不明白武媚娘为何要将直言上奏的王义方贬出朝廷。

朝廷若无直臣，如何是社稷之福？

李勣眼见王义方跪地接旨，眉头一皱，踌躇片刻，终还是没有进谏挽留。

2

李治的圣旨自然无人敢拒。感觉诧异的不止李勣，除了王德俭等寥寥数人幸灾乐祸之外，李治也看得出群臣皆暗自担心，他与李勣一般，逐渐不喜李义府，却拗不过武媚娘之言，只得强行颁下这道圣旨。

武媚娘不须听闻朝中之言，在永安宫径自对李治说道："陛下贬黜王义方，朝中自有非议，可陛下不可忘记，程知节大人远征在外，等他立功回朝，朝中就没什么话可说的了。"她停一停，冷笑道，"陛下一朝，能开疆拓土，便是功比先帝，哪个人还会为一御史进言？再说，说李义府大人逼迫毕正义自缢，有谁得见？单凭女囚之言，岂是国法？"

李治见武媚娘说得坚决，默然不语，心中颇愿早得程知节捷报。

令李治大喜过望的是，程知节捷报尚未至朝，竟得生羌酋长浪我利波等将帅归附，恭献柘、枳二州。再至十二月，程知节终于班师。此次出征，果如武媚娘所料，前军总管苏定方极为骁勇，竟以五百骑在鹰娑川击败阿史那贺鲁别部鼠尼施等二万余骑，所得马匹器械绵亘山野，不可胜计。苏定方请命继续追击之时，副大总管王文度深恐苏定方功劳太大，对程知节谎称自己有李治密旨，不得轻进。苏定方闻讯大怒，称"懦怯如此，何以立功"，请程知节囚下王文度。程知节自然不敢。

大军回朝之后，武媚娘亲问战事，当机立断，奏请李治将王文度军中除名，程知节身为主帅，纵敌归山，念其三朝老臣，减死免官。

武媚娘手段之快绝，令朝中再次震惊。

王义方之事，群臣已觉武媚娘心怀袒护，如今将程知节免官，虽说未尽剿突厥之军，毕竟破杀二万敌骑，尤其尚为三朝元老，如何能说免就免？

过得两日，屡次辞官未允的侍中韩瑗再也无可忍耐，呈上奏折。

第二日，李治诏令韩瑗至内殿单独见驾。

韩瑗进入内殿，对坐于御案后的李治拱手拜见。

李治将案上的奏折拿起，说道："此乃韩卿奏折，朕不欲在众臣间论及，韩卿奏请召回褚遂良，是何用意？"

韩瑗躬身一揖，说道："自皇后登位以来，朝中老臣凋零，忠臣日少，褚大人体国忘家，捐身徇物，风霜其操，铁石其心，既是社稷旧臣，更是陛下贤佐，微臣从未听闻褚大人有何罪状，竟被贬出朝廷，上下群臣，哪一个不觉褚大人冤屈？"

李治闻言，微微垂头，沉思不答。

韩瑗见李治心有所动，便继续说道："褚大人纵是忤逆陛下，也已受罚。臣伏请陛下，念在褚大人无辜分上，稍宽其罪，以顺人情。"

李治叹道："褚大人之情，朕岂会不知？可他当日掷笏于殿，眼里还有朕这个天子吗？"

韩瑗仍是躬身，声音却是坚决："褚大人进谏过急，实为社稷忠臣之举，终为谗谀所毁。昔微子去而殷国以亡，张华存而纲纪不乱。今陛下无故弃逐旧臣，恐非国家之福！"

他所说的微子乃商纣王长兄，曾多次进谏纣王无果，遂离开朝歌，后降武王，仍为卿士；张华则是西晋名臣，虽是布衣出身，却在"八王之乱"时苦撑危局，就连以暴虐闻名的晋惠帝皇后贾南风也对他不无敬重。

李治听得韩瑗说出这二人名字，不觉一怒，拍案喝道："大胆！以褚遂良喻微子，是说朕乃亡国之君吗？"

韩瑗见李治发怒，眼露痛苦之色："臣恳陛下，容臣归田。"说罢双膝一跪，叩下头去。

李治站起身来，冷冷道："卿如今为太子宾客，不知所负何责吗？"

也不等韩瑗回答，李治衣袖一拂，满面怒容，走出内殿。

韩瑗站起身来，一动不动地看着王伏胜跟在李治身后走出，凄然闭眼，一声喟叹后喃喃说道："武后一立，我等将死无葬身之地了！"

3

王皇后与萧淑妃在黯淡无边的半空幽灵般飘来。二人长发披散，白衣裹身，双目及四肢流血。到得近前之后，二人举起血淋淋的无手断臂，势如疯虎，朝自己咽喉捅来。武媚娘不由魂飞魄散，竟是身不能动，只觉四只断臂扼住咽喉，不由"啊"的一声尖叫，从床上惊坐而起。眼睛睁开，方知刚才一幕乃梦。

李治被武媚娘的尖叫惊醒，即刻坐起，凝视武媚娘说道："皇后又做噩梦了？近日如此频繁，皇后梦见什么了？"

武媚娘不觉倒在李治怀里，惊魂未定地说道："妾、妾梦见两个恶鬼……"

李治抱住武媚娘，柔声安慰道："皇后勿惊，天明之后，朕下旨宣郭行真道长入宫驱鬼。"

武媚娘额头犹自淌下冷汗，长吁一口气，说道："自妾身频做噩梦以来，陛下已多次召郭道长入宫，未见其效果，不如……"

李治问道："不如怎样？"

武媚娘抬手按胸，似是定下心神，说道："妾身想与陛下再往洛阳。"

李治诧异道："上月朕已与皇后驾幸洛阳，皇后还想再去？"

武媚娘摇头叹道："妾身只在洛阳时，才无噩梦。"

李治微笑道："便依皇后之意，朕明日下旨，往洛阳一行。"

武媚娘惊魂稍定，"嗯"了一声，说道："妾身谢陛下。"

李治在武媚娘额头抹抹，说道："皇后且安心，天还没亮，还睡得几个时辰。"

看着李治很快入眠，武媚娘怎么也睡不着。刚才的梦境已不是第一次出现。武媚娘披衣下床，走至窗前，抬头看月，心里暗道："你们死了这么久，还来纠缠本宫。本宫索性一不做二不休，让李忠和李素节到阴间去陪伴你们！看你们还敢不敢这般吓唬本宫！"心里主意拿定，又回头看看在床上睡去的李治，沉思起来。

她知李治实不忍将李忠贬往梁州，对李素节的宠爱也未因萧淑妃亡故而减，甚至，王皇后与萧淑妃死后，李治对她们留下的儿子倒多了一份较为纯粹的父子之情，李忠既废，李素节也无望太子之位。李素节此时虽值十二岁，却因母后惨死，早熟异常，知自己处境危险，只以发愤读书来忘记恐惧。李治已无须担忧东宫有争，对认真勤学的李素节怜爱之深，尚超过在东宫的太子李弘以及永徽五年出生、尚未两岁的次子李贤。对出生才数月的三子李哲，李治倒是有颇深的情感注入。

武媚娘望月沉思良久，又走至床边，听着李治鼾声起伏，不觉又想，李治柔弱非常，不知这大唐天下将来究竟如何，如今朝中长孙无忌的势力日益减弱，但他终究是当朝太尉，树大根深，从这棵大树上长出的枝叶非得砍尽不可。

她又想起韩瑗，竟敢上召回褚遂良之奏。也幸亏李治柔弱，若真将褚遂良召回，自己面对的势力陡然倍增，对付起来更有难度。韩瑗有此一想，难道不是长孙无忌在背后谋划吗？那本宫就先除掉韩瑗！再顺手除掉来济。他二人素为长孙无忌左右手，本宫便将长孙无忌双手砍掉，如砍掉王皇后和萧淑妃的手足一般。

用什么法子除掉这二人呢？

武媚娘心中一动，你们不是想让褚遂良回朝吗？那本宫就从褚遂良开始。

凝视着李治沉睡正酣的脸，武媚娘嘴角慢慢浮起一丝冷笑。

4

看着御辇外文武仪仗连绵百旦不绝，大戟队居前引路，左右分别为辟邪旗、应龙旗、玉马旗、三角兽旗、黄龙负图旗、黄鹿旗、飞麟旗、驮骡旗、鸾旗、凤旗、飞黄旗、麟旗、角端旗、赤熊旗、兕旗、太平旗、犀牛旗、骏骥旗、骊骝旗、驺牙旗、苍乌旗、白狼旗、龙马旗、金牛旗等二十四队旗组成的庞大仗仗，气势磅礴。武媚娘脑中偶尔闪过八年前从终南山往感业寺途中所见军骑。当年伴随自己的只有绝望，此刻身为皇后，委实霄壤之别。武媚娘不愿再想当年往事，现在她面对的问题不少。离开长安，还不仅是噩梦缠身，而是在长安的八年时日，耗费自己太多精力。她需要休养，以便积蓄力量，一步步击败长孙无忌，那样才能彻底把控朝政。

洛阳距长安七百余里，位于洛水以北。水北为阳，遂得名洛阳。早在周平王东迁至此定都以后，后世东汉、曹魏、西晋、北魏俱以洛阳为都，隋炀帝即位后，建都于此，改名为东京。大唐取洛阳之后，获得尚未被毁的宫殿。

进入洛阳宫后，武媚娘心情殊为顺畅。这里既没有长安皇宫的阴冷，也无自己曾经的屈辱记忆。到洛阳不过十余日，李治在武媚娘授意之下，将四个月大的皇子李哲改名为李显，封为周王，同时将雍王李素节降为郇王。武媚娘极为清楚，李治始终将李素节引为最得意的儿子，但他这个儿子与自己间横亘杀母之仇，仅此一点，就决不能让李素节长大成人，武媚娘的策略是先从削其爵位着手。此时的李治，与长孙无忌的距离越来越远，与朝中老臣们的距离也越来越远，如今占据显位的，无不是以武媚娘为尊的大臣。对武媚娘之言，李治已习惯般遵从。

在李显被封为周王当日，黄昏渐浓，武媚娘与李治携手至后花园赏花。二人如寻常夫妇般谈完三个儿子之后，武媚娘像是不经意地说道："韩瑗韩大人欲请陛下召回褚遂良，陛下难道看不出此乃朝中危机？"

李治诧异道："朕已拒韩瑗之请，如何有危机一说？"

武媚娘缓步从御花园的盛放之花旁走过，伸手摘下一朵，在手中揉碎，才慢慢答道："褚遂良往潭州已然数载，今韩瑗仍在为其求情，岂不是时至今日，褚遂良对朝廷的影响未消，残存的势力仍是庞大？"

李治脸色微变，说道："朕倒还未思此事。"

武媚娘又摘下一朵花，继续揉碎，说道："先帝留给陛下的大臣，都想夺取属于陛下的权力；当年吴王和荆王之死，连陛下也挽救不了，若始终依赖老臣，陛下旨意，恐怕难以通达天下。"

李治心内一颤，说道："朕不是已将褚遂良贬至潭州？"

武媚娘冷冷一笑："潭州距京师两千多里，陛下是不是以为真的很远？"

李治走至武媚娘身前，将武媚娘双手握起，说道："皇后之意如何？"

武媚娘说道："褚大人不欲妾身为后，将玉笏掷于陛下殿前，此乃妾身当时亲见。如此目无君主之臣，本朝尚无先例。他如今人在潭州，仍与朝臣藕断丝连，时时想东山再起，以妾身之见，可将褚大人调往桂州。他离朝廷越远，妾身方更为安心。"

李治思索片刻后，点头说道："便依皇后之言，朕明日下旨，将褚遂良迁为桂州都督。这些老臣仗着父皇遗旨，没哪天把朕放在眼里过。"

武媚娘脸上微笑，说道："老臣不把陛下放在眼里，陛下便得多有自己亲近之人，如此朝廷方稳，社稷方安。"

李治点点头，说道："皇后觉何人可升？"

武媚娘又摘下一朵花，放鼻端嗅上片刻，微笑说道："陛下闻闻，这花真香。"

李治凑近闻一闻，还是说刚才话题："皇后告诉朕，朝中何人可升？"

武媚娘看花沉思片刻，肃颜说道："妾身之意，可将许敬宗擢为侍中兼度支尚书，李义府大人可擢为中书令。"

李治吃了一惊，皱眉说道："许敬宗为老臣，担当此任，确是人选，可王义方去岁尚弹劾李义府，如今让他入中书省为相，恐怕朝臣不服啊。"

武媚娘始终微笑，答道："王义方不是被陛下贬至莱州了吗？妾身倒是以为，正可借此机会，看看李义府在群臣眼里，究是奸臣还是忠臣。王义方乃长孙大人提拔而起，妾身也想看看，如今这朝中，还有多少人尚在依附长孙大人。"

李治闻言，脱口说道："皇后如何对元舅如此敌视？不管父皇在日，还是朕登基前后，无不是长孙元舅之功。元舅对朝廷忠心耿耿，朕实不想皇后与元舅有何冲撞。"

武媚娘将手中的花再次揉碎，撒于足旁，抬头凝视李治说道："长孙大人三朝之功，无人可及，可自妾身为后至今，陛下可还见长孙大人上朝理事？"

见李治不答，武媚娘的声音变得坚决："所谓朝臣，不论尊卑大小，也不论历经几朝，既然领取俸禄，便当为国着想，为陛下分忧。陛下重甥舅之情，可长孙大人未必重情。"她又伸手摘下一朵花来，"如今陛下是天子，长孙大人久不理朝政，难道陛下指望长孙大人还会来打理这万里江山？"

李治倒吸一口冷气，讷讷道："这……"

武媚娘冷冷续道："先帝将社稷交给陛下，何日无事？若依靠长孙大人，如今朝廷，早难运转。自古能者上其位，陛下岂能将私情凌驾于国家之上，就今日来看，陛下难道不觉，李义府大人比长孙大人更效忠于陛下吗？"

李治沉思半晌，缓缓点头。

像是忽然想起什么，李治问道："皇后从来都是称'长孙大人'，如何未见称过'元舅'？"

武媚娘不答，只将一朵花举到鼻端，似是全部注意力集中在花上，以由衷之声说道："这花可真香！"

黄昏变得昏暗，黑夜来临了。

5

李治的圣旨传到长安之后，朝中顿时纷议。没有人能料到，险被长孙无忌赶出朝廷的李义府竟然进入中书省，韩瑗和来济按捺不住，数日后一并来太尉府见长孙无忌。

长孙无忌为监修文志，耗心力太多，卧病在床，听得韩瑗和来济登府，勉强起身，往正堂迎客。

韩瑗二人见长孙无忌颤颤巍巍，走路也须下人搀扶，心内悲伤，同时起身，迎上前躬身拜见。

落座之后，韩瑗和来济又不觉互看一眼，实不知在长孙无忌如此病重之下，将朝廷之事告知太尉是否妥当。

长孙无忌见韩瑗和来济脸色强抑愤容，艰难抬手，命下人出去后，才慢慢说道："两位大人前来，定是朝中之事。老夫虽未上朝，却何日不牵挂朝廷？今陛下已往洛阳，两位大人在东宫辅佐太子，不会是太子有何要事吧？"

韩瑗对长孙无忌拱手说道："今太子年幼，勤勉好学，大人勿虑。"

长孙无忌身体难动，眼神仍是尖锐，当下说道："老夫于隋末年间便追随先帝，早将生死置之度外，二位大人不妨明言。人生百年难满，有何事是不可说的。"

来济眼中欲泪，拱手说道："长孙大人赤心为国，下官敬佩。"他叹息一声，续道，"前些时日，高公公从洛阳携来陛下圣旨，将李义府擢为中书令。下官实是难以忍耐。这李义府徒知献媚，去年逼死大理寺丞毕正义大人，王义方大人上奏弹劾，却被贬黜莱州。陛下如此用人，朝纲如何能振？"

长孙无忌双眼一闭，眼角泪珠渗出，旋即睁开，嘴唇发抖地说道："当今陛下虽是老夫一力扶持而上，可如今宠信皇后，他想封谁官，便封谁官罢！"

韩瑗头一摇，声音有些发急地说道："大人此言差矣！陛下如何，便是社稷如何啊！下官实不忍见朝廷奸佞当道。"

"奸佞？"长孙无忌方才锐利的眼神忽然黯淡，过得片刻，韩瑗和来济感觉长孙无忌声音如在无人处自言自语，"唉，陛下贞观二年出生，老夫看着他长大，仁孝非常；到贞观十七年，老夫又看着承乾太子被废，看着魏王被贬出长安，再看着陛下入主东宫；到贞观二十三年，又看着陛下枢前即位。这二十多年里，老夫一直在陛下身边，也一直觉得，陛下性情懦弱，可二位大人也亲眼所见，昭仪寒微，终为后宫之尊，其实老夫早已觉察，陛下唯恐门阀权力过大，今提拔李义府，便是让老夫交出所有权柄啊。"他双眼看向二人续道，"一朝天子一朝臣，二位大人难道看不出来吗？"

韩瑗和来济万没料长孙无忌会说出这样一番话来，同时吃惊。二人你看我，我看你，面面相觑。片刻后，韩瑗才艰难说道："大人便是因此而居府修史？"

长孙无忌叹息一声，缓缓说道："史乃镜也，如何能白修？"

来济沉默片刻，仍是愤然说道："下官委实不欲与李义府同在中书省！"

长孙无忌似是没有听见，仍像是自言自语地说道："老夫与褚大人同受先帝遗诏，如今褚大人远贬潭州……"说罢缓缓摇头。

韩瑗插言道："下官适才未言，褚大人又从潭州贬桂州了。"

长孙无忌眉头一动，涩声说道："是吗？"又闭上双眼，仍喃喃自语般说下去，"褚大人顾命之臣，尚且如此，怕也很快将轮到老夫了。二位大人，先请回转，不必再来，徒惹灾祸。如今皇后似是握权，实则陛下早已成人，深沉难测。二位大人善自珍重，老夫百骨俱老，难以久坐，就不亲送了。"

说完后，长孙无忌双眼睁开，里面已黯然无光。

韩瑗和来济起身告辞，二人都心惊肉跳。在他们及群臣眼里，无不以为是武皇后控制天子，孰料在长孙无忌眼里，始终只看着皇后背后的皇帝言行。

6

李治与武媚娘在洛阳宫待得两月，眼见日暖，又起驾往明德宫避暑。

自登基以来，李治便将父皇李世民的三日一朝改为每日一朝。刚提为宰相中书令的李义府上奏，称如今四海清平，请李治改为两日一朝。

武媚娘对李治笑道："李大人忧心陛下，实乃忠臣之举。"

李治微笑点头，遂下旨，将每日一朝改为隔日视事。

二人在明德宫待至七月，眼见秋分将临，又重回洛阳宫。

回宫刚过三日，高延福急匆匆前往武媚娘宫室，说道："皇后殿下，此乃许敬宗大人和李义府大人密信，特嘱奴才亲手交与皇后殿下。"

武媚娘接过信函，见函封上写有"恭请皇后亲启"六字，眼珠一转，说道："皇后亲启？朝廷大臣函件，当陛下亲启才是。你随本宫一起去御书房觐见陛下。"

见武媚娘进来，李治将手中书卷放下，起身说道："皇后如何没在歇息？"

武媚娘将手中密函递上，说道："此乃许敬宗大人和李义府大人一起呈上的密函，妾身不敢私阅，特呈陛下。"

李治"哦"一声，伸手接过武媚娘手中密函，看了看函封上的六字，将函口撕开，抽出内页，上上下下看完，蓦然将手一紧，脸色也变了，声音低沉而愤怒："皇后请看！"又将函件递给武媚娘。

武媚娘见李治神色不对，接过后即刻读完，变色说道："韩瑗和来济如此大胆，竟敢勾结褚遂良、柳奭作乱？"

李治怒形于色，在房中踱来踱去，厉声说道："朕把褚遂良贬至桂州，桂州南蛮之地，他竟想举蛮兵为援……"他停一停，站住对武媚娘说道，"皇后觉此事可真？"

武媚娘脸上冷笑，说道："陛下难道忘了？当年承乾太子对先帝都有逼宫谋划，何况韩瑗、来济之辈？他们素对陛下用人不满，柳奭从中书令贬至荣州，妾身早听说他屡有怨恨之言，只是不欲陛下操心，始终未禀；褚遂良更是以顾命大臣为资，眼见朝中老臣势力被削，他们想武力夺回，如何会假？再说，李义府刚蒙圣恩，如何敢犯欺君之罪？"

李治点头说道："皇后说得不错，"他对身边的王伏胜转头道，"即刻下旨，将韩瑗贬为振州刺史，来济贬为台州刺史，二人终身不得入朝！"

武媚娘说道："对谋反之人，陛下只以贬黜为罚，不可如此仁慈！"

李治抬头思索，说道："他们只有不轨之意，念其前功，朕且留其性命。"他继续看着王伏胜，边想边说，"再贬褚遂良为爱州刺史，柳奭贬为荣州刺史，传朕口谕，命门下省速速拟诏！"

王伏胜应旨，躬身出门。

武媚娘脸上闪过一丝不快之色，当李治侧身再面对她时，武媚娘脸上已恢复寻常，只说道："陛下如此仁慈，妾身唯望他们能心感圣恩。"

李治叹息一声，说道："褚大人竟有不轨之心，真是令朕痛惜！唉，皇后先且回宫休歇，朕好好想一想。"说罢衣袖一挥，脸色显出哀痛。

武媚娘敛衽为礼，和高延福离开御书房。

7

到武媚娘宫室之后，高延福对秋莲、冬菊使个眼色，二人悄悄出门，顺手关上宫门。

高延福走至窗前，见秋莲、冬菊走过宽阔庭院，出去时又将外宫门也给关上后，才又走到武媚娘身边，俯身说道："奴才按皇后殿下指示，在长安时嘱咐许大人和李大人，呈上密函，怎么陛下没有将他们斩首问罪呀？"

武媚娘沉思片刻，忽然叹道："陛下真是比本宫这个皇后高明得多啊。"

高延福吓一跳，说道："难道陛下知此事是皇后殿下……"

武媚娘手一抬，制止高延福说完，慢声说道："杀人不一定要斩首。韩瑗和来济此出长安，终身不得入京，便是折腾不起什么波浪了！柳奭废人一个，本宫看他们都活不了多少时日了。"

高延福眼珠一转，弯腰谄笑"还真如皇后殿下所言，陛下将韩瑗、来济贬往远地，这些人无不心怀怨恨。奴才听说，身体得病，药石可医，心里有病，可就是死路一条啊。"说罢"嘿嘿"一笑，似是得意自己方才之言，又接着说道，"将褚遂良再贬爱州，那里是朝廷藩属之地，这辈子他都别想再回来了。"

武媚娘容颜冷峻，缓声说道："若是褚遂良在掷笏于殿时被陛下推出斩首，褚遂良倒是会以忠臣之态，慷慨引颈，可经这一贬再贬，人就不知不觉，一次次灰心丧气，等他志气全无，也就是另一个柳奭而已！陛下此举，真是高过本宫啊。"

高延福闻言一惊，竟是不敢回答。

武媚娘站起身来，绕桌而行，仍是声音缓慢地说道："等着看吧，褚遂良到爱州不久，必有上表，那时他不会再说本宫的不是，而是要向陛下求饶了。"

高延福跟在武媚娘身后，说道："褚大人性格刚硬，他果真会求饶？"

武媚娘冷冷一笑："等他上表之后，你自会知道。不过，本宫对他兴趣已无。如今长安，只有一个长孙无忌，他身边再无重臣，本宫决不能让他活下去！"

高延福极为得意，说道："娘娘今日要收拾长孙太尉，还不易如反掌？"

武媚娘斜眼看了下高延福，伸手将桌上的一小盅御酒端起，一口喝光，冷冷说道："当年陛下和本宫前往太尉府，长孙无忌拿出先帝所赐的御酒。嘿！先帝的酒是好酒，可如何比得上本宫的洛阳之酒！"她将酒杯放在桌上，"他今日虽是孤魂野鬼，可他只要活着，就比十个褚遂良加上十个韩瑗、十个来济，还有十个早贬到西州的裴行俭加起来还难对付！"

说罢，武媚娘伸手将桌上的酒杯一推，那酒杯骨碌碌一滚，落到地上，顿时跌成碎片。高延福赶紧跪下去，一块块收拾，耳里听武媚娘继续在问："洛阳令李奉节那边，安排得如何了？"

高延福赶紧答道："李大人随时等候皇后殿下指示。"

武媚娘终于冷笑出声："长孙大人，你很快就不会再有喝御酒的兴致了，哈哈！"

第三章 穷途末路

1

自到洛阳之后，李治与武媚娘一直待到当年十二月也未回长安。李治索性将洛阳命名为东都。在二人眼里，洛阳比长安更为舒适，武媚娘再无噩梦，李治在长安时不时发作的头疾已极少再现。

当西突厥阿史那贺鲁死灰复燃的作乱军情传来，李治此时倒再也不须武媚娘提醒，径自派遣苏定方率军出征。苏定方率军抵达金山北后，与阿史那贺鲁部下处木昆部狭路相逢，苏定方取得大胜，收降者逾万。

李治接报大喜。

犒劳之旅尚未出发，右领军郎将薛仁贵上书，言及西突厥内部，有泥孰一部，不服阿史那贺鲁，被后者击败后，泥孰部众的妻子被全部掳去。薛仁贵上书建议，只要朝廷之军击败阿史那贺鲁诸部之后，如将泥孰部的妻子释归该部，则泥孰诸部都会感大唐天恩，视阿史那贺鲁为贼，大唐则为父母，诸部必将瓦解，阿史那贺鲁便可彻底平定。

李治接书后即刻准奏。

武媚娘微笑说道："如今我大唐文武辈出，若平定阿史那贺鲁，守护陛下江

145

山的便后继有人了。"

李治哈哈大笑："皇后之言，正是朕想！"

此次大唐与西突厥交锋几近一年，至显庆三年十月，阿史那贺鲁终被擒至长安，西突厥叛乱平定。

看着大唐版图延伸，大喜过望的李治与武媚娘回转长安。

第一天散朝之后，李治怒气冲冲地回到永安宫。

武媚娘迎上前去，说道："陛下久未在长安上朝，今日方上，如何便如此怒容？"

李治愤声说道："今日朝上，中书省的两位中书令竟在朕面前互相诋毁。朕平定西部，昨日回京，本当满朝喜悦，这二人竟如此令朕失望！"

武媚娘不觉皱眉。中书令为正二品，掌朝廷军国政令，为辅佐天子的执政大臣，位高权重，柳奭、来济都曾任过该职。如今的中书令分别是杜正伦与李义府。

武媚娘脸色端严，沉思说道："杜大人早年便是先帝秦王府学士，受承乾太子一事所累，被贬往藩属之地，后蒙陛下之恩，才重回朝廷，迁至中书令；李大人乃妾身所荐，如今突厥平定，四海归心，他二人如何会起争执？"

李治手握成拳，往御桌上一捶，说道："杜正伦每每处事，皆不与李义府相商，眼里无人，被李义府当廷参了一本。"

武媚娘闻言倒是一笑，说道："杜大人久在朝廷，事过两君，熟悉朝政，李大人赴任不久，杜大人也没太过分。李义府参本，小题大做，陛下无须动怒。"

李治胸口起伏，咬牙说道："朕今日上朝才知，李义府身为中书令，不思报效朝廷，一心索取贿赂，将朝廷官位，标价卖出，便是死囚，也'千金不死，百金不刑'，朕要这样的官员何用！"说罢，眼神直直看着武媚娘，闪出指责之意。

武媚娘也脸色一变，说道："李义府竟如此贪赃枉法？"

李治"哼"了一声，说道："李义府之事，长安尽知，唯独朕今日方知。"

武媚娘迎着李治目光，冷冷说道："李义府不思报效朝廷，妾身以为，当贬黜其官！"

李治倒是有些意外，今日上朝，不仅杜正伦上奏，尚有不少官员联名弹劾李义府。李治当时未做决定，便是想到李义府乃皇后所荐，颇惧武媚娘反对，此刻听武媚娘要求贬黜李义府，不觉怒气陡消，说道："皇后深明大义，朕实乃欣慰。那杜正伦也一齐贬黜吧。"

武媚娘微微点头，说道："杜大人如此倨傲，确也不宜再做中书令，若是他在，接替李义府的大臣，也会如李义府一般，被杜正伦压制，便什么事也做不了。"

李治暗吃一惊，他提出贬黜杜正伦，不过是见武媚娘提出贬黜李义府，为了让皇后感觉平衡，才提出同贬之议，不料武媚娘说出的理由却才真正指到核心。

翌日，李治朝中宣旨，杜正伦贬为横州刺史，李义府贬为普州刺史。

已升为一品荣国夫人的武媚娘母亲杨氏久不见女儿，趁李治上朝时来看望，听女儿说起此事，有些诧异说道："李大人乃女儿一手提拔上来，对女儿忠心无二，如何又将他贬出朝廷？"

武媚娘声色不动地说道："李义府恃宠用事，本宫必须得让他明白，到了朝廷，若只想中饱私囊，本宫也决不答应，"她眼神冷淡地续道，"当年他奏立之功，本宫已赏，今日德不配位，长安便没有他的一席之地！本宫若不赏罚分明，将来身边只会充满谄媚之徒，要之何用？"

荣国夫人心中惊讶，看了武媚娘良久，才说道："娘真不知女儿心里想些什么。"

武媚娘冷冷一笑，看着杨氏说道："娘不须知晓，本宫也不想多说。"

2

转眼到显庆四年四月，长安春色尚未去尽，郊外虽花谢叶黄，柔风吹拂间已略感燥热，远处山峦仍青色隐隐，鸟声啁啾，四处望去，不失心旷神怡之感。

这日申时左右，四下赏玩春末的人中，有两名锦衣华服的留须中年人乘马在长安郊外缓辔而行。须长者乃当朝太子洗马韦季方，短须者姓李，单名一个巢字，官居监察御史。二人同朝为官，皆出自褚遂良门下，十余年相交，情谊颇厚。

自褚遂良从桂州再贬爱州之后，果如武媚娘所料，褚遂良终于意气消沉，绝望中给李治上表，以"蝼蚁余齿，乞陛下哀怜"为结。李治接表后冷冷一笑，顺手扔在案前。年过六十的褚遂良苦等圣旨不到，终于在距长安数千里之遥的帝国边缘之地凄凉去世。

噩耗于三月传至长安，多数朝臣震动而悲，韦季方与李巢更是心中郁结，时时结伴饮酒吟诗，以浇块垒。

这日趁春未尽，二人又同往郊外，想起死去的恩师褚遂良，不觉感伤。

韦季方叹息一声，说道："恩师骸骨，尚在爱州，不知何日方能葬回中原。"

李巢缓缓摇头："恐怕得等你我归田后去做了。"

韦季方强抑心中之痛，随意摆弄马鞭，叹息说道："这些时日，季方只在东宫随太子读书，陛下宠信皇后，料想又有一些皇后宠臣得以升官了吧？"

李巢倒是微笑一下，说道："最近朝中，倒未有季方兄所言之事，恰好相反，从东都返京师之后，陛下亲自殿选，从九百举人中选出郭待封、张九龄等五人往弘文馆候诏，又命左骁卫大将军契苾何力镇守辽东，昨日还诏令燕国公于志宁大人为太子太师。"

韦季方微感意外，将马鞭在马臀上一抽，说道："季方有一事始终不明，于大人为三朝元老，在长孙大人和褚大人进谏陛下之时，如何从未有过一言。"

李巢见韦季方马蹄稍快，也催马加速，仍是与韦季方并辔而行，沉思说道："依我来看，于大人不发一言，乃见陛下决心已定，不敢去忤圣意，是以不言自保。"

韦季方不觉怒道："三朝元老，真还比不上李巢兄啊，想李兄与那李义府共审柳奭、韩瑗二位大人之时，尚且忤旨进言，于大人身在高位，如何想的只是自保？"

李巢微微笑道："人各不同，所选便异。于大人今为太子太师，倒是可尽平生之学，使太子明事，也未尝不是朝廷之益。"

韦季方叹息一声，心中颇为烦闷，看走至二人平时惯来的酒肆，抬鞭说道："兄之豁达，季方远远不如，我们先且歇马，饮上一杯。"

二人到得肆前，将马匹系于门外，掀帘而入。

拣一窗旁坐下后，韦季方叫上两壶酒和三盘下酒之菜，和李巢饮谈起来。韦季方性情急躁，言辞不免激烈，李巢却是开导为多，附和甚少。

眼看两壶酒饮完，韦季方又叫上两壶。酒方端至桌上，忽听得远处马蹄声急。二人不觉同时望向窗外，只见一队官差策马而来，前后十余骑。韦季方诧声说道："是大理寺之人，不知到此何事？"

李巢也觉诧异，二人看着那队官差直奔酒肆而来，待看清领头之人是大理寺卿辛茂将时，更是吃惊，大理寺卿乃从三品，系大理寺最高官员，不知什么大事竟使得辛茂将亲自出马。

韦季方和李巢起身迎出酒肆。

辛茂将率人恰恰到得门前。

韦季方和李巢同时拱手，李巢微笑说道："不知辛大人来此，既是有缘，也是凑巧了。"

辛茂将一见韦季方和李巢二人，冷冷说道："本官前往韦大人府上问得讯息，原来二位果然在此，给本官拿下！"

他手下差人立时上前，将韦季方和李巢反手捆缚。

酒肆老板和里面饮酒之人陡见大理寺在此拘人，个个心惊胆战，无一人敢踏出酒肆之门。

韦季方性情原本急躁，厉声喊道："辛大人这是何意？本官犯了何事？"

李巢较韦季方稳重，虽事发突然，还是沉声说道："辛大人有事相召便是，如何在此捆缚朝廷命官？不是有违律疏吗？"

辛茂将冷冷答道："韦大人官居三品，本官若不亲来，如何能将二位大人请到大理寺中？"

李巢倒是冷静："大理寺相召，哪个朝臣敢不前往？"

韦季方仍是怒声喝道："松开本官！"

辛茂将仍是冷冷说道："本官乃奉旨拘人，二位大人就委屈一下了，带走！"

他话音一落，韦季方和李巢都吃了一惊，实不知自己究竟犯了何事，竟使得李治亲下圣旨拘人。二人不再反抗，由辛茂将手下差人押上马匹，往长安城内走去。

3

一行人到得大理寺，在挂有"明镜高悬"匾额的审堂之上，原本辛茂将端坐的椅旁，今日多了一把，上面端坐的是中书令许敬宗。

见韦季方和李巢被捆缚入内，许敬宗诧声说道："韦大人和李大人乃朝廷命官，如何被捆缚而入？速速松开！"

辛茂将微一摆手，左右之人即刻将二人松绑。

韦季方恼怒非常，高声说道："许大人亲来大理寺，正好相问，下官和李大人触犯何律？"

许敬宗对在自己身边落座的辛茂将说道："本官虽奉旨与辛大人共审此案，可这折狱详刑之事，还是由辛大人做主。"

辛茂将微微点头，将案上一封函件拿起，对韦季方和李巢说道："此乃洛阳令李奉节大人给朝廷上疏。二位大人朝中结党，可知大罪？"

韦季方闻言，勃然大怒，喝道："李奉节洛阳之官，他如何敢诬陷本官？"

李巢却是吃惊不小，历朝历代，天子最不可忍受的便是朝有朋党，这条罪名若定，且不说官位立除，全家性命亦堪忧，当下拱手说道："许大人、辛大人，下官与韦大人不过同门之谊，何来朋党一说？还请两位大人详察，切勿听信旁人谤言。"

"旁人谤言？"刚才还说让辛茂将审理的许敬宗已抢过话头说道，"上月李大人奉旨前往洛阳宫视修缮合璧宫之事，怎么韦大人也跟着去了？你二人在洛阳之际，时时称褚遂良冤屈，可有此事？"

李巢再次一惊，上月他奉旨前往洛阳督察连壁、齐圣、倚云三座大殿组成合璧宫的改建之时，韦季方得褚遂良死信，当即往洛阳报讯，与李巢聚谈。洛阳令李奉节还设宴相待京官，万没料他会因此上奏，将二人称为朋党相聚。李巢知此事危急，即刻辩道："下官与韦大人同门，相聚饮酒，乃是寻常，若说结党，下官万万不敢。"

许敬宗冷笑一声："本官料你们二人也不敢结党，可在你二人嘴里，褚遂良乃冤屈被贬，对陛下口出怨言，可有此事？"

韦季方震怒不已，喝道："胡说八道！褚大人乃本官恩师，恩师亡于异地，本官还不能一吐悲情？"

许敬宗仍是冷笑："师徒情深，本官真是大为感动哪！不过嘛，以本官来看，就你们二人，欲结朋党，当有共谋之人，本官还是劝你二位供出同谋，以免皮肉受苦。"他转头对辛茂将补充道，"辛大人，本官之言，大人以为如何？"

辛茂将点头道："下官也如此之想。"当下对韦季方、李巢喝道，"若是不招，大刑侍候！"堂内两旁的差人顿时将手中杀威棒连连顿地，一片惊心动魄之声响起。

韦季方怒声喝道："韦某只是伤心恩师，何来朋党？何来同谋？"

许敬宗眉头一挑，不阴不阳地说道："褚大人素以顾命大臣自居，又倚仗长孙太尉撑腰，如今他走了，留下你们这些门生故吏，当是以长孙太尉马首是瞻了，本官说得不错吧？"

韦季方厉声喝道："血口喷人！可有证据？"

李巢闻言一震，他心思比韦季方缜密得多，早见位极人臣的长孙无忌逐渐被孤立，环绕他的重臣如褚遂良、韩瑗、来济、裴行俭等人无不被各个击破，逐出朝廷。

群臣自然知晓，那只打击之手来自皇后武媚娘。

现在轮到长孙无忌了吗？

韦季方尚在怒喝，李巢已骇觉一张大祸临头的无形之网正铺天盖地而来。

只听许敬宗声音冷冷继续："韦大人，我看你是不见棺材不掉泪。来人！将他二人各重打五十大棒！看是招与不招。"

两边差人吆喝一声，上前将韦、李二人按倒在地，将大棒高高举起，狠狠打将下来。

4

翌日一晨，许敬宗刚刚出府，欲前往大理寺。

正待上轿，忽见一大理寺差人急匆匆赶来，许敬宗收住脚步。那差人见许敬宗身边有人，遂大胆附耳对许敬宗说了几句话。许敬宗一边听，一边点头，眉头时不时抖动，听完后说道："本官知道了。"然后手一挥，命差人回去。

许敬宗对抬轿人说道："先且回府。"说罢转身重新入府。

到自己书房之后，许敬宗严令不许任何人打扰，独自坐下，仔细思索，嘴角时不时露出笑意，时不时又眉头一皱，似是想到一些难题，然后又思索半晌，嘴角再次浮笑。

拿定主意之后，许敬宗再次令人备轿，走出府来。

这一次再无意外，许敬宗对轿夫的命令极为简单，直奔李治今日休朝所在的宣政殿。

宣政殿是李治批阅奏折之殿，自李义府奏请将每日一朝改为隔日视事后，李治确感李义府奏请得当，休朝之日，可多阅奏章。

正阅间，王伏胜进来禀报，中书令许敬宗殿外求见。李治放下奏折，命许敬宗入内。

许敬宗入殿，跪下请安。

李治命其起身后说道："朕命卿与大理寺共审朋党一案，可是已有结果？"

许敬宗躬身说道："微臣奉旨审案，今日已得内情，即来禀报陛下。"

李治"哦"一声，起身说道："如此快速？速速禀朕。"

许敬宗扫视一下殿内，未见武媚娘，只王伏胜在侧，嘴唇嚅动。

李治见此，颇为不快，说道："不想禀朕吗？"

许敬宗赶紧低头说道："今日晨，微臣方至大理寺，便闻罪逆韦季方悬梁自尽，微臣即刻命人将他救下，韦逆在昏迷中说出长孙太尉之名。"

"什么？"李治顿时一惊，旁边的王伏胜脸上也肌肉微抖。

李治走上两步，到许敬宗身前，沉声说道："说出长孙太尉之名，还说了什么？"

许敬宗脸上也是一片不敢相信之色，时而果断、时而踌躇地接着说道："今日微臣若晚到一步，韦逆便死无对证。他昏迷中说出长孙太尉名后，微臣即刻询问，韦逆尚不知是臣在相询，胡言乱语中说他与李巢结党，乃是受长孙太尉指使，将……伺隙谋反！今事已暴露，故悬梁自尽，以保长孙太尉。"

李治闻言震惊，脸色惨白，惊讶说道："长孙太尉乃三朝元老，朕之亲舅，他如何会有谋反之意？"

许敬宗仍是躬身，声音微微发抖："微臣也不敢相信韦逆此言，可他确乃亲口说出。臣不敢隐瞒，故特来禀报陛下。"说罢抬起头，看了李治一眼。

李治面容惊骇，一时不语，然后蓦然说道："朕在东都之时，卿上密函，说韩瑗、来济有谋反之意，如今说长孙太尉又有谋反之意，岂有此理！莫不是有小人从中诬陷元舅？元舅垂垂已老，如何能够谋反？"

许敬宗始终躬身，声音却是汇稳下来："韩瑗、来济，素为长孙太尉心腹，他二人谋反之事，臣一直未有证据，不知究竟受何人所使，微臣心里总觉，若无太尉为其依恃，他们如何敢生谋反之念？今日韦逆招认身后乃太尉主使。微臣将前后相连，料想当年韩瑗二人也是为太尉所使。今韦逆二人时时结伴，谤议朝廷，铁证如山，反状已露，陛下若是迟疑，恐非社稷之福。"说罢深深弯下腰去。

李治缓缓摇头，眼中泪珠忽然滚下，陡然伸开双臂大喊道："朕何其不幸！亲族间屡有谋反异志，当年高阳公主和房遗爱谋反，今日元舅也如此这般，使朕惭见天下之人！"他伤心已极。王伏胜赶紧上前，流泪说道："陛下保重龙体。"

李治抬眼看着许敬宗说道："若果真如此，该当如何？"

许敬宗此刻已冷静非凡，拱手说道："当年房遗爱与高阳公主谋反，没有任何势力，不足成事。可长孙太尉乃与先帝谋取天下之人，海内服其智，为宰相三十年，天下畏其威，如一旦发难，陛下有何人可挡？"

李治闻言，浑身猝然一抖。

许敬宗续道："今赖宗庙之灵，皇天疾恶，因区区小事，竟得如此大的奸谋，实天下幸事。臣现在极恐太尉得知此事，提前发难，他若是振臂一呼，社稷堪忧啊！"

李治痛苦摇头，说道："朕……实不信元舅有谋反之意。"

许敬宗缓缓说道："陛下可还记得隋炀帝杨广？因宇文述拥立有功，授左卫大将军之职，封许国公，公主下嫁其子，朝政皆委宇文一门，何等信任！其子宇文化及却发动江都之变，取炀帝性命，屠尽不肯归附之臣，微臣当时尚在炀帝身旁，若非苦苦哀求，早成宇文化及刀下之鬼。当年惨变，历历在目。前事不远，臣恳陛下，速速决断！”

许敬宗此言如重拳般打在李治的软肋之上，李治只觉心头大震，他如何不知杨广便是死在自己最为信任的宇文化及之手，当下退开数步，心中一股阵痛翻涌，他终于再次扭头看向许敬宗，缓声说道：“卿再详审，明日禀朕。”

许敬宗一声“遵旨”后退出宣政殿。李治失魂落魄般走向御案之后，颓然坐下，抬眼看向王伏胜。

王伏胜也被许敬宗之言震惊，颤巍巍走到李治身边。他不敢议政，只声音发抖地说道：“陛下保重龙体。”

李治双眼失神，低声喃喃道：“你觉元舅真有谋反之心吗？”

王伏胜只觉一股冷汗从后背淌下。他嘴唇一动，终还是不敢说出自己看法，仍只颤声说道：“陛下保重龙体。”

5

高延福脚步飞快地直奔武媚娘的皇后宫室，进门便急声说道：“皇后殿下，奴才从王公公处奉陛下口谕，陛下急召殿下去宣政殿。”

武媚娘端坐不动，慢声说道：“哦？知有何事？”

高延福弯腰上前，将王伏胜告知的许敬宗禀奏李治一事详细说了一遍。

武媚娘闻言，哈哈一笑，笑声突敛后说道：“本宫等这个机会，等了足足四个月。你去回复陛下，就说荣国夫人有恙，本宫在此侍候，万事由陛下圣裁。”

高延福应声出去后，正在武媚娘身边的荣国夫人赶紧说道：“陛下有诏，又是如此大事，女儿如何拒旨不去？”

武媚娘仍是端坐，面无表情地说道：“终于到位极人臣的长孙大人了。这一次，本宫偏偏不出面。”

此时的荣国夫人早已不再是当年为小公主哭泣的心软之人，和女儿在一起久了，知道自己的富贵都源于坐上皇后宝座的女儿，当下说道：“女儿为何如此？此时与陛下相商，岂不得更多宠信？”

武媚娘脸上浮笑，说道："韦季方自尽未遂，正合本宫之意，他若死了，长孙无忌便可推得一干二净。韦季方想死未成，许大人自会从他口中得到女儿想得到的东西。"

荣国夫人微微点头，又想一想说道："可陛下若是不信，岂不功亏一篑？"

武媚娘仰头一笑，站起身来，深思熟虑地说道："陛下对长孙无忌已有疑窦，本宫就让陛下自己去想。娘以为陛下仍会信任长孙无忌吗？绝对不会了。一个已有疑窦的人，想得越多，就只会往坏处想得越多。陛下虽为重情之人，可面对谋反之事，还没有哪个天子会再顾及情感一环。"

荣国夫人暗暗佩服，起身说道："女儿觉得，陛下会作何处置？"

武媚娘脸上再次浮笑，说道："女儿不知，但看褚遂良、韩瑗、来济之辈，个个被贬出朝廷，这个京师，长孙太尉已没地方可待了。"

荣国夫人想了想，又说道："若陛下今夜问起女儿，女儿如何来说？"

武媚娘微微一笑，说道："女儿刚要高公公禀报陛下，母亲大人不是有恙在身吗？女儿今夜，当在母亲大人身边尽孝，女儿孝心越浓，陛下一个人就想得越多，长孙无忌也就败得越惨。等翌日，事情就水落石出了。"

说罢，武媚娘脸上浮起一丝再也掩饰不住的笑意。

李治接到高延福回报之后，果然心神更乱。一阵心慌之后，抬头喃喃说道："皇后不来也好，朕要一个人想清楚，朕一定要想清楚。长孙元舅，你是父皇的托孤之臣，是朕的元舅啊，如何会要谋反？"

左思右想之后，头痛不已的李治命王伏胜传出口谕，明日再罢朝一日。

6

翌日，天色方亮，许敬宗又来觐见。

李治立刻宣其入殿。

看着许敬宗进来，李治紧紧盯住许敬宗脸色，似乎想从他的脸色中发现自己渴望看到的转机。

许敬宗和昨日一样，进殿后伏地请安。

李治紧步走到许敬宗身前，说道："卿起身说话，此事可有详情？"

许敬宗谢恩起身后，躬身拱手，沉缓说道："昨夜微臣再审，韦逆已然承认，他们果然受长孙太尉指使，伺机谋反！"

李治浑身一震，眼珠圆睁，说道："韦季方是如何说的？"

许敬宗说道："臣问韦逆，太尉乃国之至亲，三朝元老，究竟为何要反叛朝廷？韦逆告知微臣，说韩瑗曾对太尉说过，柳奭、褚遂良等人劝长孙太尉支持梁王李忠为太子，今梁王被废，陛下一定疑心太尉。听此言之后，太尉日夜惶恐，不敢上朝，又见褚遂良、韩瑗、来济等人被逐出朝廷，觉陛下要对付自己，便与韦逆、李逆等人勾结，不想坐以待毙。"

许敬宗说完，微微抬头，扫视一眼李治。

只见李治痛苦摇头，眼中泪水又下。

许敬宗仍是拱手说道："臣已命韦逆在供状上签字画押，请陛下下旨，以正国法！"

李治只感心头崩溃，像是没听到许敬宗后面那句补充之言，蓦然哭喊出声："元舅果有谋反之意！他是朕的元舅，怎么会起谋反之念！"他几步走到许敬宗身前，将许敬宗官袍当胸抓起，双目狰然，厉声喊道，"你以为朕下旨会杀元舅吗？不会的、不会的，朕决不会杀元舅！不然天下人如何看朕！后世人又如何看朕！"

许敬宗不动声色，叹息道："当年汉文帝舅父薄昭，便是倚仗天子宠信，骄纵不法，干涉朝政，竟至手刃文帝使者。文帝是怎样做的？他先令百官穿上丧服，然后哭着将舅父处以极刑，后世至今，没有谁不说文帝乃是明君。今太尉受三朝大恩，竟有谋夺社稷之意，其罪与薄昭，不可同年而语。如今幸而早察，陛下不可疑虑啊，古人说得好，'当断不断，反受其乱'，安危之计，间不容发，太尉雄才过人，堪比王莽、司马懿之流。陛下若是迟疑，到变生肘腋之时，岂不悔之晚矣？"

许敬宗这番言语将李治彻底击倒。

没错，宇文化及弑君之事既是许敬宗亲历，更是李治自幼熟识的前朝史实，汉文帝与薄昭，同样有舅甥之情在内，王莽、司马懿身为辅政重臣，却是一个篡汉、一个灭曹，哪个帝王敢对位高权重的外戚掉以轻心？许敬宗所说的长孙无忌"雄才"二字，更如霹雳，李治想起元舅叱咤风云的不世功绩，他若一旦异心生变，朝中何人可拦？当年父皇也一锤定音地说过："朕自居藩邸，公为腹心，遂得廓清宇内，君临天下。"这句话在此刻想起，李治只觉一阵心惊肉跳。

他抬起头，再看许敬宗。后者目光坚决，补充说道："陛下不可犹豫，请下旨先拘太尉！"

李治一震，眼睛看着许敬宗，只觉心如乱麻。

终于，李治虚弱无比地抬抬手臂，声音如从远到极处的地方飘来："朕……依卿之言。"

7

三个月后，曾为朝臣之首的太尉长孙无忌在被削官流放的黔州望月而坐。

数年来，武媚娘对朝臣的打击无不在他眼底进行，长孙无忌始终困守府中，此刻他不觉沉思，一直以来的忍让是不是错了？他痛苦回思李治登基后的十年岁月。自己在这十年里究竟做了些什么呢？只不过支持李忠入主东宫，反对废黜王皇后。没错，他还将对李治皇位最有威胁的吴王李恪清除。这些难道错了吗？李世民临终前命自己辅佐李治，自己真的做到了吗？长孙无忌得出的答案是，自己始终鞠躬尽瘁。可既然鞠躬尽瘁了，如何会被削去官爵，流放到前太子李承乾最终殒命的不祥之地？

十年时间，说长不长，说短不短，一切竟然在这十年中天翻地覆。

现在看得清楚，所有的一切，都是武媚娘的设计。

他从未把武媚娘视为对手，这才是自己毕生的最大失误。

一招不慎，满盘皆输。

还记得两年多前，韩瑗和来济登府，那时他一直以为，所有之事，不过出于李治对权力的回收之意。在长孙无忌眼里，天子终究是天子，他一步步向天子退让，孰料竟是向武媚娘退让。

此刻扪心自问，如果自己真用武力逼宫，能守住甚至扩张自己得到的一切吗？

念头一起，长孙无忌痛苦地摇摇头。他不是否定武力的胜败之算，而是对自己刚才这一想法感到吃惊。不会的，从当年追随李世民那天开始，他就将一切都交给那位文韬武略的秦王和大唐天下。

那时能预料到今日吗？

长孙无忌手抚花白胡须，长声一叹。

便在此时，家丁前来通报，中书舍人袁公瑜求见。

长孙无忌自然知道，袁公瑜是当日力荐武媚娘为后的首批朝臣之一，如今正扶摇直上，他忽来黔州见自己，自是奉命而来。一丝不祥之感涌至心头，长孙无忌还是命家丁将袁公瑜请入。

袁公瑜走进长孙无忌客室，左右一望，"哎唷"一声，说道："长孙大人如今的府邸可真是太小了一点啊。"

长孙无忌对袁公瑜颇为鄙夷，拱手道："不知袁大人前来，有何要事？"

袁公瑜不阴不阳地一笑，说道："本官受许敬宗大人之托，来看看长孙大人有无辩书呈上？"

长孙无忌顿时怒涌，说道："老夫被贬，乃朝廷之旨，没什么可说的。"

袁公瑜不请自坐，拖长了腔调说道："长孙大人离开朝廷数月，下官真是想念不已哪。"

长孙无忌沉声说道："袁大人有何言，说出便是。"

袁公瑜眉头一挑，说道："本官料想，长孙大人离开京师，该对府邸之人有些挂念，本官特意顺道告知。"

长孙无忌闻言，内心一紧。他三个月前被贬出京，当时便万念俱灰，割舍不下的，自是自己家族之人，他不觉连声音也抖颤起来："袁大人快请告知。"

袁公瑜嘴角浮笑，慢吞吞地说道："说长孙大人谋逆，本官觉得不大可能啊，只是大人身居高位，惹人眼目，本官人微言轻，实是无能为力。"说罢叹息一声，"可大人连累之人真是太多了，许大人昼夜查询，太子太师于志宁大人也是长孙大人一党吧？"

长孙无忌愤然道："老夫素无朋党，圣上乃明！"

袁公瑜哈哈一笑，说道："这点本官就不清楚了，不过，许大人又查又审，却知于大人乃长孙大人同谋，圣上下旨，如今将于大人贬荣州去了。"

长孙无忌再也无法忍耐，低声喝道："老夫与于大人数十年同朝，素知于大人忠心不二，如何要将于大人贬黜而出？"

袁公瑜摇摇头，说道："这个本官已经说了，于大人或与长孙大人同谋，究竟是与不是，本官不知，可长孙大人家人，不会冤枉吧？"

长孙无忌只觉眼前微微发黑，坐下后说道："老夫家人如何？"

袁公瑜柔声说道："长孙大人长子乃驸马都尉，如今已除名流往岭南。"

长孙无忌双眼泪涌，哑声说道："多谢袁大人告知，其他人如何？"

袁公瑜眼色阴沉地盯视长孙无忌，慢慢说道："还是先说说褚大人的事可好？皇后大慈大悲，听说褚大人死于爱州，就将褚大人两个儿子也送往爱州了，不过，听说他们路上出了一点差池，路还没走一半，就迫不及待地到地下侍候他们的父亲去了。"

长孙无忌泪眼迷蒙，终于抬袖拭去，低声说道："皇后真是赶尽杀绝。"

"哎唷唷，"袁公瑜说道，"看长孙大人说什么话？皇后每日都在宫中，如何能出宫杀人？长孙大人这话可真是不对了。"

长孙无忌将椅腕一握，极力控制自己，慢声道："袁大人全部说完。"

袁公瑜微微一笑，说道："长孙大人有点着急啊，好好好，本官就一口气说完，长孙大人千万别打断本官之言。"

长孙无忌的眼神越来越怒，瞪视袁公瑜，不发一言。

袁公瑜又将房间打量一遍，说道："大人的族兄长孙祥，似是大人推举，当了工部尚书和常州刺史，如今朝廷秉公任官，那位长孙祥大人与你的书信露有反意，已在常州处了绞刑。唉，本官说句心里话，直接斩首不是比绞刑要痛快一些嘛？长孙大人说是不是。还有，大人族弟长孙铨自然也离开朝廷，圣旨命他去巴蜀巂州，可他到了之后，整日叫冤，听说被一个小小的县令不留神给杖杀了，这事可真让人心里难受；大人另一个族弟长孙恩，本官在离开京师之时，凑巧看见他戴枷从高州被押回了长安，至于现在如何，本官因急着赶来黔州拜见大人，真还不大清楚。"

长孙无忌听到如此惨事，忍不住双眼流泪，嘴唇哆嗦，还是不发一言。

袁公瑜脸上忽现恍然之色，接着说道："本官记性不太好，差点忘记了，前来黔州的路上，本官还一路听说。柳奭柳大人已在象州刑场斩首，韩瑗韩大人竟然没等到斩首之令到振州，就自己病死了，可奉旨而去的又怎么交差呢？就只好开棺验尸了，真是万幸，棺材里躺的果然是韩大人。你说万一这韩大人事前得知，随随便便找个死人塞进棺材，可不把奉旨的人给害苦了吗？"

长孙无忌终于抬起右手，颤巍巍地指着袁公瑜，低声喝道："你们、你们……"

袁公瑜伸手过来，将长孙无忌举起的右臂压下，身子凑近，说道："看长孙大人脸色不好，是不是觉得本官说的都是些不吉之事，那本官就说一件喜事，料想大人听过之后，心里一定舒服很多。"

长孙无忌胸口起伏，忽提声道："说！"

袁公瑜微微一笑："长孙大人可还记得李义府李大人？他被杜正伦大人辱骂一通，说是受了不少贿赂，陛下一怒之下，将李大人贬为普州刺史。在长孙大人离京之后，许敬宗大人又查了一遍，结果发现李义府大人是冤枉的，你说这朝中一年下来，要出多少冤屈哪！好在圣上明察秋毫，又将李大人召回朝廷，任礼部尚书、同中书门下三品。本官告诉长孙大人这一喜讯，是想让长孙大人听着也欢喜欢喜。"

长孙无忌双手紧握椅腕，慢慢站起，低声喝道："老夫真是悔不当初！"

"悔不当初？"袁公瑜嘿嘿一声冷笑，"那也得看是什么事了。本官猜想，长孙大人是后悔当初将陛下的三皇兄无辜夺命吧？本官还记得吴王自尽之前说什么来着？你看本官这记性，越说它不好就越不好。啊，对了，吴王殿下当初说'长孙无忌窃弄威权，构害良善，宗社有灵，当族灭不久'。不知大人当年是不是也听到过这句话？"

该言在长孙无忌耳中如惊雷突炸，他坐在椅中，身子竟晃了几晃。

袁公瑜冷冷看着长孙无忌，说道："本官该说的也说完了，现在长孙大人知道自己该做什么了吧？"

长孙无忌脸色苍白，嘴唇动一动，双眼空洞，终于抬手，虚弱无比地说道："当年老夫一再请先帝立晋王为太子之时，就已注定了今日，罢了！袁大人，先请出去吧。"

袁公瑜起身，到门边时又转身说道："本官就在门外等着了。"说罢，迈步而出，在黑沉沉的院中背手踱步。走得数十步之后，袁公瑜只听得里面传来

"砰"的一响，像是什么东西打翻在地。回身再看长孙无忌所在房间，袁公瑜眉头一皱，狠狠瞪视站在室外的两个长孙无忌家丁，挥手说道："都给本官回房休歇！"

看着那两个家丁在恐惧和慌乱中回转下房之后，袁公瑜才左右掸掸衣袖，慢步走到客房前，举手推门。他没有进去，抬眼已见长孙无忌悬身半空，一条绳索绕过房梁，套住长孙无忌脖子。他脚下一张椅子翻倒。一切安静至极，桌上一支蜡烛正有气无力地烧至底部，然后声息全无地熄灭。

月光将袁公瑜的影子投进房内，显得格外凄凉。

第四章　改弦易辙

1

长安大明宫内，年复一年总看不出什么变化。时方八月，宫内繁花遍处，赏心悦目，李治无心玩赏，站在御花园内的白玉桥上，凝视湖水中盛开的荷花。

王伏胜一如既往，躬身在旁。

李治木然看着湖水和荷花，脸色一片沉思，缓缓说道："元舅果已自尽？"

王伏胜垂头答道："袁大人亲见，他怎敢欺君？"

李治手在栏杆上轻拍，涩声说道："朕一直不敢相信，元舅果真会谋反，如今若非畏罪，如何会自尽？朕真是痛心不已。"

王伏胜虽知李治引自己为心腹，更知圣上不过是渴望有一说话之人。作为内侍宦官总管，他只能顺天子之意而言。当下低声说道："陛下为长孙大人之事，忧心伤身，陛下还请保重龙体。"

李治抬起头，望着天空良久叹道："朕实不知这天意究竟要朕如何，若元舅也谋反，朕在朝中，还有何人可信？"

他又拍拍栏杆，愁声叹息。

王伏胜不经意间侧头一望，对李治说道："皇后殿下来了。"

李治闻声侧身，果见武媚娘在八名侍女的簇拥下，仪态端严地过来，不觉喃喃道："朕今日也只有皇后可信了。"他双手离开栏杆，站在原地，凝视武媚娘过来。

只见武媚娘黄罗革带，画翚五色，气度非凡，李治在凝视中忽感一阵晕眩和迷惑。这就是自己的皇后？一种不可思议的感觉涌至心头，李治还记得当初在父皇病床之旁，那个叫武才人的少女是如何惊慌，后来在感业寺见到的那个叫明空的尼姑又是如何哀泣，她们与此刻走来的皇后多么不一样！那个才人和尼姑已不知不觉地消失，取而代之的，是眼前神情凛然，步态生姿，令人望而生畏的皇后。

李治脑中忽然闪过母亲长孙皇后的身影，也闪过王皇后的身影。她们同为大唐皇后，却与此刻的武皇后完全不同。李治记得十分清楚，他一直以为武皇后会和自己母后一样，此刻终于发现，她们实在是太不一样。长孙皇后固然气质超然，却从不会令人感觉惧怕。

武媚娘走到李治身前站住，声音庄严地说道："妾身刚至宣政殿，以为陛下在批阅奏折，却原来到此赏荷了。"

李治在武媚娘略带责备的话音中感觉一丝紧张，急忙说道："朕适才有些头疼，便出来走走。"

"哦？"武媚娘凝视李治，缓声道，"陛下龙体有恙？可宣太医看过？"

李治勉强微笑一下："朕头疼非始今日，不必宣太医了。"

武媚娘又仔细凝视李治一下，语速不变："陛下一国之君，宣政殿奏折甚多，陛下若无心思批阅，妾身便代陛下批阅了。"

李治转眼看看荷花，轻叹道："劳烦皇后了，朕还想在此看看。"

武媚娘微微点头，说道："妾身就替陛下批阅奏折了。"说罢，武媚娘看向王伏胜，"王公公可得小心侍候。陛下龙体，乃首要大事，切不可掉以轻心。"王伏胜赶紧躬身说道："老奴遵皇后指示。"武媚娘点点头，转身朝宣政殿方向走去，她身后的八名侍女也跟着转身，紧随武媚娘下桥。

李治凝视武媚娘背影良久才收回目光，脸上涌起一些伤感，他没有说话，双手再次扶上栏杆，凝视荷叶上一朵朵开出的荷花，缓声而痛苦地吐出"元舅"二字。

2

当夜，武媚娘与李治用过御膳后回到永安宫。武媚娘见李治始终愁眉不展，神情郁郁，上前说道："陛下如此心神不宁，不如妾身陪陛下往含春亭赏月？"

李治哪有心情赏月？抬头看了武媚娘一眼，说出一句犹豫很久未说的内心之言："皇后不觉得自己变化很大吗？"

武媚娘眉头一动，说道："既然陛下无心赏月，妾身就陪陛下在宫内坐坐。"她侧头对身后站立的几名侍女说道，"你们先退下。"

那几名宫女赶紧躬身而出。

武媚娘缓步走到御案前坐下，说道："不知陛下说的变化是指什么？"

李治脸色含悲，凝视武媚娘片刻，像下了某个决心一样，迈步走到武媚娘落座的御案对面，掀袍落座，直直看着对方，说道："元舅的死讯，皇后知道了吧？"

武媚娘眉头微动，淡淡说道："妾身不解，虽说元舅被贬黜到了黔州，可陛下仍赐予一品官食物，岂不应心感圣恩？许敬宗大人不过遣袁公瑜大人问询元舅是否有辩书呈上。元舅若无谋逆之举，自会写上辩书，可他在袁大人眼前自尽，不正说明朝廷并未冤屈元舅？"

李治极为痛苦，缓缓摇头，说道："朕也如此之想，可他毕竟是朕的元舅，当初若无元舅，朕也继承不了大唐江山。皇后可知朕的心痛？"

武媚娘目光冷峻，起身站起，皱眉说道："陛下心慈，妾身如何不知？只是陛下若为罪臣伤身，妾身以为不值。"

李治眼内闪出悲意，说道："今日得知元舅死讯，朕方寸大乱。朕一直在想，贬黜元舅之时，朕竟未亲问元舅，朕今日左思右想，还是不信元舅有谋反之意。"

武媚娘走到李治身边站住，声音平静地说道："陛下未能亲问，如此懊悔，可若是亲问之后，得知谋反属实，岂不更为心痛？"

李治一愣，沉思片刻，低声说道："自父皇一朝开始，元舅始终是朝廷重臣，如今没了元舅，朕这内心，总有恍惚之感。"

武媚娘又走到李治对面坐下，伸手放在李治手背之上："元舅开国功臣，若无反意，原本也是陛下重臣，可如今犯谋逆身死，陛下岂可为罪臣而不顾社稷？"

李治凝视武媚娘片刻，心中一动，反手将武媚娘的手握住，不无感伤地说道："皇后很久未与朕这样执手相对了。"

武媚娘微微一笑，说道："不是妾未与陛下相对，是陛下心中，始终割舍不下元舅。"

李治叹道："元舅薨亡，朕实有身旁无人之感。"

武媚娘摇头说道："陛下困于旧情，不觉得对江山无益？"

李治又是一叹："朝中之人，还有何人能与元舅相比？"

武媚娘脸色微沉，将手从李治掌中脱开，再次起身，走开几步，提高了声音说道："元舅既薨，陛下便无须再想。自先帝以来，都是元舅等功臣掌朝，陛下难道看不出，先帝其实很想离开这些老臣吗？"

李治大感意外，吃惊望向武媚娘："父皇不是一直倚仗他们治国？"

武媚娘脸容端肃，说道："陛下所见，不过其一，臣妾且说其二，先帝雄才伟略，平定乱世，无人不服。可陛下一直说，若无元舅，当年的太子之位便是吴王所得。陛下难道不明其中究竟？"

李治奇道："还有什么究竟？"

武媚娘双目紧紧凝视李治："纵是先帝之才，也难以服从己意，其中所显，便是元舅等功臣权力太大，连先帝也难免受制于元舅等开国大臣。"

李治脸上惊骇。

武媚娘目光不离李治，冷冷续道："当年汉高祖刚平天下之际，便从吕后所言，尽收朝权，方权归天子，奠定汉朝四百年基业。先帝不是刘邦，陛下母后也不是吕雉，可这江山的安稳之途，既需帝王雄才，也需群臣一心。可群臣之心又如何会是帝王之心？古人不是说溥天之下，莫非王土吗？此言所指，便是只有帝王才时时面对这万里江山，群臣所对不过荫及后孙。元舅等老臣掌朝愈久，心中所想，恐怕也只会是老臣们的门族之利。"

李治再次一震，他从未如武媚娘那样想过此事，此刻又觉武媚娘之言，不无道理。

武媚娘继续说下去："如今陛下风华正茂，当使我大唐逾越先帝，使国家安泰昌隆，若朝中始终暮气沉沉，陛下如何使江山蓬勃？"

说到这里，武媚娘脸色泛红，声音竟也提高了一些："大唐创建，历千辛万难，先帝乃创业之君，和元舅等人经生历死，自当重用。元舅绝非无才，只是创业之才，未必守业时能用。陛下乃守业之君，从登基之日开始，开国功臣与外戚们便仍占据显位，父薨子继，谁还会思社稷进取？在本宫看来，正是这些老臣之利，成我大唐最大隐患！如今元舅薨亡，不正是陛下广开言路，不拘一格之时？"

李治身子震颤，武媚娘已走到他身边，弯腰俯身，在李治耳边轻声续道："元舅谋反，事实俱在，陛下为什么要为谋逆悲愁？陛下该抬眼看身前之路。眼下再无任何阻碍，正是重振朝纲，设明日之计，使大唐腾跃九霄之机。姜诧异之事，是陛下为谋逆自寻烦忧，岂是天子所为？"

李治闻言，吃惊得张开嘴巴，抬眼看着武媚娘，眼里闪过惊讶，站起将武媚娘双手握住，说道："皇后之言，令朕实有茅塞顿开之感。皇后是否已有明日之设计？"

武媚娘微笑道："为明日江山，陛下当乘此扫清门阀，方可得天下贤才。"

李治眼神陡亮，说道："依皇后之意，该从何处着手？"

武媚娘凝视李治，将手脱开李治掌握，缓声说道："妾身担心陛下不允。"

"哦？"李治说道，"皇后全心为江山社稷，朕无所不允。"

武媚娘微笑道："今日妾身代陛下览阅奏折，见许敬宗大人奏请修改《氏族志》，陛下可从此处入手。"

李治闻言，双眼圆睁，讷讷道："《氏族志》乃父皇所定，朕、朕如何能改？"

武媚娘缓步上前，拉住李治之手，撇开问题不答，只微笑道："今日已晚，陛下忧心操劳，先且安歇，明日再说。"

3

第二日，李治前往上朝之后，武媚娘带着高延福等人去见荣国夫人。

杨氏自入宫以来，地位随女儿的地位变化而水涨船高。只要女儿在长安宫室，自己每日都去看看女儿，此刻刚由侍女侍候打扮完毕，便听得外面高延福的声音在喊："皇后驾到。"

荣国夫人不觉微愣，赶紧从镜前起身，往宫外迎去。

武媚娘已走到宫前。

荣国夫人见女儿脸色颇喜，即刻笑道："女儿今日如何来娘这里了？"

进得宫后，高延福照常挥手，命所有宫女出去，自己在武媚娘身边侍立。

荣国夫人和武媚娘坐下之后，荣国夫人看着武媚娘脸色说道："看女儿气色，可是有喜讯要告知为娘？"

武媚娘微微笑道："陛下已答应废《氏族志》，改订《姓氏录》。"

荣国夫人惊讶说道："为娘在利州之时，先帝就命尚书右仆射高士廉和黄门侍郎韦挺撰订《氏族志》百卷，选二百九十三姓、一千六百五十一家，分为九等，皇姓为首，外戚次之，海内无不认可，女儿为何劝陛下改订《姓氏录》？"

武媚娘心情甚好，见母亲不解，便微微一笑，说道："先帝《氏族志》之功，是打压山东崔氏大姓，丝毫未剔门阀之念。在朝为官者，世袭者为多。非门阀之后，便是官居二品，也不得谱入氏族。尤其驸马皆出自权贵之后，长此往后，朝中贤人尽无，如今趁长孙无忌方死，女儿必当借此势，不可令关东门阀死灰复燃。"

她说到这里，脸色渐沉，眼中的锋利之色随之闪现："母亲当还记得，父亲生前，献金助高祖得大唐天下，为元谋功臣之一，虽封了利州都督，可还是入不了高门之列，只因父亲不过木材之商，非士族门阀，如此不公，又岂是武家一门有所不甘？海内之广，多少贤人被堵住进身之所，于社稷百害而无一利，便是本宫，今日虽为皇后，可在关陇士族之中，何曾有一人支持？当初褚遂良进谏陛下，反对立女儿为后，提出的最大理由，不就是女儿非令族出身？女儿今日若不一箭双雕，等朝中再出一个长孙无忌，女儿便后位难稳，社稷也无贤人入朝。今女儿欲使朝廷气象一新，不从门阀入手，又该从何处起步？"

荣国夫人自入宫以来，武媚娘的件件行事无不令其惊异万分，又难以置信，此刻闻言后倒是奇怪地说句："一箭双雕？"

武媚娘微笑说道："天下为公，女儿有私，我武氏一族登不了《氏族志》，却要在《姓氏录》里成天下第一等名门，便是一个士卒，以功升五品者，亦将登入名录。"

高延福在旁谄笑道："皇后殿下，若是奴才也杀敌立功，是不是也可入录？"

武媚娘侧头看高延福一眼，说道："你就别想了，只等着哪天做内侍总管便是。"

高延福张大了嘴，赶紧跪下叩头，说道："皇后殿下大恩大德，奴才就是赴汤蹈火，死一万次也心甘情愿。"

武媚娘嘴角一笑，说道："起来吧，王公公现在还是总管，别太着急了。死一万次？本宫看你连死一次也不舍。本宫可是说过，说几句实话会好得多，这么快就忘了？"

高延福刚要起身，又重新跪下，左右开弓，对自己掌嘴说道："奴才该死！娘娘说的话，奴才一个字也不敢忘记。"

武媚娘手一挥："没要你掌嘴，起来吧。"

高延福谢恩起身，想着自己将成为内侍总管，脸上喜不自禁，忽然说道："娘娘方说士族大姓如何如何，奴才也听不懂，奴才只知侍候娘娘，倒没想自己到底姓什么。不过前些日子，奴才倒听得李义府大人为自己儿子求亲，说是想要一个名门闺秀，用来提高声望。这个奴才也不知是真是假。"

武媚娘"哦"了一声，忽然笑出声来，然后对荣国夫人说道："女儿想了一夜，就想着士族若是有怨，得有人抵挡才好，李义府大人有如此之举，真是及时之雨。"

4

八月底的一个晚上，李义府在府中接到山东崔家来函。

李义府拆开一阅，脸上大怒，将来函几把撕碎，扔地上怒道："李某如今身为中书令宰相，崔家竟然拒我儿女亲家之请，如此不识抬举，活腻了不成？"

李义府长子李津在旁，脸色尴尬，知父亲前番命人往崔家定亲，便因崔家乃是令先帝李世民也不无妒意的第一士族门第。当年李世民命高士廉等人撰订《氏族志》时，士族出身的高士廉等人未加思索，按门阀高低，将世家崔姓列为第一等，皇室李姓居然只是第三等。李世民勃然色变，高士廉等人才赶紧将皇家李姓列为第一等，外戚为第二等，崔氏等名门贵族为第三等。等级虽划，崔家等贵族声望仍高出其他。李义府虽姓李，却与皇家无涉，其出身实微，若自己能与崔家联姻，才自觉步入贵族之列。如今崔家拒婚，显是瞧他出身不起，李义府如何不恼？

李津见父亲怒至喘息，赶紧安慰道："山东崔家，原本七大名族之首，素来只名族间互婚，儿子对崔家小姐原也不识，父亲倒也不必着恼。"

李义府转头看着儿子，说道："父亲出身微贱，虽官居右相，却不入士族。崔家瞧不起我家，如何不恼恨？"

李津想了想，说道："听父亲说，礼部侍郎孔志约、著作郎杨仁卿、太子洗马史元道及太常丞吕才等十二位大人已奉诏修完《姓氏录》。儿子想那崔家，也狂妄不了多久。"

李义府点点头，冷笑道："为父明日上朝，便启奏陛下。"说罢，抬脚将地上撕碎的崔家信函纸屑用力一踩。

第二日，端坐龙椅的李治问有何事禀奏之时，李义府立刻出班，执笏奏道："陛下亲为《姓氏录》制序，当天下遵其类例。如今微臣得报，陇西李宝、太原王琼、荥阳郑温、范阳卢子迁、清河崔宗伯与崔元孙、前燕博陵崔懿、晋赵郡李楷等子孙，仍以高门士族自居。彼此联姻，不会外人，此乃视陛下之旨为无物，当请严惩！"

李治闻言大怒，说道："朕以十二位大臣之力，撰订《姓氏录》，便是万民无分出身，只以立朝廷之功而录，他们竟还只护往日门第，众卿觉如何处置？"

李义府并未退下，仍是躬身执笏，说道："以微臣之见，七族自命世家，可命其不可通婚，如此一来，所谓高门，不攻自破。"

李治"唔"一声，说道："订《姓氏录》，乃为本朝明日之计，朕若不开贤路，天下靠何人治理？门第阻贤才上升，乃可恨之事。传朕旨，从今日始，七族间禁止通婚！"

李义府弯腰一声"臣接旨"，心内暗喜，想崔家之女从此难嫁，便是前来恳求，也决计不与之联姻了。其他大臣只要听说崔家曾拒李义府，自也不会再娶崔家之女。崔家自恃门高身贵，必不甘将女下嫁平民，如此一来，等着崔家之女的，便是老死闺阁了。心念到此，一股报复的快感油然而生。

5

眼看《姓氏录》发布已然数月，这日身着百姓之衣的高延福正欲进大明宫时，门前守卫横戟喝道："什么人如此大胆，敢擅入皇宫？"

高延福将故意垂下的脑袋陡然一扬，老气横秋地说道："不认识高公公吗？"

那守卫定睛一看，大惊失色，赶紧收戟，赔笑说道："哎唷，原来是高公公，如何出宫去了？定是皇后差遣了。公公请进。"

高延福伸手在守卫肩头拍拍，说道："这么聪明，做个守卫可惜了啊。"

那守卫谄笑道："还请公公在皇后面前给小人美言几句啊。"说罢侧身背对另一守卫，从怀中掏出一锭银子，偷偷递给高延福。

高延福接过银子，在手上掂了掂，觉其太小，还是塞入怀内，眉头倨傲地答了声"那个自然"。

进门之后，他脚下立时加快，往永安宫而去。

一路过日营门、银台门，刚入九仙门，迎面遇见王伏胜与西台侍郎上官仪结伴而出。

高延福进宫阉割后未过几年，便拜王伏胜为干爹，开始青云直上。此刻见王伏胜迎面而来，也不鞠躬，大刺刺地说道："哼，王公公，奴才好久不见您老人家了。"

明明上官仪在旁，高延福对他竟视而不见。

王伏胜眉头一动，说道："高公公眼下是皇后身边红人，如何还见得到干爹哪。"

高延福嘿嘿一笑："没有王公公提携，哪有奴才的今天呀？皇后正等奴才，就不侍候您老人家了。"说罢，也不等王伏胜再言，大摇大摆地从王伏胜和上官仪身边走过。

上官仪回身凝视高延福步入九仙门，皱眉说道："王公公一直是高公公干爹，何以'干爹'二字也未见他说出？"

王伏胜摇头叹道："得意之人，不说也罢。上官大人今日所言，老奴记住了，大人请回，恕老奴不远送了。"

上官仪脸色感伤，叹息一声，仍说道："本官曾辅导梁王，实乃聪慧可教之子。原本以为，他入主东宫，便可安然无恙，不料还是被迫让宫，本官昨日得梁王之函，实是感伤不已，他如今虽有刺史之名，却是孤苦伶仃，望公公寻机禀告陛下，只盼陛下念父子之情，早安其心，早免其惧。"

王伏胜也眼睛湿润，说道："老奴看着梁王殿下长大，如今母亡身贬，老奴一定择机以禀陛下，大人万请宽心。"

上官仪拱手道："有劳公公了。"说罢抬头看看长天，叹息续道，"今皇后以《姓氏录》替《氏族志》，本官纟思，倒也是平民幸事，若从此贤才得举，不失社稷之福。只是那十几岁的孩子，母后惨死，父皇不闻，虽是群臣眼里的殿下，实是生不如死。唉，本官今日，只盼陛下念及骨肉，也盼皇后心生慈悲。"

王伏胜左右一望，低声道："此乃宫内，大人少言为妙。"

上官仪猛然醒悟，拱手道："多谢公公提醒，本官告辞了。"

王伏胜看着上官仪走出，举袖抹抹眼眶，喃喃一声"梁王殿下……"再也不敢说下去，只叹息一声，转身往宫内走去。

他走过九仙门后，高延福从门后闪出。他看看王伏胜的背影，又看看上官仪所走的方向，眼珠一转，嘴角动一动，还是迅速往永安宫跑去。

6

进得永安宫后，高延福双膝跪倒，对武媚娘说道："奴才回来了。"

武媚娘命他平身后问道："今番出宫，听到些什么了？"

高延福靠近武媚娘，弯腰说道："奴才奉殿下指示，扮成百姓，在城内转悠半日，所到之处，无人不在说朝廷撰订《姓氏录》，乃大得人心之举。而且，人人都知此举乃皇后殿下之意。奴才到一酒肆用食之时，里面举酒之人，都在祝皇后千岁哪。"

武媚娘闻言大喜，起身说道："自古便言，有人心者方有天下，长孙无忌一死，果然是我大唐改天换日之时！"

高延福谄笑数声，接着又眉头一皱，上前说道："可酒肆之人，对李义府大人的说法可就难听了。"

武媚娘"哦"一声，说道："他们如何说来？"

高延福说道："皇后殿下请想，七族名门，俱累世贵族，在百姓间树大根深，声望颇巨。如今禁止七族通婚，不免觉得过分。奴才听得他们说道，禁止七族通婚之旨，乃因李义府大人奏请而下。皇后殿下也知道，李大人曾因卖官鬻爵，收取贿赂，被王义方大人奏了一本，被陛下贬往普州，如今李大人虽回朝廷，可老百姓对李大人仍微词甚多，这次因李大人之故，七族不能通婚，虽说与百姓无关，都觉李大人做得过分。"

武媚娘闻言，仰头大笑，说道："还真如本宫预料！世族们果然有怨，李义府也果然成为怨气之靶，哈哈！"她笑声一过，脸上神情陡然冷峻，对高延福说道，"可知李大人有几个儿子？"

高延福一愣，实不明武媚娘为何有此突问，先想了想，说道："奴才听闻，李大人膝下三子，长子李津，次子李洽，三子……叫作李洋。"

武媚娘凝思片刻，缓声说道："此三子俱已成人，李大人未过半百，料得还会生出个一儿半女。你替本宫记住了，李大人若第四子出生，你便禀报本宫。李大人为官不久，念他拥立本宫有功，他这第四子，就让本宫日后好好提携。"

高延福闻言，如堕雾中，不明白李义府如何会"为官不久"。

他不敢多问，又接着说道："奴才回宫之时，还遇到一事。"

武媚娘脸上无任何变化，只问道："还有何事？"

高延福皱眉说道："奴才入九仙门时，遇到王公公和上官仪大人一起出来，奴才见他二人神情鬼祟，担心他们做出对皇后殿下不利之事，就躲门后听了听。只是有些距离，他二人说些什么，奴才竖起耳朵也没听得十分清楚，只听到他们几次言及梁王殿下。"

"什么？"武媚娘蓦然转身，伸手在桌上一拍，怒声道，"上官仪和王伏胜说起梁王李忠？难不成王伏胜想勾结上官仪，使梁王再入东宫？"

高延福见武媚娘怒形于色，心内大跳，赶紧说道："奴才没听清楚，可他们确实说到梁王殿下。不过，"他看一眼武媚娘，见后者没有回答，便大着胆子续道，"如今皇后娘娘掌握一切，梁王殿下贬在房州，如何有再入东宫的机会？"

武媚娘眼神凶狠，冷冷说道："不管李忠有没有机会，他既胆敢与王伏胜、上官仪暗度陈仓，本宫就丝毫不能大意。"

说罢，武媚娘又是一声冷笑。高延福只觉这声冷笑透入骨髓，不禁浑身一颤。

7

闻《姓氏录》得民众之心，李治也大喜过望。长孙无忌的死亡已不再使他感到悲伤。在李治眼里，身边的皇后有令他一再震惊的预判和才华。他暗自觉得，皇后委实比曾经纵横捭阖的元舅更胜一筹。《姓氏录》虽在世族那里引起反感，李治却不太惧怕那些反感，皇后说得不错，此刻是大唐江山的守成之时，也是改天换日之时，若因世族反对而退避三舍，自己这个天子还能去做什么？

信任一个人的结果自然是言听计从。

当武媚娘提出给八岁的太子李弘举办元服典礼之时，李治只是诧异，毕竟李弘尚幼，李治一直觉得，加元服至少当为十岁之时，不过武媚娘既然提出，李治也欣然同意。其时十月方至，正值深秋暖日，李治在太极殿举行太子元服典礼，群臣尽贺。

当夜武媚娘与李治就寝之时，武媚娘说道："今日弘儿元服已加，便是完成冠礼，妾身也算了却一桩心愿，如今东都合璧宫将成，妾身想与陛下再往东都一行。"

李治踌躇说道："四年前，朕与皇后往东都时，京师尚有元舅，如今再去，这朝中交给何人？"

武媚娘脸上微笑，说道："陛下忘得太快了？今日弘儿已成冠礼，可命弘儿监国。"

李治大觉意外，说道："弘儿虽加冠礼，毕竟年幼，如何能担起监国之任？"

武媚娘将头枕在李治肩窝，伸臂抱住李治，缓声说道："监国无非名号，弘儿虽幼，朝中李勣、许敬宗、李义府等大人忠心可鉴，必能好好辅佐弘儿。弘儿年幼为监国，便是暂离东宫，朝中所有大臣，都以朝事面见弘儿，在他们心中，弘儿始有威权，这太子之位，岂不更稳如泰山？"

李治哈哈一笑，说道："如今还有谁能替代得了弘儿的东宫之位？"

武媚娘却是不答，只微笑道："妾身真是太想弘儿能快快长大，快快懂得治国之途。如今天下太平，若真有重要之事，陛下在东都，亦可颁旨。"

李治侧头凝视武媚娘，微笑道："此刻朕才明白，怪不得皇后要给弘儿加元服，原来是想让他如此之龄便担监国之任。好！朕明日下旨，让太子上朝监国，朕与皇后，便往东都一行。"他心情大畅，补充道，"东都很久未去，司农少卿田仁汪告知合璧宫将要修毕，正好和皇后亲去看看。"

武媚娘微笑道："妾身倒是只愿长住东都，那里既无噩梦，陛下也少有头疼风疾。"

李治侧头看着武媚娘，问道："皇后最近还有噩梦？"

武媚娘叹息一声，说道："噩梦在长安就没消停过几日。而且，"武媚娘的神情忽然像有点感伤起来，紧紧盯着李治说道，"今日看着弘儿加元服，臣妾还不觉想起了一个人。"

李治诧声说道："想起谁了？"

武媚娘凝视李治，缓声说道："臣妾想起了也做过太子的梁王殿下。"

李治眼中猝然闪出异样神色，以一种连自己都觉陌生的声音喃喃道："忠儿？"

174

武媚娘又叹息一声，说道："妾身知陛下心挂梁王，不如妾身命李义府前往房州，告知陛下的挂念之情。"

李治心中感动，说道："难得皇后一片慈心，明日朕便命李义府前往房州。"

武媚娘微微一笑，转身披被时，嘴角冷笑，眼中闪出李治无法看见的冷冷寒光。

第五章　临朝决政

1

地处洛阳西边的合璧宫较洛阳宫更为壮观。宫内有连璧、齐圣、倚云三座大殿，其中连璧殿为正殿，与齐圣、倚云合璧连珠，虽未竣工，已显出雄伟气势。

李治与武媚娘俱是喜悦。

司农少卿田仁汪面圣禀奏，距合璧宫修毕尚需半年时间。

也果如武媚娘所言，二人在洛阳宫居住之后，李治头疼减少，武媚娘也噩梦全无。

三个月后，已是显庆五年正月，武媚娘对李治说："妾身蒙陛下恩宠，居皇后之位，再无所求。只是近日连夜梦见父亲，臣妾想前往并州，祭奠先父，略尽孝心，请陛下恩准。"

李治恍然说道："朕记得皇后说过，皇后自十四岁入宫之后，再未回过故里，朕便陪皇后幸往并州。"

武媚娘大喜谢恩。

并州乃武媚娘父亲武士彟出生之地，因出金资助李渊举兵反隋有功，其被称帝后的李渊封为应国公并利州都督，武媚娘遂于利州出生。当武士彠于贞观九年病逝后，太宗亲命，将武士彠埋于桑梓。其时武媚娘尚未入宫，武士彠二子武元庆和武元爽对二娘杨氏极为失礼，对年少的武媚娘也极尽欺辱之能事。武氏兄弟将父亲棺椁运送并州之时，竟不允许杨氏和武媚娘同往，是以武媚娘与母亲始终居住利州。

李治圣旨一下，二十四队旗浩浩荡荡，从洛阳前往千里外的并州文水。

经过一个多月的行程，李治与武媚娘到达文水，当地官员闻天子和皇后亲临，喜出望外，离城百里相迎。当日，武媚娘祭拜过父亲坟茔之后，与李治下榻于李渊举兵时所修的官殿。

沿途疲惫，李治早早安歇，武媚娘却是心内不少涌动，独坐内殿。高延福进来禀报，武元庆和武元爽各带儿子武三思和武承嗣前往拜见皇后。

武媚娘听得两位兄长前来，想起自己年少时被二人羞辱甚多，心中恚怒，本不欲见，却在听得武三思和武承嗣两个侄儿之名后，心中一动，命高延福将武氏兄弟及两位侄儿召进相见。

武元庆和武元爽带着儿子进殿之后，即刻在阶下跪倒，哪里敢称武媚娘为"妹妹"，口呼"皇后千岁"之后，竟是不敢起身。

武媚娘看着两位兄长，冷冷道："你们一个是龙州刺史，一个是濠州刺史，如何今日会在并州？"

武氏兄弟在杨氏入宫时亡羊补牢未及，早已悔不当初。武媚娘登皇后位后，二人都曾上表请罪，得到的结果是武元庆为龙州刺史，武元爽为濠州刺史，二人忐忑上任，实不知是祸是福。一个多月前，听得天子和皇后将行幸并州，商量之后，忙不迭赶来。此刻听武媚娘声音严厉，想起自己又犯擅离职守之罪，顿时冷汗淋漓，互相一望，哪敢出声？

年仅十一岁的武三思随父亲跪拜之后，却是自己起身，对武媚娘说道："皇后姑姑，我爹爹听说姑姑要来并州，每天都欢喜得不得了，说起二十多年没见姑姑，早就日思夜想，一定得赶来相聚。姑姑怎么这么漂亮啊？美得像仙女一样。"说罢，两只眼睛闪闪发亮，看着武媚娘。

武媚娘身为皇后，自然听惯奉承，虽自负美貌，宫内宫外却是人人畏惧，绝无哪个敢说自己容貌如何，说了那便是轻薄狎语了。此刻从一个孩子嘴里说出，不禁一笑，说道："你叫武三思？"

武三思声音清脆地说道："皇后姑姑，我爹爹总是说，他以前做过很多错事，就是没有三思而行，所以就给孩儿取了这个名字。"

武媚娘哈哈一笑，说道："还跪着干什么，都起来吧。"

武氏兄弟如逢大赦，只说得一句"谢皇后"，站起身来，偷眼去看武媚娘脸色，还是不敢多言。

武元爽之子武承嗣却又开始说话了："皇后姑姑，皇宫里是不是很美啊？孩儿长大以后，想到皇宫里帮姑姑做事"，然后学大人的口吻加一句，"不知可否？"

武媚娘见两个侄儿口齿伶俐，也不理会武氏兄弟，对武承嗣笑道："想去皇宫，得有学问才行，你们都学了些什么？"

武三思和武承嗣顿时抢着回答，说自己在读《论语》《尚书》《诗经》《周礼》《礼记》《左传》等书，还各自背了一些诗赋。武媚娘见他们年幼聪明，心中甚喜，眼光移向武元庆和武元爽时，神色又冷了下来，说道："地方要员，岂可随意离开？明日你们都回各地，本宫和他们说说话。"说罢指指武三思和武承嗣。

武氏兄弟赶紧告退，心中却是有石头落地之感，暗喜幸好带了儿子过来，能看出他们已博得武媚娘欢心，出门之后，适才的冷汗已不擦而收。

武媚娘在宫中久于争斗，此刻和两个武家孩子说话，着实喜悦。她一边和武承嗣兄弟说话，一边沉思，这两个孩子委实幼才过人，不出十年，真可栽培成自己的左膀右臂，不论朝廷官员如何献媚，真正到用人之时，武氏后人，自比他人有更多的忠心。想到这里，武媚娘嘴角一动，微微笑起来。

2

第二日，武元庆和武元爽遵从儿子昨夜带回的皇后口谕，不需再行叩见，各自回州。当下武元庆带武三思回龙州，武元爽携武承嗣返濠州。与来并州时的忐忑相比，武氏兄弟返程时，心中已不无得意之感了。

此时的武媚娘已颁下指示，武氏家族及亲朋的妇女，都获得觐见皇后的恩准。

对这些族人来说，实是史无首例的优待，前来觐见的女人们跪满大殿。

武媚娘傲然起身，一声号令颁下，人人均得绸缎千匹的丰厚赏赐。年满八十以上的妇女，一律授郡君，虽无职务，却是等级非凡，无人不称颂武媚娘给予桑梓的恩宠。

随后，李治与武媚娘前往百余里外的太原祭拜晋祠。当年李渊父子起兵之时，便是在此祈佑举兵成功。此刻的晋祠内还添有李世民亲笔撰书的《晋祠铭》。李治与武媚娘在刻有铭文的石碑前跪拜，武媚娘凝视李世民笔迹，心内暗想，李世民雄才伟略，不知易地而处，他在自己的此刻之位，将会如何来做？她心念一动，李世民登基为帝，乃源于诛兄杀弟的玄武门之变。

武媚娘回想此事，身子在跪拜时竟微微颤抖。

李治自然想不到武媚娘此刻会想起玄武门之事，见武媚娘脸色有异，不觉说道："皇后是否太过疲惫了？"

武媚娘缓缓摇头，说道："离洛阳已久，妾身想回去了。"

李治当即传旨，即刻从太原取道洛阳。

到洛阳时已是四月，春暖花开。司农少卿田仁汪又来禀奏，合璧宫全然修毕。李治龙颜大悦，传旨从洛阳宫移驾合璧宫。

未过两日，长安忽然有人送来宫函，李治拆开一看，是太子李弘亲笔所书，言及父皇母后不在身边已久，日夜思念。心情大畅的李治将信交给武媚娘，说道："弘儿一片孝心，实是令朕心慰。"

武媚娘想了想，微笑道："如今朝廷无事，不如将弘儿、贤儿、显儿都接至洛阳，以享天伦。"李治极为兴奋，说道："朕正有此意，朝中大事，可使英国公李勣为之。"

李治当下颁出圣旨，命太子李弘、潞王李贤、周王李显前往洛阳。时年李弘八岁、李贤五岁、李显四岁，三位皇子俱武媚娘亲生，分别为李治的第五子、第六子、第七子，前面四子都贬黜在外，李治见眼前三子，哪里还想得到苦等父皇之恩的李忠、李孝、李上金和李素节？武媚娘将李弘等三子召来身边，自是让李治眼前只见此三子，增加父子之情。

李弘等人到后，李治见李弘监国半年，脸上神情竟与自己离开长安时大不相同，当下问些朝政之事，李弘无不对答如流，李治更为喜悦，武媚娘也颇为得意。

其时春日正浓，李治等人日日踏青射猎，果然尽享天伦。

如此过得两月，六月下旬的一日，李义府忽至洛阳求见。

3

武媚娘听得高延福禀报后，即刻告知李治。当下李治、武媚娘和李弘三人同时在连壁殿正殿宣李义府觐见。

李义府跟随高延福，脚步匆匆地走进大殿，跪请圣安。

王伏胜未随李治离开长安，高延福便走至李治身旁侍立。

李治居中而坐，命其平身后说道：“卿来洛阳，有何事禀奏？”

李义府躬身说道：“微臣奉陛下和皇后之命，前往房州拜见梁王殿下，本当速返，却见梁王颇多古怪之处，是以多留了些时日，实觉梁王殿下诸多行事令微臣不解，特赶回复旨。”

李治“哦”了一声，诧异地看看武媚娘。他还未及说话，李弘忍不住了，说道：“李大人，我长皇兄现今如何？”

武媚娘眉头一皱，说道：“弘儿，你父皇在此，无须插言。”

李弘脸上涨红，轻声道：“遵母后之命。”

武媚娘看向李义府，缓声说道：“李大人辛苦半载，可将梁王之状，禀报陛下。”

李义府对武媚娘躬身说句“是”，又面对李治说道：“梁王殿下于五年前从梁州刺史改任房州刺史，蒙陛下圣恩，赐实封两千户，五色绸两万匹，王府一座。微臣原以为，梁王殿下定时时心怀圣恩，勤勉政务，可微臣这半年所见，殿下从未触及政务。”

李治脸色陡沉，说道：“不闻政务，他每日做何事？”

李义府似是为难，犹豫片刻，方慢慢答道：“房州政务，倒是有梁王府官员

180

处置，微臣诧异的是，梁王殿下时时觉得有人相害，用食之际，均命人多次试毒。"

李治闻言，脸上惊讶，说道："梁王竟会如此？是否染上恶疾？"

李义府摇头道："以微臣所见，梁王并非染疾，试毒一事，微臣倒还不觉诧异。微臣不解之事是登府时，梁王竟着侍女衣裳接见，委实令臣诧异。"

李治勃然色变，伸手在椅腕上一拍，怒声道："堂堂皇子，竟穿女人衣裳，是何体统！"

他怒目看着李义府，沉声喝道，"他穿过多少次？"

李义府又似是为难，终还是答道："微臣问询府人，说……说梁王殿下三日倒有两日如此。"

"逆畜！"李治怒不可遏，霍地起身，朝李义府走近几步，手指哆嗦地指着李义府喝道，"这个逆子丢尽皇家脸面！"

李义府脸色惊慌，赶紧说道："陛下息怒，微臣还……"他突然停住，像是看见李治满脸怒容不敢说下去。

李治喝道："还有什么，快说！"

李义府像是心惊胆战地看了武媚娘一眼，后者微微点头。

一旁的李弘看着李义府，眼中泪水上涌。

李义府躬身拱手，说道："陛下，梁王殿下每日都在府中占卜。"

李治闻言狂怒，喝道："这些厌胜之术，竟然充斥王府，真乃大逆不道！"他怒气强抑，续道，"是你亲见吧？"

李义府始终躬身拱手，说道："微臣亲见梁王请去的道士，那道士说，梁王殿下正随其修习巫咒。"

李治怒发欲狂，连说话的声音也发抖了："修习巫咒？他想咒他父皇还是咒皇后？"

李义府见李治冲上来，不觉退了几步，说道："微臣……不知。"他看李治没再上前，又接着说道，"微臣见梁王殿下似已疯癫，相劝无果，便赶来复旨。"

李治喘息加重，回头看着武媚娘，恼声道："这逆子、逆子，朕要废了他！"

李弘忽疾步到李治面前跪下，眼泪流下，说道："儿臣求父皇饶了长皇兄。"

武媚娘猛见李弘求情，脸现怒容，嘴唇微动，正欲厉喝。高延福在旁看得清楚，武媚娘陡然双手抓紧椅腕，最后硬生生忍住了已至喉咙的呵斥。

4

与李治、武媚娘一直随行的侍医秦鸣鹤见李治终于合眼睡下，才伸手抹抹额头渗出的汗珠，转身对站在身后的武媚娘低声说道："禀皇后殿下，陛下喝了适才那碗汤药，现在能安静几个时辰了。"

武媚娘眼色凌厉，瞪视秦鸣鹤说道："陛下究竟如何？"

秦鸣鹤摇摇头，拱手说道："陛下情绪不稳，头部风疾复发，依小臣来看，很是……"

武媚娘眼睛一瞪，说道："很是什么？"

秦鸣鹤见武媚娘眼色凶狠，心下一慌，说道："很是难愈。"

武媚娘牙齿一咬，沉思片刻，挥手道："本宫知道了，你先下去。"

秦鸣鹤走后，武媚娘坐于床沿，握住昏睡中的李治之手，连唤几声"陛下"。李治闭目沉睡。武媚娘将头转过，看着在床前跪着的李弘、李贤、李显三人，目光中渐涌怒意，瞪视李弘说道："李忠把陛下惹出如此大病，你还要为李忠求情？"

李弘素来惧怕母亲，赶紧叩头，哀声说道："母后恕罪，儿臣不敢惹怒父皇，只是……儿臣听长皇兄可怜，就、就……"

"可怜？"武媚娘站起来，走到李弘身边厉声道，"他日日在府中咒你父皇和母后，何处可怜？"她抬起头，双眼寒光闪动，似是强抑怒火，冷冷说道，"既有太子求情，母后就留他一命，高延福听旨！"

在一旁始终一言不发的高延福赶紧弯腰："奴才听旨。"

武媚娘冷冷说道："传旨，将李忠削去爵位，贬为庶人，命他即日前往黔州。他不是很听他舅公长孙无忌的话吗？就让他居李承乾旧宅，去守他舅公的坟墓吧。"

高延福斜眼看看龙床上睡去的李治，说道："奴才接旨。"心中却想，天子未醒，这旨意如何能盖玉玺大印？他念头方起，又听武媚娘说下去："命门下省先拟诏令，待陛下醒来，即刻发出。"她停一下，又缓声补充一句，"看陛下之意，梁王可是性命不保，难得太子求情，本宫也自会在陛下前劝谏，饶他不死。"

她再看着面前三子，说道："你们都去准备，陛下病重，得回洛阳宫了。"

看着李弘等人躬身退出，武媚娘转头看眼李治，微一沉思，走出殿门，缓步下阶。

阶下侍立的李义府赶紧上前，低声说道："可否就此除掉梁王？"

武媚娘凝目看着远处，冷冷说道："本宫还有一事，到时用得上他。"

李义府只觉武媚娘深沉难测，自不敢去问还有何事用得上一个废人，当下躬身应命。

武媚娘继续说道："你且回长安，传本宫旨意，文武百官，俱来东都上朝。"

5

回洛阳宫后，李治病势日重，到十月之时，未见丝毫好转。

不无担心的群臣在一日上朝入殿之后，见御案龙椅之前，垂下一面巨大珠帘。

一阵诧异声不觉在群臣间响起，站于殿上帘前的王伏胜将手中拂尘一摆，尖着嗓子，高声说道："圣上有旨！"群臣的议论声立刻停下，只见王伏胜打开手中圣旨，声音一字字在大殿回荡，"天子风眩头重，目不能视，即日始，皇后临朝，百司奏事，俱皇后断决。钦此！"

英国公李勣从群臣中率先走出，随后许敬宗、李义府等人也步出班列，文武百官跟在他们之后，跪满大殿，同时说道："臣接旨。"

武媚娘的声音从那道珠帘后威严传出："众卿平身。"

群臣各自归位之后，武媚娘声音冷峻："陛下风疾加重，目难视物，本宫临朝，众卿有事禀奏，无事退朝。"

英国公李勣出班奏道："皇后临朝，老臣有事禀奏。"

武媚娘的声音始终冷峻："英公请奏。"

李勣躬身说道："陛下有疾，臣等无不挂念。太子尚幼，政事委与皇后，实我大唐之福。臣已听闻，左武卫大将军苏定方奉旨征伐百济，近日俘百济王扶余义慈及百济太子等五十八人，此乃朝廷之喜，特禀皇后！"

武媚娘的声音透出喜悦："好！本宫首日临朝，便得如此喜讯，料陛下闻之，也当精神有振。待苏将军回朝，自当重赏！"

李勣说道："微臣倒有一虑，百济虽败，却是恃高丽之援……"

他尚未说完，武媚娘的声音已然传出："本宫已知。先帝在日，屡征高丽不克，实乃我朝大患。待苏将军班师，本宫自有征高丽之策。"

武媚娘此言一落，大殿内一阵低声议论。当年文韬武略的李世民于贞观十九年亲征高丽，尚久攻不克，此刻的武媚娘竟说出"自有征高丽之策"，未免托大。只是她此刻端坐殿上，无人敢问。

群臣微议声中，只听武媚娘的声音严厉而起："众卿有言，便出班禀奏。本宫征高丽之策，今日不可先言。众卿若是无事，退朝！"

众人不觉惊讶，赶紧齐齐说道："臣等恭送皇后。"

出殿之后，许敬宗忍不住走到李勣身边问道："皇后说有征高丽之策，国公以为如何？"

李勣脸色不变，只慢声说道："今日皇后，不可以女身视之。本官随先帝南征北战，虽远征高丽未果，却颇识先帝之强，今皇后之气，实不输先帝。"许敬宗微感惊讶，还想等李勣说下去，李勣却手一拱，续道，"许大人自便。"说罢径自扬长而去。

6

李治颤巍巍地被王伏胜、高延福扶上龙床，躺下后缓缓说道："今日则天门风大，朕……头疼愈烈。"说罢连声咳嗽，抬手去揉太阳穴。

武媚娘对秦鸣鹤说道："太医觉得陛下龙体如何？"

秦鸣鹤拱手说道："皇后明鉴，今日圣上亲临则天门封赏苏将军，受风侵脑，微臣先且开出药方。"

武媚娘皱眉说道："速去。"

等秦鸣鹤走后，武媚娘在李治床沿坐下，柔声说道："今日苏将军大胜回朝，解来百济君臣俘虏，陛下亲赏，却又加重头疾。妾身明日颁旨，大赦天下，以为陛下祈福。"

李治叹道："如此头疾，恐难痊愈，皇后临朝，可自主而为。"

武媚娘说道："妾身只盼陛下旦日痊愈，弘儿尚幼，还得陛下亲加督导。"

李治勉强微笑："皇后之才，远在朕上，太子将来，要托付给皇后了。"

武媚娘缓缓摇头，说道："弘儿性情颇似陛下，妾身会严加督导。"她伸手在李治脸上抚摸，又道，"陛下暂且休歇，邢国公尚在则天门候旨，妾身去代行旨意。"

李治虚弱地答道："皇后且去。高丽之征，关乎社稷，不可轻视。"

武媚娘微微点头："妾身明白。"

高延福跟随武媚娘步出宫殿，前往则天门。

一离宫殿，武媚娘的声音立时冷峻："如今陛下，对太子放心不下，其实岂止太子？便是沛王与周王，你也多加留意，必得使他们步勤学之途。"

高延福赶紧说道："奴才遵皇后旨意。"

武媚娘脚下缓步，忽问道："沛王年少，还是喜欢斗鸡吗？"

高延福跟随武媚娘前行，却是犹豫了片刻，说道："皇后也知沛王有斗鸡之好，奴才不敢隐瞒。不过，近日听闻，沛王府上，来了个叫王勃的少年伴读。奴才听说，王勃六岁便能作诗，九岁时就说颜师古大人所注的《汉书》有误，还特意写了些什么东西，奴才没有读过。奴才想，沛王身边有如此之人，定当一日千里哪。"

武媚娘微微点头，说道："本宫看你也一日千里了。"

高延福诒笑道："奴才日日跟着皇后殿下，不敢不学哪。"

武媚娘说道："王勃在沛王府所写的文章，可拿本宫一看。"

二人边走边说，则天门的台基、门楼、垛楼、东西阙楼已在眼前。

作为洛阳宫正门，则天门始建于隋炀帝大业元年，其门楼、朵楼、阙楼及其相互之间的廊庑连为一体，建筑群规模恢宏，气势庞大。当日李治在门楼亲见苏定方，诏释百济王扶余义慈之外的所有俘虏。苏定方此役擒王灭国，被封为邢国公。不料，正待诏征高丽之旨时，李治头痛欲裂，只得匆匆回转宫殿，武媚娘命苏定方门楼候旨。

此时步上门楼，苏定方上前躬身为礼。

武媚娘威严说道："陛下龙体不适，特命本宫传旨。"

苏定方拱手说道："微臣候旨。"他自然知道，李治久病在床，所谓命皇后传旨，实是已然临朝决政的皇后之旨。

武媚娘在门楼远望东都，五色衣袂迎风，气度非凡，令人不觉心生仰视之感。

苏定方挺身站立，只听武媚娘不疾不徐地说道："邢国公扫灭三国，生擒敌首，陛下与本宫，都心慰将军大功。今百济已亡，高丽羽翼便无。此乃征高丽之略，邢国公自看。"说罢，从衣袖中取出一卷黄绸递过去。

苏定方知是圣旨，即刻跪下，双手接过，说道："微臣领旨。"

武媚娘脸色严峻，说道："将在外，君命有所不受。邢国公乃本朝大将，本旨只为国公调遣左骁卫大将军契苾何力、左骁卫将军刘伯英、蒲州刺史程名振、青州刺史刘仁轨，水陆分道，并击高丽。全军战事，俱在国公一人身上，切勿辜负陛下与本宫之望。"

苏定方神情坚毅，双手抱拳，躬身道："有此圣旨，微臣定当与诸将同心，共破高丽！"

武媚娘点头说道："朝中人众，本宫不欲他人获悉，特在此独为国公颁旨。高丽非百济蕞尔之国，兵贵神速，更贵出其不意，国公即日点兵。"

苏定方不由暗惊，适才等候之时，还觉诧异，自己回朝十余日，未见动静，今日好容易等得李治亲见慰劳，虽因头疼返宫，圣旨实可明日在朝中颁下。不料武媚娘竟如此缜密，当下再次拱手："微臣告退，即日点兵启行。"

7

苏定方此次出军，屡战屡胜，捷报频频，到第二年，即龙朔元年八月又传来捷报，麾下大军于浿江大破高丽军，兵围平壤。消息传到洛阳，群臣惊喜非常。他们无人不知，前朝隋炀帝三次亲征高丽，皆铩羽而归，因劳民过度，引发天下动荡，炀帝身亡国灭，实与征高丽有关。大唐立国之后，文治武功达于顶点的太宗也两次御驾亲征，均无功而返。如今苏定方兵临平壤城下，实是前人未有之战绩。当年随太宗领军的英国公李勣忍不住在朝中奏道："微臣当年随先帝远征，素知高丽难服，今邢国公兵围平壤，如此之功，足见陛下与皇后洪福齐天啊！"

群臣全部出列而跪，齐声说道："陛下与皇后，乃本朝之福！"

只听得帘后的武媚娘哈哈一笑，众臣随即见珠帘一掀，武媚娘竟在群臣间现身而立。

群臣不由一惊，再次叩首齐呼："皇后千岁千岁千千岁！"

武媚娘站于阶上，右臂一挥，说道："当年先帝曾言，'九瀛大定，唯此一隅'，陛下与本宫，当完成先帝遗愿，使我大唐江山永固！"

群臣再次跪下同呼："大唐江山永固！"

武媚娘看着跪伏百官，傲然挺胸，心里陡然想起荣国夫人来长安时对自己说过的袁天罡之言，"……若是女孩，将来必可君临天下"。该言在脑中突响，武媚娘发现自己没有当初听到时的激烈心境，相反，一股深沉的平静涌在胸腔。

此时此刻，群臣跪伏于前，自己与天子有什么区别？

但李治已在逐渐好转，这把龙椅，真正的主人仍是李治；如无意外，李治之后，便是太子李弘，自己此刻虽坐于此，终不过是暂时之位。

难道自己不能一直坐下去？武媚娘冷冷看着群臣，缓缓说道："退朝！"

离开听政的紫宸殿，武媚娘带着秋莲、冬菊等随行宫女，往李治宫殿走去。

未到李治宫前，便见高延福一路急奔而来，一边大喊："皇后殿下！"

武媚娘停下脚步，高延福跑到面前，不住喘气。

武媚娘皱眉道："何事如此慌乱？"

高延福再喘一口大气，方定下神来，从怀中取出一函，说道："殿下不是有旨，想看看王勃在沛王府的文章？此乃他刚刚写就之文，奴才即刻拿来了。"

武媚娘伸手接过，打开上下看完，脸上慢慢浮出笑容，像是自语说道："陛下可别怪臣妾。真是想要什么，贤儿就给本宫送来什么。"武媚娘话落步移，高延福在诧异中赶紧跟上。

进得宫来，见李治精神较好，武媚娘上前笑道："陛下龙体康愈，妾身这副担子，可得交还陛下了。"

李治哈哈一笑，说道："秦太医刚走，明日乃休朝之日，朕后日便可上朝了。"

武媚娘微笑道："陛下康愈，实乃天下之喜，妾身听说贤儿府上，多了个叫王勃的伴读少年，据说文才惊世，有神童之称。"她从怀中取出高延福给的函件，递给李治说道，"这是妾身刚刚收到的王勃之文，尚未及一阅，陛下可先御览。"

李治心情甚好，当即接过，走到桌旁坐下展阅。

武媚娘观察李治脸色，只见李治脸色越来越沉，读到最后，霍地起身，伸手在桌上用力一拍，厉声喝道："此乃何文！竟敢挑拨皇子手足。"武媚娘吓一跳，说道："陛下，他写的什么？"

李治浑身发抖，拿着纸页的手也哆嗦起来："皇后来看，这'两雄不堪并立，一啄何敢自妄'，简直犯上之言！皇后看看题目，《檄英王鸡》，是讥讽朕的儿子只喜玩乐，荒废时日吗？"他喃喃重复，"'两雄不堪并立，一啄何敢自妄'，如此挑拨贤儿与显儿，何其毒也！"他眼睛转向王伏胜，双手握拳，压低了声音喝道，"即传朕旨，将王勃赶出王府，永不录用！"

王伏胜赶紧一声"遵旨"，紧步出去。

李治将手中纸页狠狠一抓，沉声喝道："皇家之子，两雄不堪并立，两雄不堪并立……"不觉触动父皇玄武门之变和自己两位皇兄夺位心事，手往头上扶去，只觉刚刚好转的头痛猝如钢针刺脑，大喊一声，天旋地转般往后便倒，耳边一阵惊慌声在喊"陛下、陛下"，自己也不知倒在谁的臂上，只觉喉头一甜，一口鲜血吐将出来。

第六章　翻云覆雨

1

李治头疾复发得十分厉害，他原本设想的亲自临朝被再次推后。

精力充沛的武媚娘日日上朝，将朝中大权攥得越来越紧，就连依靠武媚娘飞黄腾达的许敬宗、李义府等人也隐隐觉得，垂帘听政的皇后似乎显露了某种不可思议的非分之想。只是这感觉令人畏怖，无人敢去深思，更不敢群议。他们亲眼所见，是身为皇后的武媚娘创造了连太宗也未能完成的业绩。苏定方兵围平壤之后，左骁卫大将军契苾何力率另一路大军与高丽铁腕摄政盖苏文之子泉男生对峙于鸭绿水。时至寒冬，水面结冰，契苾何力果断挥师，从冰上鼓噪而进，猝不及防的泉男生败退数十里，付出三万精兵被斩、余众投降的代价后，只身逃脱。捷报传到洛阳，朝中充满喜悦，齐颂皇后之功。武媚娘却异常冷静，见天气寒冷，契苾何力的战果已足够辉煌，遂令其班师回朝，大加封赏。

群臣尽服武媚娘。

李治经过数月休养，稍稍好转。他此刻已能感觉武媚娘声势日隆，自己却集中不了精力应付朝事。取胜高丽，乃震撼天下之事。李治隐隐明白自己为何反而感觉失落，当身子略微好转后，下旨前往陆浑、非山等处行猎。一是希望自己头疾痊愈，二是他奇怪地想暂时避开武媚娘，将后者的精神饱满度与自己的满腹悲愁对比，反差实在太强烈了。

李治当然知道自己为什么悲愁。头疾尚是次要，主要是他愤然发现，自己除了武媚娘，再也无法宠幸任何一名妃子。不是他失去了能力，而是后宫的妃子都在小心翼翼地回避自己。甚至，在武媚娘的旨意之下，原来后宫的嫔妃名称竟也全部更改，以贵妃为首的四妃和以昭仪为首的九嫔全部废除名号，新设赞德正一品二人、宣仪正二品四人、承闺正四品五人等等。没有嫔妃之名，她们便沦为做事的宫人。武媚娘的理由异常坚决："陛下龙体欠安，岂可再近女色？圣寿若不远，社稷该当如何？"

李治很想回答，便是稍有资产的平民，也不乏妻妾，自己贵为天子，竟得不到另外的女人，不是令天下人诧异吗？但他看着武媚娘的凛然神色，想说的话又不觉吞咽了回去。李治还忽然想起，数月前，武媚娘的姐姐韩国夫人进宫，自己悄悄临幸韩国夫人几次后，后者竟无声无息地消失了。他听到后宫传出风声，韩国夫人死于自己妹妹即皇后的鸩毒。但没有人能提供证据。武媚娘不再提及姐姐，荣国夫人也不提及自己的长女，李治也莫名其妙地不敢询问，就像韩国夫人从未到过人世一样。李治从中体会出武媚娘无所不在的控制，尤其宫中的宦官和宫女，不再如从前那般从容，他们不是害怕自己这个天子，而是无比畏惧皇后。

李治从内心深处发现，自己也不知何时开始惧怕自己亲封的皇后了。

转眼，龙朔二年冬天来临，李治独坐御书房打发时间之际，王伏胜忽然急急进来。

李治放下书，抬头见王伏胜脸色慌张，一种难以言说的悲伤涌上心头。太久时间里，李治就没听到过令他感觉喜悦的消息了，他放下书，直直地看着王伏胜过来。

王伏胜紧步走到李治面前，跪下说道："老奴刚得噩讯，来济大人在庭州阵亡。"

李治脸色苍白，站了起来，说道："来济？他……如何会阵亡？"他记得五年之前，被贬为台州刺史的来济又被自己下旨贬为庭州刺史。

王伏胜眼中流泪，说道："苏将军四年前平定西突厥之后，突厥残兵这数年重新纠合，十日前攻击庭州，来大人对士卒说道：'来济久已当死之人，能活到今日，当以身报国！'亲披甲胄迎敌，不意殁于贼兵箭矢。"

李治呆了半晌，无力挥手道："朕知道了，你退下去吧。"

王伏胜走后，李治呆呆发愣。他几乎不再记得，当年韩瑗、来济反对立武昭仪为后，各自上疏进谏，来济的上疏还是他命当时的武昭仪念读。再后来，自己到洛阳之时，许敬宗奏说二人谋反。他还记得自己当初颁下的圣旨，将二人贬出京师之时，特意加了永不可回京觐见的严令。此时李治浑身一抖，自己当初做错了吗？长孙无忌、褚遂良、韩瑗，甚至柳奭的影子在眼前忽现。他们都是父皇留给自己的老臣，却被自己一个个贬出朝廷，死于异地。长孙无忌被逼自尽，褚遂良积郁而终，韩瑗死后开棺，还有多少人死于立后之事？李治一个个回想，悲凉无极。今日听得来济死讯，他大概也是反对武媚娘立后的群臣中最后一个死去的老臣了。

错了吗？

李治痛苦地闭上双眼，在一种无边无际的孤独和恍惚中，王皇后、萧淑妃，以及最近韩国夫人的身影也不知不觉在眼前出现。李治感觉眼眶里涌出泪水。他一时判断不出，这些泪水是为那些死去的人而流，还是为自己而流。

一个强烈的念头涌上来，如果长孙元舅尚在朝廷，他或许不会是今天这个样子。李治颓然坐下，仔细思索和元舅有关的人与事。没错，元舅的兄弟和儿子们要么已经惨死，要么流放异地，元舅还有亲人在世吗？

李治心念一动，擦去泪水，将王伏胜召进，口谕一道圣旨。

王伏胜接旨而出。

2

翌年三月，久不看奏折的李治见头疾渐愈，盘算王伏胜传旨之后，应在今日可见究竟了，便往宣政殿查看奏折。

他眼见武媚娘将厚厚一沓奏折随手批阅，心中惊讶。他虽知武媚娘能力远超自己，还是没料她对政务处理如此快捷。李治顺手抽出一些，看了几封之后，下面一封乃左金吾仓曹参军杨行颖所奏。李治似是漫不经心地打开，一看之下，陡然伸手拍案，沉声道："李义府竟敢如此？"

武媚娘冷静抬头，缓缓道："陛下何故着恼？"

李治将奏折递给武媚娘，说道："此乃杨行颖所奏，李义府竟命其子李津索要长孙延七百缗贿赂，便授司津监一职。"

武媚娘将奏折上下看过，却是说道："长孙延乃长孙无忌嫡孙。他不是随父长孙冲流放岭南了吗？如何会在长安？"

李治脸色猝然发白，他注视武媚娘，慢慢说道："是朕特赦他回长安，但朕……没有授他官职。"

武媚娘冷笑道："长孙一门，乃犯谋逆之罪，陛下真是皇恩浩荡啊。"

李治嘴唇微抖，未管武媚娘语中讥讽，鼓起勇气说道："元舅一门，如今只剩长孙延一人，朕念元舅开国之功，免其罪责。况长孙延年纪尚小，皇后不必追究了吧。"

武媚娘再次看眼奏折，慢慢说道："陛下想如何处置李义府大人呢？"

李治走开数步，双眉紧锁，终于无法按捺，沉声怒道："前月朕便听闻，李义府重回长安之后，本性不改，专以卖官为事。朕将他召入宫内，劝他少行如此悖法之事，他竟反问朕是从何处听来，殊不引咎，傲步而出。如此大胆，朕原已姑息，如今竟直接索贿，在朝廷恶名昭彰，皇后以为朕就不闻朝臣和京师百姓如何说李义府行事吗？朕要如何再忍？"

武媚娘在殿内来回走得几步，脸色始终冷峻，思索片刻后，只听她不紧不慢地说道："本宫也一再听闻，李义府居功自傲，今又纵子枉法。本宫一直想等陛下龙体痊愈，再与陛下相商。臣子对陛下无礼，便是当拘！以本宫之见，陛下可下旨将其入狱，遣司刑太常伯刘祥道大人审问，司空李勣大人监审，陛下觉得如何？"

李治闻言倒是一愣，李义府素来便是武媚娘心腹之臣，她今日竟然提出将其下狱，实是意外，当即点头道："就依皇后之意，朕即刻下旨。"

仅仅过得一月，高延福进武媚娘宫室奏道："李义府之事，今日水落石出了。"他抬眼见武媚娘不动声色，又继续说下去，"刘祥道大人和李勣大人审理得清清楚楚，李义府果然命长子李津索贿长孙延，今陛下颁旨，将李义府剥去官爵，流放巂州，李津流放振州，其二子李洽、三子李洋，连同女婿、少府主簿柳元贞全部流放庭州，陛下未留李义府家一人啊。"

武媚娘闻言，声色不动，片刻后冷冷一笑，说道："朝中大臣如何看待？"

高延福"呃"了片刻，才犹疑说道："奴才听闻，朝中大臣，无不额手相庆。"

武媚娘眉头微动，站起身来，慢慢说道："还记得《姓氏录》诏布天下之后，本宫说过什么？"

高延福上唇咬下唇，想了片刻后才忽然说道："啊，奴才想起来了，当时殿下说李义府为官不久，等他生有第四子，娘娘会好好提携。"

武媚娘嘴角冷笑，说道："李义府对本宫有功，可今日已是无用。若非贪赃枉法，本宫也就罢了，今陛下不想放过，却不知本宫也不想放过。你告知巂州刺史，李义府如今三子不在身边，若第四子出生，速速禀报。"她抬眼望向窗外，自言自语地补充道，"给本宫立过功的，本宫自会记得。"

高延福弯腰道："奴才遵殿下旨意。"他停片刻，又接着说道，"今日朝中，还有一事。陛下下旨将永安宫重修，改名蓬莱宫。"

武媚娘目光陡寒，双手握拳，咬牙道："陛下想拒随本宫去洛阳了。"她抬起头，续道，"这长安皇宫，总是那两个女鬼阴魂不散，你去将郭行真道长请入宫中。"

3

武媚娘将李治看得透彻，后者重修蓬莱宫，是知长安乃高祖以来的京师之地，皇后偏重洛阳，自是将洛阳视为中心。一种天子权威从指间滑走的感受一天比一天强烈，李治渴望有比贬黜李义府更迅猛的反抗。自他再次上朝之后，总觉群臣暗地里希望皇后临朝，李治越来越感觉内心愤懑，但每次见到武媚娘，又觉自己根本没有力量或勇气面对心中翻滚的念头。

李治自也看得明白，武媚娘毕掌握权力，实是眼下朝中，居高位者无不源于武媚娘而得以擢升，这点还并非核心，真正的核心是武媚娘无论面对何种复杂政务，都能迅速抓住要点，果断提出应对之策。此外，征高丽的苏定方、定天山的薛仁贵、破百济的刘仁轨、伐铁勒的郑仁泰、败倭兵的孙仁师等大将都在其手上尽展才华，甚至激起老臣英国公李勣重披甲胄的雄心。不论在朝中还是在后宫，武媚娘凛然生威的仪态无不令人敬畏交加。这些都是李治渴望从父皇那里继承却又从未继承过的强势品质。

处处受制于皇后，难道真不能奋起一击吗？

机会在麟德元年的十月来了。

那日李治刚刚回到寝宫含元殿。武媚娘没在殿内。李治觉得奇怪，已有两日未见武媚娘了，李治倒是觉得不无轻松，尽管诧异之情难免。他看得几封奏折，见一旁的王伏胜脸上充满犹豫，不由说道："皇后两日未见，去哪里了？"

王伏胜脸色苍白，突然在李治面前跪下，说道："陛下恕老奴隐瞒之罪！"

李治抑制住内心的不祥之感，说道："究是何事？"

王伏胜抬眼看着李治，声音发抖地说道："近日皇后请来郭行真道士在宫内。"

李治惊怒交迸，起身喝道："皇后召郭行真道士入宫？"

王伏胜哀声说道："皇后在含凉殿设立祭坛，下旨不许任何人进去。老奴昨日在殿前闻到白檀香之气，走近数步，竟被高延福斥开，说是娘娘与郭行真在内做法驱鬼。"

李治浑身发抖，沉声喝道："皇后两日两夜和那道士在含凉殿？"

王伏胜叩头道："正是。"

李治怒不可遏："数年前，皇后总说梦中有鬼相逼，朕还下旨请来郭行真入宫驱鬼，如今皇后竟擅自再请道士，两日两夜在殿内不出，朕的颜面何存！难道她是想以厌胜之术咒死朕吗？"他眉峰一竖，又道，"宣皇后来见朕！"

王伏胜应声往殿外便走。

李治看着王伏胜背影，陡然想起武媚娘凌厉眼神，心内又是一颤，喊道："回来！"

王伏胜转身再走到李治面前，李治想了想，改口说道："宣上官仪见朕。"

见王伏胜出去后，李治咬牙切齿，猝然伸臂将御案上的书本扫到地上，厉声喊道："皇后，你如此逼朕！朕非废了你不可！"

4

独召上官仪，是李治心中自知，眼下朝廷居宰相之列的大臣，以许敬宗为首的无不以武媚娘为尊，上官仪是父皇留下的老臣中，唯一对李唐忠心不二的尚存之人。当上官仪随王伏胜进殿后，李治恨意连连地将武媚娘擅与郭行真在含凉殿两日两夜不出、行厌胜之术的事愤然说出，然后道："厌胜之术，律法不容，皇后又如此不顾体统，朕实是难以再容。"

上官仪闻言震惊，如今武媚娘大权在握，李治说的"难以再容"是什么意思？难道他真的想要废后吗？他凝视李治，见后者对武媚娘的恼怒溢于言表。上官仪猛然发现，要废除武媚娘，恐怕这是唯一良机了，当下躬身说道："皇后专恣，天下臣民无不失望，陛下便可下旨。"

李治微微点头："卿即刻真废后之诏。"

上官仪知李治畏惧皇后已久，不欲夜长梦多，当即说道："臣即刻拟草。"

李治胸腔起伏，一种又惧怕又渴望的冲动积满心头。他与上官仪一样，也害怕自己过得一晚，将好容易涌起的废后勇气彻底失去，当即手往御桌一指："卿便在此处拟诏。"他脸色从苍白到泛红，浑身禁不住哆嗦。

上官仪说声"遵旨"，走到御桌之前，磨得墨浓，蘸得笔饱，一炷香时间，将废后诏令拟就。

李治在殿中来回走动，时而握拳，时而喘气，见上官仪拟毕，即刻上前，拿起诏令，上下看去，仍是声音发抖地说道："拟得好，便是如此！"

上官仪躬身一旁，见李治说完后仍颤抖不已，始终未交给王伏胜出去宣读，一丝不祥预感隐隐涌上。

果然，李治只是抖抖索索地将诏令上下再看，在空气似乎都欲凝固之时，脚步声响，三人同时看去，只见武媚娘带着高延福和秋莲、冬菊疾步入殿。

李治陡见武媚娘，脸色从刚才泛起的红晕中立时又变得苍白，手一抖，那纸废后诏令掉到地上。

武媚娘眼神发冷，上上下下看了看李治，又转头上上下下看了看上官仪，继而将王伏胜也上上下下看过一遍，才冷冷说道："本宫听得陛下急召上官大人入见，必是朝中出有大事，妾身过来瞧瞧，究竟是何要事，竟让陛下如此快地拟下诏令。"

李治浑身发抖，竟是不敢一言，只听得武媚娘的声音冷冷继续："高公公，将陛下的诏令拾给本宫。"

李治只觉胸腔空荡至极，能听到自己虚弱无力的心跳之声，连移步的力量也在瞬间失去。他惊恐万状地看着高延福拾起诏令，看着武媚娘接过，看着她展开，又看着武媚娘一字字上下扫视，双目寒光四射。

"陛下，"武媚娘将诏令对着李治一抖，没有半分慌乱，只冷冷说道，"拟此诏令，是何人指使？"一言方毕，武媚娘的声音已震怒不已，"本宫为了大唐社稷，呕心沥血，今日若无本宫，陛下以为能治理好这北至天山、南至交趾的万里江山？陛下是不是太平日子过得久了，觉本宫碍事，竟想废除本宫。本宫何处有错？"她转头看着王伏胜怒道，"昨日你这奴才想入含凉殿，被高公公阻拦，心有不甘，就撺掇陛下废后吗？"

王伏胜惊得双膝跪地，只说："老奴不敢。"

武媚娘又转向李治续道："陛下难道不知，本宫身在长安一日，恶鬼便缠身一日。恶鬼不驱，本宫如何能全力以赴，守护陛下社稷？陛下竟想以此废除本宫？好啊，本宫就请陛下立刻宣旨，让本宫也成厉鬼，以换陛下安心！"

李治指尖发抖，听武媚娘说一句，额上冷汗便渗一颗，待武媚娘厉声喝出"陛下即刻宣旨"时，再也控制不住惊骇，结结巴巴说道："不是、不是朕意。朕、朕从未想过废后，是、是……"他手指上官仪续道，"是上官仪让朕拟旨。"

武媚娘凶狠的眼神转向上官仪，也不多言，只蓦然喝道："来人！"

只听殿外武士应一声，立时走进二人。

武媚娘身不动脚不移，喝道："将上官仪押往大理寺！"

在武士的应命声中，上官仪凄然一叹，将头上官帽取下，朝李治一递，缓缓道："此乃陛下所封，臣还与陛下。"

李治失魂落魄地接过上官仪之帽，看着武士将上官仪押出殿门。

武媚娘又凶狠地看王伏胜一眼，王伏胜始终不敢起身。

只听武媚娘冷冷说道："上官仪敢如此欺诈陛下，本宫要审个水落石出！看他背后是何人所使。"衣袖一甩，怒气冲冲地出殿。

高延福嘴角冷笑，斜眼挑眉地看了王伏胜一眼，和秋莲、冬菊一起跟着武媚娘离开。

风从殿外吹进，王伏胜不觉大喊一声："陛下！"叩下头去。

李治仍是丧魂落魄，呆呆看着再无一人的殿外，颓然掩面。

5

过得两月惊惧不安的日子后，李治于十二月十三日上朝之时，受命审问上官仪的许敬宗出班上奏："微臣奉陛下和皇后旨意，审上官仪一案，今得证据，上官仪意图谋反！"

此言一出，群臣骇然。李治声音发抖地问道："上官仪与何人谋反？"

许敬宗极为镇定地答道："微臣命人往上官仪府邸查抄，获其与废太子李忠往来密函，二人同谋，意欲使废太子登基！"

李治大惊失色，喊道："他、他与忠儿勾结？"

许敬宗音调不变："臣已全部查实，参与废太子谋反之列者，尚不止上官仪一人。"

李治脸色苍白，自他登基以来，时不时便听到谋反之事，房遗爱与高阳公主谋反，吴王和荆王谋反，韩瑗、来济谋反，长孙无忌谋反……这些人当真在反吗？李治只觉心中一片混乱，讷讷道："还有何人参与？"

许敬宗缓缓抬头，眼望殿阶上站立的王伏胜，沉声说道："尚有内侍总管王伏胜参与！"

饶是一个霹雳打在殿前，也比不上许敬宗这句话在群臣间引起的震骇和慌乱。

王伏胜脸色骤白，侧头看向李治，李治也正侧眼看来。二人目光相撞，王伏胜从李治眼中只见到惊乱与虚弱。

所有人的眼光都集中在王伏胜身上。

王伏胜双眼下垂，猝然一闭，旋又睁开。在这朝廷之上，他见过太多事，如何不知有些事可以辩解，有些事却回天无力。群臣无人敢出一口大气，只见王伏胜缓步走下殿阶，转身面对李治，双膝跪倒，声音颤抖，无比哀伤和空洞地说道："老奴罪当诛!"然后叩下头去。

许敬宗站立不动，仍是不疾不徐地说道："李忠与上官仪密函已获，上官仪招认，每接李忠密函，便入宫中与王伏胜谋议，欲鸩毒陛下。臣请将上官仪和王伏胜拿往狱中!"

李治浑身哆嗦，双眼直直地看着王伏胜。

后者跪伏不起，只重复一句："老奴罪当诛!"

李治颤巍巍地起身，泪水难忍，嘴里喃喃一句连自己也难听见的"父皇"二字，然后手一挥，殿前武士即刻上前，将王伏胜按臂押出。

三日之后，李治颁下圣旨。

站于紫宸殿阶上宣读圣旨的是刚刚擢升内侍总管的高延福："庶人李忠、内侍总管王伏胜、西台侍郎上官仪勾结谋反，证据确凿，今赐王伏胜、上官仪与其子上官庭芝押西市问斩，籍没其家，赐庶人李忠黔州自尽，赐上官仪之妻郑氏、上官庭芝之女上官婉儿，即日往掖庭宫为婢。钦此!"

在群臣一片"吾皇万岁万万岁"的呼喊声中，李治坐于龙椅之上，脸无半分表情，在其身边，一面曾在李治头疾卧床时垂过的珠帘已再次垂挂。待群臣重新归列之后，只听得帘后武媚娘的声音传出："天子龙体有恙，今日始，本宫辅弼于朝。"

高延福跟着尖嗓子喊道："今有二圣，日月临朝，乃大唐之耀。群臣跪拜!"

群臣再次齐齐出列，跪拜于地，同声说道："日月临朝，大唐之耀!"

李治如在恍惚之状，一动不动，只听得武媚娘的声音从帘后发出："众卿平身!"

6

一个多月后，时间是麟德二年二月，数千人的浩荡仪仗再次从长安往东都洛阳进发。

御辇里的李治实是虚弱不堪，自上官仪父子和王伏胜被斩之后，李治只觉身边再无心腹之人，朝臣的废黜与任用，乃至生死都由武媚娘一言而决。马匹长嘶声中，李治看着御辇外的冬日旷野，只觉心头也如冬野，四处瑟瑟风吹。时已深冬，却是天无片雪，武媚娘在他身边说道："人有冤屈，六月亦有飞雪，今冬日已久，尚无降雪，足见李忠、上官仪、王伏胜诸人确有大罪，陛下如何始终不肯御览李忠与上官仪往来密函？"

李治躺于辇内卧榻，虚弱说道："朕已沉疴，一切由皇后做主。"说罢，闭目不言。只听到武媚娘冷静地说道："今佞臣尽除，天下昌隆，本宫以为，陛下当往泰山封禅！"

李治吃惊之下，双眼睁开，说道："自古以来，只秦皇嬴政、汉武刘彻、光武刘秀登泰山封禅，便是高祖与太宗，打下大唐江山，如此殊功，都未有此举，朕何德何能，可往泰山封禅？"

武媚娘眉头一挑，傲然说道："如今大唐二圣齐出，千古未有，乃国泰昌隆所现。本宫欲与陛下同往泰山，陛下祭天，本宫祭地，内外命妇随本宫行尊献之礼。"

李治脸色苍白，实觉太过匪夷所思，非有惊天动地的政绩，天子岂敢随意封禅？当看着武媚娘深如寒潭的目光瞪视自己之时，还是勉强答道："封禅事大，朕无天下之功，况边患未尽，如何能封禅泰山？"

武媚娘微微一笑，忽柔声说道："本宫听闻，陛下昨日召英国公李勣相询，言隋炀帝拒谏而亡，陛下常以为戒，如今竟朝无谏者，欲问何因。不知英国公如何禀复陛下？"

李治闻言，委实又惊又惧，如今自己与任何人交谈，武媚娘竟无所不知，此刻听她相问，自是故意为之，仍不得不答道："英国公说朕所为尽善，是以朝臣无事可谏。"

武媚娘微笑道："英国公所言极是，为君既已尽善，如何不能泰山封禅？"

李治看得清楚，武媚娘一意封禅，打破自古以来只皇帝祭奠的规矩，要亲自祭地，实乃为自己树威立权。他迎着武媚娘眼光，心内微抖，终于说道："封禅事宜繁复，可待十月之后。"

武媚娘点头道："本宫也如此之想，今方二月，待十月之时，便与陛下同往泰山。陛下如今多思龙体，其他之事，交本宫便是。”

到洛阳之后，李治入新修的乾元殿休养。自王伏胜被斩，李治心头郁结，身边已无一人可吐露心事。武媚娘却是精力无穷，每日处理朝政之余，着手年底的封禅之事。大唐立国以来，第一次于泰山封禅，自是普天震动。不仅朝廷与后宫集中东都，便是四夷使者，也齐聚洛阳。与长安相比，洛阳已是名副其实的大唐京师。李治虽未明言迁都，却在事实上完成了大唐帝国第一次货真价实的迁都。到五月之时，武媚娘颁旨命英国公李勣和高阳郡公许敬宗为封禅使。

身体渐渐好转的李治对封禅也不得不报以重视，避正殿、减膳食，亲录囚徒。到十月十五日之时，二圣从东都起驾，文武百官及四夷使者随驾同往泰山，其时秋阳正盛，整个帝国的目光全部集中在前往封禅的天子身上——当然，更多地集中在二圣之一的武媚娘身上。

7

十二月九日，由数千人马簇拥的李治一行到达齐州。休歇十日之后，起驾至泰山。

无论李治还是武媚娘，都是第一次面对巍峨雄浑的“五岳之尊”。只见泰山山势磅礴，云缭雾绕间的奇峰异常厚重。李治瞬间体会到当年秦始皇选择泰山封禅，实是一统天下的帝王唯泰山方可匹配。

同为封禅使的李勣与许敬宗前来禀奏，泰山山南已筑起圆坛，山上为登封坛，社首山上为降禅方坛。

李治和武媚娘从圆坛望至山顶，二人都不由微微激动起来。

当元旦来临，晓色云开之际，冬日群山间竟百鸟齐鸣，天空中云层犹如棉絮，一层层拉开，无数道深红金光照满群山峡谷。在数千人山呼万岁后的安静之中，头戴长一尺二寸、宽八寸的黑表无旒大裘冕的李治白玉双玉珮、皂领青褾、披绶带印，独自登坛。他一步步走到登封坛中，朝天肃然跪拜，举酒祭天，将手中展开的祭文诵过之后，卷起黄绢，将祭天文放入一只玉匮，又取出帝册放入另一只金匮，再以金绳缠好两匮，封上金泥，印上玉玺，藏于石棺，嘴中喃喃祈佑国泰民安。

次日祭地之时，李治与武媚娘步上社首山的降禅方坛。李治将礼器等物奉上祭坛，从他身后走出十名宦官，执帷拉开一条步帐。发髻高绾、满头金钗、长袍曳地的武媚娘从步帐中一步步走至山头，随其身后的，是荣国夫人等内外命妇，她们一边吟唱，一边将酒与供物交于武媚娘，鞠躬退下，留武媚娘独立山头。

有史以来，第一次由一名女性替代皇帝进行祭地仪式。

眼望四处壮丽群山，一丝云雾如在脚下盘绕。武媚娘跪地祭酒，抬眼看向无尽长空，嘴里喃喃道："此乃本宫的江山！"

再过一日，李治与武媚娘携手登上新建的朝觐台。

文武百官在正月的山风中跪拜，口呼"二圣万岁万岁万万岁"。

只见武媚娘威严而起，举袖横拂，说道："封禅泰山，大唐必日运昌隆。传陛下与本宫之旨，即日始，改元乾封元年，大赦天下，众卿三品以上者，各晋爵一等，四品以下者，各晋一级。"

群臣接旨，尽呼"万岁"，武媚娘肃容而立，李治始终不发一言。

狂欢十余日后，圣驾于一月十九日离开泰山，浩浩荡荡返回洛阳，路上于曲阜拜孔庙，亳州拜老子庙，封前者为太师，后者为太上玄元皇帝。到二月二十六日，一行人终于回到东都洛阳。

百余日的车马劳顿，委实令人疲倦。在合璧宫休歇到四月之后，李治与武媚娘才重回长安，进谒高祖和太宗太庙，禀奏泰山封禅大典之事。

李治此时虽不甘心受武媚娘所制，却因完成高祖太宗也未敢做的典礼，心下仍是喜悦，恍惚间觉得，与自己同时临朝面臣的武媚娘也许还真是祖宗神灵在冥冥中送给自己的天意辅佐之人。尤其从泰山回来之后，武媚娘对自己的脸色和眼色都像是不再寒冷，李治更是觉得，坐龙椅之人，需要的不是自己的懦弱，而是武媚娘那样的强硬。

在祭拜太庙完毕后的次日，高延福忽然带来一个三四岁左右的男童来见武媚娘。

武媚娘颇为诧异，说道："这是何人？"

高延福谄笑道："殿下不是说李义府大人若有第四子，便接来宫中吗？"

武媚娘将男童仔细一看，眉宇间还真有李义府的影子，不觉嘴角一笑，说道："本宫已接巂州禀报，封禅大赦天下之时，唯独没赦李义府。"她冷冷一哼，续道，"本宫已要他无用，朝中之人，也没几个想他回来，他既死于巂州，传旨好好安葬，这个孩子嘛……"她看着眼前眼神充满畏惧的男童，问道，"你叫何名？"

那男童眼中惊恐毕露，怯生生地答道："我……我叫李湛。"

武媚娘挥手对高延福说道："带他下去，在宫里养起来，本宫说的话，句句都记得。"

高延福牵过李湛，说道："奴才还有一事要禀报殿下。"他见武媚娘不问，只看着自己，便赶紧说下去，"奴才得讯，龙州刺史武元庆和濠州刺史武元爽两位大人同时病逝。"

武媚娘"哦"了一声，脸无悲伤，冷冷道："传旨，他二人同葬并州。"她抬起头，闭目皱眉片刻，睁眼续道，"命武元庆之子武三思、武元爽之子武承嗣，一并来京师候旨。"

第七章 东宫阴霾

1

乾封二年九月来临之时，李治、武媚娘因两年前集中精力在封禅事上，未顾及当时高丽权臣盖苏文病殁，继掌国事的盖苏文长子泉男生被两个弟弟驱逐，不得已奔大唐请李治发兵相助一事。现两年过去，大唐养精蓄锐已久。其时李治头疾再犯，武媚娘命年近八旬的英国公李勣和年至六旬的司列少常伯郝处俊统军出征。

武媚娘看得清楚，唯军功愈盛，自己权力才能愈稳。

毕生戎马的李勣果然不负武媚娘之望，先取高丽新城之后，一鼓作气，连下十六城，到翌年九月，平壤投降，高丽终于彻底臣服。李治、武媚娘闻捷大喜，擢李勣为太子太师，郝处俊为东台侍郎，位宰相之列。

不料一年刚过，总章二年一二月三日，李治与武媚娘刚刚上朝，只见李勣之孙李敬业哭入朝廷，告知李勣昨日寝薨。

李治和武媚娘又惊又悲，尤其对李治来说，李勣堪称父皇留给自己硕果仅存的三朝老臣，禁不住悲声说道："英国公寝薨，朝廷折一柱啊。传旨，英国公陪葬昭陵，停朝七日。百官送灵之日，朕登楼相望。"言讫不觉泪下。

数日后的黄昏，李治、武媚娘及太子李弘带随从登上未央宫楼顶，望着浩浩荡荡的百官送灵队伍，李治再次下泪，喃喃说道："朕的股肱尽折了。"此时此刻，李治才真的发现父皇留给自己的大臣尽数凋零，自己形如废帝。当日王伏胜告知来济死讯之时，他便涌上自己是真正的孤家寡人之感，不过那时毕竟还有李勣，甚至王伏胜也可以和自己寸步不离。李勣是父皇临终前嘱咐自己的可用之臣。如今自己登基恰好二十载，父皇留下的江山尚在，守护江山的臣子却一个个死去。父皇为使李勣对自己忠心，不惜将其无故贬出京师，留给自己召回重用，但二十年来，李勣究竟是对自己还是对武媚娘忠心多一些，李治始终模糊难明。此刻他隐隐感觉，李勣态度暧昧难解，不过是自保之策，那些明确忠于自己的大臣哪一个得到了善终？李勣八旬上阵，自是忠于大唐，难道不是忠于自己的最好证明？如今李勣薨亡，究竟还有谁忠于自己会更甚于忠于武媚娘？李治不敢去想，更不敢在今日的群臣中选择。

李治思绪如潮中，武媚娘的声音在他身边响起："陛下节哀，龙体要紧。"

她伸手握住李治之手，虚弱不堪的李治也即刻将武媚娘的手紧紧握住。

他侧头看去，见武媚娘竟也眼角有泪，李治吃了一惊。他随即想起，当初立后受阻之时，正是李勣一句"此乃陛下家事"，才使他不顾一切，将武媚娘立为皇后。但拨开事情表面，李治陡然发现，武媚娘对所有大臣无不了如指掌，这样才使她恩怨分明，同时也赏罚分明。自己连父皇留下的老臣也看不清楚，如何能像武媚娘那样攥紧朝权？

李弘站在二人身后，也发出一阵呜咽之声。李治不觉侧身将儿子的一只手握住。他不可能料到，李弘哭泣，不仅仅是为李勣之死悲伤。这几年来，李弘已看得清楚，今日朝中，真正一言九鼎的不是父皇，而是母后。他从父皇今天的哭声中能听出父皇内心无尽的孤独，此刻与父皇牵手而握，更是悲从中来，难以断绝。

灵车渐渐看不见了，黄昏也在消失，黑夜降临城头。

李治忽然觉得，自己内心恐怕永远也无法驱除这无边无际的黑夜了。

2

精神已近麻木、头疾发作得已越来越频繁的李治只觉时间过得越来越快。在李勣死后的几年中，荣国夫人也于咸亨元年薨亡，按武媚娘之意，李治赐荣国夫人为鲁国忠烈夫人，武媚娘之父武士彟也被追封为太原郡王。令李治意外的是，当年名可震敌的薛仁贵与郭待封征吐蕃时竟大败而还，幸亏多有前功，被武媚娘免死除名。咸亨三年八月，位极人臣的许敬宗去世，时年八十一岁。李治刚刚有摆脱之感，武媚娘却迅速出手，以刘仁轨为同中书门下三品，戴至德为西台侍郎，李义琰为中书侍郎，裴炎为起居舍人，魏元忠为太学士，武承嗣为宗正卿正三品，武三思进兵部为礼部尚书、监修国史。

眼见朝廷俱为武媚娘提拔之人，李治的全部希望都不觉寄托在太子李弘身上。咸亨五年二月，李治在太极宫为李弘举办了盛大无极的太子大婚，成为太子妃的是左金吾将军裴居道之女裴氏。后者的贤德之名使李治颇为喜爱。

武媚娘自然看出李治对太子的希望，即使太子是自己的亲生骨肉，武媚娘也感觉一种威胁临近。当年八月十五日，李治和武媚娘上朝之后，平时朝上惯不说话的李治面无表情地说道："颁朕旨！"

站在殿阶上的高延福将手中圣旨打开，高声念道："皇帝诏曰，即日始，为避先帝、先后之称，今二圣分别称天皇与天后，改元为上元元年。钦此！"

高延福话音一落，群臣惊讶。

从秦始皇嬴政开始，历朝历代，天子无不称为皇帝，有谁称过天皇？更离奇的是，皇后自是皇后，有哪朝哪代的皇后称过天后？而且，"天后"一词，是要逾越"皇后"吗？当皇后的自然是治理后宫，母仪天下，"天后"将如何？这一史无前例的称号自然内含史无前例的玄机，但无人有暇深思深想，都在郝处俊、刘仁轨等人的率领下，出列跪倒，同呼"天皇天后万岁"。

李治的脸色和平时没什么两样，似乎"皇帝"也好，"天皇"也好，不过是换个说法而已。武媚娘却是在帘后站起，威严说道："今日始，天皇天后同为万岁，将使大唐国运昌隆。改元之期，大赦天下！"

李治无法抗拒武媚娘提出的"天后"之称，也无法抗拒她在朝中对所有政务的直接处理，他如今心里只渴望太子李弘能尽快强硬，但他又悲伤地发现，李弘继承了自己体弱多病的特点。他暗自计算，李弘已经二十二岁了，史上有多少皇帝比他还年轻时就登基了，但那些年轻的皇帝又有哪个像李弘这样柔弱？自己便是因为柔弱，才无法阻拦武媚娘的步步进逼，太子能阻拦吗？李治每次想到这里，会产生很奇怪的感觉。他不知道自己为什么要将太子看成武媚娘的对手。武媚娘不是太子的亲生母亲吗？他记得二十多年前，武媚娘最盼望的不就是李弘为太子吗？如今他早已是太子了，自己为什么还如此忐忑？

是的，自己必须做出一些决定。

终于，上元二年三月，百官随武媚娘前往邙山祀先蚕，留在朝中的只有东台侍郎郝处俊和中书侍郎李义琰二人。

因头疾复发而未去邙山的李治将他们召入含元殿。

李治卧于榻上，将秦鸣鹤熬好的汤药喝下，挥手命其出去，再左右看看殿内尚有数名宦官宫女，也挥手命他们全部出宫。

奉诏而来的郝处俊和李义琰在李治龙床前跪请圣安。

李治慢慢坐起，靠着床背，侧头看着郝处俊和李义琰，长叹一声，虚弱无比地说道："百官俱随天后往邙山，难得二卿在此，朕召卿来，是有事相询。平身说话。"

二人谢恩起身后，郝处俊说道："陛下龙体保重，微臣定秉承圣意。"

李治叹道："朕头疾经年不愈，实是无力处理朝政。如今天后理政，百官皆从，朕不如逊位，使天后摄知国政，卿等觉得如何？"

连空气都像惊得窒息了，片刻之后，郝处俊躬身说道："天皇与天后，如天之日月，日为阳，月为阴，今天子理外为阳，天后理内为阴，阴阳各有所主，方上合天道。昔日魏文帝临终颁旨，国主虽幼，也不许皇后临朝，才杜绝祸乱之根。"

李治闻言，脸上闪过微微惊色。

郝处俊见李治不言，便续道："何况大唐天下，乃高祖与太宗历千辛万苦而得，陛下当谨守宗庙，如何能把高祖、太宗付托给陛下的江山委与天后而不传与太子？臣伏乞陛下三思。"

李义琰也好容易抑制心神，又接着说道："郝大人之言，是对陛下忠言，微臣恳请陛下从郝大人之言，则苍生幸甚。"

李治看着二人，心里大是安慰。他实害怕他们也是武媚娘之人，此刻闻言，脸上泛起红晕，缓缓点头说道："若非卿言，几误国事。朕苦于风眩，已难忍受。今太子仁孝谦谨，朕便明年禅位于太子，事多繁复，卿等先做安排。天后那里，就暂勿透露了。"

郝处俊和李义琰再次跪下，叩头道："臣谨遵圣意！"

3

李治见郝处俊和李义琰赞同自己传位太子，心中大慰，连头疾也像是瞬时好转不少。

过不多日，武媚娘祀先蚕完毕，起驾回宫。

此时李治正感觉身子康复，闻得武媚娘回到长安，又不觉焦虑，还是下旨命郝处俊、李义琰前往迎接。

看着冷冷清清的含元殿，李治始终盘算如何在明年禅位太子。若一切顺利，他自是太上皇，武媚娘也成皇太后，天后之称，当随之取消，只是这一年中会出什么状况，李治心中无底。二一多年来，他早知武媚娘绝非束手于困境之人。

他左思右想了不知多久，忽听得殿外脚步声响。

李治微感惊讶，除武媚娘之外，从无任何人会如此急促地不宣而入。

是武媚娘吗？李治抬眼望去，进来之人竟是太子李弘。

只见李弘满脸焦急之色，同时也是悲伤之色。

李治从床上坐起，问道："弘儿何事？"

李弘已几步抢到床前跪下，眼中流泪，叩头说道："儿臣求父皇释放两位公主！"

李治一愣，诧声道："什么公主？"

李弘抬袖擦泪，哀声说道："儿臣方从掖庭宫过来，今日才知，掖庭宫内，尚有幽禁二十年之久的义阳公主和宣城公主。儿臣与她们说话才知，二位公主乃父皇与萧淑妃之女，她们是儿臣的两位姐姐啊。儿臣实是不忍，恳请父皇释出二位公主！"

李治闻言，顿时脸色苍白。时间真是太久了，他下诏废王皇后和萧淑妃为庶人时，尚是永徽六年，距今恰恰二十年。李治几乎不记得自己还有这两个女儿了。二十年的幽禁岁月，无法想象她们是如何度过的。此刻听太子一说，身子原已虚弱的李治只觉心中大恸，泪水滚滚而下，嘴里喃喃道："义阳？宣城？她们还活着？"

李弘哭道："二位公主还活着，求父皇释出儿臣两位姐姐。"

李治还未回答，就听得一声"哎唷"传来，跟着传来的便是武媚娘的冷笑："陛下与太子相对流泪，不知所为何事？"

李治一见武媚娘，不觉浑身颤抖。

李弘自小深惧母后，此时悲伤竟败了惧怕，他仍跪身未起，眼望母后说道："儿臣今日在掖庭宫见到义阳公主和宣城公主两位姐姐。儿臣来求父皇释出她们，儿臣也求母后下旨释出二人。"

"大胆！"武媚娘怒声吼道，"为罪人求情，可知同罪？"

李弘泪水不息，说道："二位姐姐是公主啊，岂是罪人？再说，她们幽禁二十年，无论有何大罪，也当免了。"

武媚娘走到李弘面前，伸手托起李弘下颌，狠狠说道："你可知为了让你登上太子之位，本后曾在地狱里如何挣扎？"

李弘哭道："可儿臣今日所见，是两位姐姐在地狱里挣扎啊。"

武媚娘横眼看向李治，见后者眼神哀怜，冷冷道："那依太子之意，该当如何？"

李弘见母后似有释放之意，赶紧说道："儿臣求母后让二位姐姐出嫁。"

"出嫁？"武媚娘又是冷冷一笑，"好啊，太子有言，本后敢不遵从？高公公，把禁军名册拿给本后。"

高延福赶紧应声出去。李治、武媚娘、李弘三人都不说话，李治父子不知武媚娘突要禁军名册是为了什么，二人只能等待。

当高延福将名册拿来，武媚娘接过后随手翻开，看了几眼，说道："这两个士卒尚未婚配，就让两位公主嫁与他们吧。"

李治和李弘吃惊得张大了嘴。公主出嫁，是天下间何等重要之事，岂能随意下嫁两名身世低微、来历不明的士卒？李治终于说道："让朕看看。"他接过名册，武媚娘手指往名册上一点，说道："陛下看这里，王遂古和权毅，尚未婚娶。本后乃依太子之意，将公主嫁与二人，陛下不会反对吧？"

李治抬眼看着武媚娘，竭力抑制惊慌，说道："就……依天后之意。不过，"他鼓起勇气续道，"义阳与宣城终究是公主，下嫁士卒，恐惹天下人笑，不如……朕封王遂古为颍州刺史，权毅为庭州刺史，天后以为如何？"

武媚娘眉头一动，用冷到极处的声音缓缓说道："陛下乃日，为阳主外；天后乃月，为阴主内。此乃外事，陛下颁旨便是！"说罢冷冷一笑，转身往宫外便走。李治闻得此言，不觉大惊失色。

武媚娘走出十余步后，忽又停步转身，冷冷地看着李弘。

李弘始终没有起身，见母后看向自己的目光锋如利剪，赶紧叩头道："儿臣叩谢母后。"

4

一个多月后，李治、武媚娘、李弘看着两位公主完婚，起驾往合璧宫。

李治永远忘不了的日子来临了。到合璧宫不久，三人在倚云殿用过御膳，李弘回到自己的洛阳东宫休息。未到一个时辰，侍候李弘的宦官尖叫着直奔李治宫室。

李治尚未睡着，听得外面惊慌。太子的侍候宦官被宣入殿后，跪下便喊："陛下、天后，太子、太子……"

李治吃惊非小，立时问道："太子如何？"

那宦官哭道："太子殿下浑身抽搐，奴才、奴才……"

李治脸色苍白，急声喝道："速传秦鸣鹤去看太子！"

宦官魂不附体地出去传旨之后，李治连自己的头疾也忘了，对身边的武媚娘说道："天后与朕速去东宫。"

武媚娘脸色闪过一丝惊慌后，又变得肃然，穿戴完毕，才和李治缓步出宫。

二人刚刚走出宫门，只见秦鸣鹤一头大汗地跑来，见到李治和武媚娘，跪倒在地，大哭道："陛下、天后，太子殿下……已薨。"

李治身子摇晃，险些跌倒，还好高延福在旁赶紧扶住。

"太子已薨？"李治双眼如要爆出，简直不敢相信，他晃了一晃，用力将高延福推开，几步下阶，到秦鸣鹤身前，手指哆嗦地喝道，"太子如何会薨？"

秦鸣鹤流泪道："微臣实是不知，到东宫之时，太子已脉息全无了。"

李治张嘴瞪目，看着秦鸣鹤缓缓摇头，猝然双臂伸开，对天空悲声大叫："苍天、苍天，你还朕弘儿！"说罢猝然晕倒。

半晌之后，李治微微睁眼，只觉头痛欲裂，浑身无一丝气力，喃喃道："弘儿何在？弘儿何在？"

只听武媚娘的声音在身边响起："太子暴疾而薨，陛下龙体要紧。"

李治艰难地侧过头，见武媚娘立于床前，满脸肃然，李治手臂微抬，却无论如何抬不起来，只喃喃说道："朕……要见弘儿。"双泪淌过脸颊。

武媚娘在李治身边坐下，将李治手握住，冷静说道："弘儿是本后亲子，陛下以为本后就不心痛？太子身子原本就弱，突然薨逝，本后伤痛，实与陛下无异。"

李治握紧武媚娘之手，流泪道："弘儿乃天后于感业寺所怀，朕实爱之，天后可知？"

一丝悲伤从武媚娘脸上掠过。她微微点头，说道："本后知陛下之情。今日御膳，我们三人同食，唯弘儿再不可见。本后已将今日御厨，全部斩首，与弘儿殉葬。"

李治悲伤已极，只在心中模糊闪过一念，天后为何要将今日的御厨斩首殉葬？但他实是集中不了精力，只喃喃道："弘儿薨逝，朕也了无生念了。"

武媚娘凝视李治，说道："陛下不可有此之想，陛下乃大唐天皇，江山社稷，岂可因弘儿薨逝而弃？陛下保重龙体，且休歇两个时辰，本后去东宫审讯那些属官。"

李治看着武媚娘慢步而出，双眼紧闭，任泪水不止："弘儿，弘儿，父皇尚在，你如何就去了？"说罢痛哭不已。

5

返洛阳宫后，李治下诏安葬太子，到六月时，另立雍王李贤为太子。时年二十岁的李贤文武双全，与身体羸弱的李弘相比，李贤更有祖父李世民之风。李治的满腔希望又不觉转移到了李贤身上。但李治很快发现，李贤似乎对朝政不感兴趣，而且时时回避武媚娘。李治见此，又不禁暗暗担心。

经历丧子之痛后，李治想起终有一日要将皇位让与新立的太子，李贤经验太少，自己实不可再如以前，诸事皆赖武媚娘处置，也颇欲在群臣前再树天子威仪。

机会在仪凤元年九月来临了，武媚娘当时偶有小恙，于含元殿卧养，李治难得独自上朝。不过他也知道，高延福便如天后耳目，武媚娘上不上朝，实无多大区别。

群臣跪拜之后，左仆射刘仁轨呈上大理寺奏疏。疏上言明，左威卫大将军权善才及左监门中郎将范怀义砍伐一株昭陵柏树，请予定罪。

闻得太宗陵寝柏树被伐，李治怒不可遏，当即拍案下旨，命将权善才和范怀义二人处斩。

圣旨下达不久，殿外匆匆跑进一宦官说道："大理丞狄仁杰求见陛下。"

大理丞不过是从六品上的小官，李治本不欲见，忽觉此乃立威之机，便命狄仁杰入朝。

只见走进宫殿的狄仁杰年纪四十多岁，长须黑中有白，举止沉稳，若非官袍局限，竟颇有当年长孙无忌的风范。当他步入朝廷之后，丝毫未因官微而生拘束，恭谨而不失仪态地向李治施礼。

面对李治的询问，狄仁杰从容说道："权大人和范大人罪不至死，恳请陛下收回成命。"

李治颇感意外，脸色一沉，说道："昭陵乃先帝寝地，他二人敢伐先帝寝陵之柏，朕若不重刑，岂非陷朕于不孝之地？未判腰斩，已是法外开恩了。"

狄仁杰脸色不变，仍是躬身说道："依《永徽律法》，二位将军实罪轻罚重，若以此而斩，难以服众。"

李治闻言大怒，拍案喝道："你敢抗旨不遵？"

狄仁杰声音始终从容："犯颜直谏，自古以为难。以微臣来看，君若为夏桀商纣，自然艰难；君若为尧舜，则是易事。今二位将军依法不至死，陛下却下斩首之诏。臣身为大理寺丞，必当执法为公。记得昔日张释之曾言，'设有盗长陵一抔土，陛下何以处之？'今陛下以一株树而杀二位将军，后世将如何看待陛下？臣不奉诏，实恐陷陛下于不义之地。且百年之后，臣到地下也羞与张释之相见，望陛下详察。"

李治闻言，竟是一愣。狄仁杰所说的张释之是汉文帝廷尉，以执法公正闻名，当文帝诏令与律法冲撞时，张释之始终奉法不奉诏，得垂范后世，汉文帝也得贤君之名。李治思索片刻，终于说道："朕便依法，改二人流放岭南。"

当夜，武媚娘听李治说及此事，脸现惊喜之色，立刻召高延福说道："把狄仁杰为官前后，悉数查与本后。"李治颇感意外，"天后此是为何？"

武媚娘微微笑道："此等臣子，非一般人可及，本后欲知其所有。"

当高延福将狄仁杰入大理寺前事查询禀报之后，武媚娘叹息一声，对李治说道："陛下请看，狄仁杰掌刑狱诉讼，一年审案，涉及一万七千多人，竟无一人蒙冤，如此大才，朝廷岂可遗漏？"

李治也吃惊不小。

武媚娘说道："朝廷用人，不拘一格，此等执法明理之人，朝中只少不多，陛下明日可擢狄仁杰为侍御史。"

李治喜道："好！朕依天后之意，朝有才臣，朝廷方振，天后实是操心了。"

武媚娘闻言，倒是一叹，看着李治说道："本后真正操心之事，还是太子贤儿啊。"她也不待李治说话，脸露沉思，转身对一旁侍立的高延福说道，"明日将北门学士所撰的《少阳正范》和《孝子传》赐予太子。"

高延福应声出去后，李治才皱眉道："天后赐太子二书，是为何意？"

武媚娘脸色冷下来，说道："陛下难道未见，贤儿自为太子，便不欲见到本后。他到底在东宫干些什么？"

李治见武媚娘眼神寒冷，暗中一惧，赶紧说道："朕与天后至东都以来，太子监国，在东宫为《后汉书》撰注，不是群臣皆赞？"

武媚娘走至御桌旁，伸手按住上面的一沓奏折，冷冷一笑："好一个群臣皆赞！"

6

在长安监国的太子李贤接到武媚娘所赐二书之后，又惊又惧，立刻招来太子右庶子李义琰和太子左庶子薛元超说道："天后赐此二书，岂不是责本王不孝？这如何是好？"

李义琰和薛元超也暗暗吃惊，李义琰沉思片刻后劝道："殿下无须作此一想，天皇天后都在东都，殿下在长安监国，只需不往洛阳，天后自然鞭长莫及。"

李贤却是摇头，咬唇说道："天后心狠手辣，长安时不时便有传言，说本王皇兄乃因为义阳、宣城二位公主忒情，得罪天后，才死于天后鸩毒。此外还有人言，说本王并非天后所生，乃韩国夫人亲子。若本王真乃韩国夫人之子，天后岂非本王的杀母仇人？"

李义琰脸色发白，赶紧看看周围，见室内除薛元超在座之外，再无下人侍候，赶紧将食指竖于唇边"嘘"了一下，说道："殿下不可再说此言！"

李贤摇头轻叹，说道："本王不欲多见天后，便是不想步皇兄后尘。她今赐本王二书，不知该如何回复？"

李义琰和薛元超互相望望。薛元超显得一筹莫展，只是摇头。李义琰手抚长须，沉吟片刻说道："殿下搋天后赐书，当上表谢恩。依臣之见，不如将尚未修完的《后汉书》注释随表呈上，使天后知殿下在全力修书，此为避祸之道。"

他转向薛元超续道："薛大人以为如何？"

薛元超微微点头，跷起大拇指说道："李大人此法甚妙。"

李贤果然从李义琰之言，给东都上表谢恩，同时将《后汉书》注释随表呈上。李治收到书后，极为高兴。他此时头疾颇为好转，却不是喝了御医秦鸣鹤的汤药，而是武媚娘近日宠信的一洛阳术士明崇俨给李治服食偏方殊物所致。

见明崇俨药物有效，李治大喜之下，封明崇俨为正谏大夫，时刻随身，恩宠极隆。

李治与武媚娘接李贤上表之后，明崇俨也承恩看过，微微笑道："太子治学严谨，却是相貌不堪承继大统，倒是英王殿下，与太宗相似，更像是社稷之主啊。"

李治闻言，颇为不悦，只是武媚娘在旁，不好发作，当下只脸色一沉，拂袖径入内殿。

明崇俨却是不慌，对武媚娘躬身说道："微臣失言，陛下或会降罪。"

武媚娘眉峰一动，说道："明先生所言，乃为社稷而出，何罪之有？"她来回走了数步，皱眉道，"太子在东宫撰述，乃是他不欲来东都之略啊。"

明崇俨说道："撰述费时，天后不妨等太子撰毕，宣旨前来东都，太子不可不来。"

武媚娘闻言点头："明先生高见。"

三年之后，武媚娘闻得李贤的《后汉书》注释完成，下诏命李贤前往洛阳。

李贤无可推托，只得应诏前来东都，住进洛阳东宫。

当夜，李贤招来李义琰和薛元超商议道："皇兄便是在此宫薨逝，实是不祥。本王进得此宫，觉心思颇乱。"

李义琰微微一叹，说道："殿下守住仁孝一途，便无大碍。"

李贤却是心慌意乱，沉思说道："本王决不可与父皇天后同食，二位大人觉得如何？"

李义琰和薛元超惊异得互看一眼。李义琰说道："天皇宠爱殿下，若是天皇相召，不知如何拒绝？殿下诸事多加小心便是。"

李贤摇头叹息："天后毒辣，本王不想束手待毙！"

几人说来说去，未说出个结果，李贤素来宠爱的东宫户奴赵道生忽然走了进来。

李贤见其神色慌张，抬头以眼神相询。

赵道生走到李贤身边，弯腰低声说道："殿下，小人适才听闻，天后宠信的明崇俨屡次进言天后，说殿下无继承天下之相。"

李贤大怒，霍地起身，咬牙说道："便是这些佞臣，挑拨本王与父皇之情。明崇俨究是何人？"

赵道生说道："小人已探知翔实，明崇俨乃具召神唤鬼法术之人。今陛下头疾也被明崇俨偏方治愈，是以陛下严令禁止的厌胜之术在东都大行其道。天后特令其入阁供奉。"

李贤闻言惊骇，他自然知道，得天后信任之人，自是权势熏天。自己在长安多年，万没料父皇在东都，已信厌胜之术。

沉思片刻，李贤手握拳头，恨声说道："此等妖人不除，会是本王心腹之患！"说罢，他将面前三人一个个看去，见他们无不面面相觑，谁也说不出一句话来。

李贤咬牙切齿半晌，瞪视赵道生说道："本王退无可退，赵道生听令！"

赵道生弯下腰来，听得李贤说出一番言语，低声道："遵令！"

李义琰和薛元超在旁听了，默然不语。

7

三个月后，八月二十二日深夜，东都东宫重门紧闭，李贤正在宫中饮酒，只觉一阵心神不宁，忽听得外面人喊马嘶，停下酒杯，对身边侍立的赵道生说道："去看看何事？"

赵道生疾步出去，李贤将酒杯搁于桌上，一股不祥之感使他也随后出殿。

眼前只见火把晃动，片刻间已是数百禁军一手持火把，一手执出鞘之刀站于自己身前。

李贤先惊后怒，走上几步，厉声喝道："此乃太子东宫，尔等要造反不成？"

禁军队伍分开，只见薛元超、裴炎及御史大夫高智周三人走到前列。

三人同时躬身说道："臣等奉天后之旨，来搜东宫！"

李贤见率队人中，竟有自己引为心腹的薛元超，不禁脸色骤白，抬手指着他说道："薛元超！你竟敢带人搜本宫府邸？"

薛元超眉头一动，面无表情地说道："天后已查得清清楚楚，三月之前，太子派遣东宫赵道生，袭取明崇俨大人性命，数月以来，太子的种种谋反之状，微臣已禀报二圣，今奉旨前来，挡者格杀勿论！"

李贤只觉天旋地转，好不容易才扶身边假山站稳脚跟，额上汗珠一颗颗渗出。

薛元超对裴炎和高智周拱手说道："请裴大人、高大人多搜马坊，那里恐多有罪证。"

裴炎手一挥，说道："随本官前往！"

李贤退开两步，看着裴炎和高智周带禁军拥入宫内，蓦然间伸手至腰间拔剑，想斩薛元超。薛元超疾步后退，喝道："天后有旨！太子意欲谋反，先行拿下！"

他身后禁军顿时举刀上前，将赵道生和李贤架脖逼住。

李贤看着薛元超，眼珠欲进。薛元超背手仰天，缓声说道："殿下可不要怪罪微臣。臣眼中先有二圣，再有殿下。殿下杀人夺命，也难怪天后会如此生气！"

此时武媚娘确在震怒之中。

她宠信的明崇俨竟然在三月前突遇刺客，当场殒命。武媚娘下旨擒拿凶手，却是数月未破。武媚娘的疑点转到东宫之后，即将东宫官员逐个审问。问到薛元超时，薛元超自知难以隐瞒，更知天后权重，心中念头突转，此时岂不正是自己的进身之道？便说出明崇俨乃李贤派遣赵道生刺杀。他深恐武媚娘怒他当时未报之罪，又主动说太子在东宫私藏武器，意欲谋反登基，眼下武器刚刚筹备完毕，自己不过在暗自观察。

武媚娘即刻命裴炎、高智周随同薛元超领禁军入东宫搜寻武器。

李治闻得李贤意欲谋反登基，大惊失色，对武媚娘说道："太子素来仁孝，如何会有谋反之心？莫不是薛元超诬陷太子？"

武媚娘冷冷说道："且看搜东宫之后，太子是否私藏武器便知。"

二人在上阳宫中一个惊慌，一个冷静。

派出禁军后不到半个时辰，高延福来报，裴炎在宫外求见。

武媚娘立即宣进。

裴炎快步入宫，对李治和武媚娘拱手说道："微臣在东宫马坊，搜到太子私藏的刀枪甲胄五百副。"

武媚娘眉峰顿竖，冷冷一哼，挥手命裴炎出去，然后转身看着李治说道：

"太子私藏刀枪甲胄，谋反证据确凿，陛下还想为太子求情吗？"

李治只觉一颗心空空荡荡，他痛苦摇头，喃喃道："太子为什么要谋反？为什么要谋反？"

武媚娘声如寒冰地说道："他是担心他父皇不崩，想要提前坐上龙椅了！"

李治脸色苍白，不觉泪下，一步步挪开，哀声说道："朕之一生，如此多人谋反，朕如此宠信贤儿，连他也要谋反，朕何其不幸。"

武媚娘冷冷说道："陛下当视之为幸！太子谋反，及时发现，若晚些时日，陛下和本后的人头岂不要断送在这个逆子手上！"

她见李治悲伤难言，上前一步，厉声说道："陛下还不下旨关押逆子？"

李治悚然一惊，抬袖擦泪，对武媚娘哀声说道："贤儿一直仁孝，天后可否饶他一命？"

武媚娘冷冷说道："为人子怀逆谋，天地不容！陛下不闻'大义灭亲'？如此大罪，岂能轻饶？当年承乾太子之事，陛下不会就忘了吧？"

李治只觉脑如针扎，好转不久的头疾蓦然袭来，手扶额角，大喊一声"哎呀"，一时天旋地转，再也站立不稳。武媚娘伸手不及，李治已扑倒在地上。

武媚娘惊骇大喊："来人！"

第八章　暴雪弥天

1

李治在龙床上终于睁开双眼，只觉头部疼痛欲裂，忍不住呻吟出声。

武媚娘见他醒转，伸手在李治额上抚过，说道："陛下感觉如何？"

李治费力抬手，将武媚娘手腕握住，嘴里喃喃说道："朕头疼欲裂……贤儿呢？他……"李治陡然像是想起什么似的，将武媚娘的手握住，眼中恐惧流露，看着武媚娘说道，"天后可留贤儿一命，朕……不要贤儿死。"

武媚娘无比深沉地注视李治，缓缓道："陛下以为贤儿就不是本后的儿子吗？"她挣脱李治的掌握，续道，"贤儿谋反，罪大当诛。陛下如此不舍，就将他贬为庶人吧。本后已然下旨，命右监门中郎将令狐智通将贤儿先解往长安。"

李治松口气，艰难说道："朕知天后慈悲，会留贤儿一命的。唉，万没料贤儿会做出如此大逆之事。他东宫属官，天后可自行处置。"

武媚娘此刻的声音听不出任何情感："陛下昏睡两天两夜，本后已然查知，李唐宗室中人，多有与太子串谋之人。本后昨已下旨，苏州刺史曹王李明，降封零陵郡王，往黔州安置；沂州刺史蒋王李炜，与贤儿一党，除名安置道州。至于东宫属官，太子洗马刘讷言曾撰《俳谐集》，对陛下已然不满，今日流放振州，太子典膳丞高政，屡次撺掇贤儿谋反，已被其父高行真、其伯高审行与高审行之子斩首。"

李治闻言，胸口起伏，低声道："高行真竟然杀子？"

武媚娘见李治神色悲愤，说道："养不教，父之过，高行真岂能因杀子而脱律法？本后已将高行真贬为睦州刺史，高审行贬为渝州刺史。另外，中书门下三品张大安依附贤儿，左迁普州刺史；左庶子薛元超，举报有功，升任中书令；右庶子李义琰……"

李治脸色微惊，艰难道："李义琰乃本朝忠臣……"

武媚娘脸上冷笑："陛下果然识人，东宫府上，无人不惧受到牵连，独李义琰引咎涕泣，此等忠心之臣，本后素来赏识，就既往不咎了。"

李治微微点头，眼角渗泪。

高延福忽然从殿外蹑足而入。

武媚娘不动声色，声音也未提高："天津桥如何了？"

李治慢慢扭头，见高延福弯腰进来，颤声问道："天津桥？"

高延福走到李治床边，躬身道："奴才奉天后旨意，往天津桥南焚太子殿下所藏甲胄私器，以示士民。"

李治嘴唇颤抖，双眼微闭，痛声喃喃："贤儿、贤儿……"

武媚娘冷冷说道："贤儿暂且幽禁，等陛下康愈，可再亲自问询。如此逆子，着实令本后心痛！"说罢缓缓摇头，她见李治泪水不停，忽然叹口气，说道，"陛下头疾复发，需多加休歇，只是东宫不可空悬，陛下欲立何人入主东宫？"

李治再次睁眼，看着武媚娘，低声说道："旦儿尚幼，可立英王显儿为太子。"

武媚娘缓缓点头，转头对高延福说道："速传圣旨，即日起，立英王李显为太子，"她抬起头，续道，"今年不祥之事太多，改元为永隆元年。"

高延福一声"遵旨"，缓步退出。

2

李治在床上卧到第二年正月才有所恢复，武媚娘传旨，二圣起驾回长安。

李显册封太子之后，还是第一次见到父皇母后，当即带上自己的宠妃韦氏前来拜见。

看着二十四岁的李显和韦氏双双跪在面前，口称"父皇母后圣安"之时，武媚娘肃容命二人平身。

李治看着李显，一股泫然欲泣的冲动，陡然无可抑制地纷涌。他双眼虽看李显，脑中却不觉想起自己所生的八个儿子。庶长子李忠当了四年太子后被贬出长安，二十二岁在黔州被赐死，罪名是勾结上官仪和王伏胜谋反；次子李孝被逼出京，十六年前薨于遂州；三子李上金也在十四年前贬出长安，至寿州任刺史，李治内心知道，这个从未受过自己恩宠的儿子再也不会见到了；第四子李素节是自己最为宠爱的儿子，他的母后萧淑妃也曾一度是自己最宠爱的女人，如今萧淑妃早成人彘而亡，李素节呢？李治模模糊糊地想起，十余年前，贬至申州的李素节府邸有个叫张柬之的仓曹将军送来李素节撰写的《忠孝论》，自己还没来得及打开，武媚娘已将它拿走，后果是李素节回到父亲身边的渴望从此破灭，如今素节在哪里呢？李治凝视着李显，脑中却在翻江倒海，他想起来了，李素节如今从郇王降为鄱阳郡王，连食邑也被削减三分之二，在袁州安置。自己在一天天老去，儿子难道不也在一天天老去？李治暗算时日，猝然一惊，那个幼年敏捷好学、能日诵千言的孩子已经三十三岁了。三十三岁的素节是什么模样？父皇真的太想再看看你了。如果你母亲没死，如果没有那么多始料不及的变化，此刻以太子身份跪在父皇身前的该是素节你啊。

然后呢？李忠被废黜之后，便是与武媚娘所生的嫡长子李弘入主东宫，整整十九年的太子生涯，父皇付出了多少心血，没想到他却突然薨亡。然后，接太子位的李贤仅在东宫五年，就被发现私藏刀枪，以谋反之名被废。李治内心深处不以为李贤有谋反意图。他若真想谋反，靠五百副甲胄如何能成？武媚娘到长安后绝口不提李贤，李治也没有去提的勇气。如今李显跪在身前，是啊，给他的时间实在太少了，天下间的桩桩事件，只能靠自己去解决，文武百官组成的朝廷，旋涡暗涌，你能安然渡过去吗？

自己老了，来日不多，天后呢？李治内心又是一惊，天后不是比自己还年长四岁吗？李治侧头看看武媚娘，见已近六旬的天后仍如当初一般美丽、雍容、威严，更重要的，是她身上焕发的精力似乎取之不竭，无穷无尽。李治再看看李显，又是一阵神思恍惚。且不说在政务处置上，便在精力上，太子也要远逊天后。

李治恍惚间扭头，正好武媚娘也掉过目光，二人眼神撞在一起，李治深恐武媚娘看出自己心事，赶紧收敛心神，勉力一笑，说道："立太子乃天下之事，后日朕在麟德殿置宴群臣，都去准备吧。"

3

到第三日，李治果然在麟德殿置宴群臣。宴罢之后，李治与武媚娘回到含元殿时已然入夜。李治在觥筹交错时总算排除杂念，酒过三巡之际，特赐太常博士袁利贞百匹绸缎。李治初时想宴设宣政殿，袁利贞上疏以为不妥，理由是"正寝非命妇宴会之地，路门非倡优进御之所"，因此请天皇天后命"命妇会于别殿，九部伎自东西门入，其散乐伏望停省"。

此刻的含元殿宫灯明亮，武媚娘坐下对李治说道："陛下今日赏赐袁大人，当是为太子日后着想，盼群臣多有进谏之言。"

李治点头道："不错，显儿朝无亲信，若不广开言路，朕担心显儿登基以后，朝无直言，非社稷之福啊。"

武媚娘微微一笑，说道："陛下为显儿着想，可也不要忘了他人。"

李治一愣，说道："天后觉得朕忘记谁了？"

武媚娘起身走到李治身边，说道："咱们的太平公主今年十四岁了，陛下不会忘记吧？"

李治恍然说道："朕如何会忘公主？当年吐蕃点名要娶公主，朕实是不舍，修道观才使她躲避远嫁之路。天后之意是……"

武媚娘叹息一声说道："本后每次看见公主，便想起当年进宫之时，也便是公主这般年纪。唉，本后真愿回到当年，哪怕一无所有，却有无忧无虑的年华。"她微微摇头，凝视李治续道："陛下该让公主出嫁了。"

李治见武媚娘神情索然，倒是极少见她如此，沉吟道："天后觉得公主嫁谁为好？"

武媚娘脸上的伤感之色须臾即逝，转眼恢复成令人生畏的天后模样，只见她思索片刻后说道："先帝城阳公主之子薛绍如何？"

李治皱眉道："薛绍乃朕外甥，如何能与公主成婚？"

武媚娘看着李治答道："太子年幼，陛下担心。薛绍之父薛曜之乃光禄卿从三品。皇家联姻，江山才可不乱。"

李治点头道："就凭天后做主。"

当年七月，太平公主下嫁薛绍。

李治虽依从武媚娘之意，心下却颇为不宁。太平公主大婚只过得一月，当日未晨，李治和武媚娘尚在休歇，猛听得窗外不知何时已狂风大作，宫外竟听得见大树折断之声。二人惊醒后，披衣下床，只见窗外花木狼藉不堪，连根拔起的大树竟有五六株之多。

李治吃惊道："如何有如此大风？"

武媚娘倒是镇定，说道："些许大风，不足为惧，命人收拾便可。"

李治始终惊慌，喃喃道："莫不是上天警示于朕？"

武媚娘皱眉道："陛下勿惊，待天明再说。"

等待天明，狂风竟是愈加猛烈，殿顶琉璃瓦也吹下不少。李治惊慌失措，猝然一阵头痛，踉踉跄跄地回到床上，掩面说道："朕登位二十余载，总是天不佑朕。朕实是心力交瘁！"说罢痛苦闭眼，旋又挥手说道，"今日天后上朝吧，朕实是头痛，宣秦鸣鹤来见朕。"

自此日开始，武媚娘独自上朝。

风灾开始之后，数月未停，河南河北引发大水，四处慌乱。

到九月之时，彗星经天，朝廷震动，李治听闻，更是忧心如焚，头疾加剧，再也难以下床。十一月一日，武媚娘打开奏折，细读洛阳米涨之事。紫宸殿内陡然一片黑暗。群臣不觉一阵惊呼。殿外宦官跌跌撞撞进来，扑倒跪地，惊声叫道："天后，太阳被遮了！"

群臣顿时惊骇，日食乃最可怖的凶兆。

武媚娘听得殿内慌乱，蓦然起身喝道："众卿勿乱！上天之兆，岂能阻大唐之耀！传本后旨意，洛阳官粮削价，今日始，改元开耀元年！"

渐渐云走日现，早已撤去珠帘的天后站于殿上，双目圆睁，闪出异常之光。

群臣为武媚娘气势所震，尤其日食方来，武媚娘竟立时改元开耀，更令人感觉武媚娘的震撼之力，众人不觉逐渐安静。只听武媚娘冷冷续道："上天之警，乃告知本后，违反律法者判轻。再传本后之旨，废太子李贤，即刻贬黜巴州！"

群臣再次震惊。每每天灾凶兆出现之时，便是当年太宗，也立时谨言慎行，所做之事，乃特赦罪囚，以换上天宽宥。今日武媚娘竟如此超然，反将废太子贬出京师。群臣在惊畏交加之下，心中骇服，全部出班跪倒，齐声喊道："天后圣明！"

太阳重出，紫宸殿陡然比日食前更为明亮，武媚娘双眼无比坚定，缓缓在龙椅上坐下。

4

此时李治，已是病入膏肓之态，日日卧床不起，直到风灾渐尽，才慢慢好转。

到李治终于能下床之时，已是翌年二月。李治只觉身子虚弱不堪。他每日所想，便是自己来日不多，李显始终难以介入各种政务。如今在东宫辅佐太子的是左仆射刘仁轨和侍中郝处俊等人。无论他们怎样努力，李治还是觉得他们辅佐无力。他自然知道，问题出在自己希望太盛，乃至欲速则不达，仍是焦虑非常。

有件事终于使得李治感觉兴奋，那便是李显于正月得了一子。李治心中大喜，将皇孙取名李重照，下旨设满月之宴，大赦天下，武媚娘也极为振奋，将开耀二年又改元为永淳元年。

李重照满月时，皇宫大宴三日。李治精神振作，极欲为皇孙而早备自己身后之事。这日趁武媚娘上朝之时，李治将吏部郎中王方庆召入含元殿，开门见山地说道："卿熟于朝章，朕今欲为皇太孙开府置僚属，卿以为如何？"

王方庆闻言诧异，拱手说道："按周礼，朝中只有嫡子而无嫡孙，尤其汉、魏以来，天子若立太子，便无立太孙之例，陛下封太孙为王即可。"

李治微微叹气："朕欲及早培育太孙。"

王方庆仍是冷静拱手说道："昔晋武帝司马炎立愍怀太子司马遹为太孙，齐高帝萧道成立文惠太子萧长懋为太孙，都是命太孙随太子居于东宫，如今陛下有东宫太子，却想在东宫之外，再设太孙宫邸，实是未有先例。"

李治捻须半晌，又抬头对王方庆说道："虽未有先例，那便从朕开始，卿以为可否？"

王方庆知李治心内颇急，但若真在东宫之外，再立太孙宫邸，配置僚属官员，若天子长寿，岂不在日后形成太子一党与太孙一党的相争之局？如此隐患，实是令人不敢深思。不论日后是太子登位还是太孙登位，另一宫邸僚属必拼死欲败另一僚属。王方庆想到此处，浑身微震。他刚欲劝谏，见李治看向自己目光充满悲伤与期待，不觉转念想到，眼前陛下头疾如此之重，恐是难愈，心中微叹，拱手说道："陛下若坚持，微臣以为，可设太孙宫邸。"

李治一直凝视王方庆脸上变化，勉强微笑，叹息说道："朕知卿心所想，卿先出去，待朕与天后相商。"

当日退朝回宫之后，武媚娘听得李治之言，立刻摇头道："陛下如何有此一想？太子年轻，太孙刚刚满月，本后以为，不必如此着急。"

李治见武媚娘颇有反对之意，低头不言。

武媚娘续道："本后倒也不是一定反对，只是陛下可看天意而行。"

李治诧异道："如何来看天意？"

武媚娘走至龙床前转身，缓声说道："陛下头疾，焦虑难免，十七年前，陛下与本后泰山封禅，江山多年风调雨顺，今年灾祸频繁，不如在嵩山建奉天宫，本后与陛下再往嵩山封禅，陛下可于当日祈问天意，不必陛下与本后决定。"

李治吃了一惊，讷讷道："再往嵩山封禅？"

5

　　李治遵从武媚娘之意，封禅前不给太孙李重照设立府僚。但这一年始终动荡不止。为皇太孙满月置宴过去不久，关内传来大旱之讯，尤其日色如赭，天下惊慌。到四月时，日食再现。李治闻报，头疾重犯。武媚娘觉得长安天气不适李治，传旨起驾东都，留下太子李显留守京师，命刘仁轨、裴炎、薛元超等人辅佐。

　　到东都之后，李治和武媚娘又接突厥犯乱之讯，武媚娘越闻噩讯，越是精神振作，当即命裴行俭与阎怀旦等三总管兵分道出击，不料大军未行，传来裴行俭死讯。李治这些年已变得越来越易感伤，尤其老臣去世，更易触动心事。看着高延福跪报裴行俭死讯，李治怆然泪下，武媚娘沉声说道："裴行俭去世，该何人统军？"

　　她话音一落，李治忽道："传朕旨，命安西督护王方翼替代裴行俭出征。"

　　武媚娘闻言，心中一怒，王方翼乃原来王皇后之兄。她当年将王皇后砍为人彘，浸酒缸而死，如何愿意将军权交到王方翼手上？当即说道："难道朝中无人吗？"

　　裴行俭的死使李治不自觉想起无数旧事。他自己也觉惊异，近年来总是沉浸往事，难道真是自己大限将至？此时听武媚娘叱问，李治猝感一生便是由武媚娘在掌控，一股悲情难抑，他不看武媚娘，只坚决而低声说道："朕意已决，天后无须多言。"

　　武媚娘颇不习惯，微微一怔，看着李治目光空洞地对着远处，心念一动，暗思王方翼若死于突厥之手，也免得自己再筹思另策，当下点头道："就遵陛下之意。"

　　对突厥动武，虽是忧心，还不足到焦虑至极之境。真正使李治头疾加重的，是自去年风灾之后，连接噩讯：五月时，东都连日暴雨，洛水猛涨，冲坏天津桥，数千居民溺亡；又过一月，关中先涝后旱，京兆地区和岐、陇之地，蝗灾四起，农田青苗被蝗虫吃得干干净净，随之而来的便是盗寇横行，哀民处处，恍如隋朝末世。

李治被四方乱象惊得心力交瘁。

武媚娘冷冷说道："陛下还不封禅，要等天下大乱吗？"随即以天后之名颁旨，命人在嵩山南修建奉天宫，又于蓝田造万全宫。

此时武媚娘的每句话对李治都如溺水稻草，哪里还敢反对，只望奉天宫早成。

当永淳二年正月来临，奉天宫终于落成。李治和武媚娘立即前往嵩山。

抵达嵩山之时，李治再也忍受不了头疾之苦，进奉天宫卧于龙床，无力起身。

武媚娘见李治卧床，倒也不敢擅自封禅，只各处遣使，祭拜嵩岳、少室、箕山、具茨等山，另命人祭拜西王母、启母、巢父、许由等祠庙。

李治每日躺在床上，嘴里喃喃只问："如今四方如何？可还有灾劫？"

高延福在旁答道："诸事有天后处置，陛下宽心。"

李治侧头看看高延福，眼神空空，脑中混乱，说道："王伏胜呢？他去哪里了？"

高延福眉头一动，说道："哎唷，王公公若在，听到陛下如此牵念，可真不知要如何欣喜哪。"他俯身到李治身前，低声说道，"王公公谋反被斩，陛下如何忘了？"

李治眼色大惧，说道："王伏胜谋反？当斩、当斩……"说罢头痛如绞，陡然昏死过去。

6

从嵩山返回洛阳的长长路途中，数千护卫铁甲长矛，在旷野逶迤而行。时方十一月，狂风如刀，吹得旗帜乱摇。未行数日，阴沉沉的天空降下大雪，转眼琼瑶匝地，旷野白茫茫一片。

李治在辇车里虚弱不堪，武媚娘凝目望着外面大雪纷飞，闭唇不语。

"天后……"李治终于喃喃出声。

武媚娘转过身去，低声道："陛下。"

李治双手抬起，在摇晃中终于将武媚娘双手握住，哀声道："此次起驾封岳，每待下诏之时，便因头疾突重而止，此天意不欲朕再行封禅吗？"

武媚娘紧紧凝视李治，见李治眼神颇异，心念一动，伸手在李治眼前摆了几摆，见他双眼无动于衷，暗暗吃惊，说道："陛下可见本后？"

李治喃喃道："如此天黑，如何可见？"

武媚娘一震，时方白日，外面风雪虽大，窗帘紧闭，却仍是四周清晰，李治竟说天黑，难道双目竟是失玥？武媚娘立即命辇车暂停，招秦鸣鹤前来。

李治声音低沉："朕头重如山，痛不可忍。"他听呼吸声，辨明武媚娘方向望去，"朕眼睛看不到天后，是不是……朕双目已盲？"

武媚娘即刻将李治举起的手攥住，说道："陛下保重龙体，无大碍。"

她转向秦鸣鹤："速看陛下如何？"

秦鸣鹤一直在看李治双眼，手中把脉，然后说道："禀天后，微臣以为，当以针刺头，让陛下稍稍出血，头疾可愈，目亦可视。"

武媚娘双眼一瞪，喝道："欲以针刺陛下，想弑君不成？"

秦鸣鹤吓得赶紧跪下，说道："天后明鉴，陛下今日乃头部盈血，刺出些微，方可无恙。"

武媚娘还欲怒喝，李治将武媚娘手一紧，弱声说道："天后，朕实觉头重难耐，若不遵医，宁愿一死，且让他一试。"

秦鸣鹤叩头道："微臣以针刺陛下百会之穴，此穴奇经三阳，百脉之会，亦是百病所主。今陛下药石无用，微臣久思，只可用刺穴之法。"

李治痛苦不堪，微声道："速速刺穴。"

武媚娘听秦鸣鹤如此一说，又见李治委实难忍，终于说道："太医且试。"

秦鸣鹤遵旨之后，取出针药，将李治扶起正坐。他跪于李治身后，左手在李治头顶百会穴抚摸片刻，右手针尖陡然刺入。

武媚娘眼睛一眨不眨，瞪视秦鸣鹤一举一动，见他针尖刺入李治头顶，低声骇叫，随见李治头顶一些鲜血出来，旁边高延福即刻用准备好的绸布轻缓擦去。武媚娘双手一紧，再看李治之时，见后者双眼睁开，竟是散出光亮，说了声"天后"。

武媚娘脸现惊喜之色，说道："陛下能看见了？"

李治叹息一声，说道："能见到天后了，头也轻松许多。"

武媚娘大喜说道："天赐陛下神医啊。"当即传旨，命赏赐秦鸣鹤绸缎百匹。

李治虽觉头轻目明，终是疲倦，仍是睡去。

武媚娘见秦鸣鹤谢恩之后，脸色颇忧，轻声在高延福耳边嘱咐几句。高延福连连点头，跟随秦鸣鹤离开御辇。过不多时，高延福回来，见李治已有鼾声，俯身对武媚娘低声说道："秦太医告知奴才，陛下久疾，恐时日不多了。"

武媚娘抬头看着高延福，再看看李治，不觉嘴唇轻咬，眉峰深锁。

7

大雪一日连着一日，似乎永远不会停下。

十二月二十四日，东都洛阳被暴雪笼罩。这日午后，十余匹快马在洛阳城前停住。

站在城楼上的高延福仔细辨认后喝道："快开城门，裴大人到了。"

城下之人是黄门侍郎裴炎及其随从。

李治、武媚娘离开长安之时，留他辅佐太子。十日前，裴炎忽接武媚娘懿旨，命其速来洛阳。

裴炎顶雪入城，高延福迎上之后，一行人疾步前往紫微宫贞观殿。

殿内李治躺于床上，秦鸣鹤等太医再次给李治放血，效果却不如归途中的首次治疗。

裴炎随高延福进殿，先叩见天后，然后在李治床前跪拜。

李治勉力抬手，微声命裴炎平身。

裴炎见李治几乎已行将就木，惊骇无比，心知武媚娘传旨命自己前来，实是李治要对自己下最后诏令了。

只见李治缓缓坐起，艰难说道："朕召卿来，乃欲与卿同上则天楼，宣大赦之令。"

裴炎震惊，即刻跪下，叩头说道："陛下龙体保重，今暴雪弥天，陛下如何能亲上门楼？况大赦天下之旨，亦无有陛下亲诵先例……"

李治靠着床头，勉力说道："朕为天子三十五年，德薄万民，实乃深愧。朕时日无多，想最后一见臣民，死也无憾！"

武媚娘站于床头，低声说道："陛下万万不可！今风雪不息，陛下如何可亲上门楼？"

李治脸上苦笑一下，说道："此乃朕最后一愿，天后勿阻！"

武媚娘目视裴炎，裴炎也无须武媚娘眼色，急声道："陛下欲亲读诏书，万民有感，可等陛下龙体康愈不迟。"

李治微微摇手，慢慢道："朕决心已下，此事不得再谏。三日之后，朕亲临则天楼，"他看向裴炎，缓声续道．"卿且为朕拟诏。"

裴炎不觉泪珠滚滚，伏地说声"遵旨"。

三日之后，暴雪不停。

李治经过秦鸣鹤连续三日放血，似是好上不少。听得全城百姓俱在则天楼下候旨，即命起驾。

则天楼下，黑压压百姓跪伏。

李治在搀扶下步上则天楼，颤巍巍打开圣旨，喉咙沙哑地宣读大赦天下之旨。

风狂雪骤，无人听清李治在说些什么。

圣旨刚刚念毕，李治再也站立不住，往后便倒。他身后的高延福、裴炎及数名宦官早有准备，即刻将李治扶住。

回贞观殿后，李治勉力睁眼，喃喃道："今日臣民如何？"裴炎即刻说道："臣民闻陛下亲言，无不喜悦。"李治脸上肌肉抽搐，呻吟道："臣民俱喜，朕心方安。真盼上天能延朕一两月之命，得回长安，死亦无憾……"说到这里，李治双眼沉沉，嘴唇微微颤动，无人再听清他接下之言。

当日黄昏，沉睡不起的李治握住武媚娘之手，慢慢松开，吐出最后一口长气。

秦鸣鹤把脉之后，跪地哭道："陛下驾崩了！"

武媚娘浑身颤抖，起身到床前跪下，殿内所有人同时跪倒，哭声一片。

裴炎终于抬袖擦泪，起身说道："陛下遗旨！"

所有人都看向裴炎。

裴炎展开手中圣旨，悲声念道："陛下遗旨：七日而殡，皇太子即位于枢前，园陵制度，务从节俭。军国大事有不决者，取天后处分！"

武媚娘跪听遗旨，心事如潮。当年李世民驾崩之时，她也守在床边；如今李治驾崩，她同样守在床边。只是两次守护临终天子，自己的身份与感受已是云泥之别。当年李世民驾崩，等待自己的，是感业寺的尼姑生涯；今日李治驾崩，等待自己的，却是大唐社稷的明日走向。

不错，即将登基称帝的是儿子李显，天下大权却掌握在自己手中。

大权在握，便决不可松开片刻，否则等待自己的，将是死无葬身之地。

武媚娘接过李治遗旨，殿外陡然一阵狂风吹入，宫灯摇晃，蜡烛尽灭，四处垂帘狂乱摆动。众人同时一惊，武媚娘起身而立，缓步走到殿门。眼前暴雪乱飞，在渐渐黑下去的空中疯狂飞舞，一个冰凉和惨白的世界在她眼前徐徐展开。

无人听见武媚娘在喃喃自语："陛下，本后一定护持社稷，使万民安康！"

第三部　女帝

第一章　太后废帝

1

长安城门在冰凉如铁的厚雪中缓缓打开。

从洛阳而来的禁军人人缟素，高举的大唐旗帜上也舞动着长长的白色飘带。

皇太子李显和太子妃韦氏带着京师的文武大臣在城门跪迎。

武媚娘的御辇率先入城，殿后是裴炎等数十位大臣，一具黑沉沉的棺椁也随之而入。

李显和韦氏一见棺椁，以头叩地，哭喊"父皇"，哀伤无比。

寒风狂啸，武媚娘肃容坐于辇内，无数念头在她心中起伏。外面哭声震天，武媚娘恍若不闻。从李治宾天之日开始，大唐天下，再不会有比自己权力更高的人了。数日后便是李显登基之日。她对自己的儿子太了解了，李显绝非治国之人，这数十年来，难道还有谁比自己更有能力与经验治理这个庞大的帝国吗？

大雪不停，空气凛冽。

武媚娘的头脑异常清晰。隐隐间她听到外面还传出"天后万岁"的声音。

现在天皇死了，天后这一称谓，已经再无意义。她的身份将是什么？没错，皇太后将是她无法躲开的身份和称谓。

皇太后？武媚娘心念到此，嘴角不觉浮起一丝冷笑。

数日之后，弘道元年正月三日，距李治宾天恰好七天。

头戴十二旒冕冠的李显在太极殿登基，接受群臣跪贺。

李显殿后现身之际，人人看得清楚，李显脸上充满压抑不住的狂喜。

身为父皇的第七子，母后武媚娘的第三子，李显从未想过自己有朝一日能坐上至高无上的龙椅。他的两位皇兄都做过太子，一母所生的长皇兄李弘当了十九年太子后突然薨亡，然后是人人皆赞的二皇兄李贤入主东宫。在李显那里，始终不明白二皇兄为何要在当太子五年后谋反？对这些他想不明白的问题，李显就索性不再去想。既然父皇母后都说二皇兄谋反，那就是谋反了。只是结果出乎意外，太子的东宫轮到自己成为主人。李显不觉兴奋异常，他从来不像两位哥哥那样对太子的位置充满焦虑与惧怕，他知道的只是成为太子，不就能成为为所欲为的天子吗？

就在今天，他果然成了天子。平素他看着不免有些畏惧的大臣如刘仁轨、裴炎、薛元超等人都在对自己三叩九拜，高呼"万岁"，不觉有志得意满之感。从今天开始，他将是说一不二的皇帝。那句话怎么说的？溥天之下，莫非王土，率土之滨，莫非王臣。如今他们都是自己的臣子，别想再对自己指手画脚了。

想到这里，坐在龙椅上的李显陡然笑出声来。

群臣不由你看我，我看你，却是谁也不敢说话。

李显站起身来，挥手说道："好了！今日朕登基为帝，众卿尽心辅佐便是。高公公，给朕宣旨。"

高延福站于殿阶，打开圣旨，念诵了一遍。

李显见大臣又跪下山呼万岁，哈哈一笑，说道："今天没什么事，就赶紧散朝吧。"

2

武媚娘在含元殿听得外面李显登基的钟磬之声响起，缓步走到殿门，抬头看天，久久思索，等什么声音也听不见了，才转身入殿。

坐下没多久，高延福疾步入殿，弯腰说道："武承嗣和武三思两位大人求见太后。"

武媚娘不动声色地说道："宣他们进来。"

武氏兄弟大步走进殿内，对武媚娘躬身参见。

武媚娘说道："今日陛下登基，这么快来含元殿干什么？"

武承嗣脸色低沉，说道："今日陛下登基，颁下的圣旨可都还是分封他们李氏一族，想姑姑数十年辅政，就这么做个后宫的皇太后？"

武媚娘眉头微动，淡淡说道："陛下封了什么人哪？"

武承嗣答道："陛下朝上颁旨，册封韦氏为皇后，姑姑为皇太后，又封韩王李元嘉为太尉，滕王李元婴为开府仪同三司，鲁王李灵夔为太子太师，越王李贞为太子太傅，纪王李慎为太子太保。其他大臣没一个得到封赐。"

武媚娘脸上微露鄙夷，说道："你们是觉得陛下不公，还是对你们两位没封赏不忿？"

武三思赶紧说道："太后做皇太后理所当然，可其他臣子全部冷落，他以为自己是太宗皇帝不成？"

武媚娘眼中寒光闪动，伸手左桌上一拍，喝道："大胆！今日陛下登基，你们就到本后这里愤愤不平，是想把陛下赶下龙椅吗？"

武氏兄弟闻言，吃了一惊，同时说道："臣不敢。"

武媚娘双眉微锁，起身说道："显儿今日登基，所封之官，都是本后决定，怎么就你们两个想要抗旨？"

武氏兄弟不觉从吃惊到惊骇。武承嗣赶紧说道："原来是太后之意，臣有点不解。"

武媚娘狠狠将他们扫过一眼，说道："这天下是姓李还是姓武？既是姓李，自是皇族中人首当其出。那几位王爷有的是太宗之兄，有的是太宗之子，地尊望重，今显儿登基，本后若不先给他们进加虚位，以安其心，若是生变，你们能干什么？"

武氏兄弟面面相觑，作声不得。

武媚娘冷冷一笑，续道："本后将你们置于长安，可不是要你们在这里眼望富贵，你们到朝中才几年？都给本后听着，先把自己的事给做好了，这日子还

235

长得很。"说罢,脸色肃然,缓缓落座。

武三思躬身说道:"我们还不懂太后安排之意。"

武媚娘抬眼,神情漠然地说道:"都出去,记住本后的话。"

武氏兄弟唯唯诺诺,狼狈退出。

武媚娘坐了片刻,抬头看着殿外雪花渐小,眼神越来越冰凉。高延福在旁,见武媚娘如此神色,无从揣测,大气也不敢出。

3

李显散朝后来到紫宸殿,韦氏与几名宫女在里面等候。一见李显进来,韦氏立刻上前敛衽道:"妾身恭迎陛下。"脸上忍不住露出笑容。

李显哈哈大笑,说道:"朕已下旨,今日始,册封爱妃为大唐皇后,待朕挑个日子,也像父皇那样,给爱妃举行封后大典。"

韦氏喜不自胜,说道:"陛下今日为帝,可给妾身一家封赏什么了?"

李显摇摇头,说道:"今日只封赐朕的叔祖和叔父。"

韦氏一听,顿时脸色一沉,说道:"好不容易等到陛下登基了,怎么就只记得叔祖和叔父?妾身一家是如何对待陛下的?陛下两个皇兄当太子之时,妾身可没因陛下当时不是太子就舍弃吧?"

李显见韦氏脸有怒容,忙道:"封叔祖和叔父,都乃皇太后旨意,朕如何敢违?"

韦氏怒道:"先帝在日,皇太后是天后,无人不遵,如今只是皇太后了,还要来干涉朝政?陛下难道不是天子了?"

李显语塞。

韦氏愤声续道:"先帝宠信天后,才使天后临朝决政,如今这皇帝的宝座是陛下的,江山也是陛下的,难道还要皇太后来决定朝政不成?陛下现在究竟是天子还是太后手上的木偶?"

李显大惊失色,赶紧说道:"皇后噤声!这些话也是说得的?"

韦氏环顾殿内,见除了李显,只有自己从太子府带来的几个宦官、宫女,当下冷笑一声，挺胸直背地说道："如今本宫是皇后，后宫之中，皇后为尊，看谁敢出去胡言乱语，本宫就要谁的脑袋！"

李显顿时脸色煞白，说道："皇后不可再说！"

韦氏冷笑一声，怒气冲冲地说道："先帝在日，任由天后干政，如今换了陛下，难道也要太后干政吗？"

李显唉声叹气，走上前低声说道："皇后噤声，这要是传到太后耳中，岂不大祸临头？"

韦氏愈加恼怒，说道："陛下当了皇帝，还有什么大祸？本宫告诉陛下，本宫一家，对陛下忠心耿耿，陛下难道不可让本宫父亲为相？"

李显"唉"了一声，说道："皇后你着急什么？你得给朕一些时日啊。"

韦氏从鼻孔里"哼"出一声，说道："本宫父亲尚在普州任参军，本宫给陛下一月之期，待本宫父亲一到，陛下就立刻当廷封官。一个月时间，也够了吧？"说罢，韦氏对殿内的宫女喝道，"都随本后回宫！"

李显看着韦氏一行人大步出去，心中大急，在殿内走来走去。韦氏虽为自己宠妃，却与武媚娘交道不多，她只是闻得武媚娘尽掌朝权，李治犹如虚设，如今自己成为皇后，不觉也想如武媚娘一般，将今天的皇帝牢牢掌控在手中。李显却知母后厉害，见韦氏如此强硬，只觉不对劲，但他走来走去，也没发现不对劲的地方究竟在哪里。

他终于站住抬头，自言自语道："今日朕当了皇帝，难道就不能给皇后的父亲一个大大的官职？"想到这里，李显忽觉韦氏说得也不错，母后年至六旬，操劳了数十年，说不定会愿意做个安安稳稳的皇太后，那样就不会来干涉自己如何做皇帝了。

想到这里，李显步出紫宸殿 带着身边几个宦官去追韦氏。

4

一个多月后，李显上朝，手在御案上拍了拍，说道："今日朕要告知诸位大人，朕的丈人韦玄贞已至长安，古人说得好，举贤不避亲，朕拟命韦玄贞为侍中，诸位大人没什么不同之议吧？"

他眼睛看来看去，只见裴炎出班说道："陛下，不可！"

李显脸色不悦，说道："裴大人为何说不可？"

裴炎手执玉笏，抬眼看着李显说道："韦玄贞大人乃普州参军，七品之官，无寸功于天下，如何能一步登阁入相？先帝与太后，历数十载辛劳，为陛下留下社稷之基，陛下当励精图治，岂可任人唯亲?!"

李显大怒，拍案喝道："大胆！竟敢说朕任人唯亲？"

裴炎沉声答道："七品之官，一步登相，实乃无功食禄，历朝都无先例，请陛下详察。"

李显怒道："朕不过任命一个侍中，裴大人用得着这么大惊小怪吗？"

裴炎脸色肃然说道："侍中乃治理国家之臣，岂能轻率为之？"

李显按捺不住，站起身来，指着裴炎喝道："天下是朕的天下，朕便是想把天下都给韦玄贞也没什么不可，何况只是给他一个侍中。"

裴炎眼望李显，肃容道："陛下是一国之君，岂可如此冷却朝臣之心？"

李显一拍御案，厉声喝道："只怕是冷了裴大人之心吧？中书省即刻拟诏，送达门下省！朕偏偏要命韦玄贞为侍中，看有谁敢阻止？退朝！"

李显拂袖离开后，群臣一片惊讶议论。

裴炎知众人难以议出结果，立刻出殿，前往蓬莱宫，求见武媚娘。

武媚娘宣裴炎入见之后，裴炎将当日朝上之事细细说了一遍，武媚娘倒是脸色没什么变化，只冷冷一哼，说道："皇帝乃一国之君，性格可以柔弱，却不能愚蠢！今陛下要做如此蠢事，岂是社稷之福？"

裴炎拱手说道："太后明鉴，若陛下一意孤行，江山堪忧。"

武媚娘慢条斯理地说道："陛下所立的皇后，看来是有点迫不及待了。如此之人，陛下要她何用？"

裴炎说道："微臣斗胆，想请太后旨意以决。"

"本后以决？"武媚娘站起身来，缓声说道，"本后也是该出面了。"她闭目沉思，手抬胸前，掐指算着什么，然后侧身对高延福说道，"传本后旨意，宣中书侍郎刘祎之和羽林将军程务挺、张虔勖来见本后！"

高延福遵旨出宫。

裴炎见武媚娘命羽林北军将领来见，微感意外，一股大事将临的预感袭上心头。

武媚娘已将目光凝视过来，只听她冷冷说道："命群臣明日在乾元殿早朝。"

裴炎又是一惊，除了元旦、除夕和重大如天子即位、册封太子之事在乾元殿举行之外，群臣上朝只在紫宸殿，如今武媚娘竟下旨明日在乾元殿早朝，那自是重大之事要发生了。

他不敢问询，只起身对武媚娘躬身说道："臣领旨。"

5

翌日方晨，群臣齐聚乾元殿前。

只见羽林左将军程务挺、右将军张虔勖全身披挂，数百名羽林军悬刀持戟，分两列叉腰站于殿前，从殿门台阶上一直延伸下去。程务挺和张虔勖脸色肃然，手按刀柄，分左右立于殿门之前。无人不觉一股紧张空气扑面而来。不少文官互相问询，却是谁也不知发生何事，俱言昨晚得裴炎遣人传太后懿旨，来乾元殿上朝。

不多时，只听高延福的声音响起："皇太后驾到！陛下驾到！"

群臣即刻分文武两边，躬身弯腰。

高延福当先行走，武媚娘和李显的轿子随后而来。

进得殿后，高延福出来又是一声大喊："群臣觐见！"

无端感觉紧张的群臣先后入殿，见武媚娘站于殿阶之上，李显一脸迷茫地坐在龙椅之上。

群臣当即跪倒，口呼"陛下万岁、太后千岁"。

随后从殿外走进四人，乃是裴炎、刘祎之、程务挺和张虔勖。

武媚娘在殿阶上向群臣扫视过去，她久当天后，眼神使人人一阵战栗。只听她冷冷说道："裴大人宣本后懿旨！"

裴炎上前几步，转身面对群臣，打开手中圣旨，朗声说道："奉太后懿旨，今日始，废天子为庐陵王！"

群臣闻旨大惊，李显坐上皇位才一个多月，竟然就被武媚娘废黜。

刘祎之对程务挺和张虔勖说道："二位将军，且扶庐陵王下殿。"

事情发生得实在太快，没有人能反应过来。

李显见程务挺和张虔勖两员腰悬佩剑的大将迈步上殿，站于自己两侧，才猝如梦中惊醒，起身喊道："母后，朕有何罪？"

武媚娘缓缓侧身，斜眼瞪视李显，冷冷说道："你在朝中说要将天下送予韦玄贞，还敢说自己无罪？"她眼睛扫过程务挺和张虔勖，厉声道，"扶庐陵王下殿！"

李显呆若木鸡，一股冷汗霎时间从背脊滚下。

程务挺和张虔勖一左一右，将李显胳膊拿住，将其扶下殿来。

李显再也站立不稳，等二人松手，已如烂泥般跪在武媚娘脚下。

武媚娘看也不看李显一眼，在殿阶上来回走得几步，目光锐利，声音低沉说道："先帝曾有遗旨，'军国大事有不决者，取天后处分'。今庐陵王枢前即位，不思先帝守成之艰，竟欲把江山社稷送予小小的普州参军，对先帝之辜负，莫此为甚！如此心无社稷之人，岂能为臣民之君？来人！把庐陵王先幽于别所。"

程务挺和张虔勖一声"遵旨"，将李显从地上提起，一左一右，将其架出乾元殿。

在令人难以置信的氛围中，裴炎躬身说道："国不可一日无君，臣请太后，速立新君。"

群臣也顿时跪满大殿，齐声说道："臣请太后，速立新君！"

武媚娘威严站立，声音冷冷划过大殿："今立豫王李旦为帝！"

群臣跪着未起，又齐声说道："遵旨！"

武媚娘默然片刻，心意阑珊，叹气说道："众卿都平身吧。"

群臣谢恩起身之后，无不栗栗而危。对所有人而言，刚才发生的事委实史无前例，震撼人心。刚刚称帝登基的皇帝竟如此被太后废去，还有谁的命运可以由自己掌控？

武媚娘转过身，极为习惯地走到龙椅前，转身坐下，双眼寒光闪烁，说道："国不可一日无君，朝也不可一日无臣。豫王今日未至，本后先颁旨。"当下口随心意，封刘仁轨为尚书左仆射，岑长倩为兵部尚书，魏玄同为黄门侍郎，刘齐贤为侍中，裴炎为中书令。

众人谢恩之后，武媚娘抬头见武承嗣与武三思站在群臣中嘴唇欲动，冷冷一笑，装作未见。武氏兄弟见武媚娘气势慑人，大殿的空气恍如凝结，将想说的话又吞咽了回去。

武媚娘始终脸挟寒霜，令人望而生畏。只见她封官完毕之后，再次下旨，第二日休朝一日，第三日再于紫宸殿上朝。

6

群臣过得惊心动魄又提心吊胆的两日之后，齐齐再至紫宸殿上朝。

今日龙椅上坐着的是年方二十二岁的豫王李旦。

在李旦身边，皇太后武媚娘挺身站立。李旦脸色充满畏惧，浑身微微颤抖。

群臣入殿之后，裴炎等率群臣跪拜新帝。

李旦坐在龙椅之上，不敢发一言。

武媚娘冷眼扫过群臣，缓声说道："今豫王登基，本后不欲费国家之财，登基之典可免。"她停了停，见群臣均垂首不言，又继续说道，"今日陛下，未经太子之事，朝政难决，本后将临朝听政。传旨！"

站在武媚娘稍下一台阶的高延福展开圣旨，尖嗓子念道："太后有旨：今庐陵王幽于别所，改赐名哲，立豫王为帝，居于别殿。大赦天下，改元文明。废皇太孙李重照为庶人，贬韦玄贞往钦州。封太常卿、检校豫王府长史王德真为侍中，中书侍郎、检校豫王府司马刘祎之同中书门下三品。钦此！"

群臣闻言，俱是暗暗吃惊。皇太后临朝称制，龙椅上的天子岂不沦为傀儡？尽管李治坐朝之时，武媚娘同为二圣，一起临朝，但在群臣眼里，李治仍是皇帝，哪怕人人知道李治受天后挟制，终还是在心理上视李治为名正言顺的天子。如今李旦坐朝，皇太后仍在朝上决政，李旦作为天子的影响必然一丝皆无。

所有人惊骇得不敢出声，只觉殿内的空气越来越使人窒息。

裴炎忽然出班，执笏说道："太后，臣有事禀奏。"

武媚娘凝视他道："裴卿且言。"

241

裴炎眉头微皱，似是有所犹豫，终于还是说道："臣闻昨日飞骑营有八人被拘，一人于坊曲被斩。事因一叫来俊臣的释囚前往告密。臣以为，来俊臣阴诈之人，大理寺如何会信其言，随意拘捕飞骑禁军？此大违《永徽律法》，望太后详察。"

裴炎话音一落，群臣不禁窃窃私语。

武媚娘却是一声冷笑，缓缓说道："裴大人是为飞骑禁军被拘的八人求情？"

裴炎躬身道："臣恳请太后下旨，令大理寺详察。"

武媚娘微微一哼，说道："本后已查得清清楚楚。昨日飞骑营有十人往坊曲饮唱，有一人说道，'皇帝又换，我等日夜风霜，警戒皇城，却奖赏微薄，不如拥庐陵王复位，或有重赏'。此等谋逆犯乱之言，如何不该拘杀？"

群臣闻言，不由战栗。

裴炎仍是不卑不亢地说道："据臣所知，坊曲饮唱的十名禁军，未必说有此言。其中一人喝醉，外出如厕时胡言乱语，被恰好在旁的来俊臣听到。来俊臣乃释放不久之囚人，或是想以告密之举，博进身之阶，望请太后详察，再行定夺。"

武媚娘的声音愈加冰冷："本后昨日便已查清，高公公，传旨！"

裴炎见武媚娘双眼寒光，显是震怒，听得她即刻便要传旨，心下吃惊，垂头不语。

只听高延福说道："太后有旨，飞骑禁军意图拥立庐陵王，谋反确凿，今日午时三刻，八名被拘者，西市处绞刑！"

群臣无不大惊，裴炎即刻跪下："太后未加详察，如何用此酷刑？"

武媚娘双目如刀，冷冷闪过。

没有任何人能料到，武媚娘蓦然抬头喝出一句："传来俊臣！"

高延福跟着喊："传来俊臣！"殿外一声声传递下去，越来越远、越来越薄的声音都是"传来俊臣"四字回荡。

过不多时，只见一布衣打扮之人颤颤巍巍地跨殿而入，他手足无措地紧走几步，扑地跪下，口中直喊："草民来俊臣叩见太后！叩见陛下！"说罢连连叩头。

在裴炎等群臣的震惊中，武媚娘的声音从殿上冷冷飘来："本后历来赏罚分明，今来俊臣揭谋反有功，本后命来俊臣为当朝侍御史，行本朝弹劾之事！"

来俊臣简直不相信自己的耳朵，喜出望外之下，用力叩头："草民谢过太后！"

裴炎惊怒交迸，忍不住提高声音说道："太后……"

武媚娘不等裴炎说完，已厉声喝道："退朝！"

7

第一天坐龙椅的李旦亲见母后在朝中的处事手腕和方法，惊得浑身发抖。他缺失当太子的经历，就意味缺失临朝和监国的经历。李旦亲见的悲惨之事。自己能坐稳这把令人恐惧的龙椅吗？

母后的果断与威严，自己半分也不具备。如果当皇帝就得像母后那样的话，李旦发觉自己内心的声音是尽快不做皇帝，这样或许才能保住性命。

但皇帝是母后命他当的，没有任何办法能够拒绝。

他与自己的三位同母皇兄从小就畏惧母后，此时此刻，三位皇兄已死的死，贬的贬，不都是因为这个皇位才导致的恐怖结果吗？尤其两日之前，他还住在自己的豫王府，昨日母后一纸诏令，他就不得不搬居离母后不远的别殿。殿内殿外，无处不是母后的身影和气息。一股从内心泛起的孤独和恐怖之感充满李旦的内心。

散朝之后，李旦回到别殿，豫王妃刘氏见李旦冷汗淋漓，诧异问道："今日陛下第一天上朝，如何这般多汗？"

李旦看着刘氏，眼色悲伤，叹息一声，说道："说了你也不知，不要问了。朕……我想静一静。"

刘氏虽是担心，见李旦委实神色慌乱，不敢多问，径往殿内，留他一人在外殿独坐。

左思右想当中，宫人忽然来报，中书令裴炎求见。

李旦一愣，实不知裴炎来见自己会是何意，想想还是宣见。

当裴炎谢恩坐下之后，抬眼凝视李旦，缓缓说道："陛下今日临朝，如何未

243

说一言？"

李旦神情慌乱地说道："裴大人，你能不能去告诉我母后，我……我不想当这个天子。"眼神竟热切起来。

裴炎微微摇头，叹息道："微臣刚从太后处离开，未想来拜见陛下，走到此处时，忽然起意。陛下为何不想做天子？"

李旦竟结结巴巴地说道："我……我很怕。"

裴炎手抚长须，沉思说道："太后今日命来俊臣为侍御史，实开恶例。微臣觉此事甚为不妥，故散朝后叩见太后，太后终是不允。微臣忧心，大唐江山自先帝始，拱手让与太后，今陛下既已登基，微臣冒死进谏，陛下必得自己决政。"

李旦闻言，额上冷汗更多，讷讷道："裴大人所言，我记住了，裴……裴大人还是请回，若被母后知晓，恐连累大人。"

裴炎眼露悲色，起身拱手道："微臣告退。"

从李旦别殿出来，裴炎心内大为感伤，想起自己数日前拜见太后，是为进谏李显欲封韦玄贞为侍中不成，万般无奈下，才请太后出面，没料武媚娘断然废帝，实令裴炎吃惊不小。在他眼里，社稷乃李唐社稷，天子有过，为臣之人，自当直言进谏，实无废帝之想。如今太后另立新帝，再次临朝称制，如何不令他暗自心慌？

从别殿出来之后，裴炎心思颇重，缓行间听得身后似是有人，不觉回头看去。

只见一宫女身影迅速藏于廊柱之后，裴炎本待出声相询，终还是只微微叹息，继续往宫外走去。廊柱之后的宫女悄没声步出，她看着裴炎背影消失，又转头看看李旦别殿，低头沉思片刻，疾步朝武媚娘所在的含元殿走去。

第二章　扬州兴兵

1

那宫女绕过几条回廊，劈面遇见高延福。后者即刻迎上来说道："哎唷，上官姑娘，你去哪了？太后在找你呢。"

被称作"上官姑娘"的宫女莞尔一笑，说道："奴婢正要去见太后。"

二人先后进入含元殿，武媚娘将手上的奏折放下，看着那宫女说道："婉儿，你到本后身边，有几年了？"

宫女立刻答道："回禀太后，奴婢随太后已经五年了。"

武媚娘抬头像是自言自语："五年了，也该学会不少东西了。"说罢，她双眼看向那叫作上官婉儿的宫女，续道，"本后手上这封奏折，你且看看，本后想听你说法。"

上官婉儿脸色微诧。

自她祖父上官仪和父亲上官庭芝于西市问斩，已经过去整整二十年。上官婉儿那时年方一岁，随母亲一同被贬入掖庭宫为奴，十四年后，武媚娘偶见上官婉儿文才不凡，免去她奴婢身份，掌管宫中诏命。

此刻上官婉儿听武媚娘竟要她看奏折说自己看法，诧色消失，只说一句

"遵太后旨"，双手接过奏折，展开看去。

武媚娘凝视上官婉儿，见她展读时只眉头皱了皱，似无多大的内心波澜。

上官婉儿读完后，抬眼看着武媚娘说道："前太子李贤自尽?"眼内终还是闪出疑问。

武媚娘叹息一声，来回走得数步，站住说道："这大唐皇位，显儿和旦儿，都不是最佳之选。本后想起贤儿，文才武略，有太宗之风，便命左金吾卫将军丘神勣前往巴州看看。没想到贤儿见到丘神勣后，竟悬梁自尽，本后真是哀痛。"

说罢，武媚娘的眼睛直直地凝视上官婉儿。

上官婉儿略略沉思，说道："当年承乾太子薨于黔州，也便葬于黔州；魏王薨于均州，也便葬于均州；如今太后之子薨于巴州，奴婢以为，可葬于巴州。"

武媚娘面无表情地凝视上官婉儿，过半晌才说："婉儿果然聪明伶俐，本后有所问，你就有所答。问非问，答非答，果然不枉随本后五年。"

上官婉儿躬身说道："奴婢大胆了。"

武媚娘掉过目光，声音冷冷说道："丘神勣一到巴州，贤儿就自尽，可知丘神勣是否做了些过分之事?"

上官婉儿微微摇头："奴婢未有亲见，不知如何来说。"

武媚娘陡然仰头一笑，说道："好一个未有亲见！你今日亲见了什么，现在可告知本后了。"

上官婉儿说道："奴婢今日亲见，裴炎裴大人从陛下别殿出来。"

武媚娘不动声色，轻描淡写地说道："裴大人当朝宰相，拜见天子，也没什么不对。本后有点累了，你们都出去吧。"

上官婉儿和高延福同时应旨，躬身退出。

武媚娘将手中奏折随手扔到桌上，嘴里冷冷说道："裴炎，你不知反对本后的后果吗?"

2

三月十六日，重回洛阳的武媚娘颁旨，命群臣齐往显福门，为自尽于巴州的李贤举哀。当日文武百官肃立显福门前，武媚娘站于门首，李旦如同影子样跟在武媚娘身后。二皇兄的死对李旦又是一次震惊。他与李贤素来交好，更知无论文武，自己都不可能达到二皇兄那样的高度，甚至在他内心深处，不无对二皇兄的崇拜之情。如今却是二皇兄自尽，自己登基当了皇帝。自那日裴炎告诫自己，要将帝权拿到手上，李旦所做的，只是赶紧忘记裴炎说过的每句话。他知道自己若有什么妄动，只怕会死于二皇兄之后。

李旦隐隐觉得，二皇兄实死于母后之手，但他哪敢召丘神勣问询？只能在朝中听闻丘神勣告知在巴州见到李贤的前前后后，至于李贤为何自尽，丘神勣以一句"微臣实感困惑"便推得一干净净。

母后为什么要为二皇兄举哀呢？李旦觉得这又是自己想不明白的问题，也许，二皇兄是母后的亲生之子，自然要为二皇兄举哀吧？但二皇兄不是犯谋逆之罪遭贬的吗？对谋逆之人，母后是从来不会放过打击的。

李旦越想越糊涂，最后暗中决定，只要母后尚在，自己做个孝顺之子就行了，至于坐朝，同样有母后在，一切便让母后做主，自己是完全可以不说一句话的。

所以，此刻李旦虽为天子，在为李贤举哀的显福门前，仍然不说一句话，所有的话都是武媚娘在说，他只需在母后拟下的诏令上盖上玉玺，所有的事都不必过问，他也不想过问。

此时面对李贤的举哀之礼，李旦陡然感到无可抑制的心慌意乱。

当武媚娘率群臣大哭三声之后，李旦也跟着大哭。群臣自是礼数，真正哭出泪水的只有身为天子的李旦。武媚娘三声哭毕，提声说道："左金吾卫将军丘神勣前往巴州，替本后看望贤儿失礼，以致贤儿身薨，今贬丘神勣为叠州刺史。只是本后心痛啊，贤儿自尽，岂不是当年果真意图谋逆？"

群臣齐跪，说道："太后节哀。"

武媚娘挥挥手，哀声说道："传旨，追封贤儿为雍王。"

群臣归列之后，李旦忽从武媚娘身后走出，双膝跪倒，叩头说道："儿臣为帝已然一月有余，实觉无治理天下之才，望请母后另择贤君。"

武媚娘在群臣的一片惊讶声中，眉头微锁，冷冰冰地说道："陛下是责怪本后让你做了天子？"李旦闻言，颤抖不已，跪地不敢起来："儿臣……无此意，儿臣……才寡德薄，求母后临朝称制。"

武媚娘冷冷说道："陛下是不是身子有恙？"

李旦冷汗淋漓，赶紧说道："是、是，儿臣如父皇般，也是头疾，实是……不能上朝。"

武媚娘衣袖一拂，对群臣说道："为雍王举哀已毕，陛下之言，明日朝中再议。"

3

翌日，群臣上朝入殿，见龙椅上端坐的是武媚娘，李旦没有出来。

高延福展开圣旨说道："今陛下有旨：因朕头疾，特诏命太后临朝称制，百官所奏，皆交太后处置。钦此！"

裴炎等人闻旨，震惊不已，但高延福手上展开的确是圣旨，只得随众臣一起跪拜接旨。

自这日开始，武媚娘日日临朝，李旦再也没在殿中出现。

武媚娘此时处政，已驾轻就熟。裴炎等人看得极为清楚，太后在治理温州、括州等水灾，以左武卫大将军程务挺出师以备突厥之时，相当的精力消耗在应对李氏皇族身上。自四月接到开府仪同三司、梁州都督滕王李元婴薨逝之讯后，太后顺手将李治三子李上金降为泽王，任苏州刺史；又将李治四子李素节降为许王，任绛州刺史。二人名为一州之主，实则没有半分实权；数月前从天子降为庐陵王的李显被迁往房州，李显尚只走得一半路程，又接太后旨，改迁均州，居于早薨的濮王李泰旧府。这对李显是巨大的暗示和打击。最为懊悔的自是李显之妃韦氏了，此时她才知道什么是真正的权力。夫妻在途中生下一个女儿，无人理睬之下，韦氏只得将自己衣服解做襁褓，夫妻相对垂泪，将女儿取名"李裹儿"。

到九月之时，武媚娘改文明元年为光宅元年。高祖和太宗二帝时，年号从未有变，自武媚娘成李治皇后开始，年号数年便变，甚至一年一变，群臣早已习惯，只是这一年已从弘道至嗣圣，从嗣圣至文明，又从文明至光宅，一年竟变四个年号，不免都觉诧异；更令群臣诧异的是，武媚娘颁旨，大唐旗帜全部易成金色，东都易名为神都，尚书省为文昌台，左、右仆射更名左相与右相，其余省、寺、监、率之名全部更换。

只有太后而无天子的朝廷恍惚间气象一新。

身为秘书监的武承嗣出班上奏："如今太后称制，臣奏请太后，可追封太后武氏先祖为王，立武氏七庙，以彰太后之德。"

武媚娘说道："本后也正有此意，众卿以为如何？"

一片寂静中只见裴炎慢步出班，执笏说道："太后，微臣以为不可。"

"哦？"武媚娘淡淡说道，"本后治理天下，万民安康，如何不可封本后先祖？"

裴炎躬身说道："太后临天下，当执事为公，天下方服，若太后封武氏先祖，乃是为私，太后未见吕氏身后之败吗？"

武媚娘勃然怒道："吕后将朝中大权给生者，本后不过加封先人，如何将本后与吕氏相比？"

裴炎仍是躬身说道："臣以为当防微杜渐，社稷方安。"

武三思从群臣间走出，高声说道："太后素以国家为重，裴大人将吕后来比，实为大胆！"

裴炎不卑不亢地说道："微臣心里，只有大唐江山，太后明鉴。"

武媚娘冷冷一笑，说道："本后今日追封先人，难道就是心无大唐江山之举吗？传旨！"

高延福应声。

武媚娘眼睛瞪视裴炎，一字一字说道："封本后五代祖克己为鲁靖公，妣为夫人；封本后高祖居常为太尉、北平恭肃王；封本后曾祖俭为太尉、金城义康王；封本后祖父华为太尉、太原安成王；封本后先父士彟为太师、魏定王，祖妣全部为妃。"她双眼一眨不眨地瞪视裴炎。

裴炎手执玉笏，站立不动。

武媚娘冷冷续道："再建武氏五代祠堂于文水。"

裴炎脸色含悲。武媚娘瞪视裴炎说完，再扫视群臣一眼，朝中无一人说话，人人皆惊，却害怕武媚娘看见自己脸色，全部低首。

只听裴炎虚弱说道："太后一定要追封，臣等遵旨，只恐宗室自危之下，天下有乱。"

武媚娘站起身来，仍冷冷说道："本后素尊才重贤，方有这四海清平，今日不过追封先人，会有何乱可出？退朝！"

她衣袖一拂，走入内殿。群臣也慢慢退出大殿，只有裴炎还在空荡荡的殿中站立，嘴里喃喃道："宗室被除，李唐危矣。"

4

武氏兄弟跟随武媚娘回到上阳宫。

武承嗣拱手说道："太后今日追封先人，裴炎执意不肯，虽说拗不过太后，可微臣见朝中大臣，与裴炎一致的还是不少。"

武三思接着说道："裴炎所恃，不过韩王李元嘉和鲁王李灵夔，不如太后颁旨，将他们午门斩首，一劳永逸，免去心腹大患。"

武媚娘双眼一瞪，说道："这二位王爷乃高祖之子，属尊位重，无故斩首，宗室之人，岂不惧与本后为敌？"

武承嗣不解说道："如今太后临朝称制，宗室还有何人敢出来反对？"

武媚娘肃容坐下，缓声说道："今日裴炎说得不错，若宗室人人自危，天下恐乱。那几位王爷年岁已高，也活不了几年。"她抬头看着武氏兄弟，续道，"朝中大臣，叮嘱来俊臣，他们每个人在做什么事，说什么话，都给本后一句句禀来。"

武承嗣和武三思互相看一眼，同时拱手："臣遵旨。"

二人走后，武媚娘皱眉沉思，喃喃自语道："本后虽然姓武，却是嫁与李氏为妻、为母、为后，且儿如此懦弱，本后若还政于他，日后必强臣凌主，这大唐江山，难道还会是高祖、太宗所留下的社稷吗？"她慢慢站起，眼望殿外，继续自语说道，"先帝遗旨，便是命本后取决天下，本后岂可辜负先帝？"

但朝中大臣之状，连武承嗣都看得出来，武媚娘如何会不尽收眼底？

眼见高延福和上官婉儿从外进来，武媚娘等他们行礼之后，端颜对高延福说道："明日休朝，去请刘祎之大人申时来见。"

第二日，申时未到，凤阁舍人贾大隐却在巳时求见。

武媚娘即刻宣见。

年刚五旬的贾大隐随高延福过来之后，伏地说道："臣有要事，禀奏太后。"

武媚娘见他脸色慌乱，缓声道："何事如此惊慌？"

贾大隐低声说道："昨日散朝之后，刘祎之大人对太后追封先人之事，颇多微词。"

武媚娘倒是一愣。刘祎之是她一手设立的北门学府之人，深得武媚娘器重，当日废李显之时，特命他与裴炎等人最后登殿，也是令群臣知其视刘祎之为心腹之举，岂料贾大隐忽然说刘祎之"颇多微词"，饶是武媚娘自负识人，还是暗吃一惊，只是她脸色不变，轻描淡写地说道："刘大人所说何言？"

贾大隐仍是跪地未起，说道："刘大人出宫之后，对微臣言道，'太后既能废昏君立明主，又何必临朝称制、禁止陛下出宫？更何用追封武氏先人？如此一来，李唐宗室必反，不如还政于陛下，以安天下之心'。"

说罢，贾大隐微微抬头，想看看武媚娘脸色和反应。

武媚娘不动声色，说道："本后已知，贾大人可退出去了。"

贾大隐口称"遵旨"，心下不由暗想，一个草民来俊臣密告数名飞骑禁军，竟一步升天，从布衣成侍御史，如何自己密告刘祎之，太后竟是无动于衷？但武媚娘已命自己退出，也只得再次叩头，说声"微臣告退"，起身退出。

待贾大隐走后，武媚娘不觉对侍立一旁的高延福和上官婉儿冷冷说道："刘祎之是本后视为心腹之人，竟有背叛之心，实负本后之恩。"

高延福说道："背恩之人，太后可拿其下狱。"

上官婉儿却眉头微皱，说道："以婉儿之见，太后可暂且故作不知。这贾大人一面之词，未必可信，太后可视其随后行事。"

武媚娘转头看着上官婉儿，微笑道："婉儿之言，正乃本后所想。"

她轻哼一声，又转头对高延福说道："传旨，命来俊臣关注刘祎之，他今日不必来了。"

5

过得数日，武媚娘正上朝之际，殿外宦官进来禀报，润州刺史李思文派人至神都，有密奏相呈。

李思文乃先朝英国公李勣次子。武媚娘即刻传润州使者上殿。

使者脸色颇倦，能看出一路快马而来。他步入殿内，叩拜说道："李大人特嘱小人，此密函呈太后亲览。"说罢从怀中取出函件。

高延福下阶接过，将密函递与武媚娘。

武媚娘展开一阅，眉头方锁，又随即平复，声色不动地说道："婉儿将此文当廷诵读，群臣皆听。"

高延福又赶紧过来，从武媚娘手上接过函件，再递与站在武媚娘身右的上官婉儿。

只听武媚娘声音沉稳地说道："今李勣之孙、英国公李敬业在扬州举兵，称雍王殿下李贤未薨，欲反本后，勤王救国，此文是讨武檄文。婉儿念与众臣！"

武媚娘此言一出，群臣震惊。

数日前，裴炎在朝中说"恐宗室自危之下，天下有乱"之言，不料竟一语成谶，李敬业竟然举兵造反，而且称于巴州自尽的雍王李贤尚在，更令群臣惊骇。李勣原本姓徐，因战功赫赫，高祖李渊赐其姓李，如今李敬业在檄文中改回原姓，足见已破釜沉舟。

大唐立国以来，虽有四夷作乱，终是边疆战事，如今徐敬业在扬州起兵，则是变生肘腋了。

武媚娘的声音在群臣慌议声中响起："众卿且静，与本后一同听此檄文。念！"

上官婉儿展开檄文，一字一字读道："伪临朝武氏者，性非和顺，地实寒

252

微。昔充太宗下陈，曾以更衣入侍。洎乎晚节，秽乱春宫。潜隐先帝之私，阴图后庭之嬖。入门见嫉，蛾眉不肯让人；掩袖工谗，狐媚偏能惑主……"读到这里，上官婉儿不觉停了下来，一颗心在胸腔内跳得厉害。

群臣更是无言。

武媚娘哈哈一笑，说道："往下念。"

上官婉儿看了看高延福，后者丢个眼色过来。上官婉儿照本宣科，继续念道："……杀姊屠兄，弑君鸩母。人神之所同嫉，天地之所不容。犹复包藏祸心，窥窃神器。君之爱子，幽之于别宫；贼之宗盟，委之以重任……"她又念不下去了，额头冒出汗来。

武媚娘又是哈哈一笑，说道："念！"

上官婉儿定定神，一直读到"一抔之土未干，六尺之孤安在？倘能转祸为福，送往事居，共立勤王之勋，无废旧君之命，凡诸爵赏，同指山河。若其眷恋穷城，徘徊歧路，坐昧先机之兆，必贻后至之诛。试看今日之域中，竟是谁家之天下"时，才停住声音。

群臣听得这篇檄文，无一人敢出声。

武媚娘一声长笑，站起身来，缓步走下殿阶，敛容说道："一抔之土未干，六尺之孤安在？试看今日之域中，竟是谁家之天下！"转头看着润州使者说道，"此檄文谁人所作？"

那使者垂首道："此文乃骆宾王所作。"

武媚娘微微点头，眼望裴炎，缓缓说道："如此人才，流落江湖，宰相之过啊！"

裴炎猝然一惊，出班说道："臣知罪。"

武媚娘又转头看向使者说道："尚有何人随徐敬业起兵？"

使者说道："禀太后，尚有徐敬业之弟徐敬猷、给事中唐之奇、詹事直司杜求仁、鲞屋尉魏思温、楚州司马李崇福。"

武媚娘冷冷一笑，步上殿阶，转身对裴炎说道："不知裴大人有何平乱之策？"

裴炎执笏说道："如今皇上成年，始终不亲政事，才引徐敬业起兵有词。若太后归政于陛下，则扬州兵乱，不讨自平。"

武媚娘双眉顿竖，她还没有说话，就见监察御史崔詧已迈步而出，躬身说道："裴大人不思平乱，只想着自己乃先帝顾命之臣，让陛下亲政，便是大权在己，如此异心，与反贼何异？臣请太后，将裴炎下狱，看其是否与反贼相通？"

凤阁舍人李景谌也出班说道："裴大人素来不忿太后临朝，数日前便说天下有乱，如今果不其然，可见其必与徐敬业暗中有通，臣请收裴炎下狱。"

武媚娘冷冷看着裴炎，缓缓说道："就依崔大人和李大人所言。来人！将裴炎收狱！"她双眼横扫，续道，"左肃政大夫骞味道、侍御史鱼承晔听旨！"

骞味道和鱼承晔出班道："臣在。"

武媚娘沉声说道："本后命你二人严加审问。"

两名殿前武士上前将裴炎去冠反押。裴炎抬头看着武媚娘，缓缓摇头，却是一言不发。

"且慢！"群臣中忽有人说道，"裴大人不可下狱！"

武媚娘抬眼一望，见出来说话的是凤阁侍郎胡元范，淡淡道："胡大人有言便说。"

胡元范执笏弯腰，痛声说道："裴大人乃社稷之臣，有功于国，悉心奉上，天下无人不知，臣敢担保，裴大人绝无反心！"

武媚娘冷冷道："裴炎反心深藏，胡大人恐怕看不出来。"

胡元范跪下说道："裴大人忠心之臣，若说他有反心，那臣也是有反心。"

武媚娘霍地站起，喝道："好！既然你自己招认，就和裴炎一并下狱！来人！将胡元范给本后拿下！"

又是两名武士大步上殿，将胡元范去冠拿住。

崔詧和李景谌齐声说道："太后圣明！"二人得意间偷看一旁的武承嗣和武三思。武氏兄弟眯眼点头，甚是赞许。

待裴炎和胡元范被押下之后，武媚娘目如寒冰，将群臣从左至右扫视一遍，见无人说话，才缓缓说道："左玉铃卫大将军李孝逸听旨！"

武将中走出一人，拱手说道："臣在。"

武媚娘提声说道："本后命你为扬州道行军大总管，李知十、马敬臣为副将，率三十万大军，即日征讨徐敬业。"

李孝逸接旨之后，武媚娘又补充说道："骆宾王天下奇才，可生擒见本后。"

6

进十月后，天气骤然转寒。

自入狱以来，裴炎每日只是沉思，骞味道和鱼承晔提审裴炎和胡元范数次，裴炎叹道："太后称制，非社稷之福，二位大人世禄皇恩，难道忍见当今陛下被太后困于别殿？"

骞味道和鱼承晔互看一眼，均想，有你此言，便是自认反心了。当即录下，要裴炎画押。胡元范急道："裴大人不能画押。"

裴炎苦笑道："宰相都能下狱，岂有生还之理？只是连累胡大人，心实不安。"

当夜，裴炎在狱室独坐，忽听得狱卒钥匙声响，抬头一看，见牢门外的狱卒正自开锁。

狱卒身后，站着朝散大夫狄仁杰。

裴炎从草堆上起身，走到牢门之前。

狄仁杰缓步进牢，对裴炎拱手说道："裴大人……"却没说下去。

裴炎微笑道："狄大人深夜来见，料是太后圣意已下，裴某过不了明日了。"

狄仁杰长声一叹，看着狱卒将自己带来的酒食摆好后，才与裴炎对面而坐，说道："下官丁忧三载，今日方归，闻裴大人下狱，心中惶恐，特来一见。"

裴炎微笑道："裴某入狱三十余日，朝中无一人前来，狄大人不怕被连累吗？"

狄仁杰举起酒杯，说道："大人身为宰相，刚直不阿，朝中进谏，实为下官钦敬，何来连累一说？"

裴炎与狄仁杰原本不熟，他知今日骞味道和鱼承晔拿去自己口供，便是难逃一死，不意狄仁杰冒死来见，心中大慰，说道："今日朝中，太后一意孤行，裴某死则死矣，只是放心不下陛下。"又是沉声一叹。

狄仁杰端起酒杯，说道："太后乃李唐太后，这江山便是李唐江山，裴大人无须多虑。"

裴炎微微摇头，放下杯说道："裴某日日在此，不知扬州之事，现今如何了？"

狄仁杰说道："徐敬业兵往南京了。"

裴炎一怔，说道："若如此，徐敬业兵败无疑了。"

狄仁杰诧声道："裴大人何出此言？"

裴炎皱眉摇头，说道："徐敬业扬州兴兵，以兴复李唐，使太后还政陛下为号，此乃得宗室人心之举，自当兵发神都，直击要害，如今他锋往南京，太后自有暇从容应付，徐敬业不击打重心，屯兵南京，在天下人眼里，乃心有异志之举。今非乱世，人心思定，徐敬业拖得越久，兵败就越速。"

狄仁杰叹道："裴大人如此远见，太后不用反因，实乃大错之举啊。"

裴炎缓缓摇头，又举杯和狄仁杰碰酒饮下，说道："裴某一心只为李唐，如今太后改东都为神都，易洛阳宫为太初宫，岂非司马昭之心？裴某如何能忍，又如何能为其所用？狄大人今日来见，裴某心下感激。唯陛下青春之年，困于孤殿，令人思之伤痛！"

狄仁杰默然片刻，忽抬头说道："下官记得十七年前，太后刚为天后之时，曾给天皇上表，劝农桑、薄赋徭、免徭役、以道德化天下、广言路、杜谗口、王公以降皆习《老子》等十二议事，都乃社稷之福。下官倒觉，江山无论何人为天子，有民于心者，便是黎民之幸、天下之幸了。"

裴炎惊讶抬头，凝视狄仁杰说道："狄大人眼界，真高于老夫啊。"说罢双手一拱。

狄仁杰赶紧还礼说道："下官惭愧，心中所想，便是为官为君者，有黎民才称父母。今徐敬业扬州兴兵，倒真如大人所言，心有异志，如何能不败？"

二人边饮边谈，裴炎不觉对狄仁杰大有相交恨晚之感。

过得一个时辰左右，狱卒过来说道："狄大人，时候不早，还请大人……"

狄仁杰知再也不可与裴炎相见，站起身来，感伤说道："下官告辞了。"

裴炎也跟着站起，叹道："徐敬业兵败之后，太后必多疑朝臣，来俊臣之辈，亦将青云得势，狄大人多多保重。"

狄仁杰说道："裴大人心昭日月，下官心慕追之。"

裴炎将狄仁杰送至牢门前，忽然说道："老夫还有一言。"

狄仁杰已跨过门槛，转身拱手道："裴大人请言。"

裴炎凝视狄仁杰，一字字说道："许王府上，有仓曹将军张柬之，十八年前，张柬之曾将许王《忠孝论》献与先帝，老夫与之相谈，觉其实负天下之才，惜他身随许王，无缘推荐朝廷。今徐敬业兴兵，太后自知乃宗室怨望，老夫料许王堪忧，狄大人可与张柬之相熟，日后大唐，恐就在狄大人和张柬之身上，此乃老夫为大唐的最后之言了。"说罢拱手，深深弯下腰去。

狄仁杰眼中上泪，说道："裴大人之言，下官记住了。"

7

扬州兵乱一事果如裴炎所料，徐敬业兴兵仅仅四十多日，便被李孝逸大军击败，其部将王那相眼见兵败如山倒，天下虽大，已无处藏身，不觉异念横生，乘徐敬业不备，竟挥刀将徐敬业斩于马下，随后率部下再斩徐敬猷和骆宾王，提三人首级来李孝逸大营投降。李孝逸得王那相指引，迅速擒获唐之奇、杜求仁和魏思温余部。李孝逸下令将三人斩首，魏思温临刑前大骂："徐敬业若听我计，直取洛阳，焉有今日之败！"

李孝逸大军再起，徐敬业掌控一时的扬州、润州、楚州全部被收复。

武媚娘接到捷报，却没有像当日命上官婉儿念骆宾王所写的檄文那样哈哈大笑，相反却是脸色肃然，冷冷说道："徐敬业叛乱虽平，与徐敬业勾结的，却是不少。"

她话音一落，礼部尚书武承嗣已然出班，执笏说道："徐敬业叛乱，乃手中兵权在握，裴炎处斩之前，左武卫大将军程务挺密表为裴炎求情，反贼唐之奇与杜求仁也素与程务挺相交甚厚，有通谋之嫌。臣请太后详察。"

武媚娘当即说道："左鹰扬将军裴绍业听旨！"

裴绍业出列之后，武媚娘冷冷说道："本后命裴将军即刻前往朔州，奉旨行事。"

待裴绍业应命接旨，武三思又出班奏道："夏州都督王方翼，与程务挺素相亲善，太后不可不防。"

武媚娘眉头一动，缓声道："王方翼未与叛军勾结，罪可免死。传旨，将王方翼流往崖州，终生不得回朝觐见。"

群臣闻言，均有股栗之感。

程务挺先为羽林军将领，武媚娘废李显之时，尚是程务挺将李显扶下龙椅，如今命裴绍业"奉旨行事"，实是欲取其性命了。王方翼为李治废皇后之兄，虽有军功，其身份自是令武媚娘难容。程务挺虽是抵挡突厥的大将，但有勾结叛军之嫌，谁敢出班求情？

狄仁杰在群臣后列，脚下欲动，又想起裴炎临斩前夜之言，知自己官微言轻，何况已得圣旨，自己明日便将往宁州任刺史，必得忍耐为先，当下还是站立未动，脸上始终不动声色。

武媚娘见众臣无言，双眼横扫，将他们一个个看过去。

迎到武媚娘目光之臣，都不觉低下头去。

武媚娘似是意兴阑珊，挥手道："散朝吧。"自己起身往殿后走去。

高延福和上官婉儿跟随武媚娘回宫。

上官婉儿见武媚娘处事利落，无人敢言，脸色却是低沉，眉头微皱，殊无喜悦之感。待三人进上阳宫后，上官婉儿侍候武媚娘坐下，终忍耐不住说道："太后平定叛乱，又清除军中隐患，为何如此闷闷不乐？"

武媚娘看一眼上官婉儿，起身凝视殿外，从胸中吐出一口长气，说道："江山万里，如何能事事皆由本后亲裁？裴炎乃托孤之臣、首辅宰相，原堪大用，可惜他心中只有宗室而无天下，本后斩他，半分不冤。"武媚娘停了片刻，续道，"散朝之时，本后遍观群臣，实未见何人身具首辅相才，替本后分担这天下之忧！"

上官婉儿和高延福相互望望，俱是默然，耳边只听到武媚娘发出一声长长的叹息。

第三章　深宫僧影

1

自武媚娘迁洛阳并改洛阳为神都后，再也没想过要返回长安。洛阳成为大唐京师，自然一片繁华。每日街中往来各色人等。武媚娘觉光宅年间出事频繁，年号不利，到翌年又改元为垂拱元年。无论年号怎么变，朝中怎么变，只要未经兵燹，百姓生活自仍是一如往常，开馆的开馆，卖艺的卖艺，神都街上，每日仍照常出现一个卖野药的摊贩。摊贩主人姓冯，名小宝，自幼父母双亡，因久居神都，方圆数里无人不识，冯小宝靠在山中挖野药为生，年纪二十二三，身材高大魁梧，长得也相貌堂堂，只是手中无钱，一直未娶。

七月的一日，冯小宝如往日般摆出地摊，堆上药物，因久无人光顾，实在无聊，将一把砍药的砍刀在手上舞来舞去。

街头出现一顶披红挂彩的轿子，冯小宝远远看见，心中直想，不知什么时候自己也能如轿中人一般威风。念头闪过，不觉摇头，这辈子能无病无灾便是上天有眼了，这些妄想连自己也觉匪夷所思。当下懒得盯视，收起刀来，左右吆喝。

过不多时，那顶轿子从他身边过去，却不知怎的，轿子又忽然返回，在冯小宝身前停住。

冯小宝看看自己今日摊开的一些乌草蛇胆，正暗想如何给这些有钱人开价时，只听轿内传出一女子声音说道："这位师傅，你的药我买下了，随我送到府上，再算银两。"

冯小宝闻言大喜，眼珠一转，心想难得有钱人家光顾，得狠宰一刀才是，便说道："全要？那得二十两银子。"

轿内声音说道："送我府上，算一百两银子。"

冯小宝喜出望外，暗想一百两银子，可不是发财了么？立刻答应，将地上的野药全部打成一个包裹。

那轿子随即起来，冯小宝扛包迈步，在轿旁随行。

冯小宝跟着轿子很快离开大街，左弯右拐，心内渐生诧异。他自幼生在洛阳，大街小巷，无处不熟，此刻跟着这顶彩轿，识得是往皇宫方向而去。冯小宝人虽彪悍，却从未与官府打过交道，见眼前越来越近的宫室气势逼人，一颗心不禁七上八下，暗想刚才是不是开价二十两银子太高，要拿去问官了？不觉冷汗突冒，只想转身逃走，却无论如何不敢。

轿子在一宫殿门前停下。

冯小宝几曾到过如此雕梁画栋之所，不觉犹豫，见轿内人对门前的按刀护卫说了句话，那护卫走到冯小宝身前，颇为客气地说道："你进去。"

冯小宝内心猛跳，跟着进来，过了四五道门后，轿子停下，只见一身穿粉红绸缎的少女走至轿边，和轿内人细语几句，然后走到冯小宝前面说道："先跟奴婢来。"转身就往旁边一房间走去。冯小宝忙不迭跟上，环视所见殿室，无处不如梦境般的回廊曲折、花团锦簇，连多看几眼的勇气也没有，忐忑不安地跟着那少女进入旁室。

少女看着冯小宝，忽然掩口一笑，要他在此等候，转身出去了。

冯小宝只觉空气肃穆得连大气都不敢出，两腿发软，走到椅边，心跳不已，只敢挨着椅沿坐下。房间四处的檀香架上摆满自己从未见过的珍奇玉石，实不知此刻究在何处。

过得片刻，刚才那少女又走进来，对冯小宝微微笑道："请随奴婢去见公主。"

冯小宝惊得险些从椅沿掉下，心想难道刚才那轿内人竟是公主？不由脸上失色，站起时浑身哆嗦不停。

那少女见冯小宝如此模样，柔声笑道："此乃千金公主宅府，别怕，公主高兴着哪。"

2

三日之后，冯小宝依然有做梦之感。他万万没有料到，身为高祖最小的女儿千金公主，竟然是要自己侍寝。千金公主虽年近七旬，毕竟是公主，保养甚好，看起来比真实年龄小上数十岁。有了和千金公主的关系，冯小宝顿有一步升天之感。整个公主府邸，有谁不在冯小宝面前唯唯诺诺？短短三日，冯小宝恍觉卖药生涯已离自己十万八千里，像是前世之事。

偌大的公主府邸让冯小宝眼界大开，在陪侍公主之余，自然要将府中四处看个究竟。这日他正走到后花园时，府内侍女找过来，说公主有召。

冯小宝赶紧随侍女来到公主寝宫。

千金公主看着冯小宝说道："在府中已经三日，本宫今日要将你送出去了。"

冯小宝闻言，陡生失落，刚刚尝到荣华富贵的滋味，转眼要变成南柯一梦，情急之下，双膝一跪，说道："小人想陪伴公主，不想离开公主。"

千金公主听得冯小宝哀求，脸上微微一笑，说道："以为会让你再去街头卖药吗？"她微微摇头，续道，"今日是要送你去更好的地方。你到了那里，若还偶然记得本宫，本宫就对你感激不尽了。"

冯小宝经过三日如梦如幻的日子，自然会有不真实的感受，此刻听了千金公主之言，更是如堕雾中。他甚是机灵，心想难不成公主是试探我来着？当即说道："小人哪里也不想去，公主对小人的好，世上找不出第二个，小人想一辈子留在这里侍候公主。"

千金公主微笑出声，起身说道："女人啊，公主也好，平民也好，都喜欢听男人的花言巧语。起来吧，好好收拾一下，随本宫一起出去。"

冯小宝闻言，知公主府邸是留不下去了。见公主脸无恶意，始终笑意盈盈，困惑间站起身来，实不知公主要将自己送到什么地方去。

千金公主命侍女给冯小宝换上一套新衣。千金公主上上下下将冯小宝看过，叹息道："这么威风！一定会令她喜爱的。走吧。"

冯小宝跟着千金公主出得府邸，两人分别乘轿。轿子抬起之后，冯小宝心想自己光棍一条，无甚牵挂，今奇迹般得公主垂青，过了三天神仙般的日子，死也没什么遗憾的，索性安下心来，看公主要将自己送往何处。

感觉过了一炷香左右的时间，轿子停下了。外面有一宫女掀开轿帘，冯小宝钻出轿，抬头见眼前宫殿，又是一惊。原以为千金公主的府邸是神仙之地，万没料此刻所见，竟是更为壮丽，处处凤阁龙楼，琼枝玉树，梦境样不可思议。

千金公主也已下轿，微笑示意。冯小宝赶紧走到公主身旁。千金公主在数名宫女的侍行下，迈步往宫殿深处走去，冯小宝紧跟其后。

层层宫门推开，冯小宝越走越心惊，一个念头突如其来，难道千金公主竟将自己带到皇宫来了？千金公主说要将自己献给另外一个人，这皇宫之内，除了当朝太后武媚娘，还有何人能比千金公主更具威势？

"你到了那里，若还偶然记得本宫，本宫就对你感激不尽了。"千金公主的话又在他脑中响起，陡然间，冯小宝脑中灵光闪过，没错，除了太后，不会有第二个人让千金公主说出这样的话。

冯小宝大脑微微一晕，随即镇定下来，他知道，决定自己一生的命运之日来临了。

到一巨大的宫室之后，只见盘龙柱根根粗壮笔立，连地板都铺金镶玉。前面数级台阶之上，一个容颜如花的女人双佩小绶，衮冕博鬓，服饰杂而不花，气势逼人地端坐龙椅，她身边站立一个侍女，阶上站立一名宦官。

千金公主走上前去，在阶前敛衽为礼，说道："小宝来了。"

冯小宝不再怀疑，紧步上前，双膝跪倒，叩头说道："草民冯小宝，叩见太后！"

武媚娘凝视冯小宝，慢条斯理地说道："抬起头来，让本后看看。"

冯小宝抬起头，豁出性命，注视对方，只见武媚娘脸上，慢慢浮出微笑。

3

冯小宝进皇宫数日后的一天，时方正午，神都东门大开，城内外的行人纷纷让道，马蹄狂乱中，五百禁军鍪旗持戟，声势磅礴地乘马而出。当先之人，乃一穿僧衣的和尚。和尚左边的乘马人是礼部尚书武承嗣，右边乘马人是兵部尚书武三思。那和尚脸色傲然，胯下一匹白马，浑身无一丝杂毛，显是名驹。武氏兄弟的马匹自当名贵，却还是比不上那和尚的白驹鞍蹬华美。他们身后的旗帜上，写有"唐"字的最多，武氏兄弟身后的旗帜写着"武"字，那和尚身后的旗帜最为巨大，绣着一个巨大的"薛"字。

出得东门之后，武承嗣对和尚哈哈笑道："薛师傅，白马寺转眼便到，下官可还是从未去过啊。"和尚哈哈一笑，说道："以后便可多去了。"另一边的武三思抢着答道："那可不？以后咱哥俩可是全听薛师傅吩咐啊。"和尚又是哈哈一笑，满脸骄横地将马鞭猛抽，一群人旋风般朝白马寺方向奔去。

白马寺乃汉明帝于永平十一年为纪念当时两位印度高僧用白马驮经之事而建，堪为中原第一古刹。东汉末年，以袁绍为盟主的十八路诸侯征讨董卓，兵围洛阳时，纵火将白马寺烧毁，到三十年后，曹丕篡汉称帝，方重建白马寺，此后，又经西晋"八王之乱"和北魏末年的"永熙之乱"，白马寺再遭毁损。

武氏兄弟簇拥那和尚到白马寺时，寺内和尚寥寥无几。从山门进去之后，一路所见的天王殿、大佛殿、大雄殿、接引殿、清凉台和毗卢阁等建筑一片凄凉。

寺内的和尚闻得官军前来，惊慌失措地前来迎接。

武承嗣也不下马，打开手中圣旨，大声道："太后有旨，命高僧薛怀义师傅为白马寺主持，重修白马寺。谢恩！"那几个和尚赶紧叩头。

武承嗣收起圣旨，转头看着薛怀义，脸上登时浮笑，说道："薛师傅，这白马寺就交给您了。"

薛怀义哈哈一笑，翻身落马，走到那几个和尚面前，说道："你们谁是当家的？"

其中一名和尚抬起头来，说道："是贫僧……咦？"他突然一愣，脱口道，"你不是卖药的冯小宝吗？"

"大胆！"一旁的武三思厉声喝道，"这位是薛怀义师傅，当朝驸马都尉薛绍的季父，敢说是街头卖药的，来人！给我拖下去，重杖一百！"

他身后几名禁军答应一声，如狼似虎地过来，将那大声求饶的和尚摁在地上，挥棒便打。

其余和尚吓得浑身哆嗦，听着旁边惨叫连连，一个个赶紧叩头。

尚未打得一百，那几个挥棒的禁军停了下来，略有惊诧地对武氏兄弟说道："他……已经死了。"

薛怀义冷冷一笑，说道："死了？那就扔出去。"说罢，大摇大摆地往殿内走去。

武氏兄弟陪薛怀义落座之后，武承嗣笑道："薛师傅今日便可命人重修白马寺了，有什么用得着兄弟我的地方，薛师傅千万不要客气，只管开口便是。"

武三思也接着说道："太后下拨的银两若是不够，薛师傅也只管对兄弟开口，八万十万的银子，兄弟还是可以拍胸脯担保的。"

薛怀义将一条腿弯起，踩到椅上，说道："二位大人的话，小僧……哈哈，小僧记住了。不过，银子一事，太后拨得够多，就是这重修寺庙，烦琐得厉害，小僧可不愿意每天守在这里。"

武承嗣哈哈一笑，说道："重修白马寺，不过是太后让薛师傅有个传经之所，哪用得着薛师傅每日守在这里？薛师傅每日进宫，跟太后说说修建之事，也就罢了。此处所有事宜，都包在兄弟我身上。薛师傅想出宫玩就出宫玩，想怎么玩就怎么玩，只是每天得回宫陪陪太后，太后操劳一辈子，实在是累得很，好在有薛师傅每日跟太后说佛念经……哈哈，太后也是高兴得很哪。"

武三思即刻凑趣："我们兄弟和薛师傅可说是一见如故，要不是薛师傅身份非凡，我们兄弟还真想和薛师傅来个桃园结义，拜个把子才好。"

薛怀义哈哈笑道："小僧……哈哈，小僧蒙二位大人错爱，心里可是惶恐得很啊。二位大人放心，小僧必日日在太后身边，多说二位大人才德。"

武氏兄弟闻言大喜，武承嗣说道："薛师傅如此看得起我们，恩同再造。今日薛师傅巡视也巡视过了，不如我兄弟陪薛师傅还朝，这些禁军就暂留寺内，为白马寺重修出一点点大气，这也是太后之意啊。"

武三思对武承嗣摇手说道："此时尚早，不如我们先陪薛师傅在神都多走一走，今晚兄弟做东，请薛师傅好好喝上几杯。"

薛怀义笑道："如此甚好！待天黑之后，小僧再回皇宫。"

武氏兄弟大喜，赶紧起身。武承嗣出门传令，留下禁军，命禁军头领率人出去，广招民夫，务必在三月内使白马寺重回往日风光。

4

从这日开始，薛怀义日日乘御马上街，身后跟十余名侍从。他在洛阳原系卑微之人，如今一步登天，当真横行无忌。街上识得他是原来那个卖药摊贩冯小宝的，有几个想上来溜须拍马。不料仍习惯称其为"小宝"，只要这两字一出，薛怀义身后侍从便顿时厉喝，上前将其一顿拳打脚踢，生死不顾。不过数日，神都街上再也无人敢靠近薛怀义，闻得他来，人人躲避不及。薛怀义只觉自己威风凛凛，天下无人敢拈其须。一日他见一道士在街上走过，立刻手一挥，他手下侍从即刻扑向道士，薛怀义耀武扬威地策马上前，厉声喝道："如今天下，佛门为尊，你竟敢修道？是没把本佛爷放在眼里不成？"那道士不知发生何事，辩得一句"道教始祖乃方今天子先人，岂不闻……"他还未说完，薛怀义已勃然大怒，喝道："给佛爷拔光他的头发！"众侍从争先恐后，将那道士头发顿时拔光。在道士哀求声中，旁人躲避犹恐不及，哪个敢上前为道士说话？

第二日，武媚娘上朝之时，右台御史冯思勖直接上奏："臣接下情，近日白马寺主持薛怀义当街犯法，人莫敢言，昨日无端擅用髡刑，将一道士剃发而去，实乃视律法于无物，臣奏请太后拿入大理寺！"

武媚娘闻奏，却是不动声色，缓声说道："白马寺乃神都名刹，本后正自敕修。寺内主持如何会枉法而为？冯大人无须小题大做。"

冯思勖心内如何不知薛怀义乃太后面首？只故作不知地说道："佛即善也。白马寺主持一心向佛，道士一心修道，佛道殊途，原本各安。道教始祖，为高祖钦点之先祖，天皇先帝封其为玄元皇帝，太后也曾于上元元年上表天皇，'请令王公以下皆习《老子》'。言犹在耳，如何道士无端被白马主持恃众髡刑？触法之事，从来无小，太后详察。"

武媚娘眉头也不动一下，轻描淡写地说道："既然卿有此言，就着礼部尚书武承嗣查明此事。"

武承嗣闻言，立刻出班，执笏躬身，说道："微臣定当查个水落石出。"

冯思勖不觉悲凉，心知自己再说其他也是无用，叹息一声，摇头退下。

一连数日，武承嗣始终未有下文禀奏，冯思勖满心悲愤，这日散朝后步行回府。

还未走到府邸，迎面见薛怀义带着侍从过来。

冯思勖立刻停步。

只听薛怀义冷冷说道："冯大人，你是觉得小僧犯法了？嘿嘿，那小僧索性就再犯一次！"随即厉声喝道，"给我打！"

他手下侍从如狼似虎地扑上去，冯思勖反应不及，连转身跑的念头都尚未涌上，便被几人扑倒在地。薛怀义厉声吆喝，他手下人拳脚如雨，将冯思勖打得动弹不得。

薛怀义见打得够了，才阴阳怪气地说道："好了，罢手。"他走上去，在浑身是血的冯思勖身边蹲下，将他胸前衣襟揪起，冷冷说道，"和小僧作对，还是想想后路才好，今天我饶你一命，若再听到你说老子犯法，就直接要你的狗命！我们走！"说罢站起身来，带着手下扬长而去。冯思勖在地上躺了好半晌，才勉力动得一动，呻吟出声。旁边无人敢上前将他扶起。

5

薛怀义殴打冯思勖之事，立时传得沸沸扬扬，群臣无人敢言。武媚娘也装聋作哑，直当不知，心下却难免不快。她虽宠薛怀义，却不欲薛怀义仗势欺人，将其冷落数日；薛怀义见武媚娘未加指责，越发横行无忌。一日其又是入夜后进入皇宫，和武媚娘上得龙床之后，见武媚娘脸上沉思，薛怀义自知近来颇多恶事，犹犹豫豫地说道："太后今日有异，是不是又有哪个大臣来诬陷小僧？"

武媚娘嘴角冷笑一下，说道："薛师自去看看，补阙王求礼今日上表了。"

薛怀义一听，心下竟微微一慌，原来该年三月，武媚娘命铸铜为匦，置于神都。东面匦名"延恩"，专收赋颂及求仕人之表；南面匦名"招谏"，由进谏者专言朝政得失；西面匦名"伸冤"，有冤情者直接投状；北面匦名"通玄"，收天象灾变及军机密计。命正谏、补阙、拾遗各一人。四匦上表，武媚娘无不重视，王求礼身为补阙，所呈疏表，自是朝臣民间之声。

薛怀义下床到案前一封封查找，终于拿得王求礼上表，打开见上面写道："太宗时，有罗黑黑善弹琵琶，太宗阉为给使，使教宫人。陛下若以怀义有巧性，欲宫中驱使者，臣请阉之，庶不乱宫闱。"薛怀义哈哈一笑，说道，"王求礼要太后阉割小僧？"

武媚娘脸色微沉，说道："薛师招摇太盛，朝中上下，反声甚多啊。"

薛怀义眼珠一转，重新上床，对武媚娘说道："小僧闻得突厥入寇，不如太后命我统军，小僧若立得军功，朝中就没人再说什么闲言碎语了。"

武媚娘哈哈一笑，说道："薛师还会打仗？"

薛怀义傲然说道："行军布阵，不过区区小事，小僧配得几员副将，太后只闻佳讯便可。"

武媚娘心知若想留薛怀义在宫，非消除群臣非议不可，果真命薛怀义统军出征，同时命讨平徐敬业叛乱的李孝逸为副将。

群臣闻旨，竟是无人进谏，均想薛怀义若死于突厥兵锋，实乃颇愿看见之事。

谁也没料到，薛怀义率军数月后，竟得胜归来。

全身披挂的薛怀义带着此行副将李孝逸上朝报功："臣借太后之威，震慑突厥，于单于台刻石记功而还。"

武媚娘闻言大喜，说道："薛师击败突厥，劳苦功高，今封薛师为辅国大将军。"

群臣齐齐出列，同时说道："太后之威，震于四夷！"

薛怀义得封高官，更加不可一世。年已八十、刚刚封为左相的苏良嗣朝中未言，散朝后却找上李孝逸问询战况。李孝逸苦笑道："薛将军和突厥哪有交手之事？我们统军到定襄郡紫河之时，适逢突厥内乱，入侵之敌，早自行退去。

薛将军刻石记功，末将委实不敢开言。"

苏良嗣怒道："如此欺上瞒下，本相非得给他一个教训不可！"

6

过不几日，苏良嗣轿至朝堂南门，刚刚下轿，便见薛怀义正耀武扬威从门内出来。

苏良嗣站于轿边，脸色低沉，冷冷看着薛怀义。

薛怀义一见苏良嗣，上前装模作样地打个拱手，说道："哎唷，苏大人在此，下官可是失礼了。"

苏良嗣抬眼望天，淡淡说道："薛大将军如何会在此处？"

薛怀义哈哈一笑，说道："这朝堂左右，何处不是命官往来之地？"

苏良嗣冷笑道："薛将军可左右看看，除了本相和薛将军，此处还有哪位命官？"

薛怀义左右一望，果然没见其他官员，心下突然一慌，说道："此乃南门，除相爷之外，其他官员岂敢随意来此？"

苏良嗣眼睛横扫过来，说道："薛将军既知此处乃宰相独进之门，如何你会在此处？"

薛怀义讷讷道："下官……何处不能去？"

苏良嗣脸色陡沉，低声喝道："此处你便无权过来。"

薛怀义原本无赖之徒，外强中干，此刻见苏良嗣白须飘飘，不怒而威，心下无端愈加慌张，想着有武媚娘给自己撑腰，便强硬说道："下官敬你满头白发，可不要得寸进尺。"

苏良嗣仍是声音淡淡地说道："左右，给本相拿住薛怀义！"

跟在苏良嗣身边的下人一声吆喝，顿时走出几名膀壮腰圆的武士，将薛怀义反手按住。

薛怀义又惊又怒，喝道："苏大人，你敢这样对我，可知太后……"

苏良嗣已厉声打断道："给老夫掌嘴三十！"

薛怀义只知自己乃给太后侍寝之人，平时得意忘形，谁也瞧不起；武氏兄弟更是尽施各种巴结手段，哪里料到苏良嗣会压根儿不买账。也更料不到自己种种行为已惹起众怒，不仅朝廷一些官员，便是一些下人，也早暗中对其咬牙切齿，此刻听得苏良嗣下令，上前掌嘴之人使出浑身之力，一掌掌打下去。

在薛怀义"哎呀"声中，脸上已然红肿。十掌之后，薛怀义两边脸颊已高高肿起，殷红若桃。薛怀义此刻哪里还有往日威风？连求饶的话也只说得几句，其余再也无力说出。

堪堪三十掌打完，薛怀义只觉满嘴是血，牙齿也在有松动。

苏良嗣伸手抬起薛怀义下颌，冷冷说道："国有国法，朝有朝规。薛将军，你今天可得记住，不是什么国法朝规都可随意违背。下次若在此再见到你，本相就不是掌嘴三十了。上轿！"

苏良嗣说完，冷冷一哼，拂袖上轿，一行人像是没发生什么事似的，抬起苏良嗣扬长而去。

薛怀义捧着脸，痛得双泪横流，迈开大步，往武媚娘寝宫跑去。

武媚娘一见薛怀义如此狼狈模样，不禁惊讶。

薛怀义双膝跪地，一股委屈逼出眼中泪水，声音空空洞洞地勉强说道："太……后，请……给……我……做……主。"

上官婉儿和高延福在旁，也惊讶万状。

高延福即刻上前，想扶起薛怀义。

武媚娘双眉一竖，说道："如何这般模样？"

见武媚娘没命薛怀义起身，高延福又退了回去。

薛怀义脸肿嘴痛，好不容易才将挨揍的来龙去脉说得明白，说完后，竟是哀哀大哭。

武媚娘原本站起，听薛怀义说完，身子重新落座，看着薛怀义说道："你在宫中已不是一日两日了，难道会不知宫中规矩？北门方是你出入之门，南门乃相门，唯宰相方有资格出入。这宫中的规矩，谁也不能乱犯。今天这事就算了，以后你也该学着规矩些，免得朝中人人来给本后上疏告状，"她眼睛微闭，续道，"天下都是以规矩行事，岂止本后，便是高祖、太宗和天皇先帝，也不敢乱坏规矩。"说罢，武媚娘冷冷看薛怀义一眼，起身径往内殿。上官婉儿和高延福也跟着武媚娘入内殿，对薛怀义来了个不闻不问。

7

翌日，武媚娘按时上朝。

苏良嗣昨日掌嘴薛怀义，自知冒犯的是武媚娘，站在殿下，就等着武媚娘开口将自己罢官乃至下狱。群臣也尽知昨日之事，心里大快之余，不由替苏良嗣捏把冷汗。武媚娘却如昨日之事没发生一样，照常处理朝务。

将数位大臣的禀奏处理完毕之后，武媚娘声音不疾不徐地说道："本后二月时下诏，欲复政于陛下，陛下奉表固让，本后不得不挑起大唐的江山之重。如今海内清平，唯突厥时有入寇，适才右相韦待价已然禀奏，自上月辅国大将军薛怀义在紫河刻石记功之后，左鹰扬卫大将军常之败于两井，突厥之乱，非止一朝一夕，从高祖到本后，平了又起，起了又平，始终是心腹大患。"

李孝逸出班说道："末将愿再统大军，往两井迎敌。"

武媚娘声色如常地说道："李将军忠勇，本后早知。今日欲告知众卿之事，突厥尚在其次，本后心中所想，实不知哪位大人可知？"说罢，武媚娘双眼如刀，在群臣间一一扫过。

群臣听得颇为奇怪。苏良嗣微一沉吟，出班说道："太后之思，或是朝廷后继之臣？"

武媚娘凝视苏良嗣一眼，脸上微微浮笑，却又叹息一声，说道："左相确知本后之心啊。"

苏良嗣执笏弯腰，说道："下官蒙太后不弃，八旬拜相，实难扛起朝廷之重。祈请太后，另择贤才。"

武媚娘不答，看看右相韦待价，对方也是白须飘飘，不觉缓缓摇头。

便在此时，左台监察御史郭翰出班奏道："臣禀太后，本朝江山万里，何愁没有人才？臣月余前巡察陇右，所至之处，多所按劾，唯入宁州境后，尽闻当地耆老尽颂刺史，下官查询，果然德美盈路，百姓为其立碑勒石。下官一直盼荐与朝廷。"

郭翰话音一落，群臣轻议，武媚娘脸露喜色，说道："今宁州刺史何人？"

郭翰躬身说道："乃狄仁杰。"

"哦？"武媚娘沉思说道，"天皇在日，狄仁杰为大理寺丞，一年审案，无一冤情，曾在天皇前认法不认旨，本后当时劝谏天皇，擢其为侍御史。本后记得清楚，两年之前，狄仁杰为朝散大夫，后外任宁州至今。为官者，清廉当为己任，让众百姓服之，方是治理之才。"

苏良嗣尚未退下，躬身说道："狄仁杰实乃本朝大才，本相愿与郭大人一并推荐！"

武媚娘微微点头，对上官婉儿说道："拟旨，诏狄仁杰入京！"

苏良嗣又说道："狄仁杰年富力强，他若是来京，本相垂垂已老，愿让出相位。"

武媚娘微微一笑，说道："老相无须着急，狄仁杰纵是有天下之才，也不可一步而行。治理天下之人，须当渐进。待狄仁杰入京，本后自当亲察。"

过得半月，已是十月深秋，狄仁杰奉旨来到京师。他抬头看着数年已然大变的神都，不觉在暮色中感觉一股振奋。待他走至宫前，忽见一人将一封折好的函件塞入一个铜匦，不觉一惊，将那人拦住，说道："这是何为？"那人见狄仁杰身穿官服，赶紧谄笑，说道："大人不知吗？太后有命，天下事都可直接密报。"狄仁杰吃了一惊，心想朝廷难道大开告密之风？这绝非好事。当下不觉沉吟，说道："你叫什么？"那人答道："小人周兴。"他见狄仁杰脸色犹疑，说完名字后，便急走开了。

第四章　拜洛受图

1

　　被苏良嗣掌嘴之后，薛怀义自然怀恨在心，但他在陡然间看得明白，自己唯一的庇护只是太后。在太后眼里，自己却不过是一侍寝之人，朝中上下，有谁真正看得起自己？哪怕时时前来巴结的武氏兄弟，也不过希望自己在太后前美言为他们明日的高官厚禄垫上一块踏脚石而已。他出身卑贱，一夜间跻身荣华富贵之列，自然找不到方向。苏良嗣的三十记掌嘴让他陡然清醒，自己虽锦衣玉食，实则还是那个卑贱之人。

　　但自己能放弃突如其来的富贵吗？他当然不肯。只是在猝然扭曲的心理下，薛怀义对太后也产生了极度的憎恨，很多时候连皇宫也不进，宁愿自己在外面的风月场所度夜。武氏兄弟见太后没有惩罚苏良嗣，心里也犯起嘀咕，对薛怀义不再像从前那样亲密。

　　就在群臣对薛怀义冷眼相待之时，垂拱四年二月十一日黎明，高达一百二十尺、南北一百七十六尺、东西三百四十五尺的洛阳宫正殿乾元殿在薛怀义的吆喝指挥和数万苦役挥锤舞棒之下，轰然倒塌。

　　前来上朝的所有官员被巨殿的倒塌震得目瞪口呆。苏良嗣等人尚且不知何

272

事，只有武媚娘一手扶持的北门学士心知肚明，武媚娘要推倒乾元殿，在空阔地上建起象征其权威的明堂。在群臣眼里，乾元殿乃大唐天子象征。它的倒塌岂不充满"大厦将倾"的意味？难道以后的天下将不再是大唐天下？苏良嗣自然知道，自己决不能去问薛怀义，而且，他更能判断，薛怀义敢在光天化日之下推倒乾元殿，若不是秉承太后旨意，他纵有一百颗脑袋也会被一颗颗砍下来。

便在此时，高延福出来传旨，太后将在此建立明堂，薛怀义为建堂总监。

没有人敢进谏，何况乾元殿已倒，说什么也是无用。

武承嗣却是心领神会，知道武媚娘已不甘太后之位，有了以武代唐的内心盘算。所谓"明堂"，始于虞朝，乃天子祭祀祖先神灵之所，同时迎接各处诸侯朝拜。对苏良嗣这样的大臣来说，自知明堂何意，却不敢往下深思。武承嗣心内蠢蠢欲动，暗想姑姑若是登基，皇位便是姓武，自己岂不是有染指皇位的可能？琢磨之下，立即命人招来靠告密登上秋官侍郎一职的周兴。

与武承嗣见过后的当夜，周兴向太后再次密报，称平定徐敬业有功的李氏宗室吴国公李孝逸在召部下次酒时说到，自己名字中的"逸"字有"兔"，"兔"是月中之物，这岂不是在说自己有一半的天子之命吗？

武媚娘闻奏，一声冷笑，即刻命上官婉儿拟旨，念及李孝逸平叛有功，特免一死，同时免去官职爵位，流放儋州，永不得入朝觐见。

没有人敢为李孝逸求情，毕竟周兴的密告属实。群臣自然知道，李孝逸之言，便判死罪也未逾律法，武媚娘将其免死，已算是法外开恩。但苏良嗣等人看得清楚，李孝逸毕竟是高祖堂侄，乃不折不扣的皇室中人。武媚娘既建明堂，首先不放过的，当然是李氏宗室了。李孝逸虽是流放，已令人感觉一股杀气扑面而来。

2

当年七月底的一天，三匹快马显是昼夜兼程，到博州城门时，竟倒毙两匹。乘马人身手颇为矫健，立刻跳下，三人均满头大汗，叩开城门后直奔博州刺史琅邪王李冲府邸。

李冲乃唐太宗第八子越王李贞长子，受封琅邪王。当日刚刚用过晚食，闻得通州刺史李撰派人前来，即刻传见。

那三人走进琅邪王府，拜过李冲后说道："小人奉命前来送诏。"

李冲闻得是诏书，一惊而起，走到三人面前，接过中间人双手递上的一卷黄绸，挥手命他们下去。

通州使者离开之后，李冲将黄卷展开，见里面只有一行字："朕遭幽禁，诸王各发兵救朕。"李冲脸色猝变，仔细再看，诏书上李旦的玉玺分明，不觉眉头微皱，沉思起来。

在桌旁坐得片刻，李冲夫人高氏从内室走出，见丈夫在桌边沉思，慢步上前，说道："王爷如何在此独坐？"

李冲闻言，恍如梦醒之态，抬头说道："本王在思朝廷之事。"

高氏有些诧色，微笑道："王爷不是素来不与妾身谈及朝事？"

李冲长叹一声，站起身来，捻须说道："本王从不欲夫人多知朝事，实乃朝廷变化太大，夫人得知无益。"

高氏凝视李冲，说道："王爷今日想告知了？"

李冲垂头略思，缓缓点头道："今日，本王把一切事都告知夫人。李氏皇室之人，恐都危在旦夕了。"

高氏闻言，惊声道："王爷何出此言？"

李冲将高氏揽入怀中，低沉了声音说道："如今天下，已不是李氏天下了。"

高氏更是震骇，摇头道："王爷不是戏言之词？"

李冲苦笑道："本王如何还有闲心戏言？"他扶高氏坐下，自己站在夫人身后，将她举起的右手握住，缓声说道，"自太后临朝称制，陛下便形如幽禁。三月之前，武承嗣自称在洛水发现一块瑞石，上刻'圣母临人，永昌帝业'八个字。"

高氏吓一跳，说道："永昌帝业。难道太后……想、想做皇帝？"

李冲缓缓点头，停片刻说道："她是想做皇帝，今已将自己加'圣母神皇'的尊号，临朝称朕了。便在上月，这位神皇将那块必是假造的石头称为'天授圣图'，封洛水神为显圣，加位特进，修立祠庙。夫人可还记得，洛阳曾于那几日来旨，命皇室诸王齐聚洛阳，朝觐明堂。"高氏惊得不敢出声。

李冲已沉声续道：'让宗室诸王齐聚，不是想在一日之内，将皇室人诛之无遗吗？"说到这里，李冲松开高氏之手，狠狠一掌拍向桌面，桌上酒壶酒盅险些晃倒。

高氏赶紧说道："妾身记得，王爷没去洛阳。"

李冲双眉紧锁，说道："本王没去，还有几个王爷也没去，才免遭屠戮。那些去了的王爷已然告之，当日在殿内果然伏有禁军，欲将诸王全部斩杀。如今她自称神皇，幽禁陛下。不臣之心，天下皆知。本王刚接通州来讯，陛下已密诏四处诸王起兵。"

高氏越听，倒越是镇定下来，起身说道："王爷，是要打仗了？"

李冲惨然一笑，摇头说道：'不是我们想打，是太后逼着我们打！今日韩王李元嘉、霍王李元轨、鲁王李灵夔、江都王李绪、范阳王李蔼、通州刺史李撰、东莞公李融，还有我父王，我们九处兵马，同时举兵，不怕胜不了一个女人！"

高氏慢慢点头道："太后实是欲夺李氏江山，王爷准备何日起兵？"

李冲目光闪出坚定之色，低沉说道："本王先命长史萧德琮募兵，以陛下密诏分告诸王，约定八月二十日同时起兵，共取洛阳！"他又凝视高氏，续道，"本王先报与父王，父王在豫州兴兵，正可呼应。大唐究竟姓李还是姓武，便是这一战而定了！"李冲说罢，凝视高氏，眼色又凄凉又温柔，喃喃道，"生死之事，不能再瞒夫人了。"

高氏走过来，靠在李冲胸前，双手紧紧环抱，低声说道："嫁给王爷这么多年，王爷日日相宠，什么事也不让妾身去想去做。今日之事，无论是生是死，妾身都要与王爷一起。"

3

李冲之父李贞在千里外的豫州接到儿子讯息时，已是九月初了。武媚娘自称"圣母神皇"以及召李氏诸王前往洛阳之事，令李氏诸王人人自危，如今在诸王间传遍李旦密诏，更使他们想要破釜沉舟。

得知儿子举兵，李贞立刻挥师攻克上蔡。消息传到洛阳，武媚娘命左豹韬卫大将军麴崇裕为中军大总管，岑长倩为后军大总管，统军十万，征讨李贞。同时将李贞父子的名字从皇册中削除，更李姓为侮辱性的虺氏。

李贞刚刚攻克上蔡便得到消息，起兵未到十日便被丘神勣击败的李冲退回博州，甫入城门，竟被暗降丘神勣的守门士卒孟青突袭所杀，高氏自尽。李贞闻讯，手足冰凉，他到此刻才知，当初与李冲相约举兵的其他诸王竟无一人起兵响应。诸王个个在相约之日装聋作哑，以为自己不举兵，便能得武媚娘饶恕。李贞得知儿子死讯，方寸大乱，对部将说道："今乃天欲灭李氏皇族，本王不想牵连众位，不如将本王绑缚京师，以换诸将性命。"

李贞话音方落，守城军士来报，新蔡令傅延庆率两千精兵前来增援。李贞不由振奋，即刻命大开城门，迎傅延庆大军进城。

两日后，李贞调兵遣将完毕，闻麴崇裕大军已到城外四十里之地。

李贞少子李规及李贞女婿裴守德请令出战。李贞即点三千士卒命二人出城，自己登上城头观战。

眼见麴崇裕大军无穷无尽，李规和裴守德的三千军便如小舟被巨浪冲击，不到片刻，二人便兵溃而回。李贞在城楼见麴崇裕大军往来奔驰，俱是劲卒，不到两个时辰，便将偌大的豫州城围得水泄不通。

麴崇裕一声令下，四面城门战鼓激越，军士摇旗呐喊，声威震天。

李贞脸色苍白，下令城门紧闭，自己踉踉跄跄地走下城楼，到中军帐坐定。

李规和裴守德头盔已掉，披头散发地来到李贞面前，跪地痛哭。

李贞叹息一声，摇头不语。

城头军士狂奔过来，单膝跪地说道："王爷，麴崇裕在城外挑战。"

李贞痛苦闭眼，知道此次起兵，败局已定。

他身边偏将忍不住说道："王爷，难道我们就如此坐待戮辱？"李贞站起身来，长叹一声，挥挥手对李规和裴守德说道："你们随我过来。"

三人先后走入帐后，李贞从怀中掏出一包毒药，对二人说道："今日兵败，不可被缚去洛阳受辱。把这些分与妻儿罢。"

李规大哭，跪地说道："爹，孩儿再出城，与麴崇裕交手。"

李贞脸上惨然一笑，对李规说道："你祖父开疆拓土，荡平天下，不意今日我大唐江山竟是被一女人抢夺，为父心有不甘，如今却也只剩下往地下见父皇一途了。"

说罢，将毒药倒入桌上的一非酒杯之中，端起酒杯，一饮而尽。

李规和裴守德也不想上前抢夺，见李贞倒地，二人招来妻儿，各自饮下毒酒。

麴崇裕大军正攻破城池。

4

李贞父子及李冲全家的人头在洛阳城外悬挂示众。

残阳之下，人人见之色变。

到十一月时，有过密谋的李氏诸王全部被囚入洛阳狱中。

月底之日，周兴得意忘形地前来上阳宫跪奏，"禀奏圣母神皇，韩王李元嘉、鲁王李灵夔、黄国公李撰以及长乐公主都在狱中自尽。"

武媚娘脸上冷笑闪过："宗室的王爷，还剩下几个？"

周兴屈指算道："高祖剩下的王爷，还有霍王李元轨、舒王李元名；太宗剩下的，只有一个纪王李慎。其他的四位王爷，都是天皇陛下之子。"

武媚娘冷冷说道："就这几个吗？"

周兴谄笑道："还有东莞公李融，与助教高子贡相通，臣已将李融和高子贡一并问斩。另外，济州刺史薛颛与其弟薛绪以及驸马都尉薛绍也与李冲暗通。薛颛与薛绪已经问斩，就剩下薛绍……乃神皇驸马，微臣不敢做主。"

武媚娘脸色不变，仍是冷冷说道："传旨，李元轨与李贞通谋，废徙黔州，还有江都王李绪，来俊臣已密报本皇，暗通殿中监裴承先谋反，都推出西市斩首，所有参与的王爷，灭族而诛！至于驸马薛绍，仗着自己是本皇驸马，以为本皇就会饶你一命？推出斩首就不必了，先重杖一百，收押狱中，不得给予饮食。"

周兴暗想，这不是要将薛绍活活饿死？当下叩头道："臣遵旨。"他又从怀内掏出一卷黄绸，双手奉上，说道，"此乃微臣从李冲府上搜出的……陛下诏令。"

武媚娘伸手接过，展开看过，不动声色，慢慢卷起，说道："传陛下来见。"

周兴接旨退出，不到片刻，身穿龙袍的李旦慌慌张张进来，一见武媚娘，赶紧跪地，说道："儿臣叩见母后神皇。"

武媚娘凝视李旦，慢慢说道："陛下是本皇亲子，竟敢给诸王下诏？"

李旦闻言，顿时冷汗淋漓，结结巴巴地说道："儿臣……儿臣不曾下诏。"

"不曾下诏？"武媚娘将黄绸往李旦面前一扔，喝道，"这是什么？"

李旦跪在地上，浑身发抖，哆哆嗦嗦地将黄绸拾起，展开一看，见上面写有"朕遭幽禁，诸王各发兵救朕"十一字，脸色煞白，身子抖得更加厉害，赶紧说道："此诏……此诏，非、非儿臣所下。儿臣、儿臣不敢，不，不，儿臣……从未有此一想。"

武媚娘冷笑一声："这上面的玉玺，不是陛下所盖吗？"

李旦赶紧又展开看一眼，双膝朝武媚娘跪行过去，叩头道："母后明鉴，传国玉玺自汉时摔破一角，王莽以黄金补缺，母后请看，"他此时说话开始流畅起来，"此印无缺，实乃伪诏。儿臣足不出户，岂会与叛军勾结？"

武媚娘微微摆首，上官婉儿上前从李旦手中接过黄绸，奉与武媚娘。

武媚娘顺手搁于旁边案上，冷冷说道："你说的玉玺有缺，本皇还从未见过。"

李旦闻言，脑中顿时明白，赶紧说道："儿臣即刻将玉玺呈母后亲鉴，以证儿臣清白。"

武媚娘微微颔首，李旦赶紧退出。

不多时，李旦再次入内，跪地后双手捧起一方大印，说道："母后请看，这便是传国玉玺。"

这块始于秦朝，方四寸，五龙相交纽的玉玺，她曾在李世民手上见过，在李治手上见过。这是天下之权的唯一凭证与象征。如今由李旦亲自捧献上来，武媚娘内心微抖。她抑制住自己，亲自伸手接过，翻看上面由李斯篆刻的"受命于天，既寿永昌"八字，仔细看了半晌，才轻描淡写地缓缓说道："果然一角有缺。"

李旦如逢大赦，赶紧说道："母后查知儿臣无罪。儿臣感激不尽。"他抬头看着武媚娘说道，"如今天下大事，儿臣悉听母后裁决，这方玉玺，儿臣恳请母后代儿臣收留。"

武媚娘脸上微笑，竟泛起一丝红晕。她点头说道："今日明堂将成，叛乱扫灭，该是去洛水一拜了。下月二十五日乃吉，陛下和本皇一起前往洛水。"

李旦赶紧叩头说道："儿臣遵旨。"

5

十二月二十五日，李旦早早起床，率长子李成器、次子李成美、三子李隆基、四子李隆范、五子李隆业，各穿盛服，在刚刚落成的明堂前等候武媚娘，其时百官俱到，后宫无数宫人、各国使者、四方蛮夷酋长也齐齐汇聚，千余人排列有序，等武媚娘出现。

在司礼寺各种器乐声中，武媚娘插满雉羽的翟车抬出。车后左右各随一队宫女和宦官。宫女之前，首位是上官婉儿；宦官之前，自然是年岁已高的高延福。

见到武媚娘翟车停下，千余人一齐下跪，口呼"圣母神皇万岁"。

高延福提声喊道："神皇有旨，齐往洛水！"

武媚娘翟车再起，五百名擎旗荷戟的禁军乘马先行，数百面绣有"唐"字的金色旗帜迎风吹摆，气势浩大。武媚娘翟车随后，李旦及诸子随辇后，其余文武百官按官阶秩序而行。天竺国使者进贡的巨象群极为引人注目，此外还有大食进贡的雄狮，安南进贡的白虎等，皆在笼中随行。

洛水原本就在神都天津桥区，东出平原，北入黄河。司礼寺的乐器不停，大臣和宫女们同声高唱秦始皇当年祀洛水时亲唱过的《祀洛水歌》："洛阳之水，其色苍苍。祠祭大泽，倏忽南临。洛滨缀祷，色连三光。"

歌声停后，武媚娘从翟车出来，数名女官在车外相扶。

太阳升起，眼前洛水波光嶙峋，百鸟飞翔。群臣在李旦率领下伏地而跪，高喊"圣母神皇万寿无疆"。武媚娘肃容登上丈余高的新建祭坛，各种珍禽、奇兽、杂宝列于坛前。伏地而跪的千余人不敢起身，在一片寂静中抬头仰视坛上神皇。只见武媚娘双手展开，仰头向天，嘴里喃喃祈祷，然后跪将下去，对天三叩而毕，站起身来。

李旦以天子身份稳步上坛，手中托着武承嗣从洛水中打捞出的瑞石。

光线照耀之下，那块瑞石像是闪出奇光。

李旦走至武媚娘身前，双膝跪下，高举瑞石，将石上的"圣母临人，永昌帝业"八字对着武媚娘，高声说道："此天授圣图，佑我大唐千年万载，江山永固。请太后受图。"

武媚娘双手接过瑞石，高举过顶，移步到坛前，对天说道："千年万载，江山永固。"

跪在一旁的李旦听得分明，武媚娘没有在"千年万载"前说出"佑我大唐"四字，心中一抖，却是不敢发出一言。

整个坛前的伏拜群臣全部在喊"千年万载，江山永固"。

风从洛水上吹来，洛水前的数百面旗帜全部扑啦啦响，伴随群兽的吼声，实有惊天动地之威。司礼寺的器乐再次响起，那首《祀洛水歌》的歌声也再次唱起。

6

拜毕洛水，武媚娘起驾回宫，群臣于明堂再拜武媚娘后，方各自离宫。

身为从四品下的小官，洛州司马弓嗣业还没资格参与武氏兄弟当晚邀约的盛大宴席。从明堂出来之后，弓嗣业觉今日颇为疲倦，脚下甚快，想尽快回府。

弓嗣业府邸在小巷深处。拐入后便难见有人，此刻时近黄昏，愈加安静。

离府邸只差丈余路时，忽听得一声"弓大人"。

弓嗣业停步循声望去，只见旁边一堵墙后跳出一条壮汉，衣衫褴褛，形如乞丐。弓嗣业愣道："足下是……"

那壮汉已抢到弓嗣业身前站住，拱手低声道："在下徐敬真。"

弓嗣业吓一跳，即刻捂住对方嘴巴，左右看看无人，迅速将徐敬真带入府邸。

到内室坐下之后，弓嗣业吃惊道："公子好大胆，敢在神都出现。你……不是流绣州了吗？"

徐敬真脸色悲愤，说道："吾兄徐敬业扬州兴兵，兵败命殒，我今番乃从绣州逃出，沦为乞丐，经一年方至洛阳，想大人念在我祖父当年提携情分之上，助我离开，敬真永感大德！"说罢，起身拜将下去。

弓嗣业将徐敬真扶住，说道："当年若无英国公，岂有嗣业今日？"说到这里，弓嗣业眉头微皱，低声绥道，"今日太后拜洛水，大唐江山，恐要易姓。如今来俊臣、周兴为酷吏，每日追杀谋反之人。非嗣业不思报答，若公子长留此地，实是危急。"

徐敬真说道："大人宽心，敬真此行，是想遁往突厥，如今天涯亡命，连乞讨都不方便，求大人赠些银两，必当后报。"

弓嗣业闻言，心内恻然。徐敬真乃英国公李勣之孙，如今竟开口求些银两，实是山穷水尽，想他逃亡一年，真不知吃了多少苦头。当下点头说道："公子先用些饮食，下官……"他稍一沉吟，说道，"当年我与洛阳令张嗣明大人同受英国公大恩，平素谈起，张大人对公子念念不忘，难得公子在此，若是一别，后会无期，下官且去告知张嗣明大人。"

徐敬真点头称是。弓嗣业先拿出衣服给徐敬真换上，又命厨子做些饭菜送来，自己立刻往张嗣明府邸而去。

张嗣明闻得徐敬真潜来洛阳，也是大惊，即刻与弓嗣业一同前来。

待徐敬真吃完一年未吃过的一餐饱饭，张嗣明与弓嗣业二人凑足一千两银子，交与徐敬真。徐敬真自知洛阳不能多待，也不客气，收起二人所赠银两，趁今夜武氏兄弟大请群臣，守卫松懈，与张嗣明和弓嗣业洒泪而别后，悄然离城。

到第二天，张嗣明与弓嗣业未听到任何讯息，料知徐敬真已躲过官兵，只盼他能一路平安至突厥，便是性命无虞了。

转眼大半年过去，时入永昌元年八月，周兴带同手下，如狼似虎般闯入弓嗣业府邸。弓嗣业吃惊不小，忙问何故。周兴冷冷说道："弓大人资遣徐敬真一事，难道忘了吗？那姓徐的已在定州被获，大人跟我去趟大理寺就行了。"

弓嗣业闻言，脸色苍白。如今大臣，无人不惧来俊臣和周兴。二人设计出种种匪夷所思的酷刑，一入大理寺，当真生不如死。弓嗣业缓缓点头，说道：

"周大人先请出门，下官随后就来。"

周兴冷冷说道："本官就在门外恭候。"

他带人走出之后，等了半晌没见弓嗣业出来，心念一动，赶紧再入弓嗣业房间，只见弓嗣业已在房间自缢而亡了。

周兴大怒，带人又往张嗣明府邸，这次不给张嗣明自缢之机，立刻将其绑缚，押往大理寺。酷刑之下，张嗣明称内史张光辅在麴崇裕征豫州时，曾有占卜之举，以决定自己支持武媚娘还是支持李氏皇室。

武媚娘闻报，勃然大怒，命周兴将张光辅、徐敬真、张嗣明同时斩首抄家。紧接着，在周兴、来俊臣的禀奏之下，武媚娘再次四处搜捕与李氏宗室暗通款曲之人。来俊臣二人乘机大兴诬陷酷刑之举。地管尚书魏玄同、夏官侍郎崔詧、彭州长史刘易从、右武卫大将军黯常之等均自缢或被斩首。尚存的李氏皇室再次遭到屠戮，高祖第十八子舒王李元名和儿子豫章王李亶，以及高祖之孙、鄂州刺史嗣郑王李璥等六人被处斩刑，李璥的儿子胜王李修琦等人被流放岭南。

武媚娘端坐龙椅，脸上的神情令人日益畏怖，没有哪位朝臣敢去看她利如刀锋的眼神。朝中人人自危，见面时无人敢多说一句与朝事无关之言。上朝的大臣更不知自己能不能活到散朝之时。武媚娘要在权力道路中走完自己的最后一步，眼下这些可能阻碍她的人自然不得不死。

血流够了，她渴望的也触手可及了。

7

早在武媚娘拜洛水之后的数日，薛怀义监造的明堂宣布完工，与之前的乾元殿相比，明堂的高大和磅礴增加了一倍不止，全殿二百九十四尺，分为三层，最下层为四季，中间为天干地支，上层有九条龙柱支撑的圆顶。圆顶上站一只高达一丈的铁制贴金的展翅凤凰，气势骇人。

武媚娘将明堂正式命名为万象神宫。

幽居别殿的李旦被一日日听到的屠戮之事吓得魂不附体。自己的母后要得到什么，他自然早就知道。最初他觉得，太后毕竟是自己亲生母亲，不一定会有那个史无前例的想法，现在他明白了，李氏皇室诸王一个个被戮，自己若还占据皇帝之名，母后手上的那把利刃随时将落到自己头上。尤其父皇生前最宠爱的四皇兄李素节和三皇兄李上金被周兴诬告谋反，勒令进京后，李素节在京都南面的龙门驿被缢杀，李上金也在恐惧中自缢。李旦听到这些消息，决心遂定。他名义上登基六年，既没有举行登基大典，更没有真正地上朝决政，如果他想活下去，唯一能给武媚娘的便是皇帝的称号了。

载初元年九月四日，李旦再也坐不住了，来万象神宫拜见母后，跪地叩头说道："儿臣早闻母后神皇乃弥勒降世，儿臣恳请神皇以社稷为重，登帝位以临天下！"群臣同时跪倒，拜说道："臣等恳请圣母神皇，登帝位临天下。"

武媚娘脸色不变，淡淡说道："本皇乃陛下之母，岂可登临帝位？大谬！"说罢，起身退入内殿。

第二日，李旦再次上表，让出帝位。群臣也再次叩请，已赐爵鄂国公的薛怀义说道："臣于昨日见一凤凰，从万象神宫飞往上阳宫，此乃天意，圣母神皇不可以违天意。"

群臣再次齐声说道："请圣母神皇登帝位临天下。"

武媚娘双眉一竖，喝道："众卿不可误我！"说罢又起身退入内殿。

第三日，李旦又入殿拜见，手捧诏书，说道："圣母神皇施德政三十载，朕无尺功于天下，朕恳请圣母神皇，接受天下臣民之请，登临帝位，并赐儿臣为武姓。"说罢，将手中诏书高高举起。

高延福过来，将诏书接过，递与武媚娘。

武承嗣走上前来，手捧一长卷，跪下说道："此乃文武百官及神都六万士民签名请愿。民意不可违啊。"

群臣又拜，齐声道："请圣母神皇登基称帝！"

武媚娘将李旦诏书逐字看过。高延福又将武承嗣的长卷接过呈上。武媚娘再数眼扫过，合上诏书奏折，起身说道："若拒万民之请和上天之意，必受天帝责备。今陛下亲诏，本皇便服从圣意，为天下万民，拜受天命！"

群臣轰然跪倒，齐呼"陛下万岁万岁万万岁"。

两日之后，身穿衮冕帝服的武媚娘登上则天楼，迎群臣万民跪拜，改元为天授元年，立国号为周，自称圣神皇帝。赐李旦及其诸子为武姓，册立刚从皇位上下来的武（李）旦为皇太子，其长子武（李）成器为皇太孙，大赦天下。

登基仪式结束之后，武媚娘回到上阳宫，命上官婉儿书写诏书，于神都建武氏七庙，追尊周文王为始祖文皇帝，亡父武士彟为忠孝太皇，亡母杨氏为忠孝太后。另外封武承嗣为文昌左相，岑长倩为文昌右相，武三思为梁王，凤阁侍郎武攸宁为纳言，邢文伟为内史，等等。

她看着上官婉儿拟毕，接过笔，在诏尾第一次写上"武曌"二字。

上官婉儿惊奇道："陛下所写，是为何字？"

武媚娘仰起头，嘴角高深莫测地一笑，说道："四十多年前，朕在感业寺为尼，法号明空。朕一直记得，当日寺内慧圆师太对朕说道，明乃日月之合，日空、月空，方为天空。她却未曾想过，日月既在，天岂会空？朕今日始，乃日月临空！此字便是朕名，天下不再有武媚娘，只有武曌！"

第五章　险恶连环

1

一灯如豆。

复州刺史府内，狄仁杰正自秉烛夜读，家丁来报，张柬之登门来访。

狄仁杰大喜，即命家人带张柬之进府，自己整理衣冠，出门相迎。

夜色中只见须发苍苍的张柬之随家丁走来，狄仁杰上前数步，拱手说道："不知张大人前来，有失迎迓了。"

张柬之拱手客气几句，二人步入内室。

狄仁杰落座后说道："不知张大人在朝为凤阁舍人，如何会突来复州？"

张柬之手抚白须，苦笑一声答道："老夫多次禀奏陛下，来俊臣、周兴等酷吏纵横，于朝不利，上月陛下颁旨，拟斩右相韦方质，陛下不闻老夫之谏，调任老夫为荆州长史，今日路过此地，特来与狄大人一见。"

狄仁杰闻言，吃惊说道："韦相犯有何事？"

张柬之缓缓摇头，叹息说道："韦相重病之时，武承嗣和武三思两位大人前去探望，韦相未能起床，被周兴奏上一本，称韦相视武氏为仇，陛下当即将韦相流往儋州。"说罢，张柬之长长一叹，补充说道，"老夫一直随许王素节，王爷被

285

缢之日，左右皆诛，唯老夫留得一命，今日贬往荆州，算是步韦相后尘了。"

狄仁杰双手一拱，说道："大人何出此言？当年朝廷千人对答策问，张大人名列第一，陛下虽为凤体，却是识人超凡。下官总觉，酷吏之风，延续不了多久。"

张柬之"哦"一声，说道："狄大人如何有此一说？"

狄仁杰略一沉思，说道："朝廷平越王之后，便将下官遣往豫州，时张光辅纵兵劫掠，下官阻止，被张光辅告至朝廷，下官以为将获斩首之刑，不料陛下只将下官调任复州，此中可见，陛下眼下多使酷吏，不过是方始登基，欲稳朝廷之举，假以时日，此风便散，大人需留有用之身，你我终究是大唐之臣，只可忍待时机。"

张柬之闻狄仁杰说出"大唐"二字，脸上一惊，看看房门，见无他人，方低声说道："狄大人此言，若传入他人之耳，便灭族之罪啊。"

狄仁杰微微一笑，说道："当年裴相临刑之前，曾告知下官，大唐社稷，当在张大人身上，下官今日，只想天下黎民。若陛下为天下，下官当尽力辅之；若是无天下，狄某区区一命，何足道哉！"

张柬之起身，对狄仁杰拱手说道："老夫遍观群臣，早见狄大人心怀社稷，今日肝胆相见，张某只盼有生之日，能见江山还为李唐。"

狄仁杰也起身和张柬之对拱："待酷吏消除，日后江山如何，下官不论见与不见，都只欲以利害说陛下之心。"

张柬之托起白须，一声长叹，又一声大笑，说道："老夫若身子硬朗，或能见到该日。"

狄仁杰凝视对方，冷静说道："下官之身，为百姓而立，待百年之日，无愧于心，便是足矣。"

张柬之点头道："今日登门，实乃欲知大人之心，此刻已见，深觉社稷无虞。老夫观陛下，确是凤中之龙，如今皇室中人，俱为武姓，你我做臣子的，只当辅助陛下，守土安民。"

二人越谈越是密切，大有相见恨晚之感。当夜，张柬之宿于狄府，第二日方启程往荆州赴任。狄仁杰送至长亭，二人抱拳惜别。

2

　　狄仁杰自四年前入京赴任，从冬官侍郎升至文昌左丞，当越王李贞豫州兵败后，狄仁杰又被任命为豫州刺史，不意与纵容军士的督军节度张光辅发生冲突，又被左迁为复州刺史。这些起落带给他的，便是亲见朝堂之内和江湖之远。自武曌称帝，朝廷血事甚多，狄仁杰仍是看得清楚，无论酷吏如何凶残，不过是今日女帝对李氏宗室的扫荡。仅仅因为张嗣明的一句诬奏，时位宰相之列的张光辅便被斩首，只能说明武曌唯一不能容忍的是李氏复兴。所以，武曌杀人虽多，却绝非隋炀帝那样的暴君。狄仁杰始终记得武曌颁发的《姓氏录》，也记得她在上元年间组织北门学士撰下的《玄览》《古今内范》《青宫纪要》《少阳正范》《维城典训》《紫枢要录》《凤楼新诫》《孝子传》《列女传》《内范要略》《乐书要录》《百僚新诫》《兆人本业》《臣轨》等书，更记得她给李治所上的"劝农桑，薄赋徭"等十二事。暴君既不会想到这些，更不会实施这些。此刻远离朝廷，狄仁杰反而将武曌看得比任何一个朝臣都要清楚。所以，他在张柬之来府与自己相见之时，能够坦率地说出自己的想法。这些想法绝非是反对武曌，他也从来不是哪位李氏王侯属下，张柬之倒一直是许王李素节府上的仓曹将军。二人能倾盖如故，原本是心中无鬼，更兼无愧。

　　当狄仁杰在第二年九月再次接到朝廷来诏时，没觉得有何意外。此时的李氏皇族，已经被清理殆尽，狄仁杰旁观者清，知道接下来将失去一切的，是今日以为拥有一切的酷吏。

　　到神都之后，武曌在万象神宫接见狄仁杰，封其为地官侍郎，与冬官侍郎裴行本一并入相。

　　待狄仁杰谢恩之后，武曌微微一笑，扬起手中一封奏折说道："卿在汝南，士民皆颂。可朕手上这封奏折，却是对卿颇多谤言，狄大人想知道是谁上的这封奏折吗？"

　　狄仁杰脸色肃然，拱手说道："陛下若以为真乃臣过，臣请改之；陛下知为谤言，乃臣之幸事，至于为何人上奏，臣无须知晓。"

武曌微微点头："狄大人果然非同一般，朕疑人不用，用人不疑。"

二人正说话间，高延福从外而入，又将一封奏折送与武曌。武曌接过看后，"唔"一声道："太学士王循之乞假还乡，准奏。"

高延福躬身退出。

狄仁杰眉头微皱，微一躬身，对武曌拱手说道："天子所掌国家大权，只杀生不可委与他人，其余之事，自归之有司。今学士乞假，乃丞、簿之事，若陛下也为此事操心，天下事如何能尽？陛下只需立制，朝臣自当各行其是。陛下精力，专心国之大事，方是万民之幸。"

武曌点头叹道："狄大人所言，正乃朕想。准狄大人所奏。"

看着狄仁杰出去，武曌对侍立身边的上官婉儿说道："朕有狄仁杰，便如太宗有长孙无忌。朕治理江山三十余载，今日方得不世良臣。"

上官婉儿低声说句"是"，心中却是奇怪，长孙无忌有反贼之名，为武曌所杀，如何将他们来做对比？转念便明白，在武曌心里，实无长孙无忌乃反贼之意，只是不能为自己所用罢了。

3

过得一日，刚刚入相的裴行本听得狄仁杰登府，吃了一惊，踌躇片刻后，才命家丁将狄仁杰请进。

狄仁杰步行缓慢沉稳，见出室迎接的裴行本脸有惊恐之色，只作不见，拱手为礼，说道："裴大人，狄某来得唐突了。"

裴行本定下心神，将狄仁杰迎至室内。两人坐下，裴府家丁送上茶来。

狄仁杰端起茶杯，啜饮一口，赞一声"好茶"，然后搁杯于案，凝视裴行本说道："狄某此番来京，见朝中岑长倩大人、丘神勣大人、格辅元大人、张虔勖大人、傅游艺大人皆未上朝，敢问这几位大人是否都已还乡了？"

裴行本想想自己若是不说，狄仁杰迟早也会知道，脸上不觉露出悲伤，说道："不瞒狄大人，这几位大人都因来俊臣上奏陛下，以谋反之罪被诛了。"

狄仁杰吃一惊，说道："狄某曾闻，陛下如今以恩止杀，如何还会……"

288

裴行本叹息说道："来俊巨大人多得皇恩，如今朝臣，不敢互拜。"

狄仁杰微微一笑，说道："狄某来拜裴大人，来俊臣能有何说辞？"

裴行本即刻"嘘"了一声，说道："狄大人……"随后一声叹息。

狄仁杰双手朝天一拱，说道："狄某见今日陛下，断非只闻谗言。若万民安居乐业，天下何来反事？狄某与裴大人一殿称臣，能辅佐陛下，尽为臣之事即可，如今乾坤朗朗，狄某以为，不必如此惊骇。"

裴行本苦笑道："狄大人在外为官，实不知朝中之事。"

狄仁杰微微皱眉，沉吟说道："来俊臣、周兴之名，狄某闻之已久。数年前，狄某来京师之日，亲见周兴匦内告密，他如今如何？"

裴行本听狄仁杰问及周兴，倒是恨声说道："多行不义必自毙，周兴已然被人斩首。"

狄仁杰诧道："哦？请裴大人详告。"

裴行本端起茶杯，喝一口后说道："二月之时，不知是谁密告周兴与丘神勣谋反一事有所牵连。陛下即命来俊臣查问此案。彼时周兴，已是文昌右丞，来俊臣亲登周兴府邸，称自己手上有一要犯，无论何等大刑，俱是不招，问周兴有何妙法。周兴当时哈哈大笑，说此事容易，可取一大瓮，四周用炭火烤炙，再将囚犯置入瓮内，任他英雄好汉，无所不招。来俊臣当即要周兴准备大瓮，用火烤后，才对周兴说自己乃陛下所遣，审问周兴与丘神勣相通一案。这法子就用在周兴头上了。"

狄仁杰哈哈一笑，说道："请君入瓮。周兴真不如来俊臣啊。"

裴行本也微笑道："周兴吓得魂不附体，当即叩头服罪。陛下将其流放岭南，不意途中被人所杀，至今也不知杀手为何人所遣。"

狄仁杰脸上微笑，说道："周兴以告密酷刑而始，仇人颇多，狄某料天下间想取周兴之命的，没有一万，也有八千，他一朝失势，便是性命难保了。"他脸上笑容转为沉思，"岑长情大人乃朝廷重臣，曾征讨越王李贞有功，如何陛下会信其谋反？"

裴行本起身到窗前看看，见外面无人，才走回低声说道："岑大人乃因皇嗣之事惹怒陛下。"

狄仁杰一怔，说道："皇嗣难道不是相王？"

裴行本缓缓点头，又缓缓摇头，说道："今日皇嗣乃是相王，可就在上月，朝中有数百人上表，请陛下立武承嗣为皇嗣。岑大人以皇嗣在东宫，不宜有议，才获罪陛下。"

狄仁杰一惊非小，刚刚拿到手中的茶杯一滑，掉到地上，"哐啷"一声，跌成好几块碎片。

4

狄仁杰登裴行本府邸之事，立时便有人告知已为左台中丞的来俊臣了。

来俊臣即刻招来侍御史王弘义、侯恩止等党羽。王弘义说道："狄仁杰刚刚一到，陛下便将其封相，如今他居然和裴行本勾结，岂不是有大大阴谋？"

来俊臣眼角将王弘义一扫，喝一口酒，慢条斯理地说道："狄仁杰素有清名，连圣上也一见便喜，我等不要着急，这几个月，给我盯紧一点，我看狄仁杰那张脸，就是为和本官作对而来，"他冷冷一哼，续道，"敢在本官眼皮底下去访大臣。这几年都没人敢这么做。狄仁杰是想和本官作对了。"

侯恩止说道："得给他一个教训！"

"教训？"来俊臣冷笑道，"不急今日，先等一等。裴行本见狄仁杰上府，自会择机回拜，他们见没什么事，必会勾结频繁，如今朝中几个做宰相的，本官就没一个看得顺眼，到时把他们一锅端了，省得今天一个，明天一个。"

王弘义和侯恩止同时说道："来大人高见！"

事情果如来俊臣所料，裴行本见狄仁杰来府之事风平浪静，更何况武曌对狄仁杰敬重有加，不觉警惕放松，和狄仁杰来往颇密，朝中其他大臣也渐渐多有互拜。尤其武承嗣，知自己欲为太子，非得狄仁杰、裴行本几个宰相认同不可，不料数次以言相探，均被狄仁杰几个哈哈打回，心下不由恚怒。来俊臣自知武承嗣之意，几个月后，到长寿元年二月之时，来俊臣给武曌呈上密奏，称狄仁杰来朝之后，多与其他大臣往来，现已探得狄仁杰与同居相位的裴行本、任知古及司农卿裴宣礼、前文昌左丞卢献、御史中丞魏元忠、潞州刺史李嗣真等七人联合谋反。来俊臣几年来青云直上，深知对武曌来说，一切指控都谈不上指控，只要密奏谋反，武曌从来不会手软。

果然，武曌一接奏折，立刻下旨，将狄仁杰等人全部关入大牢。

此时的狄仁杰才切身感受到来俊臣的诬陷之力。他看着牢室，不由想起自己当年去看被押的裴炎之时。裴炎的结局是在自己看过他的翌日行刑。裴炎没想过走出牢室吗？当然，走出牢室的前提是无罪，不论当年裴炎的罪状如何，此刻自己被来俊臣诬奏为谋反。他和来俊臣同样知道，在任何一个帝王那里，身涉谋反之罪，便绝不可能得到饶恕。尤其今日武曌，完全靠手腕登基，如何能释放秘密谋反的团体？

狄仁杰坐在牢内的草堆上，沉思起来。

牢室前的甬道上忽然闪出火光，一行人的脚步声过来。

狄仁杰走到牢门处看去，见好几人提着灯笼过来。

最前面的是来俊臣。

狄仁杰感觉胸口怒气涌动，随即又压抑下去。越是危急关头，自己越不能被情绪支配，不如看看来俊臣过来想和自己说些什么。

一行人走近了，来俊臣在狄仁杰的牢门前停下脚步，微微摆头，对身后的狱卒说道："打开牢门，本官进去和狄大人相谈。"

狄仁杰始终不作一声，看着牢门打开，来俊臣阴眉抿唇走进牢室，四处打量，阴阳怪气地说道："狄大人，在这里可是委屈您了。"

狄仁杰冷静答道："来大人有何指令？"

来俊臣哈哈一笑，说道："来某岂敢指令狄大人？只是狄大人和裴大人他们意欲谋反，这可是杀头之罪，狄大人应该清楚吧？"

狄仁杰沉声说道："不知来大人可有证据？"

"证据？"来俊臣又是哈哈一笑，"来某这里有陛下亲诏，若是狄大人承认谋反，可免一死，尤其可免狄大人九族之命，狄大人是不是需要想一想？"

狄仁杰接过来俊臣递来的武曌敕书，抬头看了看来俊臣，摇摇头，叹息说道："大周气象，万事维新，狄某身为唐室旧臣，确有反叛之举。"

来俊臣脸上闪过一丝意外，随即哈哈笑道："狄大人是俊杰，识时务、识时务哪！就请狄大人把方才之言写上，来某也好回禀陛下。"

他身后的狱卒将准备好的笔墨摆在桌上。狄仁杰脸上看不出表情，挪步桌前，写下承认自己反叛之言。来俊臣拿起来仔细看过，收好后对身后狱卒说道："狄大人虽是罪囚，可毕竟是朝廷宰相，不可短了侍候，否则你今天看守别人，明天就轮到别人看守你了。"又转头对狄仁杰补充道，"狄大人，来某告辞了。"

5

两月之后，已是春暖花开。来俊臣手上只有狄仁杰承认谋反的口供，其他大臣却还是没招。一日来俊臣忽得高延福传谕，命来俊臣见驾。

来俊臣急忙赶至武曌所在的上阳宫，跪下请安。

谁也看不出武曌的脸色意味什么，只听她声音徐缓地说道："朕命你审问狄仁杰七人谋反一案，眼下有何结果？"

来俊臣微感诧异，以往类似案件，武曌从未中途询问。他虽觉奇怪，还是说道："微臣审理此案，眼下只狄仁杰承认有谋反之举，其他人尚未招认。"

"狄仁杰承认谋反？"武曌突然一声冷笑，将身边案上一封奏折对其一扔，"你看看这是什么？狄仁杰果然承认谋反吗？"

来俊臣急忙捡起奏折，打开来看，该折竟是狄仁杰儿子狄光远所奏。折上写得清清楚楚，父亲在狱中写下血书传给狄光远，称自己承认谋反，实源于来俊臣的诬构，命儿子将血书一并呈交武曌。狄光远奏折之内，便是狄仁杰所写血书。

来俊臣心头恼恨，故作镇静说道："陛下明鉴，如狄仁杰这等乱臣贼子，出尔反尔，实是寻常，其亲笔供书，臣早呈陛下，今日他儿子诉冤，如何就会变成冤情？若日后有人犯案，都由子辈鸣冤就算冤，臣还如何断案？"

武曌仍是不动声色，对侍立一旁的高延福说道："传旨，命通事舍人周綝往狱中与狄仁杰对质。朕就在这里等他回禀。"她看着来俊臣补充道，"你也下去吧。"

来俊臣叩头而出。

武曌看着来俊臣出宫后，头不抬，手不动，缓缓说道："婉儿，前日乐思晦的孩子说些什么来着？"

站在武曌身旁的上官婉儿弯腰说道:"禀陛下,乐家那孩子说,'臣父已死,臣家已破,唯惜陛下律法,被来俊臣玩弄于股掌。陛下可以不信臣言,臣只乞陛下选择朝中忠臣和陛下信任之人,只要让来俊臣去审,没有不承认自己谋反的'。"上官婉儿不增不减一字,等着武曌说话。

殿内的空气似乎凝结了片刻,武曌的声音才又慢慢响起:"周纲会给朕带回什么?"

上官婉儿一愣,和站在武曌另一边的高延福交换一下眼色,才说道:"婉儿以为,不论狄大人谋反是真是假,周大人带回的,一定是狄大人谋反的证据。"

"哈哈!"武曌陡然在寂静中发出一声长笑,说道,"朕知你何意。数年来,来俊臣密奏的朝臣不少,便是居高位之人,也没哪个不惧怕来俊臣的。"她停片刻,续道,"先等周纲前来复旨。朕倒是要看看,来俊臣在朝臣之前,究竟是怎样一个威风!"

上官婉儿不敢接言,三人都沉默下来。

过得两炷香时间,周纲急匆匆进来,伏地说道:"回禀陛下,微臣已去狱内。此乃狄大人所写的《谢死表》。"说罢,双手呈上一函。

高延福赶紧下去,从周纲手中接过函,弯腰交给武曌。

武曌打开《谢死表》,上下看得几行,脸色漠然,冷冷说道:"婉儿,你即刻去把狄仁杰亲自提到朕前!"

6

数月不见,狄仁杰已是瘦了不少,不过精神状态还是没有被摧垮。

武曌缓声说道:"狄大人写下血书,称自己冤枉,可来俊臣给朕的奏折里,却是狄大人亲认的谋反之事。狄大人若是没有谋反,如何要承认?"

狄仁杰拱手说道:"臣若是否认,早死于来俊臣的酷刑之下了。"

武曌"哦"了一声,说道:"那这《谢死表》又如何解释?"说罢,武曌将周纲呈上的《谢死表》在手中一抖。

狄仁杰眉头微皱,说道:"臣从未写过此表。"

武曌的眼睛扫向周綝，冷冷道："此表不是狄大人所写吗？"

周綝惊慌失措，赶紧跪下，叩头说道："此表……此表乃来大人交于微臣，说是狄大人所写。"

武曌眼中寒光顿射："这么说，此表不是你亲见狄大人所写？"

周綝连连叩头，说道："臣未有亲见，是来大人交给微臣，臣……臣罪该万死！"

武曌冷冷一哼，手一挥，说道："都退下去，明日上朝！"

第二日，武曌坐于朝堂，待群臣跪拜之后，冷冷说道："宣朕旨！"

高延福应声将手中圣旨打开，尖起嗓音说道："圣神皇帝有旨！今贬任知古为江夏令，狄仁杰为彭泽令，崔宣礼为夷陵令，魏元忠为涪陵令，卢献为西向令，裴行本与李嗣真流放岭南。钦此！"

来俊臣见狄仁杰等人居然在其手下逃出生天，心下暗怒，待散朝之后，即刻前往魏王武承嗣府邸，愤声说道："今番陛下只将狄仁杰等人贬出京师，实乃可恨！下官拿他们下狱，难道他们真是谋反吗？实乃下官听闻陛下有意立大人为皇嗣，狄仁杰等人却只认东宫有主，将来的皇位，还是得相王来坐。"

武承嗣说道："今陛下年岁虽高，精力犹富，将来的事嘛，将来再说。"

来俊臣轻描淡写道："若陛下不立大人为皇嗣，一旦相王登基，大人的前途岂不堪忧？"

武承嗣眉头陡锁，说道："本王自有主张，来大人请回。"

等来俊臣一走，武承嗣即刻动身，前往上阳宫求见武曌。

宣进之后，武承嗣拱手说道："陛下今日为何要饶了狄仁杰等人？"

武曌看着武承嗣说道："狄仁杰未曾谋反，朕为何要取他们性命？朝中百官能服吗？"

武承嗣说道："身为朝臣，既有谋反嫌疑，便是自身有为官失德之处，陛下将他们贬出京师，自是因罪而贬，如何不干脆一劳永逸？"

武曌眉头陡竖，沉声道："你忘记朕如今要以恩止杀？"

武承嗣悚然一惊，赶紧说道："臣明白，臣告退。"

看着武承嗣出去，武曌站起身来，忽转身凝视上官婉儿。后者侍候武曌已久，如何不懂武曌心思，当下走到武曌身边，却是问道："婉儿一事不明。既然狄大人等人无罪，陛下为何要将他们贬出京师？"

武曌微微抬头，脸上淡淡一笑："狄仁杰在朝中已几起几落了。玉不磨不成器，还有一件事，朕得等他去做，若是败，是他命该如此，也是朕命如此。若是胜，他才能替朕治理这万里江山。"

上官婉儿听得懂前半句，后半句听来糊涂，只说道："婉儿明白，只是来大人……"

她还没有说完，武曌已抬手说道："你是想知道，为什么来俊臣诬陷大臣，伪造《谢死表》，朕为何未加惩处？"她重新落座，续道，"治理江山非易，要靠各种各样的人，世人眼里的忠臣要用，奸臣也要用。更何况，是忠是奸，皆后世所评。朕需要的，只是如何用和能不能用，还有用在哪里，用来做什么。朕既要有为民请命之人，也要有为朕剪灭图谋不轨之人。"说罢，微微闭眼，不再说话。

7

得知武承嗣未能劝动武曌，来俊臣苦思数月，终于将自己的下一步谋划告知武承嗣："狄仁杰他们不过是想陛下仍以相王为皇嗣，若相王谋反，便可直接拿相王下狱。大人入主东宫岂不指日可待？等陛下百年之后，王爷就是天子了。"

武承嗣初时一听，暗自心惊。他自然知道，自己若想成为太子，眼下为太子的相王李旦便是自己要对付的核心，但他没想过诬陷李旦谋反。自李旦让出皇位，降身太子之后，始终不出东宫，除了每日去给武曌请安之外，和任何朝臣都无联系，如何能安上谋反之罪？更何况，曾有尚方监裴匪躬和内常侍范云仙私自拜谒李旦，随即被武曌腰斩于市后，更没哪个大臣还敢和李旦相见了。

来俊臣冷冷一笑，说道："若相王府的人全部说太子谋反，太子即便不死，东宫也一定待不下去。"

武承嗣看着来俊臣，微微点头，说道："本王若有登基之日，来大人便是首席功臣啊！"

来俊臣阴恻恻地一笑，说道："大人且候佳音。"

李旦东宫原是紫薇宫别殿，与武曌上阳宫不远。当日武曌正在宫内批阅奏折，高延福疾步而入，在武曌面前一跪，说道："陛下，来俊臣大人带人前往东宫，称太子谋反。"

武曌放下朱笔，皱眉说道："朕听闻东宫谋反，便命来俊臣前往查询，相王是与朝中哪位大臣有谋？"

高延福说道："没有任何朝臣与相王接近，只是今日来俊臣大人往东宫之后，东宫府的所有宫人都说相王有谋反之事。"

武曌双眼一瞪，霍地起身而立，眼内闪出的寒光令人不寒而栗："东宫府的宫人都承认相王谋反？"

高延福又接着说道："也不是全部，东宫府内还有一个叫安金藏的乐工，他始终不肯说相王谋反。"

武曌微微诧异，说道："一个乐工？他怎么说？"

高延福说道："那乐工像是有点没脑子，一个劲儿说相王没有谋反，眼见来俊臣大人逼得急了，竟拿刀在自己胸腹划开，说可以把自己的心掏出来，证明相王没有谋反。"

武曌眉头缓皱，又坐了下来："那安金藏死了没有？"

高延福喏喏道："奴才只闻伤重，料也难活了。"

武曌沉声说道："传朕旨，速命御医沈南璆去看安金藏，朕要亲自问他。"

高延福赶紧出去传旨。

第二日，沈南璆浑身虚脱地前来禀报，安金藏已性命无忧。武曌带着上官婉儿、高延福及二十余名宫女宦官前往东宫。相王李旦战战兢兢，出府迎接。武曌冷冷看了儿子一眼，迈步入府。

安金藏是武曌亲口下旨要救活之人，沈南璆等几个御医同时施救，安金藏肚腹虽开，仍奇迹般地活了下来。

武曌在安金藏床边看了一眼，声音仍是冷静地说道："朕的儿子，自己不能辩白，靠你的忠诚才洗刷冤屈，朕毕生所喜，便是忠诚之人。"

安金藏还无法作声，只嘴唇动得一动，眼中却是流泪。毕竟，身为天子的武曌屈尊来看下人，实是史无前例的骇人之举。武曌转过身，对身后李旦说道：

"此等忠诚之人，太子以后须得善待。"

李旦赶紧跪下说道："儿臣谨遵陛下之旨。"

武曌回到上阳宫，即刻传来俊臣见驾。

来俊臣已是连续两次审案失败，一股不祥的预感涌上心头，同时又有一股怒火难以压抑。武曌冷冷看着来俊臣，说道："东宫之事，到此为止。"

来俊臣勉强说道："臣遵旨。"

武曌冷眼凝视，一字字说道："朕三十余载，以万民为念，真有那么多谋反之人吗？"

来俊臣闻言，不禁冷汗陡冒，赶紧跪下说道："臣……也是为陛下江山啊，臣忠心……"

武曌挥手打断，冷冷道："你退下！再闻你诬构朝臣，朕便将你拿入大牢！"

第六章　血脉皇嗣

1

见诬陷太子谋反未遂，一心想成皇嗣的武承嗣与来俊臣密商之下，又生一计，率五千人上表，请武曌加尊号为"金轮圣神皇帝"。武曌大喜，于万象神宫受尊号，赦天下，在朝廷内摆出金轮等七宝。武承嗣见计策得逞，索性再接再厉，过得大半年，又发起二万六千人再次上表，请武曌再加尊号为"越古金轮圣神皇帝"。武曌更是喜悦，又在则天门楼再受尊号，改年号为延载元年。

武承嗣的行为在群臣里只惹起厌恶，在武三思那里就不仅是厌恶了。如今天子是自己姑妈，他和武承嗣都是武曌内侄，武承嗣接二连三的上奏，无非是觊觎那把只能一人独坐的龙椅，但有资格在武曌百年后登位的不是还有自己吗？眼见武承嗣的两次上奏都大得武曌欢心，自己岂能落于人后？更何况，武三思屡次得闻，武曌有意立武承嗣为皇嗣，自己岂能轻易束手，让武承嗣如愿以偿地登上太子之位？在他眼里，自己父亲武元庆乃武士彟长子，在武氏一门中，自己才自然是继承武氏一切的首位之人。

武三思冷眼旁观，自看出武承嗣背后站着朝臣皆惧的来俊臣。但来俊臣一诬狄仁杰等七人失败，再诬李旦失败，此时正是对其出击之时。武三思招来心腹司宾少卿姚璹。姚璹即刻献计说道："王爷可率四夷酋长以铜铁铸一天枢，立于端门之外，铭记功德，黜唐颂周。不论陛下尊号如何，在天下人眼里，一个字的尊号是天子，十个字乃至一百个字的尊号也仍是天子。若大人铸成天枢，便是万代皆存的颂周实物，岂不比加个尊号更得陛下欢心？"

武三思闻言大喜，当即请命　武曌果然下旨，命建天枢。武三思自然提请姚璹担任天枢督作使。

尚只过得一月，武三思独自见驾，密告道："臣为建天枢，已聚钱百亿，不料来俊臣倚仗魏王势力，竟公然索贿。来俊臣朝中威慑群臣，姚大人不敢来报，微臣冒死相奏，请陛下详察。"

武曌闻言震怒，当即命武三思追查来俊臣索贿一事。

姚璹自然早将来俊臣索贿之事一条条准备就绪。武曌接到奏折，怒不可遏，当日下旨，将来俊臣贬为同州参军，与其一同坐赃的王弘义流往琼州。

武承嗣失去来俊臣，犹矢一菁，但来俊臣坐赃原本属实，武承嗣哪敢上前求情？当下聚众商议对策，侯恩止说道："魏王暂且忍耐，下官料天枢建成之后，陛下也绝非便独宠梁王。魏王不如趁天枢未成之际，解囊以助，陛下自感魏王之功，梁王建天枢之举，便是为魏王作嫁了。"

武承嗣闻言，皱眉说道："天枢费银甚巨，本王之银，难道要双手奉与武三思？"

侯恩止阴恻恻地一笑："日后魏王登基，天下都在手上，今日这点银两，岂能和江山社稷相比？魏王不可因小失大。"武承嗣这才转怒为喜，上奏武曌说道："臣听闻三思为铸天枢，买铜铁不足，令民间农器上缴，此乃失民心之举，微臣愿以俸禄相助，请陛下恩准。"

武曌大喜叹道："若朝中人人如魏王，朕有何事不成？"心中立武承嗣为太子的念头更甚。只是这一念头如何实现，却颇为麻烦，如今李旦在安金藏舍命以证清白之后，处事愈加谨慎，每日请安，实不知要用何种罪名才可削去李旦皇嗣之名。

在武承嗣叩拜退出之后，武曌沉思颇久，上官婉儿与高延福都不敢开言相询。年已七十的武曌虽发齿重生，毕竟非不老之身，在她之后，谁登社稷之尊，不能不立。相王李旦虽是今日皇嗣，武曌内心如何甘心将皇位归还李氏？即使李旦已赐姓为武，但今日可料，他在自己百年之后登位，姓恢李，国复唐，自然不过。若想武周天下延续，皇位非给武氏兄弟中的一个不可。

给谁呢？武曌难下决心。

2

翌年正月，武三思天枢落成。武曌率群臣在端门仰视，眼前天枢，高逾百尺，直径十二尺，八面各径为五尺，下为铁山，周长一百七十尺。整座天枢被雕成一条巨大蟠龙，麒麟萦绕，最上是一面直径为三丈的腾云承露盘，四位一丈来高的龙人立捧火珠，四面刻有百官及四夷酋长姓名。正中所刻，是武曌亲书的"大周万国颂德天枢"八字。

武曌龙颜大悦，下旨重赏武三思。

群臣跪下尽贺。对他们所有人而言，都看得清清楚楚，加尊号与建天枢，不过是武氏兄弟的明争暗斗，他们会不知不觉分为两个阵营，为自己的前程进行一次赌博。

唯有一个人未参与这场赌博，相反，在他眼里，发生的事情无不令其气恼难当。

这人便是薛怀义。

自他建起万象神宫，又在神宫旁再建起一座天堂后，原本意得志满，却随即被无处不传的"男妾"之声弄得极为震怒。在他自己看来，受封鄂国公，是自己功劳所致，索性再也不去宫中。自己不是白马寺的主持吗？那就长住白马寺了。

当天枢建起的消息传来，薛怀义无法知道自己的怒火来自哪里。他和所有人一样，尝过富贵与权力的滋味后，再也不想放弃。但不放弃的前提是继续入宫，侍寝武曌，薛怀义又极为不甘。当天枢建成的消息传来，同时传来另一消息，眼下御医沈南璆已替代自己，独得武曌宠幸。

狂怒之下，薛怀义当夜带人潜进万象神宫旁的天堂，放起一把大火。

武曌被疾步进来的高延福喊醒，她起身朝窗外一望，外面已是火光冲天，恍如白昼。

高延福满脸惊恐，跪下禀道："鄂国公在天堂纵火，延及万象神宫……"

武曌怒目圆睁，沉声喝道：'薛怀义纵火烧宫？命人先去救火。"

高延福接旨走后，武曌哪里还睡得着？好容易熬到天明，即刻带上高延福、上官婉儿等一众近侍前往万象神宫。眼前所见，已是一片废墟。武曌怒不可遏，抬头见当夜直宿的建昌王武攸宁惊慌失措地过来伏地请罪。

武曌恶声说道："建昌王救火不及，朕让你将功赎罪，速将薛怀义押来瑶光殿。"

武攸宁即刻接旨，率人前往白马寺。

昨夜在天堂放火之后，薛怀义径直回寺。他以为自己曾在武曌登基为帝时立下武曌乃弥勒转世的大功，烧毁一宫，只算区区小事。武攸宁带人前来时终究还是不敢动武，只说陛下有旨，命薛怀义往瑶光殿见驾。

薛怀义实不知自己烧去的还有象征武曌皇权的万象神宫，心想自己既有殊功，又与武曌亲密无间，竟是半分不疑，跟随武攸宁前往瑶光殿。到得殿前，只见高延福带百余名青壮宦官在殿前站立，个个凶神恶煞。

待听得身后殿门訇然关闭，薛怀义才知大事不妙，转身对武攸宁说："陛下何在？"

武攸宁尚未回答，只听高延福厉声喝道："陛下有旨，诛杀罪人薛怀义！"他话音一落，手上拂尘一指，百余名宦官一拥而上，将薛怀义摁倒在地，拳头如雨点般打向薛怀义。

武攸宁站在一旁，心惊胆战，看着鲜血一点点从人群中进出，薛怀义的惨叫声也终于渐渐止息。

等众人散开，薛怀义已被打成一团肉酱。

高延福走到武攸宁身边，说道："陛下有旨，命建昌王将薛怀义拉回白马寺，焚身造塔。"

武攸宁还是第一次看见有人在自己眼前毙命，额上冒汗，赶紧躬身领旨。

当日回府后，武攸宁弟弟安定郡王武攸暨和其第二任妻子太平公主来府问询神宫被烧一事。武攸宁犹自惊魂未定，将薛怀义火烧神宫，被群殴致死一事巨细无遗地说了出来。

太平公主自驸马薛绍参与李冲谋反，入狱被饿死之后，被武曌亲自下旨，再嫁武攸暨。

见武攸宁兄弟被薛怀义之死吓得心惊胆战，太平公主却是忽然一笑，说道："薛怀义既死，正是我们获陛下恩宠之时，二位王爷怎会如此惧怕？"

武攸宁和武攸暨同时一怔。

武攸暨说道："夫人何出此言？"

太平公主微笑不退，慢慢说道："陛下年高，宠信薛怀义，不过身旁寂寞，如今宠信沈南璆，却是一时之选。"她转头看着武攸暨续道，"我们府上，不是有一颇善音律的少年叫张昌宗吗？待选得时机，本宫将张昌宗献与陛下，岂不将大得陛下之欢？魏王与梁王只知献尊号、建天枢，却不知陛下真正所需，乃是枕边有善解风情之人。薛怀义不死，本宫真还没这个机会。"

武攸宁和武攸暨闻言，一时面面相觑，毕竟武曌高高在上，君临天下，二人实在无法如太平公主一样，将武曌当作会情感空虚的凡夫俗子，哪怕他们知道薛怀义和沈南璆之事，却无论如何不敢深入去想。

太平公主见二人脸色犹豫，不觉笑道："本宫说了，且看时机。陛下虽是陛下，可终究是女人，本宫猜不透陛下心思，却太知道女人，尤其她还是本宫的亲生之母。"她再次将目光注视武攸暨，补充道，"今日始，多花些银两，请来神都最好的乐师和文士，好好在张昌宗身上用些心思，将来的富贵，不可限量。"

武攸暨张口结舌，终于有所体会，慢慢点了点头。

3

武曌毙杀薛怀义，实是震怒非常。到当年十月之时，终于遇上一桩喜事。突厥默啜遣使请降。这是堪比太宗李世民的不世功绩，武曌大喜，册封默啜为左卫大将军、归国公。不料突厥方服，契丹又犯。第二年，即万岁通天元年五月至十月，契丹松漠都督李尽忠攻陷营州，自称无上可汗，武曌先后派出曹仁师、张玄遇、麻仁节等大将统军出战，均遭遇大败，十月时，李尽忠去世，孙万荣代为可汗，继续兴兵进犯。武曌派默啜统军，终于击败孙万荣。武曌擢默啜为颉跌利施大单于及立功报国可汗。

朝廷大军回师后不久，时为魏州刺史的狄仁杰府内，迎来了前任刺史独孤思庄。

一进狄仁杰府邸，独孤思庄便一脸焦急地说道："狄大人，下官闻得契丹军即至，当今之计，必得先迁城外百姓入城，方可再筹对策。"

狄仁杰正在给张柬之去信，听得独孤思庄之言，将写了一半的信拿起，看了看写下的数行，才对独孤思庄说道："独孤大人，契丹新败，如何便即至魏州？"

独孤思庄惊讶说道："孙万荣虽败，却未全歼，如今收拾余部，又遣别帅骆务整与何阿小为前锋，攻陷冀州，杀冀州刺史陆宝积陆大人。他冀州已得，魏州岂不危矣？"

狄仁杰将给张柬之的未完之信搁于案上，抬头对独孤思庄说道："贼兵尚远，岂能惊动百姓？魏州守备，狄某自有分寸，万一贼来，本官当身先破敌。"

独孤思庄见狄仁杰如此镇定，暗暗松了口气。

狄仁杰已然起身，说道："本官且与百姓对言。"

二人出得府邸，策马前往魏州城楼。

此时城门内外，已挤满百姓。狄仁杰骑在马上，高声说道："城外百姓之家，乃狄某护卫。今已调遣军士，以御贼寇，若大家都轻易入城，岂不易为贼兵围困？有狄某在此，百姓勿忧！"

众百姓闻言皆欢悦。魏州一如往常，狄仁杰调遣军士，城外戒备。

果如狄仁杰所料，孙万荣虽攻下冀州，却难当朝廷派来的神兵道总管杨玄基与前军总管张九节之军。狄仁杰日日亲上城头，派出快马前往探询军情。

武周大军与孙万荣展开拉锯战。孙万荣没有料到，自己麾下的奚族军终于被狄仁杰密派的说客说动，阵前反戈。到六月底时，狄仁杰所遣的暗探来报："孙万荣前锋何阿小被擒。撤退东向的孙万荣残部迎面遇上张九节大军，余部也被歼灭。逃到潞县的孙万荣被奴仆斩杀投降。"

狄仁杰大喜，举手加额说道："契丹之乱，自此而平，乃我朝之幸啊。"他心念一转，又问道，"孙万荣麾下猛将李楷固与骆务整现在何处？"

探子答道："二人皆已投降，神兵道总管杨大人刚刚派出急使，呈请陛下裁决。"

狄仁杰眉头一皱，说道："此二人果敢骁勇，为不世之将才，朝中诸臣，未在河北，不识此二人。立即笔墨侍候，本官上奏朝廷。"

果然，在朝廷之中，武曌面对杨玄基的奏章，问询群臣，如何处理李楷固与骆务整。

武承嗣出班说道："契丹乃朝廷大患，今赖陛下洪福，终得平定，此二人虽投降朝廷，实乃迫于形势，这等蛮夷之人，素无信义，不如军中斩首，以绝后患。"

武曌眼望群臣。自有不少人见武承嗣奏请斩首，便齐齐赞同武承嗣之议。

武三思见群臣附和武承嗣，心中不甘，念头一转，出班说道："二将投降，当杀之以震四夷。微臣愿往河北监斩！"

便在此时，宫外来报，魏州刺史狄仁杰送来奏疏。

武曌打开一看，见奏疏上写道："李楷固与骆务整兵败降朝，臣在河北，素闻二将负有忠义之名，均大将之才。今主亡地失，无有归处，臣请陛下，以德报怨，免其一死，二人必感陛下圣恩，为朝廷所用。"

阅毕狄仁杰奏疏，武曌看看面前站立未退的武氏兄弟，说道："知朕心者，狄卿也。千军易得，一将难求，传旨，册封李楷固为左玉钤卫将军，骆务整为右武威卫将军。河内王武懿宗、娄师德及狄仁杰分道安抚河北。"

武承嗣不解道："如此降将，为何不斩？"

武曌目光冷冷看向武承嗣："孙万荣虽亡，契丹还在，杀降将易，收契丹心难，如今假二人之首，换契丹臣服，方为收四夷长久之计。无须再议，退朝！"

4

武曌命狄仁杰等人安抚河北的圣旨下达数月之后，已是神功元年四月，魏王武承嗣单独来见武曌。

武曌在内心将武承嗣和武三思进行过无数次比较，始终拿不定立谁为皇嗣。

此刻闻武承嗣求见，心里似乎对武承嗣产生了一些偏爱。

武承嗣进来之后，行过君臣之礼，依武曌之命坐下，拱手说道："臣今日求见，是有要事禀奏陛下。"他见武曌只凝视自己，便继续说道，"陛下仁慈，将来俊臣复用召回，不意其竟有谋反之意！"

武曌一怔。自她启用来俊臣以来，接二连三的谋反之事都是来俊臣前来禀奏，不意今日却被武承嗣奏了个谋反之名，武曌更知武承嗣与来俊臣素来联合，此刻竟来密报来俊臣谋反，不觉沉思说道："朕复用来俊臣，他原当为朝廷效力，如何会谋反？"

武承嗣脸色沉重，说道："来俊臣手下有一叫卫遂忠的人，他想方设法与臣单独见面，说来俊臣自复用回京之后，对陛下无有感恩，倒有怨恨，已写上密表，想诬陷臣及整个武氏一族有谋反之念。说是等陛下自毁长城之后，便可一跃而为宰相，到时培养心腹，从陛下手里夺取江山。卫遂忠心知此乃灭族之罪，不敢参与，才密报微臣。此乃臣与武氏诸王及太平公主的联合奏章，请陛下详察。"说罢，武承嗣从怀中掏出奏章，双手呈上。

武承嗣此言一出，不仅武曌，在她身边侍立的高延福和上官婉儿也吃惊不小。

武曌接过奏章只看得一眼，震怒喝道："来俊臣竟敢谋夺朕的江山？即刻传旨，将来俊臣拿下大狱！"

武承嗣遵旨而出。

第二日上朝之时，武承嗣呈上百官联名奏疏，请给来俊臣处以极刑。

武曌将奏疏展开读过，心下沉吟。昨晚她便细思，来俊臣是自己一手从布衣提拔，对自己坐稳皇位立下不小功劳，朝中无根，实无谋反之理；另外，武曌想得更深的是，按武承嗣说法，来俊臣原本想告发武氏一族谋反，被武承嗣抢先一步，但不等于武氏就不会谋反，和来俊臣相比，说武承嗣有谋反之意会更为准确。这几年她看得清清楚楚，武承嗣为得皇嗣之位，无所不用其极，自己始终举棋不定，武承嗣等了这么久，按捺不住走上谋反之路才更合逻辑。

来俊臣是自己最信任的爪牙，也是自己震慑朝廷的工具，翦除来俊臣，会不会上武承嗣的当？

武曌沉思三日，始终未答群臣。

这日武曌在宫中骑马而行，为其牵辔的是近日得其信任的明堂尉吉顼。

武曌骑了两圈，用不经意的声音问道："今日外事如何？"

吉顼始终在等这个机会，听到武曌相问，便说道："外人都在议论，陛下为何不处置来俊臣。"武曌抬头看着无尽长空，缓缓道："来俊臣有功于国，朕须深思。"她停片刻，终于又问道，"吉大人如何来看？"

吉顼心跳猛烈，心知话若说错，性命只怕难保，尽量抑制心神，说道："来俊臣诬构良善，脏贿如山，十余年来，冤魂塞路，实乃国之大贼，陛下何足惜哉！"说罢，吉顼觉自己牙齿上下微撞，赶紧抿住嘴唇。

第二日，武曌颁下圣旨，将来俊臣斩首弃市。

群臣齐跪，山呼万岁圣明。武曌脸色阴沉，只挥一挥手，高延福赶紧高呼退朝。

5

当夜，高延福前来禀报武曌，在来俊臣斩首之际，神都全城百姓连同不少官员，纷纷前往刑场观看。待来俊臣人头落地，立时纷拥而上，争啖其肉、扯其胡须、挖其眼睛，不知何人将其开膛破肚，挖出心肺，最后在狂欢声中，来俊臣整个尸身被踩踏成一片肉泥。

武曌闻言，脸上微微失色。她虽知来俊臣不得朝臣之心，却料不到会令天下人如此痛恶，呆了片刻之后，说道："传旨，将来俊臣灭族而诛，以雪苍生之愤。"

旨意下完，武曌感觉一股从未有过的疲惫涌上。数十年的纷争奋斗，自以为万民同心，不料自己最信任的爪牙竟人神共愤。一直以来，武曌以为自己无所不知，此刻听闻来俊臣之事，内心竟出现一丝动摇。如果事情发生在她四十岁左右的盛年，武曌会迅速抖擞精神，毫不疲倦地应付一切难题，如今年过七十，哪怕内心一点轻微的自我否定，也会给身体带来致命的打击。

上官婉儿见武曌神情不对，即刻上前，将武曌搀至龙床，侍候其躺下。

翌日，武曌起床之后，精神已恢复。上官婉儿不觉惊异，她原以为武曌会大病一场，不料仅过一夜，武曌脸上虽有倦容，却是可以外出骑马游园了。上官婉儿暗中比较，仅就武曌这份气魄，朝中任何一个男人也远远不如。

当武曌回到宫室，女儿太平公主已在等候。

武曌看见女儿，内心忽觉暖意，像第一次发现自己内心出现动摇一样，她似乎第一次发现自己除天子之外，还是一个母亲。她恍惚想到，若来俊臣抢先武承嗣一步，密奏武氏一族谋反，武承嗣、武三思和太平公主此刻便都在大牢，甚至被自己下旨处斩了。想到这里，武曌脸色柔和，命准备下跪的太平公主免礼落座。

太平公主凝视着母亲脸色，柔声说道："陛下脸色不太好，是不是过于操劳了？"

武曌看着女儿，微微叹气，说道："朕是真的老了，昨晚很久都没睡着。"声音竟是无比落寞。

太平公主始终注视武曌的脸，说道："孩儿真愿陛下长命百岁，最好是长生不老。"

武曌微微一笑，说道："世上哪有长生不老之人。"

太平公主说道："陛下看看镜子就知道，陛下容颜，连孩儿都嫉妒啊。"

武曌被女儿逗得微笑，却又随即叹道："朕很久不敢看镜子了。"

太平公主起身走到武曌身前蹲下，微笑道："要不孩儿给陛下一颗长生不老药？"

武曌摇头说道："世上哪有长生不老药？"

太平公主笑道："女儿马上给陛下拿来。陛下稍候。"说罢，对武曌敛衽一礼，微笑出宫。

过得大约一炷香时间，太平公主再次来到武曌宫室。

武曌端坐龙椅，正在微卷中出神。

太平公主盈盈而入，在她身后，跟着一锦衣少年。

走到武曌面前站定后，太平公主微笑道："陛下若是疲惫，可命他奏些音乐，所谓长生不老，女儿觉得，就是让自己感觉岁月没有消逝。"说罢抬手往身后一指。

武曌朝那少年看去，只见他长身玉立，唇红齿白，丰神俊秀，眉目如画，一股几被遗忘的青春气息扑面而来。武曌眼前忽感一阵恍惚。在她身边，早已没有如这少年一般年纪的人了，朝臣们更是多为老者。此刻见那少年，如同从梦幻中走出，武曌一时呆坐不动。只见那少年唇含微笑，双手掀袍，从容跪下，声音如音符般地说道："小民张昌宗叩见陛下。陛下万岁万岁万万岁！"

6

当年十月，因安抚河北有功而被擢为幽州都督的狄仁杰在娄师德建议下，又一次回到京师，任鸾台侍郎，与司刑卿杜景俭同时入相。

狄仁杰拜见武曌时颇为心奇。他数次入京，又数次被贬，武曌的容颜从来没变，此次回京，见坐于朝廷的女帝比数年前更为容光焕发，心中暗想，难道果然是自古美人如名将，不许人间见白头吗？不过，狄仁杰对武曌的感觉自是不能说出。今番再次拜相，狄仁杰立刻上疏："天生四夷，皆在先王封略之外……若乃用武方外，邀功绝域，竭府库之实，以争不毛之地，得其人不足增赋，获其土不可耕织……近者国家频岁出师，所费滋广……窃谓宜立阿史那斛瑟罗为可汗，委之四镇……并甲兵于塞上……坚壁清野则寇无所得……如此数年，可使二虏不击而服矣。"

武曌看罢奏疏，微微笑道："狄相所想，亦乃朕之所想。"当即使群臣遍阅狄仁杰奏疏，朝臣不由发出一片赞同之声。

到京师只需一日，狄仁杰便明白武曌精力焕发的原因所在。此时她不仅宠爱张昌宗，后者将自己兄长张易之也推荐给武曌。兄弟一同享受至高无上的皇帝宠爱。从张氏兄弟身上，武曌像是获得某种梦幻般的生命之源，自对二张极尽宠爱，甚至对他们守寡的母亲也格外关心，亲下圣旨，将其嫁给凤阁侍郎李迥秀。

时间一天天过去，转眼到了圣历元年二月，精力充沛的武曌对朝事也唤发新的兴趣，此时她已能心平气和地询问："昔日周兴、来俊臣断案，总有朝臣谋反，此乃国法，朕也不敢徇私，如今二人皆亡，朕再也未闻谋反之事，可是以前死者中尚有冤情？"

群臣中夏官侍郎姚元崇出班说道："自垂拱年间以来，所谓谋反者，大多乃周兴、来俊臣罗织罪名，入狱者若是否认，俱遭惨毒之刑，只求速死。今幸赖陛下圣心，使酷吏伏法，臣以百口为陛下担保，自今内外之臣，再无谋反，若有此事，臣甘愿受知情不报之罪。"

武曌长叹一声，说道："原来宰相们都自保为上，陷朕为淫刑之主，闻卿所言，深合朕心。"当即重赏姚元崇。

狄仁杰在旁，见姚元崇气魄胆识远超同侪，暗暗赞赏。

武曌的目光转到狄仁杰身上，说道："狄相退朝后且来内殿，朕有话相询。"

当狄仁杰到内殿拜见武曌之后，武曌深思说道："请狄相来此，当为社稷一问。今朕年事已高，太子之位，卿觉传于魏王还是梁王？"

狄仁杰微微一怔，拱手道："皇嗣之位，陛下如何想传与武氏而不传今日东宫太子？"

武曌双目如刀，冷冷道："旦儿虽赐武姓，毕竟乃李氏之人。自古以来，狄相可闻皇位有传与异姓人的先例吗？"

狄仁杰自知今日之事，非止关乎天下，便是自己性命，稍有不慎，便也难保，当下冷静说道："太宗栉风沐雨，亲冒锋镝，已定天下，传之子孙。天皇陛下以二子托陛下，陛下岂可移之他族？"

武曌对此事苦恼甚久，深恐再拖下去，难免武氏兄弟阋墙，引起朝中大乱，她今日问询周兴、来俊臣之事，也是想到武氏兄弟早已明争暗斗多时，实不知如何取舍。此时听狄仁杰竟欲使自己将帝位传与李旦，脸色一沉。

只听狄仁杰缓缓续道："陛下以为，姑侄与母子，谁是相承血脉？"

武曌一怔。

狄仁杰继续说下去"陛下立儿子，则千秋万岁，配食太庙，承继无穷；若立侄，臣从未听闻为侄者会将姑姑立于太庙。"

这句话对武曌恍如当胸一拳，她只觉胸口一痛。数十年前，李治欲立自己为后时，李勣所言的一幕涌将上来，当即依样画葫芦，生硬说道："此乃朕的家事，卿如何能预知？"

狄仁杰肃容躬身，不假思索地答道："溥天之下，莫非王土。陛下之家，即为四海，哪样不是陛下家事？今臣身为宰相，岂能不去预知？难道陛下诏臣为相，是欲臣枉顾国家大事？"

武曌脸上闪过震惊之色，半晌无言，悲声道："朕耗尽毕生精力，竟还是要将皇位归还李氏？"狄仁杰拱手答道："陛下乃史无前例之君，臣只尽忠言，若魏王或梁王继承帝位，为防李氏复兴，必诛尽陛下儿孙。"

武曌猝然一惊，不觉起身，来回踱得数步，站住说道："朕昨梦一巨大鹦鹉，两翼皆折，是何征兆？"

狄仁杰对武曌躬身说道："武者，陛下之姓也；两翼，陛下之二子也。陛下若起二子，则两翼振飞，鹦鹉自身也不至陨落，实乃社稷之幸！"

武曌缓步回椅坐下，脸上神色却不再低沉，忽然说道："还是保旦儿皇嗣之位？"

狄仁杰略一沉思，拱手道："依臣之见，陛下当再立庐陵王为皇嗣。"

武曌抬头看着狄仁杰，呆呆说句："显儿？"

狄仁杰仍是拱手："庐陵王乃天皇陛下诏命之皇，又年长相王，群臣自是无议。"

片刻沉默之后，武曌终于从喉咙深处发出一声轻叹，目光移到狄仁杰脸上，缓缓点头。

7

一个多月后，早朝方散，武曌对狄仁杰淡淡说道："狄卿且入内殿见朕。"

狄仁杰遵旨入内殿之后，见武曌独坐龙椅，平时侍立其旁的高延福和上官婉儿居然不在。狄仁杰躬身说道："陛下见召，不知有何圣谕？"

武曌凝视狄仁杰良久，缓声说道："上月狄卿劝朕立庐陵王为太子，朕欲召回显儿，不知狄卿是否改变主意？"

狄仁杰一惊，拱手道："陛下召回庐陵王，乃合天下臣民之举，臣如何会改变主意？"他看着武曌，心头发急，提声续道，"是陛下尚有疑惑？"

武曌冷冷看着狄仁杰，忽然哈哈一笑，起身下阶，将旁边的帷幕拉开，说道："朕今将皇太子交与狄卿！"

狄仁杰抬头一看，见帷幕后站立的竟是似浑身颇不自在的庐陵王李显。

狄仁杰猝感喜悦，即刻跪倒，说道："臣狄仁杰拜见殿下。"

李显却是不敢迈步，武曌微笑道："庐陵王已至，可符狄卿之意？"

狄仁杰站起身来，方才的喜悦立刻被眼前现实所替，急忙肃容说道："陛下召回殿下，群臣无人知晓，万违朝规。"

武曌"哦"一声，说道："狄卿之意如何？"

狄仁杰说道："陛下当遣禁军仪仗，至神都南面龙门驿，以迎殿下，如此群臣士民方知陛下之意。"

武曌点头道："就依卿言。"她当即命李显潜出神都，往龙门驿等候。

翌日一晨，武曌当朝宣旨，称庐陵王身体有恙，特召回神都，使御医观看。今庐陵王已至龙门驿，文武百官当在狄仁杰率领下迎李显入都。

狄仁杰出班接旨。

武曌见自己圣旨一下，除武承嗣、武三思等武氏官员之外，群臣脸上尽显喜容，心内暗叹，知道自己身下这张龙椅，终究是要归还李氏宗室了。

当日，武曌在后宫召见李显及李显儿女。

看着跪于眼前的李显及韦氏，在他们身后同时跪拜的是长子李重润、次子李重福、三子李重俊、四子李重茂；四子之后，是李显的八个女儿，分别是新都公主、宜城公主、定安公主、长宁公主、永寿公主、永泰公主、安乐公主和成安公主。

听到每个公主报上名字之后，武曌对安乐公主李裹儿颇感兴趣。她抚慰众人几句，挥手命李显和韦氏带着儿女出殿，只留下李裹儿，问道："你父母如何为你取名裹儿？"

李裹儿答道："回禀陛下，裹儿出生之时，正是父王被贬往房州路上，母后撕下自己衣裳给我做襁褓，所以取了裹儿一名。"

武曌见十余岁的李裹儿说话毫无畏惧，暗暗称奇，说道："如此艰难，你是不是觉得朕流放你父母乃是错事？"

李裹儿说道："陛下流放父王，定是父王有错，我们在房州，每天都为陛下祈福，只盼陛下龙体安康，长命百岁。"

武曌闻言，脸上露出微笑，见李裹儿神清气爽，眼神无比清澈，摇摇头，像是自言自语地说道："朕入宫时，也是你这般年纪。长命百岁？人纵是真有百岁，也不过白驹过隙，快得没办法伸手抓住。"

李裹儿究是年少，不知如何回答，只凝视眼前这位当皇帝的祖母，见她眼锋无比锐利，像是瞬间看透自己，更像是知道自己说的话是真是假，忽觉对方可亲之余，更为可怕，一时手足无措起来。

第七章　夕阳残照

1

得知李显回京，李旦立刻觐见武曌，跪请将太子之位让与皇兄。

武曌冷冷说道："这么着急干什么？庐陵王身体有恙，来此看医，待他身体康愈，再说不迟。"李旦若诺而退。他自然知道，说皇兄身体有恙，不过是武曌的托词。他心领神会，配合似的等了半年，到九月十五日，再次觐见武曌，恳让东宫。

这一次，武曌终于答应，遂于当日立庐陵王为太子，李旦恢复为相王，大赦天下。

立太子三日之后，武曌再颁圣旨，以李显之名，挂河北道元帅，以征突厥，同时命狄仁杰为统军副元帅，右丞宋元爽为长史，右台中丞崔献为司马，左台中丞吉顼为监军使，擢蓝田令薛讷为左威卫将军。

出征之日，武曌亲自送行，在神都城外设下军宴。武曌起身持杯，环视帐内将帅，将目光停在李显身上，缓声说道："朝廷久欲征讨，却一月下来，募兵不到一千，今太子挂帅之音传出，应者云集，数月盈兵五万。足见太子之仁，遍于神都，朝廷上下，焕然一新，朕心实慰。"

薛讷起身离席，在武曌身前单膝跪下，拱手说道："太子虽立，神都之外，却是犹疑声众，今挂太子之名出征，可告知天下，人心振奋，外夷不难平定。"

武曌凝视薛讷，点头叹道："薛将军之父仁贵，曾三箭定天山，实乃国之栋梁，今子辈崛起，令朕感慨良多。"转头对身边的李显说道，"太子多赴外朝，以慰人心。"李显赶紧拱手应命，武曌又对狄仁杰说道："狄卿为帅，朕候卿佳音。"

狄仁杰慷慨举杯，说道："狄某一腔之血，只为天朝！"

武曌道声"好"，将酒一饮而尽，然后起驾回城，在城楼目送大军出发远去。

突厥闻得狄仁杰统军将至，慌忙退回漠北。狄仁杰巡视河北之后，上奏朝廷，以为夷狄之乱不足为虑，真正忧虑的是北方百姓，他们曾被迫受突厥驱使，朝廷若罚，则民众恐惧，朝廷若赦，则民心自安。武曌接奏之后，下达赦免河北各州百姓的敕命。自此河北大定，狄仁杰声威日隆。

班师回朝之后，武曌命李显出迎，将狄仁杰接至朝堂，亲加慰勉。

散朝后，武曌又传狄仁杰至内殿问道："朕有狄卿，乃天之助也，今朕欲再得天下大才以用，不知狄卿有何人可荐？"

狄仁杰闻言，心中一动，当即拱手道："陛下欲用文学之士，则苏味道、李峤等大人足以胜任；陛下今欲得相才，则荆州长史张柬之可用。"

武曌闻言，略略沉思，犹豫道："张柬之原本许王府上之人。"

狄仁杰躬身说道："陛下若用大才，当不拘一格。今张柬之大人身负奇才，陛下如何以出身相问？许王不过旧事，张柬之大人食君之禄，当忠君之事，若用他为相，实朝廷大幸。"

武曌缓缓点头。

不过数日，武曌再次召见狄仁杰："狄卿为相，当多为朝廷举荐人才。"狄仁杰脸色平静，拱手说道："数日前，臣举荐张柬之大人为相，陛下是否召用？"武曌说道："朕已擢张柬之为洛州司马。"狄仁杰躬身说道："臣所荐者，非司马之才，愿陛下详察。"

武曌微微一笑，说道："狄卿果然是狄卿，朕今便下旨，命张柬之入朝。不过，"她眉头微皱，续道，"除张柬之以外，这朝廷之内，狄卿观何人可称卓荦之才？"

狄仁杰躬身说道："以臣观之，夏官侍郎姚元崇、监察御史桓彦范、太州刺史敬晖皆为忠心奇才之人，陛下可用。"

武曌凝视狄仁杰片刻，缓声说道："尽依狄卿之意。"随即微微抬首，像是喃喃自语地轻叹说道，"武周一朝，自朕始，自朕终，实乃天命，朕也实欲为太子多留贤臣，江山才可永固，万民才可安康。"

狄仁杰听武曌声音苍凉，知眼前这位空前绝后的女帝终于承认，自己赤手空拳创立的武周王朝将随自己生命的结束而结束，天下仍将恢复为大唐帝国。武曌的话虽令他不免心中一动，但武曌此刻仍在皇位，谁知会不会圣意忽变？但愿她今日之言也便是对天下的一锤定音之言。狄仁杰再次躬身说道："陛下之心，天下尽知。"

2

狄仁杰躬身告辞之后，武曌独坐龙椅，自她终于斩断将太子之位交武氏兄弟的想法之后，陡然感到精力充沛，毕竟这一决心关乎自己身后的江山社稷，但一人独处之时，时不时又有恍惚之感。此刻坐于内殿，抬头环视殿内一切，无处不金碧辉煌，这一切都属于自己，都是自己经数十年无日无歇的奋争而来，但这些又终究不属于自己，也将不属于武氏一族。

武曌的确在体会一种奇特的感受，李显也好，李旦也好，都是自己的亲生之子，但在她内心，对李氏一族有种说不出的厌憎。自己不是姓武吗？这片属于自己的江山如何不能交给武氏？那天狄仁杰说得非常清楚，如果武氏登基，非止天下大乱，李氏也必然灭族，被杀的都是流淌自己血脉的子孙。她那天见李显一家，也有奇特之感，只觉他们不是来拜见自己，而是来夺取自己皇位的，自己竟还要将这把龙椅亲手送给他们。

如果能千秋万代地活下去该有多好！她不觉想起史上的历代君王，哪怕他们在壮年时开疆拓土、雄视八方，却几乎都在晚年沉迷术士丹药。没有哪个君王渴望将自己的江山交给任何一个人，哪怕是自己的儿子。武曌心念至此，终于发现自己理解了所有帝王。如今她也是其中一个，与史上帝王不同的是，她没有沉迷丹药。她渴求的是什么？不错，是令人难以抵挡的青春之气。

武曌立刻起身，她要去控鹤府见张氏兄弟。此时此刻，只有他们的青春才能使自己感觉活着的意义。她走出宫门，高延福弯腰在外侍候，与往日不同的是，高延福身边还站了一个十来岁的少年宦官，高鼻深目，与汉人颇为不同。

高延福没等武曌开口询问，跪下说道："陛下，此乃老奴所认的干儿子，进宫不久，愿听陛下驱使。"

武曌见那宦官年少，心里莫名一动，问道："你叫什么？"

少年宦官跪地叩头，说道："奴才本姓冯，今随干爹姓高。奴才叫高力士，陛下万岁万岁万万岁！"

武曌嘴角一笑，说道："高力士？名字不错，一同随朕去控鹤府。"

高延福大喜。高力士极为机灵，立刻起身，说道："奴才给陛下引路。"

控鹤府乃武曌在宫中修建的一座巨大官邸，特命张易之为控鹤监，张昌宗为银青光禄大夫，同时命左台中丞吉顼、殿中监田归道、夏官侍郎李迥秀、凤阁舍人薛稷、正谏大夫员半千等官员均供奉控鹤府内。张氏兄弟除侍奉武曌之外，日日都在府内以赌钱为乐。在武曌宠爱之下，张氏兄弟权势熏天，连武承嗣、武三思也争相巴结，逢张氏兄弟出宫之时，年长二人数十岁的武氏兄弟都前来争鞭执辔，大献殷勤。张氏兄弟一步登天，日日在府内大摆宴席、嘲笑公侯、诋毁卿相、为所欲为。

武曌进府之时，张氏兄弟正筵席大开。武曌虽知控鹤府内丑闻传得厉害，却只在此处才觉自己重回往日。

见武曌入府，张昌宗即刻出迎，张易之也随后前来，请武曌在首席入座。

几人刚刚坐定，文昌右丞韦安石忽然起身到武曌面前跪奏道："陛下在此，商贾贱类，便可命其回避。"武曌见到张氏兄弟，自是心花怒放，闻韦安石之言，微笑道："韦大人此言何意？"一旁的武承嗣皱眉说道："韦大人岂不是扫陛下之兴？"

座上的一个巴蜀商人已忙不迭站起，对武曌跪拜道："草民郭霸子，拜见陛下。"

韦安石已然喝道："左右，与我将郭霸子赶出府邸！"

张氏兄弟与郭霸子原本不熟。后者随武承嗣而来。他二人尚未出声，武承嗣已怒道："韦大人！陛下在此，你敢僭越不成？"

武曌冷冷开口："韦大人直言，乃朝廷之规，你给朕出去！"她面向武承嗣说出"你"字时，已转向郭霸子了。

武承嗣自太子之位不得，心中抑郁，此刻见武曌将自己带来的客人赶走，再也记不得自己连张氏兄弟都要巴结的用意，恼声说道："臣也告退。"

武曌脸色陡沉，冷冷说道："你退下！"

张氏兄弟虽得宠于武曌，却见其怒容，不敢出声。

见武承嗣和郭霸子走后，武曌脸上忽然一笑，说道："韦大人当赏！"张昌宗即刻眼神一丢，其亲信从内室拿出一个黄金镶边的玉盘。张昌宗接过，对韦安石笑道："此乃陛下所赏，韦大人还不谢恩？"

刚刚入宫的高力士见面前之事，快得眼花缭乱，武曌的喜怒无常令他终于明白什么是伴君如伴虎。对庭内的其他人，他也偷眼看个清楚，暗暗记住，以免下次见到不识，便祸从天降了。

3

一连数日，武曌始终在恍惚之状，不仅是自己不甘将江山归还李氏宗室，还有一个接踵而来的问题——按狄仁杰的说法，若自己将皇位传给武氏，李氏宗室必然灭族，但如果将皇位归还李氏，自己武氏一族又会如何？她当然明白，若武氏后人登基，势必杀尽李氏，因江山原本属于李氏，对皇位有合法的继承权，武氏缺乏这一合法性。尤其己在位之时，沾有太多李氏之血，难道坐回皇位的李氏不会在武氏族人中展开报复？

武曌越想，越是彷徨无计。

现太子已立，而且太子是自己的亲生儿子，当李显即位，还有什么人可以为武氏宗族提供保护？李显吗？武曌不觉摇头。李显性格懦弱，和李治颇像，他越像李治，就越不可能强硬到保护武氏族人，朝中大臣呢？武曌更是看得清楚，无论朝中大臣对自己如何臣辰，毕竟人心向唐，她不可能杀尽大臣，全部换上武氏族人。天下大乱的局面也从来不是她愿意看见的。朝廷是治理国家的机器，绝非武氏族人能全盘接管。

张易之和张昌宗兄弟见武曌皱眉蹙额，哪里知道武曌心思。他们眼下只知享受，根本无法体会武曌藏于深处的忧虑。而且，自从他们进入控鹤府，也看到朝中的尔虞我诈和钩心斗角，两兄弟无不渴望今天的荣华富贵能一直保持。但如何保持，取决于武曌的寿命。如果哪天武曌驾崩，他们将会如何？已古稀之年的皇帝还能活多久，谁也说不准。他们不觉暗暗希望找到下一步依托，自然，能成为依托的，不是李氏，就是武氏。在目前来看，李氏小心翼翼，武氏盛气凌人，当是武氏才更可依靠。

令他们惊讶的是，自那次武曌在控鹤府呵斥武承嗣和郭霸子离开之后，武承嗣竟然在数月后忽然病故。武承嗣得的是什么病，他们压根儿不知，只觉奇怪，倒是吉顼低声告知他们，武承嗣死于心病。当他的太子梦破灭，心内就抑郁不堪。抑郁能夺人性命吗？张氏兄弟不觉骇然，似乎从武承嗣那里，他们看到一扇神秘的未来之门正徐徐敞开。但武承嗣毕竟年至半百，自己兄弟刚刚弱冠，如果像武承嗣一样死去，未免太不划算，不如趁青春在手，能怎样享受就怎样享受。两兄弟心思一致，索性不再为明日担忧，每日尽情贪欢，武曌在此刻需要的，也恰恰是他们贪欢带来的快乐。

武承嗣的死也使武曌感到震惊，她如何不知武承嗣死于何因，心中不觉怒骂武承嗣乃无出息之人。皇位自然人人想要，但明知无法占据，岂可因此忧愤到如此地步。即便江山归还李氏，武承嗣难道不可以摄政为王？武曌心中怒骂之后，只能暗暗摇头。剩下的武三思能做什么呢？武曌将两个侄子看得透彻，武三思的能力远远不如武承嗣。她叹息一声，传旨命太子李显、相王李旦、太平公主、驸马武攸暨及武三思来宫中见驾。

几人接旨之后，李显和李旦提心吊胆，太平公主夫妇及武三思却是兴奋非常，他们很久没有被武曌召见过了。

武曌等他们跪拜之后，各自赐座，挥手命上官婉儿和高延福、高力士三人门外候旨。

李显等人自知今日将临大事，却从武曌脸上看不出半点端倪。

将几人一个个看过之后，武曌才缓缓开口说道："二月之时，你们都与朕幸临嵩山，谒升仙太子庙，可有所愿？"

几人突闻武曌问起半年前之事，全都发愣，竟是无人敢答。

武曌等了片刻，叹息一声，说道："朕幸临嵩山，不过欲让你等亲见武周天下，万民安居。朕已年高，这万里江山，迟早得交到你们手上，"她凝视李显，"太子若是登基，将如何面对江山？"

李显见武曌直接问到自己，手忙脚乱，赶紧起身跪拜，说道："陛下江山，儿臣不敢任意为之，定让万民称颂陛下恩德。"

武曌闻言，冷冷一笑。

李显浑身一抖，额上冷汗顿现。

武曌缓声说道："太子平身吧，今朕将武姓赐你！"

李显刚刚站起，闻言又立刻跪下，叩头道："儿臣拜谢陛下！"

武曌仍是不紧不慢地说道："武姓乃《姓氏录》首姓。朕赐姓于你，是要令你知晓，今日座者，均朕武姓族人。待朕千秋万代之后，你们不可争执！朕的江山，不可因你等而乱！"

几人闻言，同时起身，在武曌身前跪倒，齐声说道："臣等一定不负圣恩，守护陛下江山！"

武曌又将他们看过，继续缓声说道："此乃朕给你们的圣旨，朕命你们不要跪朕，跪门外天地神灵，宣读此旨，再书于铁券，藏于史馆，谁若背誓，天诛地灭！"

李显等人急忙跪地接旨，从李显开始，一个个面门外而跪，轮流将武曌这道同心之旨念过，然后武曌命上官婉儿和高延福、高力士三人进殿，将以丹书刻好的铁券交于上官婉儿之手，令其藏于史馆。

上官婉儿跪地领旨。

太平公主偷眼看看李显，见后者如逢大赦，心内不由冷笑，暗思这铁券真能阻止以后的事吗？哪个皇帝的遗旨真的被执行过？便是母后自己，违背过太宗，违背过高宗，难道她会不知，所谓铁券，终究和一张废纸差不多？

她担心被武曌看出所想，赶紧低下头去，使自己保持无比虔诚的样子。

众人耳边继续响起武曌声音，将李显长子李重润封为邵王，其女永泰公主李仙蕙嫁给武承嗣之子武延基，安乐公主李裹儿嫁给武三思之子武崇训。武承嗣病故之后，武延基承袭魏王爵位。

李显更是高兴，与武氏联姻，自己的太子之位便稳如泰山了。

4

武曌做完此事，看着太子和武三思等人毕恭毕敬，似乎放下心来，便又起驾控鹤府。

此刻的控鹤府内，身穿白色纱衣的张昌宗正坐在一只悬空旋转的巨大木鹤上吹笙。

武曌远远听到音乐，适才的凝重心绪得到释放。

进府之后，早已奉旨等候的李峤、阎朝隐、徐彦伯、崔湜、张说、沈佺期、宋之问、杜审言、徐坚、刘知几、员半千等文臣一起下跪，同声说道："微臣叩见陛下！"

武曌也不命他们平身，径直走到庭院中央，只见洒脱自如的张昌宗仍在鹤上飞旋，笙乐不停，微笑看着武曌。武曌脸上浮笑，心中惆怅却不禁翻涌。张昌宗太年轻了，自己已经太老了，见白衣执笙的张昌宗骑在飞旋木鹤上，宛如仙童下凡，武曌竟看痴了片刻。

张昌宗一笙吹毕，跳下木鹤，在武曌面前跪下，说道："陛下，臣献丑了。"

武曌仍是微笑，说道："平身吧，"又转头对着那些文臣说道："你们也平身，都过来。"李峤等人闻言，才起身走到武曌身前，一齐躬身拱手。

武曌的脸色恢复成平时的冷峻模样，看着群臣，缓声说道："今日始，控鹤府改名奉宸府，朕命你们在府中内殿编撰《三教珠英》，从儒、道、佛典籍中择句而编，张易之、张昌宗为监修。"

李峤等人同时答道："臣遵旨！"

武曌看着张氏兄弟年少翩翩，忍不住又爱又怜，心中暗想，可惜你们不知朕意，为了使天下人以为你们大才如磐，朕才集合这些英才，编撰如此大书，你们能使朕奋斗一生后感觉快乐，这也是朕为你们日后能留住性命所能做的事情了。

刚刚想到此处，张易之忽然上前，脸色悲愁，说道："臣一家奴被魏元忠大人杖毙，还请陛下做主！"

武曌怒意已涌，终还是抑制下来，轻描淡写地说道："魏大人如何要杖你家奴？"

张易之说道："臣家奴不知得罪何人，被告到魏大人那里，说他横行神都，四处诳骗，魏大人接到状纸，不问青红皂白，就将他亲自杖毙了。求陛下做主。"

李峤等群臣尚在，闻得张易之突告魏元忠御状，回避不是，倾听不是，不觉都鸦雀无声地站立一旁。

武曌尖锐地凝视了张易之一眼，淡淡道："魏大人乃朝廷宰相，居然亲自杖毙奉宸府家奴，依朕来看，定是这家奴仗势欺人，此事就到此为止了！"说着站起身来，对李峤等人说道，"今日始，你们在内殿撰书，不可耽误！朕有点累了，不必相送！"她右手伸出，一旁的高力士赶紧将武曌手臂托住，搀住她往府外走去。

张易之僵在当场，半晌作声不得。张昌宗看看武曌背影，又转身看着李峤等人，手臂一挥，厉声喝道："站在这里干什么？还不往内殿编书？"

李峤等人皆自负才学之辈，此刻见张昌宗出言厉喝，均心中恚怒，终还是一个个强忍怒气，拱手说个"是"字，一齐往内殿而去。

张氏兄弟互相看看，张易之怒声道："有朝一日，我一定要让魏元忠那老匹夫知道我的厉害！"

5

李峤、阎朝隐、徐彦伯、崔湜、张说、沈佺期、宋之问等人果然不负武曌之望，到久视元年七月，《三教珠英》编完近千卷，按其目录，还余五百卷左右便可大功告成。武曌大喜过望，重赏编修文臣。张昌宗极为得意，对武曌说道："陛下一朝，有此千古之书，当修佛为礼。"

武曌点头称善，当即下旨，命天下僧尼每日献出一钱，以助其功。

圣旨刚刚颁下，狄仁杰当夜前来觐见武曌。

尚在去年之时，年届七十的狄仁杰上疏辞官。武曌坚持不允，她知道自己再也得不到像狄仁杰这样的名相了，下旨狄仁杰可上朝不跪，免除直宿，并命朝廷众臣，非军国大事，决不可劳烦国老——这是武曌对狄仁杰独一无二的尊称。

当高力士报狄仁杰求见之后，武曌即刻宣见。

狄仁杰慢步走进之后，武曌早命高力士将狄仁杰座位摆好，直接赐座。

宫灯如昼，武曌看着脸色如金的狄仁杰须发苍苍，关切地说道："国老身体有恙，不知可好？朕还记得上月，国老一力举荐的降将李楷固和骆务整悉平契丹，献俘含枢殿，实乃国老之功啊。"

狄仁杰坐于椅上拱手说道："此乃陛下威灵，将帅尽力，臣何功之有？"

武曌微微点头，说道："国老有功不居，朕之幸也。"

狄仁杰脸色肃然，转话题说道："臣闻陛下有旨，令天下僧尼日献一钱，以修大佛。"

武曌说道："不错，朕之一朝，礼佛为先，今修大佛，国库难支，是以有此一旨。"

狄仁杰的声音始终沉稳："昔日南朝梁武、简文二帝，为佛庙耗银无数，处处建寺，乃至缁衣蔽路，国无勤王之师。陛下虽敛僧钱，可大佛耗资过巨，况修佛便得建庙，又是空耗钱财之举，臣想当年如来设教，以慈悲为主，何曾有奢华之欲？今陛下若为此费尽官财，耗尽人力，若边陲一旦有难，何以救之？"

武曌闻言，不觉沉思，片刻后缓缓说道："国老教朕为善，朕不敢相违。"当即对旁边的上官婉儿说道，"拟诏，废去前旨！"

狄仁杰拱手道："臣谢过陛下。"

武曌叹息一声，说道："如今朝中，谏言稀少，国老在朝，朕心方安啊。"

狄仁杰脸色苍凉，缓缓摇头道："臣风烛残年，只怕来日无多，唯一事令臣忧心。"

武曌暗暗心惊，说道："国老为何事忧心？"

狄仁杰双目颇为黯淡，说道："陛下可知洛阳令张昌仪？"

武曌闻言，微觉尴尬，脸上却是不动声色，当下说道："国老无事不可与朕言。"武曌如何不知，张昌仪便是张昌宗之弟。

狄仁杰微微叹口气，说道："洛阳令乃正五品之官，张昌仪弱冠之龄，身居高位，倒也罢了，只是买官卖官，多惹众怒。神都一日间出现六十余位薛姓官员，只因一人行贿，名字丢失，张昌仪只记得对方姓薛，便命所有薛姓之人为官。此事陛下可知？"

武曌抬头不语，片刻后说道："国老之言，朕都记下，国老且先回府安歇。"说罢，她又补充一句，"高公公前日病故，朕颇是不宁，此事容后再议。"也不等狄仁杰告辞，自己起身从殿内离开，上官婉儿和高力士都赶紧随武曌出宫，将狄仁杰独自留下。

狄仁杰在椅上呆坐片刻，终于一声长叹，缓缓起身，艰难地迈步出宫。

一钩冷月，照着狄仁杰孤独的官轿，地上拖出的影子，又凄凉又落寞。

6

一个多月后，九月二十六日一早，高力士发疯样地跑进武曌居住的集仙殿。

武曌起床不久，正让四名贴身侍女给自己梳发更衣，上官婉儿在一旁侍候。

听到高力士脚步，武曌挥手止住侍女动作，看着殿外。高力士已上气不接下气地一头冲进来，一进殿门，双膝跪下，哭道："陛下！狄大人薨亡了！"

武曌浑身一震，站起身来，几步走到高力士身前，圆睁双目喝道："你说什么？"

高力士仍是哭道："狄大人薨亡了！"

武曌直起腰，嘴唇嚅动，片刻间眼中流泪，声音从胸腔深处迸出："天夺朕国老，如何如此之早！"说罢身子一晃，上官婉儿站在武曌身边，立刻伸手扶住，那四名侍女也慌不迭将武曌搀住。

武曌在几条胳膊的搀扶下终于站稳，抬袖拭泪，悲声说道："传朕旨，休朝三日。"

上官婉儿躬身出殿传旨，武曌心内空荡，又对高力士喃喃说道："传昌宗和易之前来侍驾。"高力士应声，赶紧出殿，前往奉宸府召张氏兄弟前来。

三日后，武曌再次上朝。

　　面对跪地齐呼万岁的群臣，武曌声音发涩地说了句"众卿平身"，然后目光不自觉地看向狄仁杰曾经站立的文臣首位，此刻文臣以魏元忠为首。武曌目光看去，见魏元忠前面，空出一个位置，知道狄仁杰薨亡，实乃群臣尽悲，不由喃喃自语道："国老一走，朕的朝堂空矣！"她无心上朝，见群臣沉默，命上官婉儿宣旨退朝。

　　武曌终于感觉自己疲惫不堪，毕竟把控朝廷四十年，耗尽心血。如今她宁愿日日与张氏兄弟设宴为乐，原本只在后宫恃宠弄权的张氏兄弟不觉开始干预朝政，武曌自然清楚权力的吸引力何等巨大，此刻任由张氏兄弟干政，朝廷气氛逐渐散漫。在武曌眼里，无人能替代狄仁杰，在大臣眼里，也没有人真的以为自己有狄仁杰之才。即便魏元忠、姚元崇等人有志恢复朝廷之气，但君臣一体的前提已烟消云散，只得各自忍耐。

　　到第二年，即大足元年（701年）八月，习艺馆内官、品级低至九品下的苏安恒在武曌又在疲倦中欲宣布退朝之时，忽然从群臣最末走出，躬身执笏，说道："微臣有言，禀奏陛下。"

　　在朝中素不出言的苏安恒居然出班，不仅令武曌惊异，群臣也无不惊异。

　　武曌额首说道："苏卿有何禀奏？"

　　苏安恒躬身说道："陛下蒙天皇先帝所托，敬天顺人，至今二十年矣。今太子孝敬闻于天下，且年富力遒，春秋正盛，若太子登临大宝，何异陛下之身。今陛下年德既尊，宝位将倦，机务繁重，消耗心神，何不禅位太子，休养圣体。另历朝治天下者，从未使二姓俱得封王。当今梁王、定王、河内王、建昌诸王，俱承陛下荫覆而封王，臣以为，若陛下千秋万岁之后，必留后患，不若将武氏诸王黜为公侯，委以闲职。臣还闻陛下有二十余孙，却无尺寸之封，此非长久之计。臣请陛下，分土命诸孙为王，择立师傅，教其孝敬之道，以辅助大周，屏护皇室，岂非美事？愿陛下详察！"

　　苏安恒一番侃侃之言，恍如惊雷震响，群臣简直不相信自己的耳朵。一个九品之官，竟在朝中劝武曌逊位，使太子登基，还欲使武氏除王，李氏裂土，当真是活得不耐烦了。一时无人敢出一口大气，朝堂内的空气瞬间凝结。

　　武曌脸上，连一丝惊讶的神色也看不出来。她似乎未加思索，启唇说道：

"苏卿且来后殿。"说罢起身离椅，自己先往后殿走去。

群臣待武曌走后，才陡然爆发一阵惊异之声。所有人的眼睛都看向苏安恒，均想，此入后殿，苏安恒性命难保了。

苏安恒脸色肃然，迈步便往后殿走去。

殿内武曌安然而坐，见苏安恒进来，待他跪拜之后，才缓声说道："国老之后，朝无直言，今朕闻苏卿之语，乃无私之见，特赏卿丝绢百匹。"说罢，微一抬手，她身后的高力士捧绢而出，走到苏安恒身前递过。

苏安恒大出意外，他和群臣一样，以为自己今番进谏，必死无疑，不料武曌未惩反赏，当即跪下谢恩。

等苏安恒走出之后，武曌双眉微竖，沉声说道："朕在一日，便是大周一日！真以为朕老了吗？"她身后的上官婉儿和高力士都不敢接言，二人俱是脸色苍白。

<h1 style="text-align:center">7</h1>

翌日，群臣见苏安恒仍旧上朝，不免惊讶，随即听得武曌不仅未要苏安恒性命，还赏绢百匹，众人心里忍不住又涌上武曌确乃明君之感。这个明君偏偏又宠爱张氏兄弟，除了一心渴望向上爬的佞臣，朝中无人不厌憎那两个油头粉面的少年。

张易之、张昌宗兄弟自也得知苏安恒上疏请武曌禅位的讯息，暗中咬牙。二人此时在朝中遍布眼线，恍若当年周兴、来俊臣之举又开始隐隐重现。

到八月底时，武曌刚进奉宸府，张易之两眼通红，一见武曌，立时流泪。

武曌自是大惊，如今有什么事能惹得自己宠爱的张氏兄弟心伤，赶紧问道："易之哭什么？"

张易之抬袖拭泪，过来搀住武曌坐下，双膝跪在武曌身前，说道："臣求陛下做主。"

武曌眼光横扫周围府内之人，喝道："你们做什么了？"

周围之人惊得赶紧下跪。

张易之收住哭声，说道："今日臣得知，邵王重润和永泰公主及驸马于背后说臣。"

武曌眉头一皱，说道："他们说什么了？速速告朕。"

张易之像是触动心事，伏在武曌膝上哀哀痛哭。

这时张昌宗走来，在武曌身前也是一跪，脸色含悲，叩头说道："陛下，臣得知邵王昨日前往驸马府中，他与永泰公主和驸马谈及陛下，称陛下宠信我们兄弟，懈怠朝政，还说我们兄弟弄权，惹得天怒人怨，最后竟骂起陛下，说陛下荒淫，还说……"他偷看武曌脸色一眼，垂下头续道，"臣、臣不敢说了。"

武曌闻言，勃然大怒，手拍椅腕，将张易之扶起，自己也起身而立，喝道："传旨！"

她身后的高力士赶紧过来，躬身候旨。

武曌双目圆睁，咬牙说道："传朕口谕，命太子前往驸马府，亲自督办！"

高力士躬身接旨，急匆匆前往太子东宫。

接旨后，李显大惊失色，对韦氏说道："重润、重润这个畜生！孤王、孤王……"他心乱如麻，说不下去。韦氏也脸色发白。夫妻经历十余年流放，原本以为将客死异乡，好不容易重回神都，再为太子，岂料李重润和李仙蕙竟与驸马密谈如此大忌之事。现武曌命李显亲自办理，李显自然知道，若是办得未合武曌和张氏兄弟心意，只怕自己要么踏上再无归路的流放之途，要么全家被赐死。

在惊怒与惧怕交织之下，李显立刻前往驸马府邸。

他知道李重润也在武延基府上。在李显的四子八女中，李重润原本就与妹妹李仙蕙交好，武延基与李仙蕙虽是奉武曌皇命成婚，却琴瑟和谐，如今李仙蕙临盆在即，李重润日日都来驸马府看望妹妹。

见父亲惊惶至极也震怒至极地进来，李重润和武延基都不知发生何事，二人赶紧恭迎。

李显一见二人，顿时浑身发抖，指着二人厉声说道："你们好大的胆子！竟敢背后谤议陛下！"李重润和武延基都吓了一跳。他们的确颇为鄙夷武曌宠爱张氏兄弟之举。后者年龄和自己差不多，武曌则是祖母辈，从后宫传出的丑闻早已天下皆知，令他们在一起时禁不住直言不讳，却没料到会有人偷听告密。

李显虽惊惶震怒，亦是心痛不已。李重润是自己与韦氏所生嫡子，自己若是登基，李重润自为太子，如今这个连一天太子也未做过的儿子闯下如此大祸，实在没办法保全。李显看着二人，不觉泪下。李重润和武延基知道几人的随意之谈被人密告，骇异之下，也知死期已至。

　　武延基跪拜哭道："如今公主即将临盆，可否留公主一命？"

　　李显大哭说道："你们别管公主了，她也是孤王的女儿啊。你们、你们先自行了断吧。"

　　当李重润与武延基的自缢之讯传到奉宸府后，张易之冷笑道："什么公主驸马，什么殿下王爷，敢和奉宸府作对，便要你活不过明天！"

　　李显与韦氏还未从丧子之痛中摆脱，三天后又接到永泰公主因夫死兄亡，精神上难以承受，竟难产而薨的噩讯，公主腹中的胎儿也一并死去。李重润等三人虽贵为皇嗣，却因得罪张氏兄弟而死，朝中自是无人敢登府悼念。李显也不敢张扬，和韦氏命人偷偷将三人埋于神都北面的邙山深处。韦氏哭得晕倒几次，最后一次醒来时，望着凄凉落日和荒芜坟头，将头发抓得凌乱，她泪水已哭得干了，仍对着坟头干号，咬牙说道："张易之！张昌宗！本宫对天发誓，有朝一日，我要将你们碎尸万段！"

第八章　神龙无字

1

张氏兄弟将李重润、武延基、永泰公主逼死之后，极为兴奋。

朝臣日渐惧怕张氏二人，对其争相献媚。二人权宠日甚，时不时暗自商议，看如今朝中还有何人不对自己趋附。两年下来，见居百官之首的魏元忠不来巴结，又想起对方将奉宸府家奴杖毙之事。张氏兄弟暗想，若哪天武曌驾崩，魏元忠一定会将自己兄弟诛杀，索性一不做二不休，先将魏元忠告倒再说。

一日见武曌似有心事，二人即刻上前抚慰，武曌随手将一封奏折递与二人，说道："你们看看。"张昌宗伸手接过，见是魏元忠奏章，上书："臣自先帝以来，蒙被恩渥，今承乏宰相，不能尽忠死节，使小人在侧，臣之罪也。"

张昌宗读罢，即刻跪地说道："陛下，魏元忠所言小人是指何人？"

武曌脸上苍凉，微微一叹。

张易之也跪下说道："其实臣曾听闻一事，因担心陛下圣体，未能相告。"

武曌眉头一皱，说道："你们听闻何事？"

张氏兄弟互相看一眼，二人脸上均是弥漫悲愁。张易之说道："臣听闻魏元忠大人曾对高戬高大人说，'陛下老了，不如挟太子为久长之计'。"武曌闻言，霍地站起身来，震怒传旨，将魏元忠与高戬下狱。

圣旨刚下，武曌又心中起疑对张氏兄弟说道："朕为天子，素以律法为凭。明日且朝中对质，看还有何人听到他二人之言。"

张氏兄弟心内暗慌。

张昌宗硬起头皮说道："此事乃凤阁舍人张说张大人告知微臣，明日可让张大人对质。"

翌日，张说奉旨前往内殿。

与他同为凤阁舍人的宋璟见张说神情沮丧，心知张说惧怕张氏兄弟，说不定张氏二人早派人封官许愿，命张说诬构证词，当即上前说道："名义至重，神鬼难欺，大人不可因凶焰而诬陷他人，若大人获罪，其荣多矣；若事有不测，宋某当叩阁力争，与大人同死。努力为之，万代瞻仰，在此一举！"

张说闻言，浑身一震。站立一旁的左史刘知几也慨声说道："吾等行事天地，不可玷污青史，免得子孙轻视。"

张说不由振奋，走入内殿后，见太子李显、相王李旦、正谏大夫朱敬则、内官苏安恒及张氏兄弟等人均在武曌御座前侍立，当即跪下叩头。等武曌命其平身，开口询问后，张说躬身说道："臣从未听魏大人说过此言。"

张氏兄弟果在昨日派人对张说封官许愿，令其诬陷魏元忠，此刻听他未从己意，气急败坏。张易之急声说道："陛下，张说当与魏元忠同罪！"张昌宗也即刻说道："张说屡次称魏元忠为伊尹和周公，可伊尹放太甲，周公摄王位，这岂非说魏元忠实有反叛之心？"

张说正色说道："二位徒闻伊尹和周公之语，却不知他二人之道。伊周二公为臣至忠，古今仰慕，陛下用宰相，当使宰相学古人之道。今日臣岂有不知，若顺从易之兄弟之言，便得高官厚禄，反之或使灭族。今臣不惧死，唯惧魏大人含冤而死，不敢诬陷。"

武曌默然，脸色不变。

站一旁的正谏大夫朱敬则走到武曌身前，躬身说道："魏大人素称忠正，所罪无实，若是杀之，恐失天下人望。"武曌尚未回答，苏安恒也紧跟上前，拱手说道："刑赏失中，恐人心不安。别生他变，若朝廷争锋于朱雀门内，问鼎于大明殿前，陛下将何以谢之？何以御之？"张氏兄弟怒不可遏，说道："苏安恒屡次逆犯龙鳞，当午门斩首！"

武曌脸色如常，摆手道："魏元忠犯逆之言，未得证实，免其死罪。传旨，将魏元忠贬出神都，为高要县尉。"起身入内。

张氏兄弟跟随武曌进去，二人还是不甘，暗想连李氏和武氏两大皇族中人都不敢忤逆我们兄弟，区区几个朝臣，竟敢如此顶撞，长此以往，那还了得？

张昌宗愤然说道："陛下，魏元忠收买这几个大臣，如何不将他们一并斩首示众？"

武曌缓缓在椅中落座，抬头将他们看了一眼，冷冷说道："魏元忠乃朝中老臣，素来忠心耿耿，今已贬黜，你们还说些什么？朕倒是担心哪，你们如此对待朝臣，朕百年之后，还有何人来保你二人性命？"

张氏二人闻言，脸色俱白，互相望望，眼中流出惧意。

二人离开武曌之后，张易之低声说道："陛下之言不错，这些朝臣恐怕等陛下千秋万岁之后，便将要我兄弟之命了。"他抬头凝视张昌宗，后者双手成拳，咬牙道："与其等他们来要我等性命，不如我们抢先下手，杀尽这些朝臣！"

张易之缓缓点头。

2

翌年，长安四年二月，八十一岁的武曌终于感觉身体疲倦。

武三思揣摩武曌心意，上奏建议拆除三阳宫，用所拆材料在万安山建兴泰宫。武曌果然大喜，准奏之后，左拾遗卢藏用进谏，以为此举劳民伤财，"伤陛下之仁"。武曌知自己年岁已高，朝中复李之声时有起伏，颇欲以建新宫证实自己老当益壮，朝中自无复李之议，当下不听卢藏用之言，下旨建宫。两个月后，兴泰宫落成，武曌大喜，带张氏兄弟及上官婉儿、高力士、宰相杨再思等近臣幸临。

万安山在洛阳以南的伊川界内，东接嵩岳，西达伊阙，堪为神都屏障。

武曌在兴泰宫中远望群峰堆翠，层峦叠嶂，不觉想起五十多年前，太宗李世民在终南山驾崩翌晨，自己在含风殿远望群山时的凄楚之况。光阴弹指，如此长的岁月就这么流逝，自己君临天下也已四十余年，如今天上人间走遍，却是处处风景依旧，人已苍老。且不说天子不愿舍弃江山，便是普通人也不愿舍弃眼前之景，一股复杂之情涌上，长声一叹。

忽听得楼阶脚步声响，武曌没有回头，知是高力士前来。

果然，武曌身后响起高力士低低禀奏之声："陛下，奴才方才得知，司礼少卿张同休大人、汴州刺史张昌期大人和尚方少监张昌仪大人坐赃下狱了。"

武曌猛然回头。高力士所说的三人俱是张昌宗兄弟。怎么自己至兴泰宫未足一月，朝中便生变故？而且，下狱三人不偏不倚，都张昌宗兄弟，岂非针对张氏兄弟而来？武曌不由眉头一竖，她还未说话，得知讯息的张氏兄弟已惊慌失措地跑上楼来，在武曌身前扑地一跪，哭道："请陛下给我们做主！"

武曌一惊之后，即刻安定，再次转身面向远处群峰，冷冷说道："坐赃入狱？好大的罪名！传旨，即日回宫！"

回到大明宫后，群臣来见。

御史大夫李承嘉出班奏道："张同休、张昌期、张昌仪兄弟三人共坐赃四千余缗，证据确凿，请陛下详察。"说罢，将手中供状双手呈上。武曌从高力士手中接过，看了一眼，冷冷说道："还有何事？"司刑少卿桓彦范出班说道："张氏三人坐赃，乃与张昌宗同谋，以大周律法，当免张昌宗官爵。"

此时张昌宗早受封邺国公，张易之受封恒国公。

二人闻言，立时大怒。张昌宗出班喝道："此乃诬陷！"

他话音一落，司刑正贾敬言不慌不忙地奏道："邺国公强占民田，应罚铜二十斤！"

张昌宗虽官高禄重，终是年少，哪里是这些经风历雨的老臣对手？心中发急，转身对武曌拱手说道："臣有功于国，所犯不至免官。"群臣听得此言，不觉暗笑，均想你这岂非不打自招？不过因他在对武曌说话，无人再乘势出言。

武曌听得张昌宗之言，心中也是暗暗摇头，见群臣脸色不屑，索性目光一转，只看向杨再思、李峤、姚文崇、李迥秀、唐休璟、韦嗣立、崔玄暐等几位宰相问道："昌宗有功乎？"

杨再思即刻出班，执笏说道："邺国公为陛下制药炼丹，陛下服后，延年益寿，此乃莫大之功。"

武曌始终不动声色，缓缓说道："果如杨大人所言，邺国公有功于国，便将功折过，免其罪责。张同休贬为岐山丞，张昌仪贬为博望丞。退朝！"桓彦范等人虽欲一举击倒张昌宗和张易之，终究知武曌不肯，能将张同休和张昌仪贬官，也算是武曌依从群臣之意，当即齐声躬身说道："臣等恭送陛下！"

张昌宗兄弟随武曌进入集仙殿后，兄弟二人不禁说道："陛下，这些朝臣只想我兄弟被贬出宫，陛下如何能饶过他们？"

武曌转过身来，目光锐利，沉声说道："你们以为，万事都由朕下道圣旨便可？朕对你们早就说过，和朝臣相处，多留后路。"她起身望着殿外，喃喃道，"朕在一日，江山便得治一日，朝臣均老，真不知何处尚有贤才，能为朕所用。"又是一声长叹。

张氏兄弟数次被武曌严词呵斥，心下暗怒，嘴上仍不得不诺诺连声。

武曌慢慢手扶额头，缓声道："朕不适，速传太医。"

3

又是数月过去，突厥大将叱列文崇叛乱消息传来。武曌素来不惧外夷叛乱，只是今日身体终究已老，闻讯命上官婉儿传旨，封姚元崇为灵武道行军大总管，出边境迎敌。

姚元崇依惯例，出发前再次觐见武曌。

武曌数月来身子极为不适，强打精神接见姚元崇，勉慰几句后忽然问道："今外司堪为宰相者，姚卿以为尚有何人？"

姚元崇躬身说道："今秋官侍郎张柬之沉厚有谋，能断大事，且其人已老，陛下宜速用！"

武曌微微一怔，喃喃道："当年国老也是荐张柬之为相。只因他为许王之人，朕一直未用。"

姚元崇拱手说道："许王已薨十余年，张柬之一心为国，腹有韬略，陛下无须再虑。"

武曌微微点头。

待姚元崇统军离开神都之后，武曌即刻下旨，将张柬之擢为凤阁鸾台平章事，晋升凤阁侍郎，入宰相之列。

群臣无不惊诧的是，眼见风烛残年的武曌竟在擢张柬之之余，又命宰相各举堪为员外郎的才士之人。凤阁侍郎韦嗣立举荐广武令岑羲时犹豫说道："岑羲大才，可惜受其伯父岑长倩所累。"武曌微微一笑，说道："自身负才之人，有何所累！"立刻又拜岑羲为天官员外郎，又命天官侍郎韦承庆为凤阁侍郎，入宰相之列。

张氏兄弟看得诧异，忍不住对武曌说道："陛下短短数月，何以忽然提拔如许官员？"

武曌躺在床上，看着两个容颜如画的少年，叹息一声："朕的心，你们如何能懂？"说罢微微闭眼，张氏兄弟委实想要知道原因，见武曌闭眼养神，不敢再问。

从这日开始，武曌病势加重，终于难以起身，索性住进长生院，只让张氏兄弟在旁侍候，连上官婉儿和高力士也不许入内。她没有下诏令太子摄政，朝中奏折越来越多，武曌每日看得几封便浑身无力，宰相们每日求见，一概未得允许。

到十二月时，武曌身体稍稍好转，凤阁侍郎崔玄暐终于获准觐见。

武曌勉强起身，崔玄暐见武曌数月不见，病容满面，跪下叩头道："陛下保重龙体！"

武曌脸上勉强浮笑，声音沙哑地说道："崔卿平身。"

崔玄暐没有起身，双手一拱，说道："皇太子及相王，乃陛下亲子，仁明孝友，足以为陛下侍候汤药。宫禁事重，臣伏请陛下，不可让外姓随意出入。"

武曌微微一叹，说道："朕感卿厚意。"说完这话，却是不再继续。崔玄暐知道武曌自是不肯将张氏兄弟逐出宫中，更不欲李氏二子前来侍候。武曌停了片刻，缓声道："卿无他事，便可退出。"

崔玄暐见武曌坚决，不敢再言，站起后躬身退出。

出宫之后，崔玄暐即刻前往张柬之府邸。除与张氏兄弟往来甚密的杨再思外，其他宰相均在张柬之府邸相候。

进张府之后，众人立刻询问。听得崔玄暐与武曌只互相说得数语，不禁面面相觑。

韦嗣立皱眉说道："陛下数月不见臣子，岂不是欲让张氏乱政？"

张柬之轻声一叹，深思说道："老夫最惧之事，乃是陛下若亲写墨敕，把皇位让给张昌宗，该当如何？"

众人闻言，齐齐吃惊。

崔玄暐骇然道："太子尚在，陛下应该不会做出如此事情。"

张柬之抬起头来，微微闭眼，旋又睁开说道："陛下今日，只留张氏侍候身边，已是荒唐之举，何况正在病中，若果真做出我等无法预料之事，不是无此可能。"

李迥秀看了众人一眼，说道："张大人之言，绝非空穴来风。我听闻张昌宗曾召术士李弘泰看相，李弘泰称张昌宗有天子之相，劝其定州造佛寺，便会天下归心。"

张柬之右手握成拳头，在桌上一捶，沉声说道："如今定州，不正奉张昌宗之命造佛寺吗？他既有此举，倒是给我等一个破绽。"他伸出食指，往杯中蘸上酒，然后在桌上一个字一个字写起来。

众人围桌而看，彼此在惊讶中微微点头。

4

数日后，武曌再次感觉病势加重，入迎仙宫长生殿后，卧床不起。

转眼到十二月二十日，高力士进宫，将一个叫杨元嗣的朝臣所写的奏折呈上。武曌御案上奏折已堆积如山，此刻见高力士脸色甚急，还是接过，在病床上展开一阅，杨元嗣所上奏折，说的正是张昌宗在定州造佛之事，并将张昌宗召李弘泰看相一事字字写来。武曌身体虽然虚弱，却一心想保张氏兄弟。她自然不信张昌宗有篡位之想，但既有朝臣为此上奏，也不能视而不见。

沉思片刻后，武曌命高力士传旨，将张昌宗造佛之事交由凤阁侍郎韦承庆、司刑卿崔神庆及御史中丞宋璟三人会审。

仅过一日，三人回奏："张昌宗受陛下荣宠，竟召术士看相，显有不臣之想，会审证据确凿，依法当斩。"

武曌收到奏折看后，神色漠然，顺手搁于案上。

宋璟见武曌置之不理，第二天继续上奏，称"姑息不臣之人，将动摇社稷"。武曌见会审三人步步进逼，下诏命三人暂停审理。不料，圣旨刚下，左拾遗李邕又上疏说道："宋璟所奏，志安社稷，非为个人，愿陛下准宋璟之奏。"武曌大怒。张昌宗兄弟痛哭流涕，恳求武曌勿信朝臣之言。武曌沉思半晌，下诏命宋璟前往陇、蜀，为李峤副手，行安抚之责。宋璟即刻上疏复道："臣乃御史中丞，依大周之律，非军国之事，中丞不当出使。今陇、蜀无变，臣不敢奉诏。"

武曌接疏，浑身发抖，一边咳嗽，一边怒气难抑地说道："宋璟竟敢抗旨不遵？"

张昌宗和张易之双双跪于武曌床前哭道："宋璟不遵圣令，实有不臣之心。"

武曌挣扎一下，想坐起来，却是浑身无力，紧咬下唇，也不想回答张氏兄弟之言。她心里清楚，张氏兄弟希望自己将宋璟下狱，宋璟却堂堂正正拿出朝中之制，令她无可反驳。

武曌实感此时乃自己一生中的艰难时分，若是身体无恙，自有办法，偏连床也不能起，侧头看了看张氏兄弟，终于挥手道："你们先出去。"

张氏兄弟互相看看，只得遵旨走出迎仙宫。

未过半日，高力士再次急匆匆进入殿内。

武曌此时靠在床头，抬头见高力士，眉头一皱，沙哑着声音说道："又有何人来奏？"

高力士至床前跪下，双手呈上奏折，说道："司刑少卿桓彦范大人有奏。"

武曌心内，瞬间雄心陡起，心想：好！看你们有多少人上多少奏，朕先看个遍！当即伸手将奏折接过，见桓彦范奏上写道："张昌宗包藏祸心，自招其咎，乃皇天降怒；陛下不忍加诛，则违天不祥。今张昌宗勾结术士，拟事发便说先已禀奏，事未发则是不臣之逆，如此之事不究，还有何事可为刑？此逆臣不诛，社稷亡矣，请陛下将其交鸾台凤阁三司，追究其罪！"武曌一字字看完，目光阴冷，顺手扔到地上。

高力士抬眼偷看武曌，跪地捡拾，将奏折放于御案，躬身退出。

翌日，张氏兄弟刚刚侍候武曌喝下汤药，殿外高力士又快步入内，躬身说道："陛下，宋璟大人在宫外求见。"见其脸色，知是未能阻止宋璟入内。

武曌将空碗递给张昌宗，冷冷说道："宣！"

片刻后宋璟入内，跪地请安。

武曌怒视宋璟说道："朕卧病休养，宋大人何事如此焦急？"

宋璟站起身来，躬身说道："臣为陛下江山之故，请收邺国公下狱。"

张昌宗脸色发白，他素来惧怕宋璟，不敢开言，眼望武曌。

武曌淡淡说道："宋大人所言之事，朕已闻昌宗禀奏。"

宋璟正色道："邺国公为形势所逼，计穷而向陛下自陈，势非得已。所犯谋逆之罪，岂可赦免？若邺国公不伏大刑，要国法何用？"

武曌心中虽恼，声音却温和下来："宋大人言过其实了，邺国公日日守在朕边，如何能犯谋逆之罪？"

宋璟凛然说道："邺国公受陛下厚恩，臣知言出祸从，今宁愿一死，也不可枉顾国法！"

武曌冷冷看着宋璟说道："既如此，"她转头对张昌宗说道，"你便随宋大人前往御史台，把是非辨得明白再回。"

张昌宗大急，跪下说道："臣……臣要侍候陛下。"

武曌手一挥，说道："随宋大人出去！"

宋璟颇为意外，当即拱手道："臣谢过陛下，臣当秉公而审，不敢逾法。"

张昌宗见武曌语气坚决，不觉脸色苍白，终还是失魂落魄地随宋璟走出殿门。

5

带着张昌宗来到御史台之后，无论宋璟如何认为张昌宗罪大当诛，对方毕竟是当朝邺国公，便未加呵斥；相反，其见张昌宗脸色镇定，毫不畏缩地站于阶下，倒也在心内暗暗点头。

宋璟坐于椅上，缓声说道："邺国公与术士相往，定州造佛，可知其罪？"

张昌宗既不躬身，也不拱手，淡淡说道："我命定州造佛，何罪之有？"

宋璟脸色一沉，说道："本官已查得清清楚楚，李弘泰也已招供，称'邺国公有天子之相，只要在定州造佛，便可天下归心'，可有此事？"

张昌宗冷冷不答，索性转过身去，背对宋璟。

宋璟见其藐视公堂，将宗堂木一拍，怒道："转过身来！"

张昌宗冷冷说道："小小御史中丞，也敢对国公下令？"

宋璟霍地站起，他还未及开言，就听外面有人大喊："敕使大人到！"

宋璟一怔，抬头看去，只见高力士带着几名宦官大步入内。

高力士径直走到宋璟案前，高声说道："陛下有旨，特赦邺国公之罪，命邺国公即刻往长生殿侍驾，钦此！"

宋璟猝然一惊，双手握拳，说道："陛下……"

高力士冷冷说道："陛下之旨，宋大人没有听清吗？"他也不等宋璟说话，转身对张昌宗说道，"请国公随奴才回宫。"

张昌宗仰头一阵大笑，说道："臣接旨。"说罢，双袖一甩，仰头往外便走。高力士等人赶紧跟上。

宋璟脸色发白，待他们出去之后，右手握拳，往左掌心一砸，愤声自语道："早知如此，一进来就该立刻打破他的头！"愤然坐下，伸拳往案上狠狠一捶。

张昌宗死里逃生，一入长生殿，快步抢过，伏在武曌身边，哀声哭道："陛下！陛下！"

武曌伸手抚摸张昌宗头发，喃喃道："没事了，没事了。"她嘴上说没事，心里还是感到一种风雨欲来的危机。岂止今日宋璟，朝中数位宰相连日来频繁上奏，请斩张氏兄弟，显是怀抱鱼死网破之心。

武曌暗暗心惊，这是她执政以来，从未遇过的艰难之事，但宋璟的大义凛然，又令她暗自欣赏。她始终记得自己是大周皇帝，她可以宠信张氏兄弟，给他们高官厚禄，却又不得不依靠群臣之力，治理名下江山。这些朝臣一意要取张氏兄弟性命，武曌自是明白二人身犯国法，惹动众怒。

毕生不肯服输的武曌此刻听着张昌宗哀哭，伸手在其头上抚摸，内心奇妙地涌起一生中只对李治产生过的情感。这是熟悉的情感，她在为李治昭仪和皇后时亲身经历过，同时又是陌生的情感，毕竟已太过久远。当这股情感疯狂地涌至心间时，武曌咬紧嘴唇，下决心只要自己活一日，任何人就休想动他们兄弟一根毫毛。

但自己终究是要死的，已过八十的高龄，弱难禁风的病体，想到这里，武曌看看他们兄弟，低声说道："你们坐过来。"张氏兄弟一左一右，依言在武曌身边坐下。二人心头惴惴，浑身抖个不停。

武曌伸出双手，将他们一人一手握住，低声道："有朕在，你们不要有一丝一毫的担忧，今日始，谁也不要从这里出去一步，你们就陪着朕，等朕好起来，朕会把他们全部收拾掉！"说到后来，武曌的声音已然凌厉起来。

6

从这日开始，张氏兄弟果然不离武曌一步，三人每日看着殿外，总觉不远处便是危机四伏，却都不想探知重重宫外究竟在发生什么。朝臣奏折仍每日送来，武曌一封也未再看。对她来说，此刻最重要之事，莫过于用自己的身体来护卫张氏兄弟安全。

转眼元旦来临，宫中内侍都跪于殿外庆贺。

武曌对唯一能入寝殿的高力士低沉说道："传朕旨，改元神龙，赦天下，除扬州、豫州、博州兴兵反朕的贼首之外，尽皆免罪。"

这道圣旨武曌下得明白，群臣也看得明白，神龙年号是武曌内心不屈服的姿态，她想告诉群臣，自己依然是君临天下的皇帝，她赦免扬、豫、博之外的反将，是想群臣心知，即便张昌宗有过篡位之想，也已经得到了赦免。

饶是如此，张氏兄弟还是禁不住昼夜惶恐，武曌疾病缠身，也只能出言安慰。

神龙元年正月，一天比一天寒冷，冬雨连绵，始终未下大雪。到二十二日黄昏时，狂风大作，雨转滂沱。武曌浑身颤抖。她看着宫殿外风雨良久，嘴里忽然喃喃一句"陛下"。旁边的张氏兄弟极为诧异，陛下不是武曌自己吗？这种突然之举令他们感到分外诡异。在武曌内心，却是情不自禁地想起五十多年前，李世民驾崩之夜的狂风暴雨。那一夜的情形和今夜委实太像，又压根儿不像。

只是风雨声和霹雳声丝毫未变。一种无比虚弱的感觉从武曌内心泛起。

眼见天色渐暗，殿内宫灯的光芒仍在凄风苦雨中挣扎。张氏兄弟如往日般分别卧于武曌两侧。殿外，一个接一个的霹雳令他们脸上失色。武曌睁着双眼，极力想从心内提起与生俱来的天下独尊之气。她感觉那股气势的消失，不由紧紧握住张氏兄弟双手，嘴唇咬得很紧，似乎想睁圆双眼，挺过今夜。

不知过了多久，寂静中蓦然听得殿外传来隐隐的呼喊声，武曌似乎在瞬间疾病离身，坐起身来，沉声喝道："外面是什么人？"她此时方才意识到，自住入长生殿以来，压根儿就没想过在迎仙宫外布置一支唯命是从的护卫禁军。

风雨如磐，殿外的呼喊声越来越近。张氏兄弟也在武曌惊坐后翻身下床，他们互相看看。张昌宗感觉有一种不祥之兆，对张易之说道："我们出去看看。"

张易之点点头。武曌嘴唇一动，想要制止二人出去，但一种命运将临的感觉使她一时没有出声，看着张氏兄弟各自执剑而出。

过得片刻，两声惨叫从外传来，殿外一片火把之光，竟是人吼马嘶。武曌内心感觉一股说不出的怆痛，坐在床头，狠狠瞪视殿门。

一群人纷拥入殿。

站在最前面的是宰相张柬之、崔玄暐、姚元崇以及中丞右台敬晖、司刑少卿桓彦范、相王府司马袁恕己、左威卫将军薛思行、右羽林卫大将军李多祚、右散骑侍郎李湛，被他们簇拥其中的，是浑身哆嗦不已的太子李显。

十余名羽林军士卒手执火把跟在身后，另外一些羽林军各挺刀刃，远远将武曌的龙床围在中央。其他羽林军都站在殿外，火把将夜空照得宛如白昼。

在李多祚和李湛出鞘的剑刃上，兀自滴着一滴滴鲜血。

闪电从夜空划过，武曌的脸在闪电中显得苍白无比，闪电过后，武曌的脸庞又在殿内火把中映出一片血红。

知形势千钧一发，武曌惊而不乱，沉声喝道："何人叛乱？"

这四字之威，令张柬之等人仍是猛吃一惊。

他们从未见过脸上无妆的武曌，往日所见，后者无时无刻不是雍容华贵、气度超凡，而此刻面对的，是一张年华褪尽的老妪之脸，唯有迎面射来的凌厉眼神依然熟悉无比。

便在此时，武曌眼中仍发出震慑人心的光芒。

瞬间的震撼之后，张柬之走上一步，躬身说道："张易之和张昌宗叛乱，臣等奉太子之命，已将二贼诛杀，因恐有泄漏，未及禀奏陛下。今带兵入宫，臣罪该万死！"

武曌心头一震，大痛之下仍是脸色不变，眼光冷冷看向李显："是太子下的命令？现叛贼既诛，可回你的东宫了。"

李显魂不附体地说道："儿臣、儿臣……"一言未毕，已冷汗淋漓。

桓彦范上前说道："太子如何能此刻回宫？昔日天皇以太子托付陛下，今太子年齿已长，久居东宫，天意人心，久思李氏。群臣不忘太宗和天皇之德，才奉太子令诛杀叛贼。愿陛下传位太子，以顺天人之望。"说罢，桓彦范深深躬下身去。

其余之人，也尽皆躬身，齐声说道："愿陛下传位太子，以顺天人之望。"

武曌眼闪寒光，将面前之人一个个看过去。看到右散骑侍郎李湛之时，厉声说道："你父亲李义府是朕一手提拔，你从小便由朕养于深宫，授你官职，朕待你父子不薄，你竟造朕之反？"李湛闻言，手中一抖，不敢回答，剑锋上的鲜血仍滴落不停。

武曌眼睛又看向崔玄暐，咬牙道："朝中诸臣，多是他人举荐，唯独你，是朕一步步亲手擢升，你也背叛朕？"

崔玄暐不似李湛日子过得单纯，他久经风雨，从容躬身，说道："臣今奉太子之命，乃为社稷，唯其如此，才是真正回报陛下大恩。"

武曌不答，继续将众人看过去，突然哈哈大笑，只一瞬间，她笑声陡停，对李显说道："好、好，你乃太子，原本就该继承皇位，朕今逊位于你。"

李显无日不惧武曌，此刻听她逊位自己，抖抖索索上前，在武曌床前双膝一跪，叩头说道："儿臣拜谢陛下！"

武曌长叹一声，勉力挥手，说道："都出去吧，让朕好好睡一觉。"

张柬之等人见大事已成，躬身说道："臣等拜谢陛下。"说罢，众人齐齐后退。

武曌看着所有人退出殿门，外面火把闪耀，知张柬之已布置羽林军守在殿外。她方才说话虽然不多，却知自己实是从死到生走了一遭。看看空阔巨大的龙床，嘴里喃喃说道："昌宗、易之，你们就这么走了，把朕独自抛下了？"两行泪水从眼眶淌下，却是丝毫不觉。

一声巨大的霹雳在殿顶震响。武曌埋着头，恍若不闻，又缓缓抬首，嘴里又喃喃一句"陛下"。

寂静中宫灯忽灭，长生殿内一片黑暗，像是将武曌吞没了下去。

7

三日后，太子李显在通天宫第二次即位。再过一日，已为"上皇"的武曌卧于翟车，从迎仙宫出来，文武百官列队相送。李湛率五百禁军护卫，前往皇宫城西的上阳宫。

武曌始终闭唇不语，目光呆滞地看着外面。当全身披挂的李湛横戟策马，在车窗外出现之时，武曌眼中闪出一种难以言说的愤恨与失落，终还是叹息一声，闭上双眼。

进入上阳宫后，武曌再也难以起身，日日卧床。她一直以为，须到自己宾天之日，才可由李显枢前即位，没想到自己竟以如此措手不及的方式失去一切。张氏兄弟死后的讯息她也不想听闻。她不会想到，在张昌宗和张易之被诛当夜，张同休、张昌期、张昌仪三人也同时被杀。五人头颅悬天津桥示众。没有人敢告诉武曌此事，武曌痛感自己百密一疏，在无法忍受的痛悔中拒不喝药。

到上阳宫翌日，李显率群臣前来为上皇请安。

武曌在床上冷冷看着李显和群臣，终于启唇对李显说道："有两句话给你，记住了。"

李显赶紧叩头道："朕谨聆上皇金言。"

武曌声音很低，冷到极点，慢慢道："第一，保住你的皇位；第二，保住你的性命。"

李显不明其意，诺诺称是。

武曌又看着在李显身边站立的皇后韦氏，后者凤冠霞帔，终于敢直视武曌，眼中闪出如愿以偿的得意之色，如今再也无人能将她赶下皇后的宝座了。武曌看也不想看韦氏一眼，侧头凝视殿外，见外面飘扬的旗帜已从武周恢复成李唐，缓缓挥手。

李显等人跪安后退出。

武曌每日睡眠时间极少，在她身边侍候的宫女和宦官们都不敢和上皇说话，只是发现她总凝望殿外天空，脸上时不时露出令人感觉悲伤的微笑。

二月中旬，高力士奉旨来拜见上皇。

一见武曌，高力士伏地大哭。

见到高力士，武曌竟是感觉稍稍好转，问道："如今朝中，陛下论功行赏了吧？"

高力士收泪说道："今陛下封上皇为则天大圣皇帝，武三思大人授为司空、同中书门下三品，驸马武攸暨大人为司徒，受封定王。"

武曌见高力士伶俐到知自己实是挂念武氏中人，暗暗点头，闻言后吁口气说道："则天大圣皇帝？便是朕该叫武则天了。"她嘴角上浮出一丝无法捉摸的笑意，像是喃喃自语般续道，"朕在位时，诛尽李氏，今日陛下即位，竟留下三思？"不觉冷笑出声。

高力士继续说道："今陛下与韦皇后同时临朝，常与武三思大人图政议事，"他犹豫一下，还是说道，"奴才耳闻，张柬之大人劝陛下诛灭武氏，陛下不从。"

武曌枕上侧头，看着殿外，喃喃道："显儿如此孱弱，祸不远矣。"

高力士不敢回答，只听武曌继续自语般说下去："死无葬身之地的人何其多也，可惜朕看不到了。"

高力士只是叩头，说道："上皇保重龙体。"

"保重？"武曌像是回过神来，将目光转向高力士，淡淡说道，"你看这上阳宫内，没有谁不是在等朕宾天，朕也想一了百了，真不知上天为何还不召朕前往？"说罢，武曌脸容平静，看不到忧伤和悲戚，也看不出她心中在想些什么。

高力士退出之后，武曌又是独自卧床，除了几个宫女例行侍候，再无他人前来看望。李显自第一次看过武曌之后，每隔十日来看望一次，过得月余，韦后不允，李显再也没在上阳宫出现过。

武曌在床，日日沉思往事，有时也未必是在沉思，只是长时间无人说话，也不想宣侍女来身前。没有了朝廷，没有了对手，没有了斗志，武曌终日在自己的孤独中沉陷下去。

唯独令她稍感愉悦的是高力士仍会奉旨前来。

朝中之事，武曌从高力士口中知道得清清楚楚，只是再也无力干涉。如今由梁王改封德静王的武三思独揽朝政，此点虽出乎意料，同时又使她心中稍慰。不过，韦氏的垂帘听政使她想起自己当年。李显与李治太像，韦氏又与自己太像。她刚刚想到此处，又立刻否认，韦氏与自己像的只是外在，内在呢？武曌脸上浮起一丝冷笑，没错，韦氏终究做不到自己能做到之事，等着她的，只怕也是死无葬身之地了。

如此一日日过去，到十一月二十六日，李显刚刚上朝，宫外李湛忽然满头大汗地不宣而入，阶下一跪，脸色苍白地说道："陛下！皇后！上皇驾崩了！"

此言宛如霹雳，李显顿时站了起来，惊道："上皇……驾崩了？"

不到一个时辰，李显、韦后、相王李旦、太平公主等人率百官抵达上阳宫。

李显、李旦、太平公主都是武曌亲生，三人无一人见到武曌最后一面。

一进殿门，几人扑地跪下，漆行至武曌床边。

床上的武曌无比安详，双眼阖上，脸容神圣端庄，嘴角含笑，似乎只在沉睡。

李显大哭道："上皇！上皇！朕来迟了！"李旦与太平公主无不哀号。

高力士朝李显跪下，哭道："陛下，此乃上皇遗旨。"

李显接过一看，见武曌在诏书上写道："去帝号，称则天皇后。王、萧二族及褚遂良、韩瑗、柳奭亲属皆赦之。"

李显哭道："朕岂敢不遵上皇遗旨！"

半年之后，在咸阳北的高宗乾陵，李显再率百官，将武曌下葬于父皇李治陵旁。

一块高大的石碑在武曌墓前矗立，碑上竟无一字。

李显曾令上官婉儿为武曌撰写述功碑文。上官婉儿跪奏道："臣久侍则天皇后，皇后屡次嘱臣，宾天后无须碑文，任后人评说。"

百官在李显带领下齐齐跪拜，其时夕光正盛，以整个梁山为陵的各处峰头，陡然响起一阵无穷无尽的鸟鸣之声。李显等人抬头看去，只见数以万计的各色鸟群铺天蔽日，如游龙殷从武曌的无字碑前迅速绕飞，再往天空而去。

李显与群臣无不骇然，再次跪下。韦氏见如此异象，心中无端涌上一股嫉恨，双眼狠狠瞪视群鸟。待鸟尽天空，旋首中见只有自己未叩下头去。她正嘴角冷笑，不料一股狂风迎面扑来，头上凤冠竟被吹落在地。韦氏大惊失色，伸手去拾，手指竟是抖个不停，再抬头看那块高逾二丈的无字石碑，碑首雕刻的八条螭龙相互缠绕，露出坚硬无比的鳞甲与筋骨，碑座是一狮一马，马匹屈蹄俯首，狮则昂首怒目。韦氏陡觉那些圆睁欲动的龙狮之目便是武曌生前之眼，正冷冷逼视自己，心头震颤，再也不敢睥睨作态，跟在李显身后，无力地叩下头去。

　　正是：

　　　　千秋有女帝，凤翅抱乾坤。
　　　　是非碑莫刻，尽留日月吞。

（全书完）

后记

　　自公元前221年嬴政称皇帝始，到1912年溥仪宣布退位止，中国历史上先后出现过八十三个王朝，五百五十九位帝王。其中武则天是唯一的女性之身，也是当时后世，免不了众说纷纭的一代帝王。

　　我对武则天的最初印象来自20世纪80年代，电视台播出冯宝宝主演的香港电视连续剧《武则天》。我彼时年少，对该剧记忆犹新的是武则天在感业寺出家以及她外出打水时遇见冯小宝一幕。若干年后读史，才知电视剧轻率得令人吃惊，历史人物和事件漏洞百出，各种关系混乱不堪，以致我至今对冠有"历史"二字的影视剧兴趣全无。对用观剧打发时间的人来说，只求故事精彩，历史真实与否，关系极微；对重视历史本身的人来说，则免不了有啼笑皆非之感。

　　这部书是小说，而且是历史小说。面对"历史"二字，我不得不谨慎。落笔之前，将《旧唐书》和《新唐书》进行了认真研读，重点自然是唐太宗至唐中宗之间的历史，这段历史核心是武则天的统治时期。我感兴趣的是，在一个男权社会，武则天是如何一步步成为至高无上的帝王的？她的帝王野心是从何时开始的，又是如何实施的？她登上帝位之后，是暴君还是明君？她推动了历史，还是阻碍了历史？这些问题我都渴望在小说中进行摸索，然后给出自己的答案。

　　出现在我这部小说中的事件全部来自上面两部史著及《资治通鉴》。小说允许虚构，罗贯中的《三国演义》据说七分史实、三分虚构。动笔前我也想虚构一些人物和事件，后来发现，武则天度过的，本就是狂流激荡的一生，没有任何虚构小说比得上她自身的经历。我所做的是裁剪、糅合，从一桩桩有史可载的事件中寻找属于小说的逻辑，然后用小说的手法进行表达。小说目的是塑造人物，其手段包括虚构，武则天不需要过多虚构，她在史书中有血有肉。如果史上没有武则天，我相信没有任何一个小说家能虚构出武则天这一形象。所以，在几个月的全力以赴中，我依靠的是史书，不断接近、深入，最终去理解这一空前绝后的复杂形象。

说其复杂，是她作为白手起家的帝王，在向权力巅峰迈进中，不可能避免杀戮，但我们不能简单地将杀戮理解成残暴，纵观武则天从当上皇后掌权开始，从未颁布对普通百姓的严苛政令，相反，她建议高宗李治的"劝农桑，薄赋徭"等政策都在自己的统治期间得以实施。除了想夺回皇权的李氏宗族，很少有人反对她的统治，因为很少有其他帝王如武则天一样求贤若渴，文武各尽其才，即使她任用过周兴、来俊臣等酷吏，也并未让他们贯穿自己的整个统治后期，但我们又不能以此将明君的称号赋予武则天，说到底，对一位数千年一出的人物，任何非此即彼的二元对立都免不了有盲人摸象之嫌。

所以，我很幸运写的只是一部小说。武则天既顽强不屈又坚韧冷酷的性格是逐渐形成的。对小说而言，作者的最大任务，就是面对历史的朦胧，将人物进行尽可能清晰地还原。当然，不可避免，这个还原的人物会携带上作者个人的理解和好恶，这点理解和好恶，也就成为这部小说中的虚构元素。

因为是小说，所以它不能剔除这些元素。

远　人

2020 年 4 月 6 日夜于深圳